COLLECTION FOLIO

Olivier Bleys

Semper Augustus

Gallimard

Olivier Bleys est âgé de trente-sept ans. Écrivain prolifique, il a déjà publié une douzaine d'ouvrages traduits dans autant de langues : des romans, notamment *Pastel* qui a reçu le Grand Prix Georges Rink 2000 et le prix François Mauriac de l'Académie française 2001, *Le fantôme de la tour Eiffel* récompensé par le prix du Roman historique de Blois en 2002, *Semper Augustus* en 2007 ; un récit de voyage, *Madagascar (Premiers pas au pays d'argile)* en 1999, et deux biographies, *L'épître à Loti* en 2003 et *Jules Verne* en 2005, entre autres.

Ses romans, inscrits dans des époques reculées, traduisent son intérêt pour les passions humaines et les questions de société.

[illegible]

[illegible]

À ma mère

« Depuis la capitainerie de Pernambuco,
À la Sainte-Basile, le 2 de janvier 1641

Cher oncle Gerrit,

J'ai peu d'espoir que ces lignes se conservent après moi. Il n'est rien, sur les terres fétides du Brésil, qui puisse durer un peu : le pain sèche, le vin s'aigrit, aussi les livres fanent à peine ils sont cousus. Notre père Cornelis est fâché que je dépense l'encre et le papier pour ma distraction, alors qu'il en manque au clerc pour la tenue des comptes. Il faut dire que le beau noir de Chine, venu des Provinces, est cher comme le sucre que nous expédions. Alors, je délaye la suie dans l'huile et arrache au vilain perroquet ses plumes bouffonnes, qui n'ont pas l'aisance des nôtres.

C'est un tracas d'écrire sous ce climat, lequel, en vérité, ne favorise ni le jeu des pensées ni le branle des corps, mais seulement la floraison des épices ; preuve que l'homme s'y fourvoie.

Dès matin, le soleil est ardent. Ma sœur Petra et moi gardons la maison dont on arrose à grande eau les planchers. Cornelis nous défend de parler aux femmes de peine ni d'arrêter nos yeux sur elles. Défense aussi d'ouvrir nos cols ou d'élargir un bouton. Notre rang, croit-il, commande de porter fraise devant les indigènes. Las ! Qui a souci du rang, dans ce village aux rues de terre ?

Père m'a confié l'intendance d'une sucrerie, à deux portées de mousquet. Ce n'est pas grande besogne : il faut veiller aux provisions de cannes, à l'état des moulins et serrer les esclaves qui sinon, n'en feraient qu'à leur tête. J'y suis allé tantôt. La fabrique m'a paru sale et le contremaître, un butor. Suis-je égaré dans ce pays ?

Ma consolation est un jardin derrière notre maison. Des fleurs viennent là dont j'ignore le nom ; on y cueille des fruits étonnants à la bouche. La nature y a des fantaisies jamais vues en Hollande. En remède d'ennui, je dessine tout ce qui sort de terre. Sous un arbre à palmes, j'ai planté un bulbe de tulipe pour voir s'il donnerait. C'était l'oignon de Semper Augustus. *Ah, la grimace de père en le trouvant ! D'ailleurs, la fleur n'a pas germé dans cette couche étrangère. À la place du bulbe, un nœud de pourriture. Cette vision m'a tiré bien des larmes.*

Jasper Van Deruick. »

Première saison

Mai 1635, le 12e du mois.

Ce midi-là, l'honorable Cornelis Van Deruick avait fermé boutique plus tôt qu'à l'ordinaire. Le sablier de midi n'avait pas encore filé tout son grain que, déjà, le négociant tirait le martelet pendu sous la cloche et frappait trois coups, signal pour tous de vider les lieux. « Dehors ! » lança-t-il aux hésitants près de la porte. Il s'ensuivit une vraie débandade, la retraite étonnée des commis et l'égaillement de la clientèle, après quoi Cornelis donna un tour de clef et traversa la rue vers ceux qui l'attendaient.

« Êtes-vous mes enfants ? Ce maudit soleil... », fit le marchand en abritant ses yeux blessés.

Les quatre opinèrent. Des baisers furent échangés, malgré l'aversion des filles pour la joue rêche de leur père.

« Parfait. En route ! Nous n'avons que trop tardé ! »

Cornelis prit familièrement le bras de Petra pour ouvrir la marche. Derrière venaient Harriet, sautillant comme à la marelle, puis Jasper et Wilhem, les deux frères que leur carrure voisine et la semblance de leur costume donnaient trompeusement pour jumeaux. À un certain moment, l'aîné voulut servir la curiosité générale :

« Père, vous nous avez mandés tous quatre, et nous voici ensemble au rendez-vous. Nous direz-vous pourquoi cette réunion ? »

Cornelis tendit sa canne vers l'avant, pointant seulement une direction.

« Où allons-nous ? bissa Harriet en lui tirant la manche.

— Chez le notaire, ma fille, d'un pas qu'il faut hâter pour ne pas faire attendre !

— Le notaire, qu'est-ce que c'est ? »

Petra trouva une formule éclairante qu'elle lança en triomphe, le doigt levé comme à l'école :

« Un notaire, Harriet, sert aux riches à le rester !

— Pourtant, *Malheur à qui ajoute maison à maison et joint champ à champ* ! rebondit Wilhem citant les Écritures.

— Nos pasteurs, dirait-on, lisent une Bible à trous ! »

Cornelis approuva d'un hochement de tête, Jasper d'un éclat de rire. Ceux qui passaient par là — des hommes à fraise et à bedaine, des femmes tête basse étreignant leur missel — jugèrent ces enfants malappris et leur père très coupable.

Le tabellion avait son office près de l'église Bakenesser, à un jet de pierre des berges venteuses de la Spaarne. Cornelis avait si bien œuvré qu'ils furent introduits sur-le-champ, devant le commun qui attendait : trafiquants d'œufs ou de harengs venus disputer leurs affaires, et fort marris d'être doublés.

« Ce n'est rien, ils prendront patience ! » grogna Maître Mostaert en rabattant la lourde porte du cabinet. Aussitôt parut s'éteindre le bruit du monde et enfler, au contraire, le délicat ramage du papier et du vélin dont l'office faisait grande provision. Sur les chaises, sur les tables, à la gueule des armoires obèses, gondolant sous la cire chaude ou valsant dans la cheminée, c'était une abondance de feuilles et de cahiers, couverts d'une écriture unie comme d'un manteau d'écailles. Des clercs à manchettes de lustrine la dispensaient sur des lutrins étroits, un jonc pris entre leurs doigts maigres, l'autre main pelotant des boules de mie.

Les enfants promenaient sur toute chose un regard de sauvage jeté en civilisation. Un meuble surtout les envoûtait : c'était la paire de globes géographiques, l'un terrestre, l'autre céleste, que soutenaient des armatures de bois moulé. Jasper et Harriet n'y déchiffraient guère que les contours de leur pays natal, d'ailleurs fluctuants à cause des guerres menées contre l'Espagne et du combat, non moins rude, livré contre la mer. Le reste du continent leur était peu familier. Quant aux terres situées delà les océans, ils ignoraient leur dessin et parfois leur existence.

On fit servir du vin, un vaillant hypocras, dans d'élégants nautiles montés sur pied. Les joues de Petra reçurent le teint du camélia froissé. Jasper avoua qu'il avait rarement bu, et le prouva d'une toux véhémente. Wilhem témoigna du contraire en vidant le flacon comme si c'était de l'eau. Il y avait des plateaux chargés de gaufres et de massepains que les frères pillèrent en affamés. Enfin l'on occupa les fauteuils, sauf Cornelis qui avait à dire et trouvait commode d'être debout. Le père prit le goût du vin, s'essuya les lèvres d'un coin de mouchoir et partit :

« Mes enfants..., commença-t-il en balayant sa descendance d'un regard tendre. Notre famille a connu bien des revers depuis le jour où la persécution d'un méchant prince l'a chassée de France. Tout ce que nous possédions, terres et avoir, est resté deçà la frontière, et c'est en miséreux que nos aïeux l'ont franchie pour être libres. L'écu des Desornières, devenus les Van Deruick, est semé de pleurs... Ils n'y sont pas en vain, mais en mémoire de ce pénible exil et du chagrin qu'il a laissé aux nôtres, jusqu'à votre mère succombée de tristesse. »

À ce rappel de la tragédie commune, une émotion violente s'empara d'eux tous. Il y eut afflux de larmes du côté féminin, et les garçons serrèrent les poings. Mais Cornelis avait pris garde de trop s'épancher, qui revint au présent :

« Le temps a passé et notre fortune ne s'est guère redressée. Au moins avons-nous un toit pour abriter nos têtes : mon oncle a acquis une maison du temps qu'elle valait peu. Mais nos biens sont épars et mal assurés. J'ai conduit mes affaires sans discernement, laissant à des coquins le gros du bénéfice sans prendre moi que la part du juste, qui est toujours la moindre. Partout où j'ai misé — le drap, l'huile, les liqueurs —, les échecs m'ont été imputés et les succès, ravis au contraire. *L'un tond le mouton et l'autre le cochon*, dit-on fort à propos. C'est la loi du monde, que j'ai trop tard percée. Puissiez-vous la sentir dans votre jeunesse ! Votre lot, hélas !

n'est pas le meilleur. Vous pouvez justement blâmer le sort d'être nés mes enfants... »

Les quatre se récrièrent en chœur. Cornelis leur imposa silence d'une main émue — geste qu'en vertu de son âge le notaire crut bon d'imiter.

« Il vous faut supporter la disgrâce d'avoir un grand nom et de petits moyens. Mieux vaut l'envers en ce pays marchand ! Beaucoup de nos régents, qui mènent grand train et patrouillent en carrosse, sont fils de meuniers et de lavandières. Cela du reste s'entend à leur accent. Votre trésor est moins ferme que le leur : il ne consiste pas en or mais en science et en sagesse. Combien de demoiselles ont des lettres et des nombres, ainsi que vous mes tendres filles ? Combien de garçons savent le grec et le luth, comme vous mes dignes fils ? Ne laissez jamais dire que ces lumières comptent pour rien. Elles font bien le partage de l'homme et de la bête, qui boit et qui commerce sans épeler son nom. »

Cornelis leur tint un discours abondant, où peut-être se trouvaient plus de mots que cet homme taciturne n'en avait dit de toute son existence. Maintes fois, les coupes se tendirent vers le clerc qui portait le flacon, tandis qu'un autre montait par la fenêtre, sur un plateau cordé, des piles de gaufres tièdes. À un certain moment, le marchand heurta la table du pied de son nautile, qui rendit le son frais d'une cymbale éveillée.

« J'en viens au fait, mes enfants..., annonça Cornelis, car je sais qu'il vous tarde. D'ailleurs, le temps de Maître Mostaert est compté, nous serions grossiers d'en user de trop. »

L'œil du notaire, posé à cet instant sur le grand sablier de l'office — gradué de trois heures et déjà plein du quart — revint poliment vers son client.

« J'ai raconté notre famille, ses travaux et ses déboires. J'ai retracé en peu de mots une histoire qui fut parfois tragique, souvent amère et nous fit appeler *maudits* de certaines gens. Sotte rumeur ! fit l'orateur en l'écartant du geste, et tantôt démentie ! Car aujourd'hui, la chance nous est donnée de racheter par une action d'éclat les outrages passés, de vaincre où nous étions vaincus, enfin d'élever ce nom, Deruick, plus haut qu'aucun des nôtres ne l'a jamais hissé ! Voici, mes fils, mes filles, le seuil de notre gloire !

— Bien parlé ! » s'exclama Wilhem enhardi par le vin.

Il brandissait sa coupe en joyeux drille, cherchant d'autres verres à choquer. Mais Cornelis gardait le sien ; ni Jasper ni ses sœurs n'osèrent porter santé. D'ailleurs Jasper, le cadet, accueillit fraîchement l'exclamation du père : « Quelle occasion ? » s'informa-t-il entre deux biscuits, du ton égal dont on s'enquiert d'un cousin éloigné.

La réponse fusa :

« L'ouverture des terres américaines ! »

Elle s'accompagnait d'un geste éloquent — le bras tendu vers la fenêtre, dans la direction présumée de l'océan — qui d'abord, par effet mécanique, emporta le regard des enfants et même des commis, tournant leurs têtes à l'unisson. Ils se reprochèrent ensuite cette niaiserie.

Cornelis exposa son projet, l'index sur le globe terrestre qu'il faisait rouler vers la côte du Nouveau Monde. Le bruit courait que le *stathouder* de Hollande, chef de la province, recrutait des volontaires pour développer les sucreries d'Amérique. Ces plantations côtières ravies aux Portugais suscitaient les espoirs les plus libres parmi les colons. Sur ces terres vierges, tout leur semblait promis qu'ils n'avaient pu tenir de ce côté de l'océan. Ceux qui vivaient sans femme escomptaient se marier, ceux qui n'avaient le sou rêvaient de s'enrichir ; il n'était pas jusqu'aux infirmes qui n'attendissent du climat luxuriant, où les lianes croissaient à vue d'œil, la repousse de leurs membres manquants. Leurs songes avaient l'ampleur des jungles inexplorées, dont les cartographes doutaient qu'elles s'abouchent à l'Occident ou s'achèvent en cataracte, quelque part aux confins du monde.

Cornelis voulait en être. À quoi s'occuperait-il là-bas ? Il l'ignorait lui-même, mais croyait que ses talents dans le commerce, celui surtout du drap, seraient bien employés. Quatre fois le prix : c'était le moindre fruit qu'attendaient les marchands des denrées tropicales. Lui comptait vendre au septuple et se bâtir en peu de jours une large fortune. On cherchait des hommes capables ? Il en serait ! Un voisin n'avait-il pas enflé ses biens — et sa bedaine aussi — d'avoir seulement touché le Nouveau Monde ?

« Vous partez pour les colonies ? résuma Jasper.

— Je pars.

— Trafiquer le sucre ?

— Tout ce qui se pourra. Mais le sucre va bien, parce que les États garantissent ce qu'on y investit.

— Quand donc ?

— Dans peu de jours. Ma place est déjà réservée à bord du navire qui m'amène. »

Une même exclamation vida toutes les poitrines.

« Enfin, père ! s'écria le cadet. Êtes-vous d'âge à courir les océans ?

— Je le suis bien à patiner sur les canaux de Haarlem !

— Certains sont morts aux colonies...

— ... d'autres se sont rompu le cou sur les degrés d'un temple ! »

Jasper n'en démordait pas :

« Père, je vous dois le respect. Mais en vous déterminant à ce voyage, avez-vous songé à l'embarras où vous nous laissez ? Mère n'est plus, nos sœurs sont encore jeunes. Wilhem travaille auprès de vous et j'étudie. Qu'adviendra-t-il de vos enfants si vous êtes absent de longs mois, des années peut-être ?

— La barbe, Jasper ! » s'écria Wilhem en donnant du talon sur le plancher.

Les deux frères se toisèrent du regard et l'on crut un instant qu'ils en viendraient aux mains. Toutefois l'aîné ne tenait pas grand compte des paroles du cadet, qui s'adressa à Cornelis :

« N'ayez crainte, père, vos enfants sont en sûreté. D'abord, Frida veillera sur nous. C'est une bonne servante, elle tiendra la maison aussi bien que vous-même. Pas plus demain qu'hier, la soupe ne sera froide ni le plancher crotté... Et puis, l'aîné de vos fils est un homme ! Des devoirs m'incombent, comptez que je les remplirai ! Je veillerai sur la famille et sur ses biens, comme il sied au premier-né quand les parents défaillent. »

À ce dernier mot, prononcé sans malice, le front de Cornelis se rida :

« Mes enfants, ce que j'entends me chagrine... Vous parlez lessive et bouillon, cours de vos études et train du ménage ! Mesurez-vous bien la chance qui s'offre à vous ? Comprenez-vous qu'une nouvelle vie commence, laquelle est aussi différente de celle-ci que midi l'est de minuit ? Pourquoi vous soucier d'argent, quand j'ai promis de m'enrichir et m'engage, étant là-bas, à vous poster une part généreuse de mes recettes ? Serais-je un père assez ingrat qu'il vous quitterait dans le besoin ? Allons, prenez confiance ! Je m'absente pour peu de temps et pour beaucoup de profit. Vous me bénirez un jour d'avoir mené cette entreprise ! »

Cornelis y croyait si fort qu'il exigea, céans, de faire écrire un testament où figurerait le partage entre tous du magot à venir. Encore abstrait, le trésor était déjà compté. Un tiers payerait les travaux de la maison qui menaçait ruine, bien qu'elle occupât un beau terrain dans un quartier en vue. Un autre solderait les dettes en cours, qui leur faisaient maints créanciers. Le dernier, enfin, constituerait aux quatre enfants une rente solide. C'était prévenir une possible querelle mais aussi, tous le sentaient, prévoir un accident lointain qui les priverait trop tôt de sa tutelle.

« Le sort en est jeté ! s'exclama le père en dégageant sa bague fumante d'un sceau de cire. Vous êtes constitués mes légataires universels, et les prochains rentiers de l'abondance américaine ! »

La signature du testament fut une autre occasion d'entrechoquer les verres et de piocher les sucreries. Personne, toutefois, n'y avait beaucoup d'élan. Seul Wilhem tirait du vin un certain enjouement qui lui faisait redire, la main sur le cœur, son adhésion au projet paternel. À un certain moment, le marchand prit son fils à part. Ils trouvèrent à s'installer dans l'antichambre.

« Wilhem, tu es l'aîné et deviens aujourd'hui, jusqu'à mon retour, le pilier de notre famille. J'ai toute confiance en toi.

— Merci, père !

— Cependant tu es jeune, et sujet comme tous ceux de ton âge aux débordements. C'est pourquoi j'ai prévu de t'allier un homme d'expérience dans la charge qui t'échoie.

— Un homme ? Qui donc ?

— Il se nomme Paulus Van Bereysten, c'est le recteur de l'École latine à Haarlem et un régent de grand moyen. Il gouvernait naguère la maison des lépreux où son cœur, semble-t-il, s'est nourri de compassion. Le hasard nous a fait camarades du temps que nous combattions l'Espagnol à Ostende. Seul, il m'est resté fidèle comme déclinait notre étoile. Voici bien des années que je ne l'ai vu, mais cette lettre lui rappellera qui je suis et lui dira qui tu es. Fais-toi connaître du sieur Bereysten et cherche à obtenir, par son entremise, le soutien qu'il te faut.

— Mais quel soutien, père ? N'ai-je pas assez du renfort de Frida et de Jasper ?

— Tu ignores comment l'on gouverne une maison. Crois-moi, Paulus te sera très utile ! »

Le billet tendu par le père resta longtemps dans la main du fils, sous son regard ému. Au contraire de bien des gens que l'alcool frivolise, boire imprimait à Wilhem, en même temps qu'une gaieté vigoureuse, le sentiment aigu des réalités. Il n'était jamais si pénétré de devoir et d'honneur qu'imbibé de vin cuit. Cette fois, l'aîné déclara d'un ton solennel, cherchant un maintien qui couvrît son ivresse :

« C'est entendu, père. Je visiterai ce monsieur ! »

Il s'apprêtait à quitter son fauteuil quand Cornelis l'arrêta d'un geste.

« Encore un mot, Wilhem, sur le seigneur Bereysten... »

Docilement, l'aîné reprit sa place.

« Il est commun qu'un homme riche et puissant suscite des antipathies. Les grands noms sont jalousés, et parfois conspués. Plus l'on s'élève, plus l'on s'expose, voilà une leçon d'art militaire qui s'applique aussi à la société. Paulus est la proie des rumeurs. On le décrit brutal, retors, perfide et, par-dessus tout, d'une cupidité passant l'imagination ! Or, je dois t'apprendre, mon fils, qu'il siège dans ces ragots beaucoup de vérités... »

La surprise dégrisa un peu l'aîné. Il se fit répéter l'étonnant aveu de Cornelis et en pria l'explication.

« Pourquoi m'adresser à lui, père, s'il ressemble au portrait que vous faites ?

— Lors d'une bataille qui nous a réunis, Paulus a été pris pour cible d'une arquebuse ennemie. La balle s'est logée dans son cou, une méchante plaie qui lui coûtait du sang et aurait tué notre homme, peut-être, si je n'en avais cousu les bords avec le fil de mon habit. J'ai perdu une manche mais le seigneur Bereysten, lui, a gardé la vie !

— Voilà une dette qu'il aura soin d'acquitter...

— Je le crois. C'est pourquoi j'ai choisi Paulus, malgré l'odieuse réputation qu'on lui fait. Nul doute que la pratique d'un tel homme influence heureusement ton caractère ! »

Cornelis hocha pesamment la tête, rentrant dès cet instant dans son silence ordinaire. Les deux réapparurent dans le cabinet où Jasper, des besicles pincées sur le nez, faisait à voix haute lecture du testament.

« Voilà, tout est réglé. En route ! » commanda Wilhem en enfilant sa veste.

Prendre congé du notaire, réunir les effets de Cornelis, instruire Frida des détails du ménage : cela fut fait en peu de temps. La présence du père, maintenant que son départ était annoncé, devenait une gêne et presque un embarras. Cinq jours les séparaient de l'échéance, qui parurent aux enfants bien plus longs.

Mai 1635, le 17e du mois.

Jamais adieux ne furent aussi commodes que ceux de Cornelis Van Deruick, passager du *Farouche* en mouvement vers le Brésil, et de ses quatre enfants venus lui faire escorte. Sur l'embarcadère, face au trois-mâts gréé de frais, il n'y eut pas de pleurs mais des baisers, des vœux mutuels, de franches accolades et enfin, tandis qu'un vent fougueux bondait les voiles, un salut joyeux du quai au pont, de la jeunesse confiante au mâle aventurier.

« Adieu, père ! Rentrez-nous tôt ! » lança Jasper en tirant son chapeau.

La réponse le chercha delà les vagues.

« Gardez votre santé ! Ne manquez pas d'écrire ! »

Wilhem marcha jusqu'au bout du môle, jusqu'à la pointe de la jetée, comme si le navire en allé l'avait traîné dans son sillage. Il exultait. De cette séparation ne s'affichait que le meilleur : la liberté conquise, les entraves tombées. Une pipe au long tuyau lui servait d'interprète : ses bouffées avaient gagné on ne savait quoi de léger, de folâtre qui disait son humeur.

« Père s'en va ! témoigna l'aîné dans un jet de

fumée. Tâchons qu'à son retour, il trouve notre famille en meilleure place qu'il ne l'a quittée ! »

Ce vœu semblait le moindre, tant les jeunes gens étaient heureux de leur affranchissement. Ils n'attendirent pas que le voilier passât l'horizon : sitôt perdu de vue le haut chapeau de Cornelis, Wilhem héla un boulanger qui tirait son chariot brimbalant parmi les groupes de voyageurs.

« Viens par ici, toi ! Montre ta marchandise !

— Pains blancs tout chauds ! Petits pains de seigle ! Biscuits d'orge !

— Inutile de faire ta réclame. Voici vingt ans que par discipline, père nous défend les friandises ! »

Quatre beignets furent achetés — avec pourboire — qu'ils savourèrent debout et au vent, à la façon sans-gêne des pèlerins qui font halte. C'était une telle nouveauté pour les pêcheurs alentour, ces jeunes filles en toilette mangeant des sucreries, qu'il s'en trouva pour détourner la tête ou se couvrir les yeux.

« Voilà un festin qui n'aurait pas été au goût de père ! » supposa Harriet en pinçant un morceau de gâteau tombé dans son corsage.

Jasper lança aux mouettes le reste du sien.

« Le pasteur aussi l'aurait blâmé. Allons, partons d'ici avant de faire scandale ! »

Ils prirent gaiement le chemin du retour, et furent à temps pour attraper le coche d'eau dont battait la clarine. Pourtant, à bord de la grande barque qui remontait indolemment le canal herbeux, halée par un puissant frison à robe noire, une solitude nouvelle les entreprit. Ils trouvaient drôle d'être ainsi de compagnie, tous les quatre, sans que retentît à leurs oreilles la voix d'aucun aîné. Les leçons de père et ses refrains, qui les infestaient naguère, leur manquaient à présent. Chacun dans son manteau de voyage brassait de molles pensées, d'un pauvre apport à la conversation. Les autres passagers croyaient à leur mine qu'ils portaient un deuil et gardaient le silence.

Il faisait nuit au seuil de la maison. Bonne ménagère veillant aux dépenses d'éclairage, Frida n'avait laissé aucune lampe en flamme mais, sur la table en noyer, un bouquet de narcisses au pâle éclat lunaire. Ce peu de jour guida les jeunes gens vers leurs couches. Le sommeil tarda, d'ailleurs peuplé de songes fâcheux. Au point de s'endormir, Jasper entendit son frère, dont l'armoire à lit jouxtait la sienne, se donner hâtivement du plaisir.

Le soleil était déjà haut quand les sens lui revinrent. Jasper fut surpris de sentir à ses pieds les souliers de la veille. Un col tout chiffonné lui agaçait la joue. D'une main curieuse, il tâta sa poitrine et trouva les huit boutons de sa casaque, restés dans leur logement. Il avait dormi en costume de ville, tel un homme pris de boisson qui n'a pas soin de se dévêtir. Redressant la tête, il vit son frère, ses sœurs qui s'éveillaient à l'unisson, le front moite et l'œil égaré. Leurs physionomies trahissaient une grande confusion.

Rien n'avait changé dans le logis familier : ni la place des meubles, ni la disposition des tableaux;

la Bible, épanouie sur son lutrin de chêne, gardait la page que père avait lue le jour du départ. Toutefois, à mieux y regarder, des détails insolites brusquaient l'ordinaire. C'étaient la couche vide de Cornelis, ses habits pendus, son siège inoccupé. C'étaient ses souliers bouchonnés de paille sèche, ses besicles dans leur boîte. Des objets remisés avec soin, préparés pour un long abandon et qui lui évoquèrent, à cet instant, les apprêts de la mort. Même la benoîte tabatière, parce que la main du père n'y fouillait plus, devenait relique inquiétante et presque maléfique.

Le repas fut muet, tel aussi qu'un banquet de cimetière. La table était servie comme chaque jour ; il y avait cinq parts de cerises, de pain bis, de crème aigre, de biscuits arrosés de vin. Jasper fut reconnaissant à Frida d'avoir laissé les couverts de Cornelis sans songer que peut-être, elle l'avait fait par habitude.

À un certain moment, Wilhem, qui tenait le haut bout de la table, heurta sa cuillère contre le pot à lait :

« Mon frère, mes sœurs, prêtez-moi attention ! Notre père occupait tantôt ce fauteuil, où à présent je suis assis. Avant que de partir, il m'a confié la charge de cette famille et le soin de chacun. J'entends faire sa volonté, et vous prie d'obéir à mes commandements comme vous suiviez les siens ! Est-ce entendu ? »

Les paroles de Wilhem reçurent l'assentiment général. Même Frida, sans être consultée, se soumit d'une courte révérence. Conforté sur ce point, l'aîné gagna en assurance :

« L'absence de père est une épreuve qu'il nous faut surmonter. Nous n'y réussirons qu'en nous tenant les coudes. Rappelez-vous qui vous êtes l'un à l'autre, et chacun à tous : les fils et les filles d'un même sang, ayant tété aux mêmes mamelles et qui se doivent secours mutuellement ! Nous voici orphelins pour le monde... Ayez garde d'aller seuls par les rues ! On sait des enfants appelés vagabonds, et traités de même, parce qu'ils battaient le pavé après le couvre-feu !

— Qui nous voudrait du mal ? fit ingénument Harriet.

— De vilaines gens qui ont l'œil sur nos biens, et pour qui quatre enfants esseulés sont une viande alléchante. »

Un silence s'ouvrit derrière ces mots, qui semblait en développer l'écho. Jasper mit naturellement la sourdine :

« Frère, n'es-tu pas d'avis de mander l'oncle Gerrit que nous avons à Middelburg ? Il nous a aidés jadis, il le pourrait encore.

— Middelburg est loin d'ici ! remarqua l'aîné. À quarante lieues, au travers de marais et de plaines sous l'eau qui obligent à de constants détours ! Voilà une providence bien incertaine !

— Qui alors nous sortira d'affaire ? Nous ne pouvons pourtant tenir seuls la maison !

— Père a veillé à tout. J'ai remis en son nom une lettre au recteur de l'École latine, qu'il compte parmi ses amis. Ce matin même, la réponse m'est parvenue. Figurez-vous que cet homme important, qui traite à millions et trafique dans toute l'Europe, m'a fixé rendez-vous aujourd'hui !

— Tout cela est bel et beau, mais que peut ce monsieur pour notre bien ? Va-t-il nous servir des pâtés au lieu des brouets qui sont notre ordinaire ? Nous fera-t-il l'aumône d'une poutre neuve, pour changer celle qui ploie sur nos têtes ? »

Le cadet s'esclaffa, cherchant le côté du rire dans la dispute qui s'annonçait. Cela ne fit qu'endurcir l'aîné.

« Ce monsieur, comme tu le traites grossièrement, est le second après Dieu à pouvoir notre bonheur. Il dépend de lui que nous occupions demain des places en vue et un palais grouillant de domestiques, ou tombions de notre état dans un autre plus bas, celui de vagabonds et de traîne-poussière ! Mais voilà des choses, Jasper, qui débordent tes conceptions ! Comme père, hélas ! tu crois la réussite à portée du travail. *Ingenio et Assiduo Labore*, quelle terne devise ! Ignores-tu combien la sympathie d'un grand, son estime seule, sont plus chères qu'aucun trésor ? »

Depuis tantôt déjà, Harriet cherchait dans son mouchoir la consolation de cette fâcherie. Soudain, un sanglot plus fort fit sauter la bonde : de grosses larmes dévalèrent ses joues, tombant en pluie sur ses gaufrettes. Wilhem la regardait plein d'embarras.

« As-tu idée de faire pleurer ta sœur ? » siffla Jasper.

L'aîné s'emporta :

« Je perds mon temps à vous prêcher... Les faits établiront que j'ai raison ! Attendez seulement quelques jours, quelques semaines, et vous verrez le fruit de mon enquête ! Alors, je pourrai à bon droit vous traiter d'ingrats ! »

Ayant dit, Wilhem quitta la table en laissant une écuelle pleine et sa cuillère plantée. Il fut jusque l'après-midi à élaborer sa toilette, pestant contre Frida qui mettait trop d'empois sur les cols et repassait étourdiment les chemises :

« Ce n'est pas dans la maison d'un gentilhomme qu'on verrait le linge ainsi négligé ! »

À la fin, le climat était détestable. Chacun put se réjouir du départ de l'aîné.

« Est-il piqué de la tarentule, qu'il s'échauffe de la sorte ? » réagit Petra dès la porte fermée.

Contre toute attente, le cadet fut du parti de son frère :

« Ne le juge point si sévèrement... Rien ne l'a préparé à ce devoir accablant ! C'était un fils, hier encore, et le voici presque père ! Qui n'y perdrait son calme ?

— Il a du sang français ! dénonça Harriet en mordillant son pain. Voilà d'où lui vient cette humeur !

— Son sang ne fait rien à l'affaire, c'est sa jeunesse qui est cause de tout ! Wilhem a vingt-quatre ans sur la foi des registres mais seize ou dix-sept d'après l'état de ses idées. Il est comme un fruit dont la peau se colore quand la pulpe, à l'intérieur, reste acide et verte. Son esprit, j'en ai peur, subit encore les fièvres de l'adolescence ! Cependant nous ne pouvons rien contre, et serions bien sots de lui faire la leçon ! Attendons, oui... Le temps l'assagira !

— Quel beau raisonnement, Jasper ! C'est toi que père devait préférer ! »

Ce compliment toucha le garçon plus qu'il n'aurait voulu. D'émotion, il avala le noyau d'une cerise que sa langue travaillait à décharner. Personne toutefois n'en sut rien. Telle était sa maîtrise de lui-même que la salive affluant dans sa bouche et la sueur dans ses paumes s'asséchèrent aussitôt. Il souleva la Bible du lutrin et feignit d'entamer une lecture.

Wilhem fut à point au rendez-vous et même le devança d'une poignée de sable — inquiet à l'idée que Paulus Van Bereysten, dont il se rappelait confusément les instructions, l'eût fixé au cinquième sablier plutôt qu'au sixième, et d'ailleurs, à l'ombre de l'église Saint-Ursel plutôt qu'au pied de l'église Saint-Annen, ce qui l'entraîna à courir d'un monument à l'autre, le front mouillé, le cœur cahotant, agrippant des passants pour savoir s'ils n'avaient pas vu... s'ils avaient connaissance... jusqu'à rencontrer le carrosse du bourgeois, rangé placidement devant la taverne de *La Vigne d'or* dans la Koningstraat (le cocher lançait les dés sur son banc), et presque défaillir à l'aspect du maître assis à l'intérieur, devant une collation de fromage et de poisson mariné.

Wilhem entra en tempête, saboula deux ou trois chaises avec leurs occupants et, loin encore de Paulus dont l'écartait un groupe de buveurs, s'exclama :

« Me voici ! »

La main gantée du recteur s'éleva sans hâte, avec le couteau qu'elle tenait et le hareng au bout.

Ce geste naturel, presque familier, simple intermède dans un repas aussitôt poursuivi, réjouit Wilhem mieux que ne l'aurait fait une chaude accolade.

« Assieds-toi là », fit le recteur en pointant un tabouret à trois pieds.

Wilhem obéit, flatté encore du tutoiement.

« Pardon de ce retard, seigneur !

— Tu n'es pas en retard, corrigea Paulus entre de grasses bouchées, tu as même de l'avance ! »

Une montre de poche parut dans la main du bourgeois. Les yeux de Wilhem s'y posèrent timidement. Il avait vu maintes fois les passagers du coche ficher un brin de paille entre leurs doigts crasseux pour s'en faire un cadran, mais jamais autrement qu'en peinture ces exquises mécaniques à chiffrer le temps.

« Un plat pour mon ami, de la bière ! » commanda Paulus d'une voix calme.

Un flacon arriva sur-le-champ, conforté d'une assiette de *hutsepot* qui fleurait bon le bœuf et le gingembre. Wilhem l'entama de grand appétit. Avec le ragoût était venu un potage au vin dont le recteur fit une seule gorgée, buvant à même le plat comme au bec d'une fontaine.

« À présent, parlons ! s'exclama Paulus Van Bereysten en fripant sa serviette. J'ai lu la lettre de ton père. Je sais qui tu es. »

D'émotion, la cuillère de Wilhem vida son contenu. Il la reposa, écarta l'écuelle encore à moitié pleine. Les mots qu'il avait préparés, et s'était récité en chemin pour n'en omettre un seul, paraissaient maintenant se découdre tel un tricot dont le fil s'est accroché. Ceux qui restaient montèrent à sa bouche dans un grand emmêlement :

« Noble et austère seigneur, le nom que je porte... Dieu dans sa grâce... Pour mon honneur...

— Va au fait, mon garçon ! l'interrompit le recteur avec bonhomie, sa main posée sur le genou craintif de Wilhem. Qu'attends-tu de moi ? Veux-tu de l'argent ? Es-tu candidat à quelque position ? Ton père écrit que tu veux me connaître, pourquoi ? »

Le regard du jeune homme s'éleva, presque implorant. À cet instant, il mettait tant de force à dominer sa gêne qu'un flux de sang lui montait du cœur, allumant sa face et brouillant ses pupilles élargies.

« C'est... c'est qu'il m'importe, au plus haut degré, d'avoir l'oreille d'un homme tel que vous ! Vous êtes, de tous les régents de Haarlem et même de Hollande, celui qu'on crédite de la plus haute vertu, du meilleur jugement, enfin d'une certaine bienveillance aux jeunes gens qui, prosternés, mendient votre conseil... »

Ce disant, la tête de Wilhem s'inclinait, venant presque au toucher de la table. Le bourgeois la redressa d'un geste doux qui semblait une caresse.

« Comme tu es jeune, ami, et comme ton sang est vif ! Allons, dis !

— Oh, seigneur ! Vous êtes bon de m'écouter ! reprit Wilhem avec l'accent d'une vraie reconnaissance. Voilà... Je suis né d'une famille modeste et presque indigente. Si le nom des Deruick fut jamais estimé, ce ne fut pas pour l'ampleur de nos biens ni le faste de nos domaines, mais pour le talent qu'un oncle montrait dans la musique, une cousine dans le dessin et divers aïeux, à ce qu'on dit, dans l'écriture de vers. De ma vie je n'ai eu sou vaillant, car sitôt entrée dans nos poches, la monnaie fuyait pour l'emplette d'un peu de farine, de quelques navets, sinon d'une brique de tourbe. En vérité, nous manquions toujours du nécessaire ! Voyez cependant que je ne m'en plains pas... Je crois à la justice de Dieu, et que chaque être occupe ici-bas la place arrangée pour lui.

— C'est très certain.

— Il entrait donc dans Ses desseins que nous fussions pauvres, et que d'autres amassent fortune. D'ailleurs, le Seigneur faisant toute chose au mieux, Il nous avait doués d'une parfaite humilité, convenable à la médiocrité de notre état. Mon frère et mes sœurs n'ont pas d'ambition et n'aspirent à rien au-dessus d'eux-mêmes.

— Mais toi, jeune ami ? »

La question était émise d'une voix douce, presque attendrie. Derechef, la main du régent flatta le genou de Wilhem, s'y attardant cette fois.

« Il est vrai que je ne suis pas de leur moule ! concéda le jeune homme après un temps.

— Ta condition te pèse ? Tu voudrais en changer ? »

Wilhem marqua une nouvelle pause, frottant d'un pouce ému l'ourlet de l'écuelle.

« Oui. »

Un sourire s'épanouit sur la face du bourgeois, mettant à nu ses canines chevauchées.

« Comprenez, seigneur ! glousse Wilhem. C'est une blessure pour moi d'avoir la notion des belles choses, et leur goût, sans pouvoir en jouir ! Père croyait bien faire en nous instruisant de musique et de poésie. Il nous dispensait des leçons qui, d'ordinaire, ne sont données qu'aux riches. Mais à quoi bon jouer de la cithare, si l'on ne peut acheter l'instrument ? Et pourquoi parler latin, si personne des vôtres ne l'entend ? Figurez-vous un homme porté par son éducation aux plaisirs les plus rares, et qu'un méchant sort a logé dans une vie inférieure ; un homme né pour la société des artistes, des savants et qui doit souffrir une compagnie vulgaire ! Je suis celui-là... »

Paulus Van Bereysten approuva gravement. La louche du tavernier était venue deux fois remplir son assiette où trempaient sans gêne ses manchettes empesées.

« Je veux faire quelque chose pour toi, mon garçon, car ton histoire me touche, confia le bourgeois en enfouissant son visage dans la serviette. Hors des Provinces-Unies, la naissance est tout. Au seul dessin de l'arbre familial, on peut juger du fruit et connaître si le nouveau-né sera prince ou mendiant, porcher ou sénateur. Voilà, n'est-ce pas ? un travers des Français. Là-bas, tu ne pourrais t'asseoir à la table d'un grand ni lui parler si simplement qu'à moi...

— Les miens le savent bien, qui sont venus de France ! » signala l'aîné.

Paulus enchaîna sans relever ce détail :

« Par chance, nous habitons les Provinces-Unies, qui ne copient rien des autres nations. Ici, le mérite passe la fortune, et de simples bourgeois ont conquis de hautes positions par l'effet de leurs dons. Ne suis-je pas, moi-même, le fils d'un chaudronnier ? En vois-tu rien aujourd'hui qui me reste ? »

Wilhem fit non de la tête, quoiqu'il trouvât au recteur bien des traits paternels, à commencer par ces mains noueuses et ces sourcils pesants.

« Ce qu'il te faut, c'est un soutien. On ne s'élève dans le monde qu'en marchant sur d'autres plus bas, ou tirés par d'autres plus haut. La société n'est qu'une pyramide d'hommes tenus ensemble, où tous convoitent le sommet. Aujourd'hui je te tends la main, et te hisserai à moi si je le peux. Je le ferai par amitié pour ton père, et par estime pour un vaillant jeune homme qui a manqué de chance. La lettre de Cornelis ne demandait rien, voilà moi ce que j'offre ! »

Ce disant, Paulus avait reposé le couteau pour donner sa main. Wilhem n'hésita qu'un instant à serrer les doigts gouttant de soupe. Mais lorsqu'il prit la droite du régent, il fut surpris d'y sentir une boule dure qui logeait dans la paume. Le recteur avait-il là quelque difformité ? Quand leurs mains se quittèrent, un objet en tomba qui roula sur la table. Le jeune homme découvrit un oignon, ou ce qu'il prit pour tel, et se demanda si Paulus lui faisait une niche.

« Empoche-le, mon ami, ne tarde point ! Cette taverne reçoit bien des fripons que ce bulbe de fleur pourrait tenter et qui n'hésiteraient pas, sachant son prix, à saigner son propriétaire...

— Je... je ne comprends pas.

— Dans ta poche, voyons ! Veux-tu que tous ici apprennent que tu l'as ? »

Wilhem s'exécuta d'une main nerveuse.

« Mais... qu'en ferais-je ?

— C'est mon cadeau. Tu espérais peut-être de l'argent, ou ma caution auprès d'un seigneur. Je pourrais te les offrir. Mais à ton âge, ce sont des faveurs risquées pour qui les reçoit. Ce que tu tiens ici vaut mieux. Des fortunes se sont bâties sur une seule de ces semences. On ne connaît, pour ainsi dire, de moyen plus actif de prospérer... »

Le regard de Wilhem plongea dans sa poche entrouverte, qu'il n'osait plus fouiller.

« Pardon d'insister, seigneur, mais... qu'est-ce que c'est ?

— Un bulbe de tulipe !

— Dites-vous ?

— Peut-être connais-tu cette fleur par son nom ancien, *lilionarcisse* ? Certains apothicaires en font encore usage, qui ne voient dans les plantes qu'aliments ou remèdes, et n'ont pas même idée qu'on pût en cultiver par agrément ! »

L'aîné Deruick préféra taire qu'il partageait leur opinion. Suspendant sa cape selon le vent, ainsi qu'on dit en Hollande des opportuns, il railla bien haut les pharmaciens ignorants.

« Tulipe..., répéta-t-il afin d'apprivoiser le mot.

— Et de belle qualité ! Une *Admirael Van Engeland* de cent soixante azen. Dans trois semaines, sa cote aura doublé sur le marché de Hoorn, et quintuplé dans l'année. Tu peux choisir d'attendre ce terme pour la revendre ou d'investir dès aujourd'hui dans des bulbilles de moins de valeur. À ton gré, Wilhem Van Deruick ! »

Le jeune homme n'y entendait goutte. Il affecta

néanmoins une grande joie d'avoir reçu l'oignon terreux et se confondit en remerciements. Comme Paulus fouillait son aumônière, Wilhem s'offrit courtoisement de payer, laissa une pleine poignée de pièces qu'il dut augmenter car le compte n'y était pas. « De bon cœur ! » lança-t-il quand le bourgeois proposa de se revoir. En revanche, il bouda la voiture du recteur : « j'ai mon cheval », hasarda Wilhem en désignant une jument devant la taverne ; il dut encore saisir la bride pour couvrir son mensonge, et même feindre d'enjamber la selle.

Ce fut seulement quand le carrosse du régent passa le coin de la rue que l'aîné prit son allure ordinaire, celle d'un marcheur à pied, et sa cadence accoutumée qu'il tenait de son père — une foulée vive, un peu dansante, mal assortie aux bottes militaires qu'il avait chaussées pour l'entretien et dont le cuir neuf martyrisait ses pieds. Rentrant dans une poche, sa main trouva le bulbe qu'elle envoya cogner l'enseigne d'un pelissier.

« Va au diable, *tulape*, ou *tulope*, ou que sais-je ! » s'emporta Wilhem.

Guère plus loin, toutefois, il fut pris de remords à l'idée d'avoir ainsi semé son présent. Après tout, peut-être Paulus avait-il raison ? Peut-être y avait-il de l'argent à cueillir dans cette affaire ? L'aîné revint sur ses pas et chercha l'oignon dans le ruisseau, d'abord du bout d'un bâton, puis de la pointe de sa botte, enfin agenouillé et à pleines mains sans souci d'embouer son habit. Les curieux qui l'épiaient derrière le carreau s'interrogeaient s'ils devaient laisser faire ou crier le guet.

À l'instant où ses doigts sentirent un objet rond dans l'épaisseur de la fange, une voiture s'arrêta à sa hauteur. Wilhem manqua défaillir en avisant le carrosse du recteur. La portière s'entrebâilla; une main gantée sortit de l'ombre, tendue vers lui.

« Monte ! Je savais te trouver là... »

Empêché du moindre mot, Wilhem s'approcha d'une lanterne publique qui éclaira ses vêtements crottés.

« Le joli souillon que voici ! Tu voulais marcher jusqu'à chez toi dans cet accoutrement? Et sans falot, pardi ! M'est avis que le lieutenant de ronde t'aurait mis à l'amende ! Où habites-tu ?

— C'est tout droit, à deux portées d'arc !

— Alors, viens ! Je vais te conduire. »

Wilhem accepta l'invitation, sans toutefois prendre la main de Paulus. À l'intérieur — une douillette alcôve de bois clair, à laquelle des panneaux de velours mettaient une touche de raffinement —, le garçon s'encoigna tant qu'il put, se soulevant des mains pour ne pas asseoir le fond sali de sa culotte. Précaution inutile car, sitôt le carrosse en mouvement, son hôte se déplaça pour être auprès de lui et même tout contre, ce dont Wilhem conçut beaucoup de gêne.

« Seigneur, il semble que cette cabine soit exiguë pour deux ! Je vais poursuivre à pied...

— Reste, idiot ! Le couvre-feu est sonné, tu serais arrêté !

— Vous... vous me serrez !

— Eh bien, n'est-on pas aise de se frotter un peu, quand tombe la fraîcheur de la nuit? »

Prononçant ces mots troubles, la voix du régent

avait pris des inflexions nouvelles, flûtées et dangereuses. Quoique l'ombre ravît son visage, le souffle indécis lui donnait forme : Wilhem devinait la faible oscillation des mâchoires, la gorge étrécie — témoins d'une émotion croissante dont, sans la cerner encore, l'aîné prenait peur. Il fit diversion :

« Mes habits sont terreux, je crains de souiller les vôtres !

— Que ne les quittes-tu, alors ? »

Le garçon poussa un cri en sentant la main du recteur sur sa cuisse. Il s'échappa d'un coup de reins.

« Allons ! Est-ce qu'un baiser t'effarouche ?

— Le baiser d'un homme ?

— Laisse-toi faire ! insista fébrilement le régent. Ici-bas tout se monnaye, mon soutien t'est acquis à ce prix !

— Seigneur, je vous supplie ! »

La providence se marqua au jeune homme sous l'aspect d'un double rang de bougies, entrevu par l'œilleton du carrosse. Wilhem reconnut la façade éclairée de l'orphelinat, voisin de leur maison.

« Halte ! Je suis arrivé ! »

La voiture s'immobilisa à ce cri. Un instant plus tard, le cocher descendu de son siège ouvrait la portière. Paulus avait fait retraite dans les profondeurs de la cabine. Encore pantelant, il prit son passager à partie. Sa voix portait l'accent d'une vive contrariété :

« Eh bien... garçon... ne t'ai-je pas offert de te déposer chez toi ? Pourquoi veux-tu descendre ici, dans ce quartier huppé où sont de grandes demeures et les gens assortis ? Ta famille vit petitement, disais-tu ? »

Wilhem considéra Paulus d'un air effaré. Comment pouvait-il affecter ce ton rogue, après ce qui venait d'arriver ? Il fut tenté de quitter le carrosse comme on fuit la tanière d'un ours. Mais aussitôt les suites lui apparurent : l'hostilité du recteur, le blâme de son père et, pis encore, la perte d'une occasion qui ne reviendrait plus. Son ventre se noua. Il interrogea son reflet dans le miroir de la voiture et prit la décision qui s'imposait.

« M'aurais-tu menti ? » insista Paulus en passant une main dans ses boucles poisseuses.

Au prix d'un grand effort, Wilhem modula d'une voix faible :

« Nullement, seigneur. Notre logis est au coin de la Kruisstraat. »

Chassant l'épais rideau de la portière, Wilhem pointa une bâtisse au-dehors. Le regard du bourgeois passa dans l'ouverture, n'y rencontrant guère que l'ombre et la pluie. Quand même, l'impression lui resta d'une clôture solide, de feuillages vénérables et, plus haut, à l'étage des nids et des fumées, d'une crête ruisselante qui pouvait être un toit.

« Ça a bon air, ma foi. Ainsi, tu dors là ? Habites-tu quelque soupente, telles ces cuisinières au service des bourgeois ?

— Non plus ! La maison entière est nôtre.

— Comment, tu veux dire... elle vous appartient ?

— En droit et en fait. »

Paulus médita cette curiosité en rentrant des boutons qu'il avait laissés libres.

« Eh bien, c'est heureux si le peuple trouve à mieux se loger... Moi-même, qui serre douze mille guilders et possède huit maisons dans la ville, j'habite un hôtel dans la Wijngaederstraat qui n'est pas moitié le tien. »

La montre reparut dans sa main.

« Il est tard à présent... J'ai été heureux de te connaître, Wilhem Van Deruick ! Nous poursuivrons tantôt cet échange. Fais bon usage de l'oignon que je t'ai laissé... Si tu veux, je te montrerai où l'on trafique ce genre de marchandises, et comment l'on en tire profit. Adieu ! »

Le jeune homme bredouilla une politesse et descendit du carrosse. Il sentait le regard de Paulus sur ses épaules en maniant la grille, et encore en gravissant le perron. La voiture enfin s'ébranla.

« Où étais-tu, Wilhem ? fit Jasper sur le pas de la porte. Sais-tu ce qu'il en coûte aux imprudents bravant le couvre-feu ? »

Wilhem écarta son frère du coude. La lanterne au poing du cadet n'éclairait guère, sans quoi elle aurait accroché la veine palpitant aux tempes du visiteur et, peut-être, certain éclat méchant dans ses prunelles.

Une touffeur accablante accueillit l'aîné dans la maison. C'était jour de lessive et Frida, qui lavait son linge dans la pièce commune, avait pendu un chaudron fumant à la crémaillère. De gros toupets de vapeur chahutaient le couvercle et servaient par moments, en fusées volubiles, la nuée stagnant au-dessus des têtes. Wilhem ne connut pas ses sœurs à leur visage, tout ennuagé, mais aux contours personnels de leurs robes — les chastes jupons d'Harriet couvrant ses mules à bout de cuir, ceux de Petra bordés d'un ourlet polisson. Il devina ainsi qui parlait :

« Alors, le recteur de l'École ? Est-il si laid qu'on le dit ?

— C'est vrai qu'il marche en carrosse et paye un écuyer ? »

Pour toute réponse, l'aîné jeta l'oignon terreux sur la table.

La benjamine s'approcha, considéra l'objet d'une moue dégoûtée.

« Pouah !

— Notre frère a perdu le sens, ironisa Petra, il fait provision de boue dans ses poches !

— Sous ses semelles aussi ! » commenta Frida, déjà penchée sur l'empreinte fangeuse de l'aîné qu'elle rinçait à mesure.

Wilhem sentit la colère inonder sa poitrine. D'un brutal coup de botte, il renversa la seille où Frida mouillait son chiffon, causant l'épanchement d'une grande flaque d'eau brune. La maisonnée fut comme frappée de stupeur. Tous les regards convergèrent sur l'aîné dont les joues rubicondes, émergeant des vapeurs, semblaient celles d'un ébouillanté.

« Il suffit ! tempêta le jeune homme. Honte à vous de moquer votre frère, quand c'est toute la famille qui vient d'être insultée !

— Quoi ? Mais comment... Parle donc ! » réagit le cadet.

Wilhem ne confia rien. Il puisa une louchée d'eau brûlante au chaudron pour laver son visage et ses mains souillés ; ensuite, toujours silencieux, il entra dans son armoire à lit et tira le panneau. Les enfants Deruick écoutaient, interdits, le remuement du corps à l'intérieur. Après un moment, le panneau se rouvrit et une face hirsute parut dans l'embrasure. L'aîné marmonna des excuses, témoigna ses regrets d'avoir chaviré le seau. « Ma tête ne m'appartenait plus ! » ajouta-t-il en s'efforçant. Cependant, au premier pas que fit Jasper vers son frère, la porte claqua sèchement et le verrou tourna. On eût dit un mollusque s'abritant prestement dans sa coquille.

Cet incident suspendit la veillée. Comprenant que Wilhem ne se montrerait plus, chacun prit sa couche sans dire un mot. La lessive fut repêchée et son jus répandu sur le feu.

Pendant la semaine qui suivit sa rencontre avec le recteur, Wilhem garda l'humeur étrange qu'elle avait déposée chez lui, et dont la cause restait insoupçonnée de tous. Aucun signe, il faut dire, n'en était nettement donné : l'aîné était ponctuel aux repas et régulier dans ses habitudes ; il ne manifestait ni nervosité ni langueur, enfin se présentait sous son aspect familier et dans son train ordinaire.

« Comment va, Wilhem ? » lançait parfois Jasper d'un air léger, fredonnant sa question ainsi qu'une ritournelle.

L'aîné joignait le pouce et l'index, signe convenu entre eux pour dire « ça va » sans frais de salive.

Pourtant, l'œil exercé des siens avait relevé de menus écarts d'attitude et de langage qui décelaient, sous cette surface unie, de puissants remous intérieurs.

Un matin, par exemple, Jasper avait trouvé son frère arrêté devant l'oignon de tulipe, l'examinant avec la fixité du caméléon. L'aîné était si absorbé dans ce travail qu'il ignora Frida rinçant le plancher à grande eau — il fallut, comme aux benêts, lui tirer la manche pour l'écarter du passage.

Cela devint une habitude. Chaque jour, Wilhem traînait sa chaise vers le bulbe comme s'il l'emportait vers une fenêtre — on ne savait, d'ailleurs, pourquoi il n'apportait pas plutôt le bulbe à la chaise, comme l'aurait fait quiconque d'un peu de sens. Il restait là un long moment, secouant des osselets, pelant une poire ou roulant sa moustache, sans cesser d'activer sa pipe familière. Ce face à face s'achevait toujours de même façon, si étrange pour les siens. L'aîné s'écartait du bourgeon avec un ricanement, sinon soufflait dessus un jet de fumée bleue ; puis il tirait son siège en lançant d'une voix crâne :

« Qu'on me débarrasse de ce bulbe ! Je n'en veux plus chez moi ! »

Frida se gardait bien d'obéir. Elle savait que le mardi, le mercredi ou le jour d'après, Wilhem irait réclamer « le drôle d'oignon » qu'il moquait la veille, afin de « le mieux soupeser » ou d'en « examiner le coloris ».

À table, la conversation boudait l'oignon de tulipe, laissant aussi de côté l'entretien avec Paulus. Ni l'un ni l'autre paraissaient n'avoir existé. Ce silence dérangeait les filles Deruick mais tourmentait Jasper bien davantage, son esprit inquisiteur n'admettant pas que couvât un secret. Un soir qu'il se sentait en verve, le cadet osa la question qui lui chauffait les lèvres :

« À propos, comment es-tu avec le recteur ? Voilà six jours que tu l'as rencontré, et tu n'en as rien dit ! »

Harriet tendit l'oreille, curieuse aussi d'entendre ce récit. Mais l'aîné se déroba :

« Que veux-tu apprendre ? Paulus et moi nous fréquentons, il me traite en familier et déjà me tutoie.

— L'as-tu revu, depuis ? » insista le cadet.

Derechef, son frère éluda la question :

« Gagner sa confiance n'est pas l'affaire d'un jour, ni d'une semaine... Il y faudra du temps. Crois-tu qu'on puisse aussi simplement s'en faire un ami ? Te figures-tu combien d'hommes, combien de femmes mendient ses faveurs ?

— Je me doute, cependant...

— Cependant tu m'écorches les nerfs, à toujours quêter ceci et cela, à disputer et contredire ! Es-tu de la milice bourgeoise, pour houspiller ainsi les gens ? À l'école, déjà, tu faisais ta tête forte, rageux d'apprendre si Ève avait croqué une poire ou une pomme, et s'il grêlait au paradis ! De grâce, cadet, laisse-moi en paix ! »

Jasper s'abrita derrière son coude replié.

« Tout doux, mon frère ! Je ne faisais que prendre des nouvelles ! Après tout, ce rendez-vous intéresse la famille ! N'est-ce pas sur le conseil de père que tu as visité le recteur ? »

Wilhem dut bien admettre que son frère disait vrai.

« Oui, Jasper, mais père est bien loin, et notre barque avance sans gouvernail ! Je ne peux rendre raison de chaque coup de rame ! Doutez-vous que je manœuvre pour votre bien ? »

Le cadet n'eut pas assez de ce fade plaidoyer. Il reprit, insistant avec douceur :

« D'où vient cet oignon que tu as rapporté, et que depuis tu lorgnes bizarrement ? »

Les regards se fixèrent sur le bulbe que Frida avait laissé dans une coupelle, parmi d'autres curiosités — objets de statut incertain et d'usage éventuel dont un sablier vide, quelques médailles, une coquille d'huître, un encrier noirci, des chutes de fil et des clefs sans serrures.

En vérité, le cadeau du recteur faisait bien du souci à la servante. Ne sachant de quelle plante, digeste ou non, ce drôle d'oignon portait le germe, elle l'avait d'abord mis au *trésor*, comme s'appelait l'armoire à provisions. Mais là, dans quelle corbeille le ranger ? Celle des choux ? Celle des betteraves ou des échalotes ?

« Si je le cuis, il n'y aura plus à lui trouver de place ! avait-elle songé. Qui sait ? Peut-être fera-t-il un condiment pour le bouillon ? » Guère plus tard, Jasper l'avait surprise en train d'éplucher le légume, sans savoir d'ailleurs où piquer son couteau ni à quelle profondeur pousser la lame. Il l'avait arrêtée, sauvant ainsi le bulbe de la casserole.

« Un instant, Frida ! Sais-tu si cet oignon se mange ?

— Monsieur, je ne sais point ! »

Le cadet prit l'avis de son frère.

« Sans doute pas, indiqua Wilhem, c'est un bulbe de fleur.

— De fleur ? Entends-tu, Frida ? Ça n'est pas pour la soupe !

— Pourtant l'on croque des orchidées au sucre ! » intervint fâcheusement Harriet.

Ce fut l'aînée des sœurs qui débrouilla ce nœud :

« L'oignon de tulipe a saveur de châtaigne amère, et laisse un goût de moisi sous la langue. Il fait un aliment passable s'il est rôti, assaisonné d'huile et de vinaigre, autrement ne vaut rien... Voilà ce que le prédicant de l'église wallonne nous a dit tantôt, dans son prêche sur le manger et le boire. L'hiver survenant, il craint que les paysans disetteux ne viennent à manger leurs fleurs et ne s'en fassent des maux de ventre.

— N'est-ce pas merveille que ces demoiselles, si savantes en tulipes ? ironisa Jasper. Naguère, on les instruisait à coudre et à laver. Maintenant, elles discourent même de botanique ! »

Après avoir ruminé toute une heure sur l'emploi qu'elle ferait d'une fleur inéclose, la servante n'en trouva aucun et, raisonnablement, oublia l'oignon dans la coupelle où il logeait toujours.

Harriet s'en émouvait beaucoup.

« Nous n'avons pas de fleurs chez nous ! À peine quelques bouquets ! Et nous laissons sécher le germe d'une fleur peut-être rare ! »

Jasper le prenait à blague, comme tout ce que disait sa petite sœur :

« Harriet, tu n'as plus de sens ! Pourquoi prendre souci d'un simple oignon qu'on peut acheter quelques stuivers au marché de la ville ?

— Parce que j'ai le goût des belles choses ! confiait la benjamine en agaçant les tresses rabattues sur son front. Sais-tu que nos voisins fleurissent leurs maisons ? Et qu'en hiver, ils font peindre les fleurs absentes ? J'ai vu tantôt chez mon amie Solveig un charmant petit tableau avec quelques tulipes, des iris, des jonquilles et des fritillaires. Le tout sortant d'un vase au col étroit, un frêle calice en porcelaine chinoise... Le coup d'œil en était ravissant ! »

La lippe du cadet s'avançait, dédaigneuse.

« Oui, on trouve partout ce genre de toiles... Il n'est pas de chaumière aux confins de la Zélande dont les murs de bois goudronné n'accueillent une *Nature morte aux fleurs* ou une *Allégorie du printemps* ! Ces paysans qui dînent de moules et d'oignons frits sont fiers de leurs pochades ! Voici les gens que tu veux imiter ? »

Harriet croisa les bras d'un air buté, comme elle faisait enfant quand on lui refusait quelque faveur — ainsi, de patiner sur la rivière gelée ou de creuser la mie du pain.

« Père serait d'accord avec moi. Il mettait l'art au-dessus de tout, et disait qu'une âme pleine vaut mieux qu'un corps repu.

— C'est cause, sans doute, qu'il était si maigre ! » pouffa Jasper.

L'aîné goûta le mot de son frère, ce qui inclina Petra à prendre le parti d'Harriet.

« Vous êtes sots de rire ainsi ! Cette maison me

fait honte avec ses planchers rognés et ses plafonds moisis ! Que doivent penser nos visiteurs ? N'y aurait-il pas de l'agrément pour eux à voir de belles peintures, plutôt qu'un mur tout nu dont le plâtre s'écaille ? Je sais de jeunes artistes qui, pour soixante guilders, font d'honnêtes compositions de fleurs... »

Derechef, Jasper s'en remit à l'arbitrage de l'aîné. Wilhem tira son fauteuil près de la croisée. Il s'y campa à l'aise, curant sa pipe avec l'ongle ou la tapotant sur l'accoudoir, sans souci du poudrin que ce travail faisait pleuvoir sur le plancher.

« Petra, il n'en est pas question. Soixante florins, c'est une somme dans notre position. Et puis, crois-tu qu'il est temps de payer un tableau quand nous avons à peine de quoi souper ? Cet hiver, la tempête a couché la grande cheminée, un nouveau coup de vent pourrait faucher l'autre... Alors, comment nous chaufferons-nous ? L'important, tu le vois, n'est pas de faire peindre des jonquilles... »

Petra lâcha un soupir. Mais la benjamine s'obstinait :

« Au moins, je voudrais fleurir notre jardin ! C'est trop bête, à la fin, ce grand terrain où rien ne pousse ! Et si nous plantions l'oignon de Wilhem ?

— Fais-en ce qu'il te plaît, chère sœur.

— C'est vrai, tu voudrais bien ?

— Ce bulbe ne m'est rien. Je me soucie peu qu'on l'enterre ou qu'on le vende, ou même qu'on l'écrase sous une botte ! »

Aussitôt les deux sœurs se précipitèrent dans le jardin et, munies d'un fer rouillé qui traînait là, creusèrent un trou entre les racines du noisetier.

Le bulbe fut enfoui et recouvert. Sur le conseil de Frida, Harriet l'abreuva d'eau de pluie recueillie dans un pot.

« Des enfantillages ! » se moqua le cadet.

Wilhem tira sa salive au travers de la pipe. Ancien chiqueur, il prisait le goût du tabac mâché dont le jus baigne la bouche.

« Jasper, la boutique est fermée depuis le départ de père. Il est temps de se mettre à l'ouvrage. J'irai tantôt, et te prie de veiller nos sœurs en mon absence.

— C'est que moi aussi, je reprends mes leçons !

— Quand donc ?

— Aujourd'hui même.

— Nous ne pouvons pourtant laisser Harriet à la garde de Petra, et Petra sous sa propre conduite !

— Et pourquoi non ? Au besoin, Frida sera là. »

Wilhem médita la chose un long moment. Sa pipe lâchait des nuages odorants, si réguliers qu'ils semblaient marquer le temps.

« Tu as peut-être raison. Harriet n'est plus une enfant, et Petra sera bientôt d'âge à se marier. C'est entendu, elles disposeront d'elles-mêmes jusqu'à ce soir... Mais que père ne l'apprenne pas ! Il nous tiendrait rigueur de ce relâchement.

— Cornelis n'en saura rien. »

Les filles accueillirent la nouvelle avec excitation. Pour un peu, elles auraient mis leurs frères à la porte tant il leur tardait d'être libres. Quand les deux hommes quittèrent la maison, elles s'installèrent à la croisée, dans les meilleurs fauteuils, portant chacune un verre d'arak dont les garçons se réservaient d'ordinaire la consommation. L'alcool leur parut succulent et la place confortable. Petra déclara qu'il faisait bon être un homme ; ici-bas, mieux valait porter la barbe que le jupon.

Vers la fin d'après-midi, une cloche retentit dans la maison somnolente. Frida n'entendit pas, occupée qu'elle était à repasser le linge.

« Qui sonne à cette heure ? tressaillit Harriet.

— Je vais voir.

— Crois-tu que c'est prudent ?

— La grille est haute et porte une chaîne. Je ne risque rien. »

Petra se couvrit d'un châle et avança à la grille. Le peu d'éclat de sa lanterne dégagea une silhouette de l'ombre : un jeune homme à la mise modeste qui ôta son bonnet.

« Bonsoir, mademoiselle, fit l'inconnu en inclinant le buste. Votre père est-il au logis ?

— Il revient bientôt, mentit Petra. Mes frères aussi sont en chemin.

— Fort bien... Mon nom est Ernst Rotteval, je suis le cocher et le valet de Paulus Van Bereysten, le recteur de l'École latine. Votre frère, Wilhem, l'a rencontré tantôt.

— Oui, monsieur. »

Petra cherchait des réponses brèves et un maintien sévère, dirigeant exprès son regard vers le col du garçon plutôt que vers sa figure. C'était, croyait-elle, les seules façons convenables. Qui sait si un voisin n'avait pas l'œil à la fenêtre ?

« Mademoiselle, j'ai ceci pour vous. »

Les yeux de la jeune femme quittèrent le col pour la boutonnière — fort sale, observa-t-elle — qu'ils suivirent jusqu'à la manche. Au bout de la manche, une main tenait un rouleau. Les lèvres de Petra se retroussèrent d'indignation. Cet homme se figurait-il qu'elle accepterait son présent ?

« N'ayez crainte, il n'y a rien là pour blesser votre honneur ! Ce n'est qu'une gouache, une simple étude que mon maître destinait à votre frère, en témoignage de sa sympathie. »

Brusquement, Petra éloigna la lanterne et fit retraite vers la maison :

« Mademoiselle ! Que...

— Si c'est un pli pour Wilhem, apportez-le à son retour !

— Ne pourriez-vous le lui remettre ?

— Impossible.

— Mon maître lui a offert un bulbe de tulipe. Cette étude représente la fleur éclose. »

Ernst n'espérait guère dans cet argument. Pourtant, la jeune femme marqua une courte hésitation, une pause d'un instant où le visiteur risqua sa chance. Il débita soudain, à la volée :

« L'étude est signée Judith Leyster, une élève de Franz Hals. Mon maître l'a priée d'illustrer quelques spécimens de tulipes qu'il met à l'encan mais qu'il ne peut montrer, parce que les bulbes doivent rester en terre jusqu'à l'été. Il y a quarante-deux gouaches semblables. Prenez-la, s'il vous plaît ! Il vous présentera les autres si c'est votre goût ! »

Petra revint sur ses pas et accepta le rouleau qui passa furtivement à travers la grille. Dans cet échange, ses doigts frôlèrent ceux du visiteur et un frisson courut entre eux deux. Elle resta stupéfaite, repliant sa main comme au toucher d'une flamme.

« Tout va bien, mademoiselle ?

— Laissez ceci et partez ! » fit Petra en soufflant la lanterne.

L'instant d'après, telle une biche au coup de feu, elle avait disparu à l'intérieur de la maison.

« La jolie sauvage que voilà ! » sourit le cocher en humant une trace de parfum sur son gant. Il longea la rue vers le carrosse stationné près de là.

Petra n'osa pas dérouler le dessin que fermait un nœud difficile. Elle attendit le retour de Wilhem, qui d'emblée la qucstionna :

« Comment, tu as introduit ce jeune homme ?

— Il est resté derrière la grille !

— Tu lui as parlé...

— Et quoi ? Fallait-il laisser la cloche nous assourdir ?

— C'est égal. Je vois bien qu'il n'y a plus de discipline dans cette maison, et que mes sœurs n'en font qu'à leur tête ! Je dirai tantôt à ce cocher ce que je pense de ses commissions. Pour l'heure, montre-moi ce dessin... Il ne faut pas que Paulus m'en entretienne sans que je l'aie vu ! »

Wilhem étendit la gouache sur la table du séjour, en posant des briques de tourbe aux quatre coins. Des chandeliers furent apportés pour conforter le jour avare de la fenêtre. Puis l'aîné s'installa à califourchon sur une chaise, entamant une pipe neuve dans des rouleaux de fumée blanche. Les sœurs restaient debout, en retrait.

L'étude figurait une fleur comme Wilhem n'en

avait jamais vu : montant d'une tige épaisse dont s'écartaient de larges feuilles fatiguées, certaines retombantes, et s'épanouissant dans une coupe de gros pétales blancs flammés de pourpre. Par l'empâtement de ses formes, cette variété dégageait on ne sait quoi de sauvage, de rustique, heureusement balancé par le jeu aérien des couleurs.

« Quelle est cette fleur ? demanda l'aîné.

— C'est écrit. Une tulipe de la variété *Admirael Van Engeland.* »

Le regard du cadet s'attardait sur le dessin, tentant d'accorder ce nom étrange à la forme neuve. Tulipe, tulipe... Ma foi, les deux s'épousaient bien. Le puissant rameau qui portait la fleur répondait aux consonnes, non moins robustes, qui soutenaient son nom. À l'œil comme à l'oreille, on sentait l'enracinement profond de la tulipe, le profit généreux qu'elle tirait de la terre — quand d'autres espèces ne semblaient exister qu'à l'étage supérieur, par de légers pétales vite dispersés, frêles machines lâchées au vent ; ainsi la renoncule ou le coquelicot.

À cet instant, l'attention de Petra fut accrochée par deux notes manuscrites, l'une à l'encre, l'autre à la mine de plomb, qui bordaient la gouache. La première, « 160 azen », était sans doute un poids, mais que fallait-il entendre par la seconde, « *f* 460 » ?

« C'est le prix de la fleur : quatre cent soixante florins ! » expliqua Harriet.

L'aîné posa sur sa sœur un regard incrédule.

« D'où sais-tu cela, petite fille ?

— Solveig me l'a dit.

— Ton amie qui fait peindre des fleurs ?

— Elle possède des dessins du même genre. Certains portent aussi des inscriptions. »

Un silence suivit cette déclaration. Quatre cent soixante florins ! De quoi payer comptant trois veaux gras au marché d'Enckhuisen, ou à son gré prendre livraison de vingt-six tonnes de blé, de six barriques de vin, de quatre mille livres de fromage ! L'annonce éveilla chez Wilhem la plus vive émotion. Aucun son, il est vrai, n'était plus clair à ses oreilles qu'un tintement de pièce d'or, ni ne pouvait l'intéresser plus fort à la conversation. L'aîné jeta décidé, presque violent :

« Ah, ça ! Quatre cents guilders ?

— Quatre cent soixante, précisa sobrement la benjamine.

— La jolie fable ! Six fois son poids d'or !

— Ce genre d'affaires se traite chaque jour aux tavernes. Encore cette variété n'est-elle pas des plus chères ! En vérité, il se trouve dans nos provinces des gens fort entichés de tulipes, qui sèment des fortunes pour fleurir leur jardin !

— Comment ? Mais Jasper disait qu'au marché, on achetait des tulipes pour presque rien ! »

Un soupir échappa à Petra qu'irritaient les lenteurs de son frère.

« Eh bien, Wilhem ? Il en est des fleurs comme du drap ! Les paysans taillent leurs braies dans des toiles sans valeur, les princes se drapent d'étoffes coûteuses !

— Oui-da ! approuva la benjamine. On demande peu d'argent des fleurs unies, toutes rouges ou toutes jaunes. Mais si elles ont un dessin bizarre, un coloris frais et varié, ce sont des joyaux montés sur tige ! D'ailleurs..., ajouta-t-elle en reniflant, toutes les tulipes, même les plus ingrates, ont désormais des amateurs. Jamais les jardiniers n'en cultiveront assez pour assouvir la clientèle !

— Qui sait? conclut rêveusement Petra. Peut-être cette *Admirael Van Engeland*, cotée aujourd'hui quatre cents guilders, doublera-t-elle son prix avant l'automne ? »

Les regards des enfants Deruick convergèrent sur l'étude de Maître Leyster. L'éclairage mouvant et l'inégal soulèvement du papier douaient la fleur d'une sorte de relief. Étaient-ce le silence remarquable, la bizarrerie du dessin, les volutes odorantes du tabac ? Il leur semblait prendre part à un rite magique dont Wilhem eût été l'officiant. Jasper scrutait le visage de son frère où ne s'affichait aucune émotion bien qu'on décelât, dans l'intervalle des paupières abaissées, la course rapide de l'iris bleu pâle.

« Mes chères sœurs, vous n'avez plus le sens ! s'insurgea le cadet. Vous maniez des chiffres dont la simple idée m'épouvante et qui semblent, dans votre bouche, ridiculement rapetissés... Quatre cents florins ! Allons, donc ! Rien que cela ! Père, je le sais, vous a tenues loin des réalités de ce monde, apprenez toutefois qu'un pain de douze livres se vend huit stuivers et qu'un blanchisseur en gagne dix la journée : en deux jours pleins, il fait à peine son florin ! Voilà, n'est-ce pas? un ordre de calcul qui nous est familier ! »

Wilhem caressait du pouce le culot tiède de sa pipe. Il ne savait où loger son opinion. D'un côté, la prudence du cadet lui semblait bienvenue, et ses propos conformes à ceux que père aurait tenus en même circonstance ; de l'autre, il aimait l'optimisme de ses sœurs et adhérait à leur espoir d'argent facile. Pour finir, l'aîné énonça d'une voix lente, en tétant rêveusement le tuyau à fumer :

« Comment croire qu'un homme rassis et raisonnable, mettons un bourgmestre d'Utrecht, irait creuser sa poche aussi profond pour la possession d'une... d'une...

— D'une fleur ! compléta Petra.

— D'un bulbe ! rectifia Harriet, car en été, ce sont les bulbes dont on fait commerce.

— Cette boule noire et terreuse que m'a donnée le recteur ? commenta Wilhem en fermant le poing. C'est ça qui vaut quatre cent soixante guilders ? »

La fillette hocha la tête. Aussitôt, l'aîné Deruick bondit du fauteuil et pointa l'index vers sa sœur, comme pour lancer une accusation. On crut qu'il parlerait, mais ses lèvres remuèrent sans former de son. Le doigt tendu se replia, la main emporta la pipe encore chaude qui rentra dans une poche. L'instant d'après, Wilhem s'échappait dans le jardin.

« Où l'avez-vous planté ? Où ? » s'écria l'aîné en dévalant le perron.

Ses sœurs l'avaient suivi malgré l'empêchement des jupons. Elles scrutaient l'ombre où planait une forme claire.

« Wilhem ? Qu'est-ce qui te prend ?

— Où est-il ?

— Quoi ?

— L'oignon, pardi ! »

Guidée par la voix, Petra rejoignit son frère qu'elle trouva agenouillé sur la terre humide, la creusant à deux mains. Dans l'obscurité, le bruit de ce travail et les grognements de l'aîné prenaient une ampleur saisissante. On eût dit un sanglier fougeant brutalement le sous-bois.

Jasper accourait avec une torche. Sous le pinceau mouvant du feu se composa un tableau de cauchemar : l'aîné sali jusqu'aux cheveux par les éclaboussures de terre évoluait à quatre pattes dans la bauge qu'il avait ouverte, et qu'il agrandissait chaque instant à grands coups rageurs.

« Mon frère ! » cria Harriet épouvantée.

La folie de Wilhem se libéra dans un éclat de rire.

« Où est cet oignon du diable que tu as enfoui ? Me le diras-tu enfin ?

— Quelle importance ?

— Comment ? Tu laisserais pourrir sous terre quatre cent soixante florins ? Tu abandonnerais ce magot à l'appétit des vers ?

— Mais... tu semblais n'y attacher aucun prix !

— Avais-je idée de sa valeur ? »

L'aîné reprit sa tâche d'un nouvel élan. Il remuait le sol à poignées, sans égard pour ses sœurs qui recevaient des projections de boue. Jasper chercha des paroles conciliantes :

« Au nom de Dieu, Wilhem, je t'adjure d'arrêter ! Tu continueras demain, au jour, si tu y tiens... »

La main griffue de Wilhem se serra en poing pour marteler le sol.

« Jamais ! Entends-tu ? Même si je dois remuer pouce à pouce toute l'étendue de terre qu'il y a du perron à la grille, et toute son épaisseur jusqu'aux voûtes de l'enfer, je trouverai ce maudit oignon ! »

Jasper consulta Petra du regard. Ensuite, il planta la torche à côté de son frère et rebroussa chemin vers la maison, entraînant les filles à sa suite. L'aîné resta seul sur le chantier.

Guère après, la porte du logis s'ouvrit en fracas. Un garçon hirsute jeta une boule de fange sur la table du séjour ; ils reconnurent l'oignon de tulipe.

« Je l'ai déterré une fois déjà, c'est la seconde ! haleta Wilhem. À présent, qu'il nous relève aussi ! Père avait raison : une ère de gloire s'ouvre pour notre famille ! Et le germe en est là sous vos yeux... »

Chaque jour que Dieu faisait, quelles que fussent l'humeur du ciel et l'urgence des affaires, Paulus Van Bereysten et son fils Eliasar accomplissaient par la ville une promenade à pied dont l'objet public était l'entretien de leur santé — avant tout, la répression d'une fâcheuse tendance à l'embonpoint — et l'objet privé, la surveillance des huit propriétés mises en location par Paulus, assez distantes les unes des autres.

L'itinéraire reliait les résidences, en vérité de simples maisonnettes conçues sur un modèle unique, au goût des artisans qui fournissaient le gros des locataires. La disposition en était identique, le mobilier uniforme : même couple de chaises habillées de tapisserie, même table à rabattants en poirier noirci, même coffre clouté de cuivre, mêmes armoires à linge et à vaisselle ; il n'était pas jusqu'aux tableautins, une peinture bon marché dont le recteur faisait l'emplette à la kermesse de septembre, qu'on ne retrouvât, pendus aux mêmes places, sur les murs carrelés du vestibule.

Parce qu'ils habitaient des maisons semblables, Paulus tendait à mélanger ses locataires. Il oubliait les noms, confondait les visages, ce qui l'avait porté de bonne heure à user de « monsieur » ou de « madame » avec tout le monde, et à fixer la causerie sur des généralités inoffensives comme le temps ou les récoltes. Son fils, doué d'une meilleure mémoire, complétait au besoin d'un détail personnel qui donnait l'impression au naïf d'être connu :

« Eh bien, Abraham, je vois que vous avez pendu l'enseigne neuve !

— En effet, seigneur ! L'ancienne était rouillée.

— Je m'en réjouis. Puisque vous êtes en fonds, n'oubliez pas d'acquitter votre loyer qui vient tantôt à échéance... »

Paulus se liait peu avec ses pensionnaires. D'une part, les jugeant de condition inférieure, il doutait que leurs vues pussent avoir le moindre intérêt : quel bénéfice attendre du raisonnement d'un chausseur ou d'un tapissier ? D'autre part, le recteur cultivait son anonymat, n'aimant rien comme passer sous les fenêtres sans être deviné, et orientant sa promenade pour ne l'être jamais. Familier des traverses et des raccourcis de Haarlem, il les empruntait de préférence aux rues passantes afin d'approcher ses maisons par le biais et de surprendre les occupants dans leur intimité.

Depuis vingt ans qu'il visitait son patrimoine, Paulus n'avait jamais forfait plus d'une ou deux fois à sa marche quotidienne, ni ne l'avait déviée en aucune occasion. Ce jour-là, pourtant, il proposa à son fils Eliasar de tirer plus au nord entre la sixième et la septième maison, ce qui surprit fort — le mot est bas — son compagnon de tournée.

« Comment, père, vous parlez de changer notre itinéraire ?

— Et pourquoi non ?

— Nous ne l'avons jamais fait !

— Soit.

— Par cette chaleur !

— Nous marcherons à l'ombre.

— Mais, mais... »

Une vraie détresse se peignit sur le visage d'Eliasar. Épris d'habitudes, il réprouvait toute nouveauté. Paulus dut s'expliquer.

« J'aimerais visiter une bâtisse sur la Kruisstraat. De nuit, elle m'a séduit, mais que vaut-elle de jour ?

— Qu'alliez-vous faire là-bas ?

— Je conduisais un jeune homme. Il y a onze jours de cela. »

Derechef, les sourcils du fils se nouèrent.

« Père, vous voilà repris dans vos errements !

— C'est une belle maison..., plaida le recteur.

— Ou c'est un joli garçon ?

— Tu m'ennuies ! »

Soudain, Paulus traversa la chaussée pour prendre une ruelle. Eliasar le rattrapa et se mit dans ses pas. De ce moment, il ne quitta plus son père d'une foulée, s'efforçant même de loger la pointe de ses souliers dans l'ombre qui fuyait. Ils furent bientôt devant l'orphelinat.

« Voici ! » s'exclama Paulus en pointant une maison voisine, la plus haute des environs.

Le coup d'œil en était ensemble flatteur et désolant ; flatteur grâce aux belles proportions, au porche généreux qui jetait son ombre crénelée jusqu'à mi-rue ; désolant par l'état d'abandon où cela se trouvait, tel que maints visiteurs devaient croire l'endroit inoccupé. Sûrement, aucun jardinier ne prenait soin des deux ormes, des trois noisetiers, du tilleul cendré dont les frondaisons coiffaient le toit à six pentes. La verdure poussait à son caprice, embrouillant les abords du terrain, fortifiant d'une clôture naturelle la grille en fer forgé.

« Presque une ruine ! décida Eliasar.

— Il faut juger le tout. Voici une bâtisse qui jouit d'un grand parc et d'une position enviée, au croisement de la Kruisstraat et du Groenmarkt, à une portée d'arc de l'hôtel de ville ! Ce n'est pas si commun !

— Mais ces balcons émiettés ? Ces cheminées torses ? Qui donc habite ici, pour laisser des racines culbuter le perron et des branches gifler les fenêtres ?

— Un peu de mortier ici ou là, quelques coups de serpe... Il n'y paraîtrait plus !

— Est-elle même en vente ?

— Tout est à vendre ! Il suffit d'y mettre le prix ! N'as-tu pas assez commercé pour le savoir ? »

Se reculant, Eliasar considéra Paulus d'un nouvel œil, intrigué et méfiant.

« Père, que me cachez-vous ? Les jolies maisons ne manquent pas à Haarlem ! D'ailleurs, plusieurs sont annoncées que leur propriétaire est tout prêt à céder ! Pourquoi vous entêter de vieilles pierres qui...

— Parce que j'en ai le goût ! N'est-ce pas une raison suffisante ?

— Ce n'est pas la seule. Votre œil le dément. »

Paulus enfonça son chapeau d'une tape, fâché de s'être laissé surprendre.

« Eh bien, soit, Eliasar... Je le confesse, l'enjeu de cette bâtisse ne tient pas qu'à ses murs ! Elle appartient à la famille Van Deruick dont le père, autrefois, m'a tiré d'un grand péril... J'ai conçu une dette à son égard et veux m'en libérer !

— En achetant sa maison ? Quel étrange détour !

— Tu n'entends pas... Tant que cette dette a cours, je suis sous l'empire des Deruick ! Au contraire, si j'acquérais leur maison, ils tomberaient sous mon pouvoir !

— Voilà un raisonnement bien tortueux ! estima Eliasar. Que n'offrez-vous plutôt de quoi remplacer ces carreaux et cimenter ce balcon ? Il ne vous en coûterait pas bien cher, et votre dette serait acquittée ! »

Paulus allait répondre quand une robuste Frisonne, coiffée d'une panière à linge, jaillit de la maison en criant des injures. À son approche, un vieillard qui épiait derrière la grille se retira d'un pas craintif. D'autres curieux s'égaillèrent dans la rue.

« La geôlière ! chuchota le fils Bereysten. Elle n'a pas l'air commode ! Fuyons !

— Au contraire, allons à sa rencontre. Nous sommes attendus... »

Un sourire s'épanouit sur la face suante du recteur, dont la graisse plissa aux oreilles.

« Par qui ?

— Les Van Deruick nous convient à souper ! »

Depuis trois jours que l'invitation avait été lancée, et qu'un messager avait porté en retour l'agrément du recteur, la famille se préparait à accueillir ses hôtes avec tous les honneurs. En vérité, Wilhem avait engagé plus de frais pour cette réception que Cornelis pour le baptême de son premier-né, bien qu'il ne fût ni dans son caractère, ni dans ses moyens, ni même dans la coutume du pays d'afficher un train somptueux.

« Es-tu sûr que le recteur mérite pareille dépense ? s'émut Jasper devant l'afflux des factures.

— Je ne sais s'il la mérite, mais il l'approuvera.

— Nous sera-t-il seulement reconnaissant, lui qui dîne chaque soir dans une vaisselle d'argent ?

— Sans doute pas, mais nous y sommes obligés ! Certaines fleurs ne s'épanouissent qu'au plein soleil. Pareillement, il faut aux gentilshommes un climat d'apparat et de luxe hors duquel ils s'étiolent !

— Je ne suis pas sûr que...

— Jasper, c'est assez ! Tu sais combien j'espère dans ce dîner. Alors, je te prie d'accueillir le régent comme l'envoyé de Dieu sur terre, sans compter ni ton temps ni tes sourires. Si tu ne le fais pour moi, fais-le pour père ! »

L'aîné fut obéi. Les huit chaises de la maison reçurent de grands coussins de cuir et le renfort d'un banc en marbre, qu'on restituerait demain au loueur. Devant les rares tableaux, Petra accrocha des rideaux de velours qui les ennoblissaient. Il y avait partout des napperons, des rince-doigts, des vasques à rafraîchir, profusion de vin et de biscuits anisés. Enfin, sur la requête intelligente d'Harriet, des bouquets furent exposés aux fenêtres, dont l'odeur entêtante affrontait le parfum d'aspérule de l'armoire à linge. Frida ne chôma pas : outre la charge épuisante du ménage et de la cuisine, elle se vit confier la pire besogne — qui était d'arranger au sol, avec des sables de couleurs, un mot délicat à l'attention des visiteurs :

« *Welkom bij ons huis !* Bienvenue dans notre maison ! »

Le premier pas d'Eliasar à l'intérieur du vestibule en bouscula les lettres, ce qui d'emblée lui attira l'antipathie de la servante. Elle s'aggrava quand le jeune Bereysten refusa d'échanger ses chaussures contre des mules de paille, puis travailla le feu si gauchement qu'une bûche roula sur le tapis.

« Hélas ! Mon fils... », commenta Paulus avec humour.

Personne n'osa en rire, bien que Petra eût libéré fort à propos un grand éternuement.

Il faut dire qu'au premier regard jeté sur l'héritier du régent, dès le contour pris de son dos sinueux, de son ventre ballon, de sa figure en croissant de lune — le menton en galoche attirant le front pointu —, les sœurs Deruick surent aussitôt où le ranger : parmi ces garçons immariables que les autres choisissent pour compagnie à boire ou à chanter, mais qu'aucune belle n'élit jamais pour amant. Si Petra, encline par son âge à quérir un parti, avait formé le moindre songe d'épousailles, il se dissipa à la vue de leur visiteur.

« Jamais, pensa-t-elle, je ne prendrai garçon aussi mal fait ! »

Elle fut heurtée quand Wilhem, présentant les membres de la famille, l'introduisit par cette formule : « Ma sœur Petra, en affaire de mari... » L'aînée ne corrigea pas son frère, mais déroba son gant au baisemain d'Eliasar. Plus tard dans la soirée, elle s'enquit auprès de Paulus de son cocher, qu'elle déclara fort bel homme et du meilleur abord. L'héritier s'en accommoda, ce dont elle déduisit qu'en plus d'être laid, le garçon était sot.

Le dîner commença fort sagement. Ce jour-là, le recteur avait plus d'appétit que de verve et guère d'attention qu'à son assiette, garnie de saucisson d'Utrecht poivré. Peut-être aurait-il fini le repas sans un mot si Wilhem, soucieux d'amortir ses débours, n'avait ouvert la causerie d'une bien étrange façon : en tirant d'une poche de son pourpoint, puis de plusieurs pièces de satin qui l'enveloppaient, le bulbe de tulipe qu'il éleva dans sa paume.

« Un bulbe d'*Admirael Van Engeland*, n'est-ce pas, père ? lança fièrement Eliasar. Au coup d'œil, je dirais qu'il pèse cent trente ou cent quarante azen. L'ai-je bien estimé ? »

Paulus félicita le jeune homme d'une tape sur l'épaule.

« Mon fils est connaisseur. Je ne sais par quel prodige il démêle ces oignons de tulipes qui sont tous un pour moi et que, d'ailleurs, je ne sépare guère de ceux des narcisses, des crocus ou des jacinthes ! Tu as raison, Eliasar, c'est bien une *Admirael Van Engeland* que j'ai offerte à notre ami. »

Flatté, Eliasar fit entendre un discret sifflement qui parut à sa voisine d'assez mauvais goût.

« Est-il aussi amateur de tulipes ? s'enquit courtoisement Jasper.

— Comment ? Mais c'est un homme de l'art ! En vérité, si j'ai quelque lumière sur la culture des fleurs et leur négoce, mon fils est passé maître. Tout le mérite lui revient des fruits que notre famille tire de ce commerce. C'est lui d'abord qui achète et qui vend, c'est lui encore qui veille à l'entretien des terrains sableux que nous avons autour de Haarlem, où poussent des tulipes à foison !

— Ainsi donc, vous cultivez des champs ?

— À perte de vue, mon garçon ! Nous en tenons quelques dizaines de perches à l'extérieur de la *Grote Houtpoort*, la grande porte des bois, et plus encore près de la *Kleine Houtweg*, la petite porte voisine, non loin des plantations de roses. Tout un côté du *Bollslaen*, le "chemin des bulbes", nous appartient, enfin l'on peut dire sans excès qu'une tulipe au moins est nôtre, sur cinq qu'on cueille à Haarlem. »

L'aîné fixait Paulus sans ciller. Une sorte de tristesse lui venait de cette révélation, qui faisait les Bereysten plus riches qu'il n'avait cru et par suite les établissait, eux les Deruick, encore plus pauvres. Combleraient-ils jamais l'écart ? Il avait beau réfléchir que cette prospérité n'était pas toute l'œuvre de Paulus, qu'il y entrait une part de chance et peut-être d'artifice, quand même, il jugeait saisissantes la réunion d'autant de biens, l'astreinte de tant d'hommes au service d'un seul. Comment ne pas se comparer et se voir dérisoire ?

Comme naguère à *La Vigne d'or*, Wilhem fut soudain empêché du moindre mot. Yeux saillants, bouche molle et tempes rouges : il semblait près de défaillir. Ce fut Harriet qui sauva la conversation, dans le rôle effronté qu'elle aimait :

« Tiens ? Des bourgeois s'intéressent aux tulipes ? Ne dit-on pas qu'elles passionnent surtout les petites gens, qu'on en trafique dans les tavernes et dans les mauvais lieux ?

— Harriet, voyons ! la gourmanda Jasper. Tu insultes nos invités ! N'y prenez point garde, messires... Cette fille attacherait le diable sur un coussin !

— Ce n'était qu'une question !

— Tais-toi, petite insolente ! » fit Wilhem avec énergie.

Eliasar toisa la benjamine avec hauteur.

« Qui t'a dit cela, fillette ?

— Le père d'une camarade, Solveig Baelde.

— Eh bien, le père de ton amie est un sot ! Ce ne sont pas les petites gens qui s'entichent de tulipes, ce sont les gens pratiques et astucieux ! Je me flatte d'en être ! Certes, la tulipe n'est pas encore cotée à la Bourse d'Amsterdam, comme le cuivre ou le cognac français. Elle n'apparaît pas un placement aussi sûr que les bons du gouvernement. Peut-être même passons-nous, aux yeux des régents de la capitale, pour des campagnards sans instruction qui monnayent leurs fleurs comme naguère ils monnayaient la laine ou le saindoux! »

Wilhem indiquait par d'énergiques tours de tête qu'il n'était pas d'accord avec les régents.

« Ils ont tort, seigneur!

— Ils ont tort, assurément. Et ils l'apprendront tantôt à leurs dépens! Quand ces messieurs d'Amsterdam verront les profits inouïs qu'on peut réaliser dans les affaires de tulipes, quand nous rachèterons pour une poignée dc bulbes leurs hôtels, leurs carrosses et leurs beaux équipages, alors ils regretteront de nous avoir boudés! Connaît-on marchandise qui, passant d'une main à l'autre, et de celle-ci à une troisième, ait déjà doublé sa valeur? Sait-on pépite si lourde, gemme si pure qu'une seule puisse faire votre fortune? Non, n'est-ce pas? Voilà pourtant le prodige qu'ont accompli de simples jardiniers! »

La verve d'Eliasar entraînait son appétit : plus remuait sa langue, plus s'agitait son couteau, tranchant presque à chaque mot une rondelle de saucisse. C'était l'opposé du recteur, lequel délaissa sa portion dès qu'il prit part à la causerie :

« Un homme instruit ne saurait mépriser les tulipes... L'ignorant seul les croit rustiques et mal venues! Dans d'autres contrées, on connaît leur prix, elles ont là-bas le même rang qu'ici, les roses ou les lys! Savez-vous par exemple qu'on la tient pour sacrée chez les adorateurs du sultan, parce que les lettres composant son nom, *lale*, sont celles aussi qui forment le nom de l'Éternel ? Les variétés les plus prisées sont en forme d'amande, avec des pétales effilés comme des fers de lance. Elles se nomment *Nur-i-Adin*, "Lumière du paradis" ou *Dur-i-yekta*, "perle incomparable" !

— Vous êtes donc si savant en matière de tulipe ? s'étonna même Eliasar.

— Je sais un peu de son histoire, comme tu sais beaucoup de sa culture et ses variétés. Ce sont d'amusants récits dont j'épice mon boniment, et qui font mieux vendre.

— Admirable ! »

Jasper et ses sœurs se joignirent aux applaudissements de l'aîné. Cependant, on voyait bien à la mine d'Harriet que la démonstration ne l'avait pas conquise, et qu'elle fourbissait sa réplique. Wilhem lui imposa silence d'un regard courroucé, qui revint adouci sur leur hôte.

« Seigneur, ce que j'entends me ravit, et je dirai bien haut ma gratitude à père, pour nous avoir présentés ! Je vois bien à présent qu'il avait tout arrangé et qu'en donnant votre nom, il offrait aux miens un secours très sûr ! »

Paulus reçut le compliment main levée, deux doigts joints, dans un geste qui rappelait le salut bénisseur d'un prélat.

« Merci, merci, cher Wilhem ! Tes discours sont pleins d'âme et de sagesse. Je vérifie aussi qu'en te recommandant, Cornelis faisait mieux que son devoir de père, il s'entremettait utilement pour nous deux !

— Dès notre première rencontre, messire Paulus, vous m'avez mis en main cet oignon de tulipe qui est pour ainsi dire la semence de notre avenir. C'est dans cette voie, je le sens bien, qu'il nous faut à présent engager les forces de la famille, afin qu'elle reconquière les titres et les moyens qui furent jadis les siens. Les Deruick ont été peintres, épiciers, poètes ou boutiquiers; ils seront désormais serviteurs de tulipes, propres à tous les métiers que suscitent leur culture et leur commerce. Je confesse volontiers ne rien savoir des fleurs. Mon frère et mes sœurs n'en sont pas moins ignares quoique Harriet, notre petite dernière, s'aventure parfois à en causer. »

Un regard aigu passa du frère à la sœur, qui fut vivement renvoyé.

« Pourtant, je veux qu'avant trois mois les tulipes soient aussi familières aux Deruick qu'une page de latin ou de géométrie, matières qu'on nous inculqua de bonne heure. Vous nous obligeriez beaucoup, messeigneurs, en nous apprenant quelles écoles forment les savants de tulipes, en quel lieu et par quel professeur on peut s'en instruire ? »

Le cadet perçut l'accent amusé du recteur.

« Il n'y en a pas au propre, Wilhem... L'art d'élever les tulipes et d'en commercer s'apprennent, comme l'on dit, par la pratique ! Une fois que tu sauras ce qu'on appelle une fleur *plumetée*, ou *burinée*, *fouettée*, *flammée*, *panachée* et démêleras à coup sûr la variété *Centen* de l'*Oudenaers*, ton éducation sera faite ! Mais puisque nos affaires vont bien et grossissent chaque jour, nous serions heureux de vous prendre, vous et votre frère, parmi nos associés.

— Vous feriez cela ?

— Et pourquoi non ? En somme, nos familles cousinent depuis longtemps ! Quoi de plus naturel, après que les pères ont servi dans la même armée, que les fils s'affairent ensemble ?

— Ah ! Seigneur Paulus, seigneur Eliasar, quelle offre généreuse ! Vous êtes notre providence ! Comment vous payer de tant de bontés ?

— Veillez seulement à vendre beaucoup de tulipes ! Nous y trouverons un commun bénéfice ! Et qui sait ? Peut-être l'avenir nous liera-t-il plus étroitement encore, je veux dire... par le sang.

— Un mariage ? » traduisit Jasper, les yeux sur Petra qui gardait les siens sur son éventail.

Paulus ne ratifia point, mais recula dans son fauteuil avec la mine de qui détient le secret polisson de jeunes gens. Eliasar avait aussi, lorgnant sa voisine, un sourire d'odieuse convoitise qui heurta le cadet.

L'arrivée du plat principal fit diversion. Dès que Frida eut soulevé le lourd couvercle, un nuage brûlant s'interposa entre les dîneurs. Dans le bain épicé de l'*olipotrigo* nageait une mêlée de viandes — bœuf, agneau, porc, veau, chapon — parmi des endives, des artichauts et quelques grosses châtaignes. C'était le mieux que la table flamande, peu gastronome, pouvait servir un jour de fête à des invités choisis.

Les convives attendirent que jouât la cuillère du régent pour prendre la leur. De ce moment, les affaires sérieuses étant réglées, le repas se déroula jusqu'à son terme dans un parfait silence, et l'indifférence réciproque des deux familles qui n'avaient plus d'intérêt à converser. Seul Eliasar, qui se croyait de connivence avec Petra, lui glissait de temps à autre une plaisanterie dont la jeune femme feignait encore de rire. On se quitta au lever de lune, repus et las.

Août 1635, le 23e du mois.

C'était une canicule comme personne des Provinces n'en gardait mémoire, ni n'en avait ouï dire auparavant. Août n'était pas fini que déjà les grappes mûrissaient au long des vignes et laissaient entrevoir, mieux qu'une récolte pour la table : du *vin* — le premier jamais produit au pays de Hollande. La mer cuisait dans son lit telle une soupe au chaudron. Pas une once de vent pour mouvoir les chariots à voile sur les bancs de Katwyk. Dans la plaine les moulins semblaient engourdis, et les canaux des miroirs sans remous.

C'étaient d'accablants midis qui jetaient les bourgeois hors de l'office, langue pendante et bonnet mouillé. Même les dames, jalouses de leur ménage, n'en pouvaient souffrir le climat et sortaient dans la rue. L'odeur familière du bourg, Haarlem, avait gagné on ne savait quoi d'âcre et de malsain. Cette pestilence sans cause enfiévrait les esprits :

« Le malt a moisi ! Brûlons la récolte ! » clamaient les uns en reniflant leur bière. « Non, c'est le petit-lait qui caille ! » accusaient les autres, vous prenant à témoin que leurs manchettes ou leur col, blanchis par le babeurre, étaient moins vifs qu'à l'ordinaire.

Sauf les aubergistes et les tailleurs d'ombrelles, tous ou presque déploraient l'excès des températures. Pour certains même, c'était une calamité qui menaçait leur gagne-pain. Il en allait ainsi des jardiniers, gardiens de plantations qu'il fallait abreuver sans répit, et des drapiers à qui personne n'achetait plus rien, l'heure étant plutôt à s'alléger qu'à se vêtir. Les Deruick étant à la fois l'un et l'autre — précisément, devenant ceci quand ils restaient cela —, la chaude saison de l'an 1635 fut pour eux comme une visite au purgatoire.

Dès le début de la canicule, l'enseigne familiale se ressentit de l'ineptie qu'il y avait à porter pourpoint et jupon sous un soleil de braise. La chalandise passait au large, pas plus curieuse des nouveautés qu'attentive aux remises, pourtant hardies, qu'on lui consentait. Qu'importe si le velours d'Utrecht partait à moitié de sa valeur, et si la dentelle de Brabant s'affichait sous le prix ! Tout bonnement, les dames n'en voulaient pas...

« Des éventails ! Des voiles de soie ! » réclamaient-elles aux commis criant leur marchandise de lin ou d'épais coton.

À ces circonstances épineuses s'ajoutait la maladresse dont le gérant, Wilhem Van Deruick, faisait preuve dans son nouvel emploi. L'aîné peinait à gouverner les garçons placés sous ses ordres. Il se montrait tantôt complaisant, et leur laissait la bride lâche pour s'en faire aimer ; puis, s'avisant que les clients n'étaient pas servis ni les commandes honorées, changeait soudain de maintien, les traitait en despote. Le résultat fut que ses employés le prirent en grippe et que l'office déjà mal en point périclita. En deux mois seulement, le peu d'épargne fut mangé, et des dettes conçues où siégeaient des profits. L'enseigne n'échappa au désastre qu'avec l'appui de clients fidèles, ceux qui depuis vingt ans se fournissaient chez *Cornelis Van Deruick & fils, négociants en draperie* et ignoraient jusqu'aux noms de leurs concurrents. Mais la main-forte de ces intimes leur fut chèrement comptée : ils obtinrent qui un crédit, qui un rabais, qui un surplus, de sorte qu'une grande part des ventes furent ces temps-ci à perte.

Jasper, tenant les comptes, s'en alarmait vivement :

« Mon frère, nous courons à la ruine ! Et tu sais qu'en ce doux pays, on punit la faillite des travaux forcés !

— N'aie crainte ! Nous fuirons avant que la *Desolate Boedelskamer* n'enregistre nos malheurs... À Vianen ou à Culemborg, on donne asile aux banqueroutiers !

— Je n'ai pas l'esprit à rire, Wilhem. L'heure est grave, insista le cadet en mordillant sa plume chargée d'encre rouge.

— Eh bien, congédions un commis, ou même les deux ! Ces drôles nous coûtent douze stuivers la journée !

— Il faudrait prendre l'avis de père. Et d'ailleurs, qui fera le travail si les commis s'en vont ?

— Nous emploierons nos sœurs !

— Je doute que ça plaise aux clients.

— Alors, fermons boutique ! D'ailleurs, le drap ne paye plus ! Songe-t-on à s'habiller quand il fait chaud ?

— Dans trois mois, l'hiver...

— Dans trois mois, nous serons si pauvres qu'une boucle de soulier fouettera notre appétit ! Assez perdu de temps, Jasper ! Celui que prend l'étoffe est ravi aux tulipes ! »

Irrité, le cadet rabattit d'un doigt sec le couvercle de l'encrier. Il pointa la plume ébouriffée vers son frère puis la glissa derrière son oreille, comme le violoneux fait d'un archet.

« Les tulipes, les tulipes... tu n'as que ce mot en bouche, toi qui tantôt ne pouvais l'épeler ! Cependant, c'est encore la boutique qui nous fait vivre !

— Restes-y si tu veux. Moi, je dis adieu à la draperie, à ses clients grincheux et à ses bouliers jaunes ! »

L'aîné tint parole. Dès le lendemain de cet échange, Wilhem se présenta chez le recteur dans la tenue qu'il jugeait convenable à un négociant de tulipes — ou, comme il préférait dire : à un « apprenti tulipier ». Elle n'ajoutait guère à sa toilette ordinaire qu'un tablier ciré, en garde d'éventuelles salissures, et un chapeau canné qui l'abriterait du soleil des champs.

Paulus commença par lui enlever le tablier, puis échangea son couvre-chef contre un autre moins rustique, en parlant d'un malentendu : il n'était pas question d'envoyer son élève au jardin, où l'on travaille sans gloire à l'entretien des plants, mais dans les tavernes, pour s'aguerrir aux transactions de bulbes. L'aîné protesta qu'il voulait tout savoir des fleurs, et ne songerait à les vendre qu'après avoir lui-même piqué l'oignon en terre, veillé son sommeil et servi sa croissance.

« Vous m'avez dit que les jardiniers du sultan turc, les *bostancis*, tenaient lieu de portiers, d'éboueurs et de bourreaux. Et je ne pourrais pas, moi, garder vos plantations ?

— Tu n'as pas idée combien ces tâches sont ingrates, et la fatigue qu'elles donnent aux fleuristes ! Laisse-les à d'autres, plus endurants que toi ! »

L'allusion du recteur à sa faible constitution vexa Wilhem et, si possible, l'obstina davantage. À la fin, Paulus dut céder. Raisonnant que son élève perdrait courage au premier coup de bêche, il le présenta au maître jardinier qui lui confia de suite, sur l'instruction secrète du bourgeois, les travaux les plus rudes qu'il put trouver : il s'agissait de creuser depuis la rivière Spaarne, ou plutôt les douves qu'elle alimentait autour de la ville, de profondes tranchées permettant l'irrigation des cultures. Pour accomplir cette besogne, seul et au soleil, Wilhem disposait d'un vieux fer dont le manche non écorcé lui râpait cruellement les mains. Bien sûr, le terrain choisi était pentu et caillouteux ; aucune ombre ne s'offrait à cent pieds à la ronde.

Tout le temps que dura son supplice, le forçat dut endurer les quolibets des autres jardiniers qui voyaient bien, à la pâleur de son teint et à la faiblesse de sa membrure, qu'il n'avait jamais manié d'outil, ni peut-être hasardé son pas hors des pavés de la cité. Enfin, l'un d'eux prit Wilhem en pitié : il proposa sa corvée, l'arrachage des bulbes, en échange de celle du garçon.

« Au moins, vous serez au frais !

— Mais... je ne saurais pas faire !

— Ce n'est rien : il faut choisir les bulbes dont les feuilles ont déjà séché et les sortir de terre, en prenant bien soin d'épargner leur tunique car beaucoup sont déjà vendus. Le moindre accroc les dévaluerait. »

L'aîné Deruick ôta son chapeau dont les joncs durcis par la sueur lui griffaient les tempes. Il accepta l'outre de cuir que le jardinier lui tendait et, tant sa soif était aride, la vida à moitié.

« Vous dites que certains oignons sont négociés, bien qu'encore en terre ? Il se trouve des gens assez sots pour payer une marchandise sans la voir ? Autant acheter un chat dans un sac !

— Il le faut bien ! En hiver, les oignons restent enfouis. Sans quoi, ils ne germeraient pas...

— Mais alors, quelle trace l'acquéreur garde-t-il de son opération ?

— Un écrit qui donne les caractères de la fleur et la date de sa récolte. Je n'ai pas le temps de vous détailler ces pratiques, car elles sont fort savantes. Certains disent qu'au marché des tulipes, on voit plus de papier que d'oignons : ils parlent de *windhandel*, le commerce du vent ! »

Le jardinier souffla dans sa paume d'où s'envolèrent des lambeaux d'enveloppe sèche ; les plus longs gardaient la forme arrondie du bulbe.

« Je n'y entends rien ! confessa Wilhem. Quelle est cette fleur qu'on enterre, puis qu'on déterre, puis qu'on enterre encore ? »

Un sourire indulgent traça des lignes claires sur la figure halée du jardinier. Prenant l'outil des mains du garçon, il s'en servit pour creuser quatre sillons dans la terre meuble et piqua le fer à gauche du premier.

« L'automne est la saison des plantations. Possédez-vous un bulbe, c'est le moment de l'enfouir pour qu'allongent les racines, émises aux premières pluies. Guère après, l'oignon entre en sommeil : c'est la dormance, qui dure tout l'hiver. Certaines variétés dites *hâtives* fleurissent dès janvier. Mais beaucoup font leurs feuilles en février, poussent leur tige en mars avant d'éclore en avril. »

Le fer se déplaça au sillon suivant. Son ombre parut s'allonger dans le mouvement.

« Le mois de mai est propice à la fleur autant qu'utile à son commerce. C'est alors que flétrit et disparaît le bulbe-père, pendant qu'au contraire s'épanouit le bulbe-fils, ou *caïeu*, ou *bulbille*. Parfois, la tulipe en porte plusieurs. Si c'est le cas, il convient d'avertir sans tarder Messire Bereysten qui en réclamera plus d'argent. L'été permet le grossissement du nouveau bulbe et le jaunissement des feuilles. En août, les fanes sont sèches et l'oignon est formé : il n'y a plus qu'à l'arracher ! C'est à cela que nous travaillons présentement. »

Wilhem avala la gorgée qu'il laissait tiédir dans sa bouche.

« Peut-on prévoir combien de caïeux portera une fleur ?

— Non, hélas ! Certaines n'en donnent qu'un, d'autres en font deux, ou trois, au grand contentement de leurs propriétaires ! Il n'y a pas de recette pour les multiplier, quoi qu'en disent les amateurs... En vérité, si nous les Hollandais prisons les tulipes, c'est parce que leur croissance obéit au hasard, comme les jeux dont nous raffolons ! Planter un bulbe, c'est jeter un dé : on n'en connaît pas le chiffre à l'avance !

— Mais les graines ? lança l'aîné. »

Les prunelles du jardinier s'étrécirent, ses narines se pincèrent dans un reniflement.

« Les graines, monsieur, sont l'affaire de fleuristes patients qui peuvent attendre sept ans les progrès d'une semence... Ce n'est pas le train d'une maison comme la nôtre, aussi cultivons-nous surtout des oignons. Il n'y a guère qu'un petit lopin, près d'ici, où l'on sème des graines de tulipes pour en faire l'expérience. Nous employons des femmes à cette menue besogne. »

La conversation termina par des aperçus généraux sur la culture des fleurs, et les conseils du vieux campagnard à l'apprenti incapable. Pour finir, le jardinier reprit l'outre des mains de Wilhem. Il but et demanda :

« Alors, jeune homme, faisons-nous l'échange ? »

Par fierté, Wilhem ne voulut pas céder sa place au purgatoire. Il déclina l'offre de son collègue, assurant qu'il se sentait « en train » et d'ailleurs, « assez de nerf pour achever sa tâche ». Les tranchées, affirmait-il, seraient ouvertes avant la nuit. Une heure ne s'était pas écoulée, pourtant, que l'aîné accablé de chaleur se pâmait au bord du canal, obligeant deux garçons à cesser le travail pour lui porter secours. Lorsqu'il reprit connaissance, le maître jardinier lui défendit de retourner au champ, comme Wilhem pantelant voulait l'essayer. Faute de mieux, il lui proposa d'aider les femmes qui jetaient les semences.

« Ce n'est pas un travail d'homme! s'insurgea l'aîné. Vous l'avez dit vous-même!

— Il y faut du monde, de toute façon!

— Pourquoi? Rien ne presse! Nous ne sommes pas au jour près!

— C'est la nouvelle lune d'août. Elle est favorable comme le croissant d'octobre ou celui de juillet. Après-demain, il sera trop tard... Les fleurs pousseraient de travers ou ne s'élèveraient pas!

— Si c'est ainsi... », se résigna Wilhem.

Hélas! Même cette activité lui fut de trop. Après avoir nourri quelques rangées de graines, l'aîné s'absenta de nouveau. Il recouvra ses esprits dans le carrosse du recteur, venu fort à propos s'enquérir de son élève. S'éveiller là, sur les coussins brodés de la banquette, vêtu d'une chemise propre et couvert de bandages, fut pour Wilhem un genre d'humiliation.

« Honte à moi, seigneur! J'ai trahi ma parole!

— En quoi l'as-tu trahie? » demanda suavement Paulus qui flattait d'un air distrait les cheveux du garçon.

Wilhem s'avisa qu'il couchait sur les jambes du recteur, dont la panse béate subissait même l'enfoncement de sa tête. Il fit un effort pour se dégager, auquel s'opposa la main dodue du marchand.

« Tut, tut! Tu dois te reposer! »

L'aîné persévéra, mais n'arriva qu'à se tordre le cou. Le gros bras de Paulus pesait sur sa poitrine comme une ancre de fonte.

« Où me conduisez-vous ? » fit le jeune homme hors d'haleine, car la chaleur dans la cabine était suffocante.

Ses yeux scrutaient le ciel qui défilait dans l'œilleton, tendre et floconneux.

« Chez toi. Tu changeras de toilette et dormiras jusqu'à la nuit. Ensuite, nous irons ensemble à la taverne de *La Vieille Cocotte* où doit se tenir tantôt une réunion de tulipiers. »

Les mains meurtries de Wilhem s'élevèrent en rébellion, mais retombèrent aussitôt.

« Ne peut-on différer cette leçon ? J'ai tant de fatigue...

— Nous irons aujourd'hui, annonça fermement le recteur. Tu ne sais pas la nouvelle ? La flotte de la Compagnie est rentrée des Indes. Vingt grands vaisseaux qui rapportent, à ce qu'il paraît, plus de deux cents tonnes d'or ! Il y a des Harlémois parmi les officiers. Depuis qu'ils sont en ville, ils sèment les florins à poignées. C'est le moment de placer nos tulipes, car les marins aiment à fleurir les filles ! Et ceux-là sont en veine... »

Sans force pour objecter, Wilhem lâcha un soupir qui semblait d'un enfant. Paulus parut s'en émouvoir. Il baisa la paume de son élève et déposa de même, le long du bras qu'il découvrait à mesure, des bécots espacés.

« Seigneur, il ne faut pas ! » résista l'aîné en dérobant mollement sa main.

Cela ne fit qu'encourager le recteur à des gestes

plus tendres. Profitant que le jeune homme était dans cette posture, il laissa courir ses doigts partout où un crevé, une boutonnière offraient l'accès à la peau nue. L'aîné se défendait de son mieux, mais chaque fois avec moins de vigueur. D'ailleurs, ce lent déshabillage lui apportait un air plus frais qu'il enviait malgré lui, et qu'il attirait en dégageant seul certaines voies. Entre-temps, le rideau de la portière avait été tiré, baignant la cabine d'une ombre bienfaisante.

À un certain moment, une caresse de Paulus effleura la plaie vive que le garçon avait au fond d'une main. Wilhem s'écria de douleur.

« Pauvre petit ! compatit le bourgeois. Je suis cruel de t'infliger cette sortie alors qu'il y a un moment encore, tu gisais à terre et sans esprit. Ne t'avais-je pas mis en garde, toutefois, contre l'effort du jardinage ?

— C'est autre chose d'ouvrir une tranchée que de trier des bulbes ! Je n'ai pas eu la tâche facile...

— Mais l'aurais-tu aimé ? Je crois que non. Vois-tu, il est des hommes sans nerf qui épousent des buts dérisoires et d'autres, mieux trempés, qui forment de grands desseins. Aux uns la menue besogne, aux autres les travaux d'envergure ! L'obstacle est taillé pour qui le rencontre. Voilà pourquoi les génies mènent des vies tourmentées et les médiocres, rien qu'une vie ordinaire. »

Wilhem étudia longtemps cette pensée. De son chapeau, il faisait un éventail pour lui et un émouchoir contre le régent, dont les mains enhardies venaient d'écarter sa chemise. Cependant, leur contact lui semblait moins ingrat qu'avant ; peut-être même tirait-il de leur intrusion, de leur toucher furtif, un nouveau et enivrant plaisir.

« Croyez-vous que j'aie le moindre talent ? soupira l'aîné en couvrant son visage du chapeau.

— C'est bien certain.

— Lequel ?

— J'ai l'intuition que tu feras un grand tulipier, et que tu t'enrichiras beaucoup dans ce commerce. »

Paulus laissa ces mots agir un moment, comme le docteur laisse agir un cordial.

« À présent, je peux bien te le dire : j'aurais aimé avoir un fils tel que toi ! Eliasar m'est cher. En outre, il tient dans son métier un rang que beaucoup lui envient. Mais il n'existe aucune sympathie entre nous... Sa mère dévote l'a élevé dans le mépris du monde et le soupçon de l'humanité. Ce genre d'éducation fait à coup sûr de puissants philosophes et des piétistes de grande vertu, mais il opprime le cœur ! Tout genre de confort ou de facilité lui est intolérable : il n'est pas jusqu'aux pavés des rues qu'Eliasar n'ait pris en haine, à cause qu'ils sont plus commodes que nos anciens chemins de boue ! Mon fils blâme le port des cheveux longs, l'orgue dans les églises, les danses lors des mariages et pareillement les soins donnés aux buboniques en vertu de la parole "Dieu vous sauvera du péril de la peste" ! Il s'en est fallu de peu, je crois, qu'Eliasar choisisse le ministère religieux auquel sa nature austère s'accordait bien.

— Vous l'en avez détourné ?

— Par charité.

— C'est donc à contrecœur qu'il trafique des tulipes ?

— Non point ! L'emploi de jardinier est le seul profane auquel consente Eliasar. Sais-tu pourquoi ? Parce qu'il est dit dans l'Évangile que Marie de Magdala, rencontrant le Christ après sa mise au tombeau, l'a pris pour le jardinier. L'aurait-elle mêlé avec un sandalier, mon fils taillerait le cuir à présent ! »

Les deux hommes partagèrent un bon rire. Wilhem surprit trop tard la main fureteuse qui entrait dans ses chausses en forçant la braguette. Il ne combattit point, mais farda son trouble d'une question innocente :

« Eliasar vous tient-il rigueur d'avoir ignoré sa vocation ?

— Je ne crois pas. Mais sa mère, dont c'était le projet, m'en fait grief en toute occasion. Elle rêvait d'un pasteur dans la famille. Il ne manque que ce titre à notre blason !

— Vous ne parlez guère de votre épouse..., risqua l'aîné à mi-voix. Nous l'avions comptée pour dîner, pourquoi n'est-elle pas venue ? »

Le recteur jeta un œil à l'extérieur. Reconnaissant l'orphelinat, il heurta le bois de la portière.

« Ici, Ernst ! »

La voiture s'immobilisa et de même s'arrêta la conversation. Wilhem prit congé en familier, d'une bise sur la joue, sans avoir nourri sa curiosité de Mme Bereysten. Au sortir du carrosse, il surprit Petra s'affichant à la croisée ouverte, les épaules nues sous un fichu de dentelle, qui triait d'un bouquet défraîchi les fleurs à renouveler. Cependant son regard n'allait guère au vase, et bien plus au cocher du régent — lequel décochait en réponse d'ardentes œillades. L'aîné coupa cet échange comme des ciseaux coupent un fil.

« Que fais-tu ? lança-t-il à sa sœur.

— Pardi ! J'ordonne ce bouquet.

— Me prends-tu pour un sot ? Dedans ! Et plus vite ! »

Petra se retira avec la grimace d'une enfant qu'on prive d'une friandise. L'aîné n'osa faire d'éclat en présence du recteur. Quand même, saluant derechef le passager de la voiture, il fit à l'adresse du cocher un signe d'« allez-vous-en ! » qui fut bien compris de son destinataire. Rotteval cravacha les bêtes avec humeur.

« Sur ma foi, si je revois son sale mufle par ici... », menaça sourdement le fils Deruick.

Wilhem prit aussitôt le lit, dont il ne releva qu'à nuit close, au bruit d'un poing martelant le panneau de l'armoire.

« Debout ! Le recteur est là qui t'attend ! »

Sur les deux cents tavernes que comptait la bonne ville de Haarlem — si communes dans certaines rues qu'elles voisinaient en partageant l'enseigne —, *La Vieille Cocotte* (*t'oude Haentgen*) tenait un rang singulier que lui accordaient, d'une part, sa grande faveur auprès des tulipiers, et d'autre part, ce second point n'étant pas étranger au premier, la bière goûteuse qu'on y servait.

L'établissement, il faut le dire, jouissait du

meilleur emplacement : à un jet de pierre de *L'Éléphant*, brasserie renommée, en sorte qu'il n'était besoin d'aucun char pour livrer la boisson, mais de tâcherons robustes roulant les tonneaux ; aux abords aussi des jardins à tulipes, simples carrés de terre peignée pendant l'hiver mais offrant aux beaux jours, par l'alternance savante des variétés hâtives, mi-saison et tardives, un coup d'œil bigarré qu'aimait la clientèle. Un troisième atout, secret mais puissant, tenait à la présence des filles de joie dans le bois attenant qui ajoutait à l'agrément bourgeois des fleurs, à la récréation virile de l'alcool, une volupté plus sourde, presque rebelle, à laquelle les habitués de *La Vieille Cocotte* ne cédaient pas l'esprit clair, mais voilé déjà par de longues libations.

Ce soir-là, la taverne offrait un aspect bien différent de l'ordinaire, motif pour les buveurs à débattre ce qui s'y préparait : réunion de fleuristes ou tournoi de piquet, banquet de noces ou repas de baptême. Maints détails, cependant, annonçaient qu'il serait affaire de tulipes. D'abord, le patron avait mis en perce des tonneaux de vin, boisson plus familière aux marchands qu'aux clients réguliers, lesquels étaient par tradition adeptes de la bière. Ensuite, une arrière-salle avait été ouverte, la bien nommée *Trappe du Diable* que l'usage réservait aux transactions de fleurs. Il affluait enfin des jardins environnants, et de ceux plus distants qui bordaient la rivière, des hommes au lorgnon sale, aux chausses sableuses, aux ongles frangés de terre dont l'aspect répondait au type du tulipier.

Or, Wilhem s'était fait des hommes et du lieu une idée différente. Dès son premier coup d'œil à la taverne, la tête penchée hors du carrosse, il eut un ricanement que Paulus ne comprit pas. Ensuite, le garçon interpella le cocher d'une voix dure, exigeant que la voiture s'arrêtât aux portes de *La Vieille Cocotte* et que le marchepied, dont les passagers s'abstenaient d'ordinaire, cette fois fût déplié. Wilhem laissa descendre son hôte avant de quitter la cabine à son tour, un mouchoir appliqué sur le nez. La partie libre de son visage reflétait un étonnement amer.

« En voilà une mine ! observa Paulus qui l'attendait sous une lanterne.

— Sont-ce là des marchands de tulipes ? s'enquit l'aîné d'une voix sourde, le doigt pointé vers des joueurs de trictrac accoudés au comptoir, puis vers deux hommes qui taillaient sur un jambon pendu une tranche humide qu'ils happaient à mesure.

— Il faudrait pour le savoir que nous vidions leurs poches ! »

L'aîné s'attabla sans élan près du recteur. Il avait laissé tiédir la pipe entre ses lèvres et humait gravement le tabac refroidi. Son regard allait d'un visage à l'autre, d'un groupe au suivant avec l'air de passer une revue. Tout ce qu'il voyait lui soulevait le cœur : les tables graisseuses, les chaises dépaillées, les bougeoirs alourdis de vieille cire qui coulait jusqu'au sol. Les dalles ébréchées et guingoises collaient sous la semelle, preuve qu'elles n'avaient jamais connu ni seau ni serpillière. L'auberge dans son entier lui semblait sale et mal tenue. Mais le pis était la clientèle. Le mur près de la cheminée portait des tableaux qu'on avait pendus là pour les jaunir à la fumée — kermesses, scènes paysannes et noces villageoises dont les modèles pataudes, d'une laideur grotesque, semblaient pris chez les buveurs. Ah, ça ! Ce n'était pas l'idée qu'il s'était faite des tulipiers ! Où donc les riches habits, les beaux équipages, les jolies fiancées qu'avait formés son imagination ? Il n'avait sous les yeux qu'un banal attroupement de bourgeois venus acheter et vendre : des fleurs en l'espèce mais il pouvait s'agir, tout aussi bien, de sabots, de tourbe ou de fromage. Les allures étaient simples, les toilettes sans apprêt. À peine relevait-on, au bord d'un vieux chapeau, sur le revers usé d'une casaque, une médaille polie ou un colifichet qui marquait une récente prospérité — non moins, hélas ! qu'un goût mal éduqué.

Paulus épiait les réactions du jeune homme. Il attendit que le vin fut servi pour lancer sobrement :

« *La Vieille Cocotte* n'est pas à ton goût ? »

Wilhem heurta sa pipe sur le bord de la table, certain qu'ici, ce vilain geste passerait inaperçu.

« Messire, voici un lieu dont mon père Cornelis m'aurait à coup sûr défendu l'accès ! Voici aussi des gens qu'il m'aurait interdit d'aborder, jugeant leur fréquentation sordide et infamante ! J'ai peine à croire que des marchands de tulipes se trouvent parmi eux...

— Pourtant tous ceux-là, le tavernier compris et son garçon de peine, et cette fillette aux nattes entrelacées qui rince les chopines, et cette autre qui vide le pot à braise... tous, te dis-je, ont manié des tulipes et nommeraient sans erreur dix variétés ! Crois-tu que les tulipiers soient des gens à part, occupés seulement du négoce des fleurs ? Certains en font profession, c'est vrai, mais ils sont rares. Beaucoup sont dilettantes : ils trafiquent des bulbes à l'occasion, et le reste du temps s'emploient comme lunetiers, confiseurs ou fondeurs d'étain. Je sais même un prédicant qui du haut de sa chaire fulmine tout le jour contre les tulipes et leurs dévots mais, le soir venu, marchande ses bulbes dans une autre paroisse !

— Un tisserand, paraît-il, a gagé son métier pour acheter des fleurs. Ma sœur Harriet l'a entendu de son amie Solveig.

— Les tisserands aussi s'intéressent aux tulipes, qui les en blâmerait ? À quoi bon garder un travail usant, payé dix-huit guilders la journée, quand la vente d'un seul bulbe peut vous nourrir toute une année ? Cet homme a raison de vendre son métier ! Que ne cède-t-il aussi son échoppe, ses outils et son âne, pour s'en offrir bientôt de plus beaux ! »

Wilhem délaissait sa pipe pour le vin. C'était un jus fade et nauséabond, peut-être teint au tournesol, mais d'une fraîcheur bienvenue dans le hanap d'étain. Le recteur prit une gorgée qu'il retint un moment dans sa bouche, puis qu'il avala en clappant la langue.

« Vous-mêmes, les Deruick..., reprit-il un ton plus bas. N'avez-vous pas une maison qui vous est à charge, et que vous pourriez profitablement convertir en tulipes ? »

Il avait dit cela d'un ton badin, comme proposant une chasse au lièvre. L'aîné douta d'avoir bien entendu.

« Plaît-il ?

— Oui, votre maison ! Enfin, si le mot convient à cette masure branlante où vous demeurez ! Car à la vérité, jeune Deruick, le toit qui t'abrite n'est plus bon qu'à loger les chouettes et les rats ! Eliasar craignait, dînant chez vous, de recevoir un moellon sur la tête !

— Mais... vous disiez qu'elle avait bon air !

— C'était avant d'y entrer ! Crois-moi, vous feriez bien de céder cette ruine avant qu'elle croule ! Ce n'est pas l'endroit convenable pour élever une famille ni exposer deux jeunes femmes en âge de se marier. »

Wilhem allait répliquer quand un branle-bas de chaises anima la taverne. La porte de l'arrière-salle venait de s'ouvrir. Le temps pour l'aîné de compter sa monnaie, ils suivirent le mouvement des tulipiers vers la *Trappe du Diable*. Les marchands emportaient leurs chopes et leurs hanaps, certains, dont l'ivresse semblait bien avancée, juchant un tonnelet percé sur leur épaule. Wilhem s'étonna de voir des enfants mêlés au nombre, nantis comme leurs pères de grands vaisseaux à boire où ils puisaient sans retenue.

« Eh quoi ? fit le recteur. S'ils n'apprennent ici à dompter le vin, qui leur enseignera ? On boit beaucoup chez les tulipiers... Ces gens-là croient qu'une tête chaude vaut mieux qu'une tête froide pour entrer en affaires. Les Turcs, à ce qu'on dit, obtiennent des fleurs rouges en les mouillant de vin. En Hollande, ce sont les marchands qu'on arrose ! »

À l'instant de franchir la porte, Wilhem fut arrêté par un grison boutonné jusqu'au col qui calligraphiait des noms sur un registre.

« Un instant, jeune homme ! Êtes-vous du collège du Bâton rouge ?

— Il m'accompagne ! Je m'en porte garant ! » clama Paulus en forçant le passage.

« Le greffier... confia-t-il ensuite à Wilhem. Ici, tous l'appellent "Maître Verrou", parce qu'il surveille les entrées. Une nature un peu rêche, mais un brave homme au fond... Comme c'est ta première visite, certains te feront un mauvais parti. Ils te pinceront le dos ou s'écrieront plaisamment "Une nouvelle prostituée au bordel !" N'y prête pas attention, cela fait partie de ton initiation... »

À l'entrée de la salle, une pile d'ardoises attendait les marchands. Les craies étaient remises à l'unité par le secrétaire, crainte qu'un malotru en empochât plusieurs. Puis chacun rejoignait sa place sur les tables disposées en cercle autour de l'écritoire. Avant de s'asseoir, Paulus fit une visite aux marchands de sa connaissance. Le recteur leur imposait sa main et parfois sa joue, saluant chacun d'un compliment sonore, se confiant à l'oreille d'untel tandis qu'à tel autre il adressait une bourrade amicale, un pinçon familier, un clin d'œil comme pour sceller entre eux quelque affaire. Auprès de tous, Paulus faisait la réclame de Wilhem qu'il nommait tantôt son « plus brillant élève, bientôt son associé », tantôt « un garçon qui voit juste et qui compte serré ». L'aîné accueillait ces hommages plein d'embarras. Il fut soulagé quand Paulus, son tour achevé, prit la chaise qui lui semblait attribuée au premier rang de l'assemblée. Wilhem trouva un tabouret qu'il tira timidement près du bourgeois.

La vente commença sur-le-champ. Un marchand sortit un bulbe de sa poche et d'un tissu noué pour le remettre au secrétaire. Quelques mots s'échangèrent du vendeur à l'employé, qui écoutait en hochant la tête ou en griffonnant sur son ardoise, d'un modèle plus grand que celles des tulipiers. Un tintement de clochette marqua le début des enchères. Les voisins de Wilhem avaient tracé sur leur tablette, d'une main rodée, un diagramme constitué d'une barre verticale traversant en leur milieu deux figures superposées : un cercle en bas, un « S » en haut.

Quand le greffier annonça une commission de six stuivers, ce chiffre fut reporté par Paulus dans le cercle. « Jolie somme..., apprécia le recteur. C'est douze chopes de bière ou deux tournées de vin ! Sans doute un bulbe de valeur. » Ces mots s'adressaient plutôt à son voisin de gauche — un vénérable tulipier à la barbe en trapèze — qu'à Wilhem assis à sa droite. Au demeurant, le garçon ne comprenait rien au dessin qu'il copiait méticuleusement comme il eût transcrit des hiéroglyphes. Son air égaré amusa le régent :

« La vente “dans le petit o”, *in het ootje.* C’est une forme d’enchère. À présent, les acheteurs vont débattre la valeur du bulbe et annoncer leur prix. »

Le bulbe passa de main en main sans guère de précaution. Les tulipiers le tâtaient, le flairaient, le grattaient de l’ongle, y plantaient la dent, le miraient à contre-lune ou à contre-flamme, enfin lui infligeaient maints tourments dont Wilhem, s’il avait été vendeur, eût craint les séquelles. Tout le temps que dura cet examen, l’adjudicateur répondait aux questions précises de ses confrères, lesquels accueillaient ses avis d’un froncement de sourcil, propre, espéraient-ils, à corriger le prix.

« Une *Gheel ende Root Van Leyden*, dites-vous ? J’ai vu dans cette variété des oignons bien plus gros ! Êtes-vous sûr que la tulipe n’est pas malade ?

— Elle est en pleine santé.

— Cette variété donne des fleurs jaune et rouge. Ces couleurs ne plaisent guère.

— Elles ont encore des amateurs !

— Le bulbe est difforme.

— Il est sec.

— Il est écailleux.

— Trop chétif, on dirait une olive !

— Messieurs, s’il ne vous plaît pas, n’en écœurez pas les autres ! »

Ayant ainsi tourné dans l’assemblée, l’oignon revint entre les mains du vendeur. Entre-temps, le greffier avait inscrit dans la moitié supérieure du « S » l’enchère la plus haute portée par les acheteurs, et dans la moitié inférieure l’enchère la plus basse. Deux chiffres, rangés sous la ligne médiane, précisaient l'unité dans laquelle s'exprimaient les offres. Il s'agissait de la centaine de florins, constata Wilhem avec émotion. Le vendeur fit quelque difficulté pour accepter la dernière offre, mais consentit finalement au prix de huit cent trente-neuf guilders. Alors, trois traits furent tracés en travers du diagramme, entouré pour finir d'un grand cercle. La vente était conclue. Il n'y eut pas d'oignon remis ni d'argent déboursé, mais le secrétaire fit son devoir : il consigna la transaction qui serait réalisée plus tard, loin des curieux.

« Combien de bulbes sont à vendre ? chuchota Wilhem à l'oreille du recteur.

— Une vingtaine, aujourd'hui. Plus quelques paniers d'oignons sans valeur, des *chiffons* comme l'on dit, qui partiront pour cinquante ou soixante guilders la livre... N'aie crainte. Ton bulbe est inscrit. J'en ai parlé tantôt au secrétaire.

— Quoi ? De quel bulbe parlez-vous ? réagit l'aîné soudain très pâle.

— De celui que tu tiens en poche, pardi ! »

Sûr de son fait, le régent avança la main vers le gousset de Wilhem. L'aîné fut surpris de sentir une bosse dure contre sa poitrine. Se fouillant, il trouva l'oignon d'*Admirael Van Engeland* dans une bourse de satin.

« J'étais certain que tu le vendrais. Bonne idée ! Quelle meilleure occasion d'apprendre le métier ?

— Heer Bereysten, je jure n'avoir rien mis dans cette poche !

— C'est donc ton frère, ou l'une de tes sœurs, peut-être ta servante, qui sait ? Peu importe, le bulbe est ici, tu pourras bientôt le soumettre au jugement de tes pairs. Bonne chance, jeune Deruick! »

Wilhem sentit ses jambes se dérober sous lui. Il étudia brièvement le tableau des ventes et compta cinq enchères avant la sienne, ce qui lui laissait, plus ou moins, une heure pour forger ses arguments. Cependant, l'épreuve l'intimidait si fort qu'il ne fit rien de ce moment, sauf gribouiller sur son ardoise, rogner sa pipe éteinte et pétrir la cire d'une chandelle.

Tandis que Wilhem s'affairait chez les tulipiers, Harriet et Petra gardaient la maison, suivant la consigne de l'aîné qui n'aimait pas voir ses sœurs divaguer dans les rues. La plus âgée lisait, la plus jeune triait une collection de fleurs qu'elle avait cueillies et séchées dans un livre. C'étaient des travaux sans joie qui leur tiraient de grands bâillements. Pour un peu, elles auraient envié les allées et venues de Frida trottant du puits au foyer, de la cuisine au galetas, par le moyen d'escaliers tournants où claquaient ses sabots.

« Ah, la bonne fille! soupirait Petra. Que n'avons-nous aussi des choses à faire! Curer le chaudron, astiquer la cloche... nous rendre utiles!

— Tu parlais tantôt d'accrocher un mari.

— Voilà un ouvrage, ma chère sœur, qu'on n'achève pas dans la journée. Mais j'y travaille, sais-tu? Je peux même te confier un secret : tandis que nous parlons, un jeune homme dort dans cette ville qui m'est promis ; avant qu'il soit l'hiver, je recevrai de lui la couronne de fiancée. »

Cette nouvelle fut cause que la benjamine, ayant saisi l'étoile d'une fleur de néflier entre deux doigts, la déchira étourdiment par le milieu.

« Vraiment ? gloussa Harriet. Quel est son nom ?

— Je l'ignore.

— Est-il bien fait ?

— Je ne sais pas.

— A-t-il un métier ?

— Je présume.

— Enfin, quel est ce garçon dont tu t'éprends sans rien en connaître ?

— Je ne l'ai jamais rencontré, mais je crois au destin qui nous réunira. Hier, j'ai touché avec une clef le *Planétaire prophétique et astrologique*. Sais-tu quelle page m'a montrée le hasard ? Celle du triomphe de Vénus ! N'est-ce pas le signe d'une alliance très prochaine ? »

Le passage de la servante, emportant un pain de savon fumant, retint Harriet de s'esclaffer. Elle n'en pointa pas moins le livre entre les mains de sa sœur, suggérant qu'il était le canal, et peut-être la source de ses divagations. Petra lui tira la langue.

« Prends un conseil, ma fille : fais de belles noces, et au plus tôt ! Cela vaudra mieux qu'user ta jeunesse à épingler des fleurs ! »

Sur quoi, elle retourna à sa lecture interrompue. Petra se flattait de lire fort peu, mais du bon : hormis la Bible et le Psautier, elle fréquentait les œuvres de Jacob Cats, moraliste en vogue qui avait sur toute affaire un avis éclairé et conseillait le monde sur la façon d'aller. Aux « vierges, amantes, fiancées, épouses, mères et veuves », il avait dédié un traité conjugal que l'aînée des sœurs vénérait tel un Évangile. Sa sentence favorite en était détachée : « La vie de la femme consiste à se préparer au mariage, à le vivre puis à se le remémorer. » Comment dire mieux ? Petra avait foi dans ces paroles et s'y conformait — c'est-à-dire qu'elle s'appliquait nuit et jour à rêver un époux.

Ce soir-là, toutefois, il n'y avait pas apparence qu'un homme se risquerait à la grille de la maison pour demander sa main. Jasper était commis à la surveillance de ses sœurs et s'acquittait de son devoir avec exactitude, montant la garde devant la porte, sinon patrouillant dans le jardin, un sifflet aux lèvres. Les rôdeurs étaient chassés à coups de « Va-t'en ! », idem les voitures risquées dans l'étroit périmètre défini par le vieux tilleul, la lanterne publique et le bouteroue de pierre. Jasper avait promis que ce « fripon de cocher » passerait au large, ce pour quoi il tenait fenêtres closes, malgré le confort qu'un peu d'air eût donné aux captives.

Toutefois, lorsque Petra suggéra une sortie à l'église wallonne pour assister à l'office du soir, le cadet ne fit pas d'objection. Lui aussi s'ennuyait.

« Pourquoi pas ? Wilhem n'a rien dit contre ! »

Les sœurs hâtèrent leur toilette. En un moment, elles eurent déposé leurs rares bijoux et modelé convenablement leur coiffure, c'est-à-dire partagé en deux ailes la masse vibrante des cheveux blonds, prise et contenue sous un triangle de dentelle dont nulle mèche ne devait échapper. S'étant aussi enjuponnées de noir, elles saisirent chacune un bras de Jasper et s'acheminèrent vers la rue Begijnhof et son temple, ancienne chapelle des béguines aux portes si étroites qu'elles semblaient moins l'œuvre d'un maçon qu'une brèche ouverte par accident.

Jasper et ses sœurs abordèrent le sanctuaire à l'instant où la cloche, épuisant l'élan d'une battue vigoureuse, vibrait d'une dernière note, un sol radieux repris *a capella* par le chœur.

« Voilà qu'on chante au temple, maintenant! pesta le cadet Deruick. Notre père n'apprécierait pas! »

Petra, espiègle, tira la manche de son frère.

« Sur ma foi, Jasper! On croirait entendre un de ces mangeurs de piliers du consistoire! Vas-tu blâmer comme eux le tabac, le café, le théâtre, les promenades du dimanche et l'élection de la reine de mai?

— À toute chose sa mesure! »

En vérité, la raillerie de Petra vexait le cadet qui se croyait, en matière de religion, le plus libéral des deux fils de Cornelis. Il paya sa sœur de retour :

« Aucun mari ne voudra de toi s'il doute de tes mœurs! Le prédicant te regardait, tantôt, en fustigeant *des filles fagotées comme des poupées, la tête parée, offrant aux garçons un spectacle de chair pécheresse qui les induit à s'égarer dans les chemins de leur âme et parmi les visions impures...*

— Tu sais son prêche par cœur! » s'esclaffa la benjamine.

Les pommettes du garçon s'allumèrent, comme s'il venait d'être accusé d'une habitude honteuse. Il s'affranchit brutalement des bras toujours pendus aux siens.

« Il suffit, malapprises! Qui donc vous a élevées,

que vous moquiez les choses de la religion ? Je ne veux plus un mot, entendez-vous ? »

Les sœurs n'osèrent pousser leur jeu plus loin. Elles pénétrèrent dans l'église tête et paupières baissées, dans l'attitude soumise qu'on leur dictait, d'ailleurs un pas derrière Jasper.

L'intérieur du temple était comble. Les fidèles avaient déjà trouvé place et celle qui revenait d'ordinaire aux enfants Deruick, une courte longueur de banc près du bénitier, recevait des étrangers. Ce contretemps fâcha le cadet, tenté de faire valoir son droit sur les sièges usurpés. Ce fut alors qu'un appel fusa du côté de l'autel :

« Jasper Van Deruick ! »

La première, Harriet reconnut la voix d'Eliasar, son accent déplaisant de coq châtré. Une main s'agitait bêtement au-dessus des chapeaux.

« Quel hasard de vous trouver ici ! s'exclama le fils du recteur. J'ignorais que vous fréquentiez l'église wallonne.

— Nous y venons de temps à autre.

— Entendez-vous le français ? Les offices sont célébrés dans cette langue.

— Nos aïeux sont venus de France, observa Jasper assez fraîchement.

— C'est vrai, père me l'a dit. Eh bien ? Asseyez-vous ! »

Eliasar désignait une place libre à son côté, celle peut-être de Paulus. On n'eut pas à réfléchir qui l'occuperait car d'emblée, l'héritier Bereysten y convia Petra, tirant discrètement la chaînette de sa robe pour la faire asseoir. La jeune femme n'osa freiner ce geste hardi. Elle s'installa, un éventail sur le visage, en lançant à son frère un regard de détresse. Aux deux autres, Eliasar montra des coins de bancs, quatre et cinq rangs derrière, contre les murs chaulés — les derniers encore libres. Blême de colère mais craignant de rester debout, le cadet y envoya sa sœur Harriet et s'y déplaça lui-même, non sans lancer à Petra un résolu : « Retrouvons-nous tantôt ! » qui régala Eliasar.

Mains jointes et sourcils noués, le pasteur attendait la conclusion de cette scène, jouée en pied et à haute voix. Quand le silence revint dans l'assemblée, la Bible fut ouverte et lue au pupitre, puis communiquées du haut de la chaire les nouvelles du quartier : c'était l'inventaire habituel des processions et des baptêmes, entremêlé d'annonces profanes comme les ventes, les successions et les banqueroutes. Le prédicant rappela les « vives tribulations » des marchands du drap que cette canicule entêtée, « fièvre envoyée par Dieu pour le tourment des hommes », privait tristement de ressources. Il n'était pas un jour, insista-t-il, sans qu'une enseigne du drap fît faillite, laissant aux chiffonniers la disposition d'étoffes coûteuses qui avaient été, guère auparavant, l'orgueil insolent des nantis :

« Et ainsi paraîtrez-vous devant le Seigneur, au jour du Jugement : non point vêtus ni drapés dans de riches tissus, mais nus, dépouillés du dernier habit, tels qu'au sortir des entrailles de votre mère ! »

Eliasar trouva l'occasion d'interpeller sa voisine, dont l'éventail battait nerveusement près du visage.

« J'ai su par mon père les difficultés de votre famille qui possède, je crois, une enseigne de drap. Soyez certain que j'y compatis...

— Ce sont des affaires qui regardent mon frère.

— Hélas ! Un commerce qui dépérit menace tous ceux qui y ont intérêt : les femmes aussi puisque leur dot est entamée et donc, altérées leurs chances de mariage ! »

Fortuitement ou à dessein, l'éventail toujours frémissant griffa la joue d'Eliasar, qui tressaillit à ce contact. Petra lui rétorqua sans dévier son regard :

« Seigneur, vous pesez bien mal mes chances de mariage, comme il vous plaît de les nommer ! En vérité, j'ai dans mon entourage des jeunes gens fort bien mis qui ont l'esprit moderne et le cœur accueillant. Peu leur importe si j'ai une dot, et de quelle valeur. Ils m'épouseraient même sans-le-sou car pour eux, l'union est d'abord affaire de sentiments.

— Mademoiselle, je n'en crois rien. »

Malgré le dédain qu'elle affectait, Petra fut saisie. L'éventail un moment fermé se rouvrit, couvrant sa confusion.

« Pardon ?

— Vous mentez ! Tout dans vos gestes, dans vos toilettes, dans le regard enjôleur que vous traînez sur les hommes clame votre espoir d'un mari ! Or sachez que de cette quête, vous reviendrez bredouille si votre trousseau n'est bien garni !

— Comment osez-vous ? Quel rustre !

— Je vous dis la vérité toute nue, car j'ai de l'estime pour vous et veux vous épargner des chagrins. Le trousseau, mademoiselle, songez-y ! Moi-même, qui n'ai nul besoin de votre argent, j'aurai soin de le compter afin que personne, jamais, ne s'avise de dire : "Voilà Eliasar Van Bereysten, il a marié une pauvresse !" »

La gifle fut si forte qu'elle bouscula la fraise d'Eliasar. Le fils du recteur resta abasourdi, l'oreille chaude dans son col bosselé qui gonflait d'un côté et se creusait de l'autre. De stupeur, le prédicant s'était interrompu au milieu d'une phrase, et fouillait l'assemblée du regard pour situer les trublions. Il n'eut pas à chercher longtemps : Petra s'était levée, son éventail lacéré à la main, et rejoignait d'un pas martial la sortie de l'église, entraînant à sa suite le reste de la famille.

« Petra, qu'est-il arrivé ? s'inquiéta Jasper qui peinait à aligner sa foulée sur celle de sa sœur.

— Ce n'est rien, mon frère.

— Eliasar t'a manqué de respect ?

— Il n'y a rien, te dis-je ! Ne te soucie point. »

Les enfants Deruick franchirent la petite porte, ouverte en hâte par le sacristain. Une bourrasque passa après eux qui semblait leur faute, et chahuta malignement quelques chapeaux.

Un instant perplexe, le pasteur ferma l'incident d'un roulement d'épaules et l'office put se poursuivre. L'héritier Bereysten ne tarda pas non plus à retrouver son aplomb et un teint présentable. L'action d'un peigne sur sa mèche dérangée acheva de le fondre aux bourgeois qui partageaient son banc. Le premier à sa gauche, le premier à sa droite reçurent ses confidences. Par leur entremise, toute l'église fut bientôt au fait que le fils du recteur avait été victime d'une forcenée « à qui la camisole seyait mieux que la robe », une drôlesse qu'avec bon sens il avait rebutée dans son vœu d'épousailles.

Wilhem ignorait le vilain parti qu'on faisait à sa sœur tandis qu'avançait la réunion des tulipiers. Au reste, l'aurait-il connu, il n'aurait su que faire : soit défendre l'honneur bafoué de Petra, soit conclure la vente du bulbe, car ces deux instances pesaient de même sur les plateaux de sa conscience.

Il n'en restait pas moins qu'à cette heure, la future mise à prix de son *Admirael Van Engeland* confisquait son attention. De nouveaux bulbes avaient trouvé preneurs, certains à l'unité, d'autres en panier et au poids; quelques-uns même, qui ne pouvaient être présentés parce que le vendeur les tenait d'une autre transaction non encore soldée, sous la forme indécise d'un billet à ordre. Quand le greffier fit savoir à Wilhem que son tour était venu, il n'avait pas plus d'idée que tantôt de ce qu'il allait dire.

En voyant s'avancer ce garçon blême qui élevait son oignon tel un ciboire, les tulipiers surent d'emblée à quoi s'en tenir :

« Voilà le béjaune! blagua un vieux jardinier. Gageons qu'en se frottant à nous, il perdra son duvet!

— Aux ivrognes, la bière fuit des lèvres. Mais à lui, c'est du lait qui coule du nez! »

Aucun assaut ne fut épargné au pauvre Wilhem,

debout face aux marchands comme le martyr face aux lapidateurs. Ce fut à qui lui ferait la question la plus cinglante ou la réplique la plus aiguë. Le garçon ignorant tout de la variété de tulipe qu'il mettait à l'encan, et estropiant même son nom, ne pouvait se défendre qu'en tassant plus son prix. Quand enfin les acheteurs lui firent grâce, l'enchère la plus haute n'excédait la plus basse que d'un petit guilder, pour s'établir à trois florins seize stuivers.

Le greffier n'osa proclamer cette cote dérisoire, préférant pointer le chiffre sur son ardoise. Il recueillit lâchement l'assentiment de Wilhem. D'ailleurs, dans la confusion où il était, l'aîné Deruick aurait ratifié n'importe quoi — et même sa mise à mort. La craie du scribe s'apprêtait à fermer le cercle fatidique quand Paulus, qui avait assisté silencieux aux tourments de son protégé, donna soudain du talon sur le plancher :

« Non, par Dieu ! J'empêcherai cette ignominie ! »

L'éclat du régent fut salué par des huées. On ne savait de quoi s'indignaient plutôt les tulipiers, soit du blasphème proféré par leur confrère, soit de l'entrave mise au marché. Dans les deux cas, c'était atteindre une chose sacrée.

« Hou ! Hou ! Bereysten à l'amende !

— Va-t'en ! Et emmène ton poussin !

— Qu'on l'exclue du collège ! Qu'on confisque sa craie !

— Vide ta chope, ça t'éclaircira les idées ! »

Paulus n'était pas homme à essuyer l'affront. Coiffant son chapeau d'un air crâne, il quitta sa chaise et parut d'abord vouloir se retirer. Mais au contraire, il pénétra le cercle houleux des tulipiers et rejoignit Wilhem pour lui prendre la main. Ce mouvement d'affection, qui suggérait une trouble intimité, porta l'émotion de la salle à son comble. Quelques ardoises volèrent dans la direction des deux hommes, heureusement sans les blesser. Si le règlement de la taverne n'avait exclu les armes, nul doute qu'à cet instant, les plus farouches auraient brandi la leur.

L'incident menaçait d'empirer. Alors le secrétaire, homme de courte stature qui ne pouvait mater l'émeute de la voix ou du poing, recourut à la ruse : il rompit sa craie sur l'ardoise et l'y traîna longtemps. Un crissement aigu se fit entendre qui inspira à tous les tulipiers, et à maints clients de *La Vieille Cocotte* une grimace douloureuse. L'ordre et le silence furent ainsi rétablis. Paulus Van Bereysten saisit l'occasion d'exposer ses idées :

« Honte à vous, gens de tulipes ! Honte au collège du Bâton rouge, et malheur à ses lois ! Quel nom vous fera-t-il, ce jeune homme que vous conspuez ? Comment parlera-t-il des fleuristes de Haarlem, après que vous l'avez traité si rudement ? Je crois pour moi qu'il vous dira fripons, malandrins et voleurs... Et à bon droit ! Car enfin, ce sont des escrocs qui payent trois florins seize stuivers un bulbe qu'ici même j'ai acquis trente fois cette somme, encore à bon marché ! Que ne le volez-vous, plutôt ? Que ne le dépouillez-vous pendant qu'il dort ? »

Ce disant, le recteur faisait mine de porter un couteau au flanc du garçon, lequel n'eut pas beaucoup à feindre pour sembler défaillir. Le geste du premier, l'état du second répandirent un frisson dans l'assemblée. Paulus arracha l'oignon à un marchand qui l'étudiait encore, pour l'offrir aux regards de tous :

« Tulipiers, mes chers confrères, voici l'oignon d'*Admirael Van Engeland* dont il est question. On l'a tantôt pesé : son poids s'élève à cent soixante-quatre azen, ce qui en fait, convenez-en, un fort beau spécimen — je dirais même : une pièce d'exception. Y a-t-il quelqu'un ici pour contester ce fait ? »

Des regards s'échangèrent entre les tulipiers, chacun sondant l'autre sur sa volonté d'aller contre. Elle n'était ferme chez personne, et tous gardèrent le silence.

« Ce bulbe valait quatre-vingt-dix-huit florins quand je l'ai acquis. Lorsqu'il a changé de mains, son prix s'élevait déjà à deux cent soixante-quatre guilders. Puis, la mode étant venue des fleurs à flamme pourpre, il a presque doublé pour s'établir à quatre cent soixante guilders. Combien peut-il coter aujourd'hui ? Six cents florins ? Sept cents ? »

Une idée vint au régent. Comme il avait pris l'oignon des doigts d'un confrère, il prit l'ardoise de ceux du secrétaire et, le gagnant de vitesse, effaça l'enchère la plus basse avec son pouce mouillé, pour écrire à la place le chiffre qu'il venait d'annoncer : sept cents guilders. Il corrigea de même l'enchère la plus haute.

« Rendez-moi cette ardoise, sur-le-champ ! » protesta le greffier en tendant des bras courts vers son bien — mais leur portée réduite, jointe à l'embonpoint du recteur contrariaient ses efforts. L'ardoise tournoyait là-haut sans qu'il pût l'atteindre.

« Qui vous permet, Bereysten ? » s'indigna un marchand des derniers rangs.

La main de Paulus se ferma en cornet à son oreille, comme s'il avait mal entendu.

« Le bulbe n'a pas été adjugé, que je sache ? Il est donc temps de pousser l'enchère ! La dernière était de trois florins seize stuivers. J'offre mieux : sept cents florins !

— Comment ? Vous enchérissez ?

— C'est mon droit... Je rachète l'oignon et avec lui, l'honneur perdu des tulipiers de Haarlem ! Il ne sera pas dit que le collège du Bâton rouge rançonne ses jeunes recrues !

— Par exemple, c'est trop fort ! éclata le doyen des tulipiers, seul du groupe à jouir d'un fauteuil et à rester coiffé. Eh bien, si c'est ainsi, je couvre votre offre ! La mienne est de sept cent douze guilders !

— Sept cent cinquante ! enchaîna Paulus hilare.

— Huit cents !

— Huit cent cinquante ! hurla-t-on quelque part.

— Neuf cents !

— Mille florins ! Mille ! »

Cet appel provenait d'un coin de la salle que la cheminée n'éclairait guère, mais qu'allumait l'ardeur d'une énorme pipe de Gouda, au calibre vraiment inaccoutumé, dont prenait jour — en même temps qu'une table, un broc de vin, un bonnet de feutre aplati et divers instruments d'écriture — la face d'un homme barbu aux rides enjouées. Mieux que l'habit passe-partout, sa peau cuite et ses ongles rognés dépeignaient un marin. Toutefois, rien n'indiquant son rang dans l'équipage, il fut dédaigné :

« De grâce, monsieur ! L'affaire dont nous traitons est sérieuse !

— Comme l'est mon offre ! Mille guilders, tous bien comptés, auxquels j'ajoute douze ducats d'or pour hâter le marché, car il est tard et j'envie un bon lit. »

La main gauche de l'inconnu, à laquelle manquait le pouce tranché à mi-phalange, fouillait déjà son aumônière. Allait-il céans débourser mille florins, jaillis de sa doublure comme d'une corne d'abondance ?

« Qui êtes-vous ? Qui vous a admis ici ? » enquêta le secrétaire, hostile par métier aux nouvelles têtes.

Wilhem, le premier, se souvint que la flotte de la Compagnie était rentrée des Indes, et qu'il errait dans Haarlem des officiers aux poches rondes. Cette pensée le tira de son hébétude. S'affermissant soudain, il marcha vers l'inconnu et exécuta, à distance de quelques pas, une jolie révérence.

« Qui que vous soyez, monsieur, je prends vos florins. Je suis certain qu'ils viennent d'un honnête homme... Le bulbe est vôtre !

— Merci. Cette tulipe fleurira le balcon de ma fiancée, qui habite un pays lointain où n'en pousse pas de semblable. J'étais tantôt à ses côtés et lui ai fait serment d'obtenir le modèle vivant de cette fleur, qu'elle a vue peinte. Ma promesse est tenue.

— Tout doux, jeunes gens ! intervint le greffier en recouvrant son ardoise. L'affaire ne sera conclue qu'au terme des enchères. Mille florins et douze ducats. Qui dit mieux ? »

La question du scribe tomba dans un silence de mort. Paulus Van Bereysten indiqua d'un geste qu'il renonçait au bulbe. Les autres enchérisseurs se retirèrent de même, point mécontents d'avoir échappé à l'adjudication. Alors tout rentra dans l'ordre. Le secrétaire griffa son ardoise et proclama la vente avant d'introduire sans délai un nouvel oignon, splendide *Ducken* à double caïeu qui passionna les acheteurs. Personne, en apparence, ne gardait souvenir ni rancœur de ce qui venait d'advenir. Même le régent semblait rentré dans son humeur et ses causeries d'avant, devisant placidement avec des camarades dont il avait tantôt subi les injures. Wilhem en déduisit que ce genre de querelle entrait dans les manières des tulipiers, et qu'il serait des leurs sitôt qu'il saurait boire et vociférer à leur exemple.

L'héritier Van Deruick n'assista pas à toute la vente. Ayant réglé avec l'adjudicataire les conditions et le lieu du paiement, il prit congé de Paulus qui lui rendit distraitement son salut. Dehors, le carrosse était parti, mais Wilhem n'eut qu'à suivre au sol l'empreinte des roues — lesquelles, par une fantaisie du recteur, imprimaient régulièrement ses initiales — pour rejoindre un quartier familier. Il croisa bientôt la Kruisstraat.

Ce fut seulement au matin du lendemain que l'aîné Deruick s'avisa n'avoir pas pris le nom de son acheteur, mais seulement fixé leur rendez-vous qui se tiendrait au bord du canal et dans l'ombre d'un temple — un lieu consacré se prêtait mieux qu'un autre aux opérations de négoce parce qu'on y avait scrupule, supposait-il, à mentir et à tromper.

Cette affaire le mettait dans les transes. Et si l'inconnu se défilait ? Et si les mille florins promis s'en allaient au vent ? Mais la chance, cette fois, fut de son bord : Frida revenait du marché aux biscuits où le bruit courait qu'un jeune officier de marine, enrichi par l'or des Indes, dépensait sans compter dans les estaminets. La servante connaissait son grade : lieutenant, et son nom : Aloysius Rosven. Elle partageait l'avis d'une lavandière pour qui cet élégant soldat serait un beau parti une fois perdu son hâle d'aventurier. Wilhem lui en demanda le portrait, qu'il jugea fidèle à son souvenir du marin. Sûrement, c'était lui.

Aloysius fut tard au rendez-vous. Il s'y présenta flanqué de deux filles qui lui tenaient lieu de béquilles, bien qu'elles fussent, non moins que leur client, étourdies de boisson. Une pipe encore en feu creusait son trou dans la poche du marin, dont la barbe piégeait maints bouts de viande. Il chassa une mèche de son front pour découvrir un œil de truite, humide et blanc.

« Est-ce toi... le jardinier ? »

L'haleine du marin empestait le malt et l'anchois. Néanmoins, Wilhem apprécia qu'un souvenir de leur rencontre surnageât dans cet esprit noyé d'alcool.

« Oui, c'est moi, Wilhem ! » articula l'aîné comme s'il traitait un sourd.

Aloysius se dégagea des filles qui l'étreignaient et tituba jusqu'au canal voisin pour s'asperger d'eau fraîche. Cette cure produisant peu d'effet, il y plongea la tête entière. Lorsqu'il reparut devant l'aîné, soufflant et ruisselant des deux oreilles, la conscience lui semblait revenue du temps et du lieu.

« As-tu l'oignon ?

— Et vous l'argent ? »

La paume de l'acheteur claqua sur une poche de son habit, qui rendit sous le choc un bruit de métal. À condition que les pièces fussent d'or fin, ce peu de monnaie pouvait bien valoir mille guilders.

« Voici le bulbe ! » annonça Wilhem en ouvrant la main gauche qui tenait l'oignon. Sa main droite l'accompagnait, vide. Courtois, Aloysius déposa la bourse avant de prendre son bien.

« Comptez, s'il vous plaît ! Ces demoiselles, n'est-ce pas ? vous fouillent les coutures à la moindre occasion. Autant que le marin sait faire les nœuds, la courtisane sait les défaire ! »

Aloysius partit d'un grand rire en attirant à lui les deux créatures. Entre-temps, Wilhem avait compté son trésor en leur tournant le dos, puis l'avait recompté, et recompté encore : il n'y manquait pas un stuiver. Quand il fut bien assuré du paiement, l'aîné produisit un papier qui portait le sceau du collège des fleuristes, un bouquet stylisé.

« L'acte de vente. Il atteste que j'ai reçu l'argent et que l'oignon est vôtre ! expliqua Wilhem. Signons-le, voulez-vous ? »

D'une tape bien dirigée, le marin engagea l'une des filles à prêter son dos pour l'opération. Sur cet écritoire mouvant qui sentait fort l'ambre et la sueur, les deux hommes émargèrent tour à tour. Or, déchiffrant le nom de Wilhem, Aloysius eut un tressaillement.

« Quelque chose ne va pas ? » fit l'aîné en tirant son col pour l'élargir. Il lui semblait soudain manquer d'air.

« Votre nom est Deruick ? Van Deruick ?

— En effet.

— Comment se prénomme votre père ?

— Cornelis.

— A-t-il pris la mer tantôt ?

— Oui, à bord du *Farouche*, il y a trois mois de cela. »

Le marin considéra Wilhem d'un air étrange. Aussitôt, la main de l'aîné se crispa sur la bourse. Certains acheteurs, il le savait, étaient saisis après la vente d'un brusque repentir ; ils exigeaient de revoir leur argent. De tels enragés, on ne pouvait se défaire par des paroles, mais seulement à grandes volées de gifles.

« Connaissez-vous un endroit tranquille, où l'on puisse deviser à l'aise ? J'aimerais vous parler.

— Bien sûr. Ma maison vous est ouverte. »

Un moment plus tard, Aloysius Rosven goûtait l'eau-de-vie d'orge agrémentée de pralines rôties sous le toit de la famille Deruick. Il fallut donner aux trois enfants, qui ignoraient les détails de la vente et même son issue, un compte rendu rapide de la soirée à *La Vieille Cocotte*. Comme de raison, l'apparition des mille florins sur la table du séjour fit beaucoup d'effet — et autant de souci : pas plus qu'on n'avait de caisse où ranger les oignons de tulipe, on n'avait de coffre où déposer l'or. Celui pour conserver la tourbe était sale, et sa serrure trop vulnérable ; l'armoire à linge ne fermait pas et celle aux provisions débordait. Faute de mieux, la bourse retrouva la poche de Wilhem, qui sema dessus quelques pointes pour repousser toute intrusion.

Ayant vidé deux bols pleins sans pourtant ranimer son ébriété, le marin pria du tabac et du feu. La pipe colossale qu'il pratiquait la veille reprit du service. Elle était taillée dans une seule racine de bruyère dont son tuyau épousait les torsions, lançant des cotillons de fumée à l'odeur de sous-bois.

« Votre père... », commença le marin en chiffonnant son calot de feutre ; puis, renonçant à la phrase un peu longue qu'il avait combinée, il annonça plus simplement : « Un accident est arrivé. »

Le flacon d'eau-de-vie dont Frida venait de pousser le bouchon lui glissa des mains et roula sur la table sans que personne le retînt. Au bout, il chuta au sol et vola en éclats. Un chat du voisinage s'élança vers la flaque gourmande.

« A-t-il perdu la vie ?

— Non, il est sauf. Du moins il l'était lorsque mon navire, le *Bouton-d'or*, s'est écarté du sien en route vers le Brésil. Mais l'attaque pirate que le *Farouche* a essuyée, sans motif car ses cales étaient vides, a laissé beaucoup d'hommes sur le pont. À ce que j'ai compris, le capitaine des forbans cherchait vengeance d'une offense personnelle : une histoire de femme et d'épices comme il en court beaucoup sous ces latitudes. Le bâtiment n'a pas été pillé mais les pirates ont massacré la moitié de l'équipage, réservant aux officiers un supplice aussi cruel qu'infâmant : le pal, sur des fauberts taillés en pointe... »

Tous les regards convergeaient vers la pipe qu'Aloysius, dans un souci d'illustration peut-être malvenu, avait enlevée de sa bouche pour la poser debout sur la table. Il goba une praline et poursuivit :

« Nos canons n'ont pu empêcher la tuerie, seulement la freiner avant que tous succombent. Votre père doit la vie à ce qu'il entreprenait, au moment de l'assaut, l'inventaire de ses coffres dans une partie profonde du navire. Sans ce hasard, vous porteriez son deuil aujourd'hui ! »

Les quatre enfants témoignèrent chaudement leur reconnaissance. Cependant Jasper, qui à son habitude révisait l'enchaînement du propos, fit une question de bon sens :

« Pourquoi père n'est-il pas rentré sur le *Bouton-d'or* ?

— Nous l'avons invité à bord, comme tous les rescapés. Mais Cornelis s'est rallié à ceux qui voulaient continuer le voyage. Rebrousser chemin lui faisait honte, je crois... »

Harriet chassa d'une chiquenaude une escarbille sur sa robe.

« C'est bien de lui ! Toujours à faire la forte tête !

— Un peu de respect, ma sœur ! protesta Jasper. Tu parles de l'homme qui t'a donné le jour ! »

Le marin ignora pudiquement cette querelle

de famille, que du reste Wilhem étouffa sur-le-champ, comme on piétine un feu de brande. Il y eut bientôt de quoi fixer l'attention des quatre enfants : une enveloppe qu'Aloysius avait tirée de sa manche pour la poser au milieu d'eux. Froissée et moite, maculée d'encre livide, elle semblait repêchée du fond de la mer. Cependant, l'écriture dessus était bien de Cornelis, ce qui donna à tous beaucoup d'émotion.

« Votre père m'a confié cette lettre pour vous la remettre. Je suis heureux que le hasard m'ait envoyé son destinataire. À présent, mon office est rempli et je prends congé de vous. »

Ayant dit, le marin éteignit sa pipe en y plantant le pouce et coiffa son bonnet. Le temps d'apporter aux frères une bonne poignée de main, aux sœurs un baiser, Aloysius Rosven prit la porte d'un pas que l'alcool ne déviait plus. Seule Frida parut s'attrister de son départ, qui l'avait compté à souper et, peut-être, espérait entendre ses aventures. Postée sur le seuil, la gauche tendue, elle reçut du marin le plus fameux pourboire jamais entré dans la poche de son tablier.

« Mille grâces, messire ! » remercia la domestique.

Les deux filles attendaient leur client assises sur une borne. Elles se levèrent à l'approche du marin tel un chien au sifflet de son maître et lui firent le même accueil, criant et battant des mains — ce dont Frida les méprisa beaucoup.

Quant aux enfants Deruick, ils n'eurent pas un regard pour l'homme en allé. Wilhem saisit l'enveloppe, Jasper la déchira, Harriet décolla pli à pli le papier humide, enfin Petra déchiffra l'écriture pâle, qui semblait près d'être absorbée :

« *À bord du* Farouche *en mouvement vers le Brésil,*
Le 25 de juin 1635,

Mes chers enfants,

Je regrette de vous écrire en telle occasion, et en tel lieu marin qu'aucune carte ne nomme, loin encore du rivage des Amériques. Cette lettre n'est pas partie de Pernambuco. Hélas ! une aventure de mer, dont mon messager vous dira le détail, a freiné notre voyage qui jusque-là avait joui des meilleures conditions.

N'en prenez point souci. L'affaire fut chaude, mais j'en suis sorti sans heurt, à la réserve d'un coffre jeté pardessus bord qui emporta mon plus bel habit et mes cadeaux pour le seigneur de Nassau, gouverneur de nos possessions en terre de Brésil. Beaucoup d'hommes sont morts en combattant les pirates, ce qui laisse un équipage fort réduit. Les passagers, quels que soient leur rang ou leur âge, sont requis à la manœuvre : j'ai dû moi-même rallier ceux qui hissaient la voile, un jour qu'il ventait fort ; ce fut un rude travail.

Pourtant, je ne me plains pas. Certains croient notre navire oublié du Seigneur et, à tout moment, déchargent en l'air leurs arquebuses pour se rappeler à l'attention divine. Sottises ! Nos malheurs ont un sens caché qui, un jour, nous sera livré. Nous distinguerons alors que Dieu n'a pas éveillé sans motif notre désir de franchir l'océan, ni non plus n'a vainement lâché contre nous une meute de forbans sanguinaires.

Priez pour votre père en chemin vers les Amériques comme je prie, chaque jour, pour le salut et la conserva-

tion de notre famille. Sachez que mes pensées vous accompagnent et qu'il me tarde de vous tenir contre mon cœur.

Votre père aimant,

Cornelis Van Deruick. »

« Ah, la belle lettre ! » apprécia Wilhem qui l'enleva aux doigts de Petra pour la relire, seul et silencieux. Jasper fit de même, empruntant à l'aîné ses besicles — les deux frères partageaient depuis l'enfance une légère myopie et l'instrument pour la régler. Le billet échut ensuite à la benjamine, laquelle trouva l'occasion d'appliquer sa science des fleurs séchées pour rendre au papier un peu de tenue. Frida lui procura du sable qu'elle saupoudra dessus puis chassa de la main, une fois bue l'humidité.

« Eh bien, qu'allons-nous faire ? demanda Jasper en recueillant les grains dispersés dans sa paume. Père n'a pas laissé d'instructions ! »

L'aîné remua ses manches où un peu de sable était tombé.

« Et que veux-tu qu'il écrive, qu'il n'ait déjà dit ?

— L'enveloppe n'est guère épaisse ! » insista le dernier.

À l'intonation fuyante, presque honteuse, Wilhem comprit ce qui heurtait son frère : non la minceur du pli mais son peu de valeur ; l'argent promis par Cornelis n'y était pas.

« Père vient d'échapper aux forbans, et tu l'accuses d'avoir soustrait ta pension ? Quelle sorte de fils es-tu ? »

Sentant qu'il ne pouvait tenir sa position, Jasper fit retraite. Mais la brèche était ouverte, où l'aîné força le pied. Il tâcha seulement d'éloigner Frida, l'oreille toujours traînante, au motif qu'elle n'était pas en cause.

« Jasper se désole que père n'envoie pas d'argent, alors même qu'une fortune vient de nous échoir ! Petra se languit d'un fiancé, et boude les approches d'un très beau parti. Harriet n'a en tête que de fleurir notre maison, celle-là même dont les cheminées croulent et les briques se fissurent. Il me tarde, jeunes gens, que l'âge vous donne plus d'entendement — ce qu'au pays de France l'on nomme la *jugeote* ! »

La survenue d'un mot étranger dans ce discours batave fut plus sensible aux enfants que le blâme jeté sur eux. Il semblait que le spectre de l'aïeul venu de France avait pris voix chez leur grand frère, comme parfois il prenait chair dans la raide silhouette de Cornelis. Un sentiment de déférence presque craintive s'insinua en eux, dont l'aîné prit avantage :

« Je crois pour moi que père vous a trop choyés. Naguère cet homme généreux pourvoyait à vos besoins. De ce temps, il vous reste la fâcheuse coutume de creuser la main et de tirer la langue. Eh bien ! puisqu'il m'a fait l'interprète de sa volonté et qu'il m'a préposé, moi seul, au salut de notre famille, je promets d'y restaurer l'ordre et le travail... Avant qu'il soit Noël, je m'y engage, Petra sera épousée, Jasper délaissera le négoce sans profit du drap pour celui plus payant des tulipes. Quant à Harriet, j'entends qu'elle se défasse des livres où elle s'est entombée. Une chose est de faire son instruction ; une autre, de produire une savante qui apeurera les hommes et glacera les prétendants ! Notre sœur n'a que trop étudié. Il est temps qu'elle trouve une occupation plus conforme à son âge et...

— ... à ses jupons ? compléta Harriet, la langue tirée.

— ... à ta condition, petite insolente ! »

Le poing sur la table avait soulevé cinq bols qui retombèrent avec fracas. Soufflée hors du plateau, la lettre de Cornelis prit son vol jusqu'à la cheminée où Frida la secourut *in extremis*.

« Est-ce de tenir mille guilders qui te rend si hautain, Wilhem ? »

Jasper s'écarta par réflexe de sa voisine, menacée croyait-il d'un soufflet. Mais l'aîné fit une réponse honnête :

« Et pourquoi pas ? Je confesse qu'un peu d'argent leste agréablement ma poche et que j'y trouve, comme le bateau culotté de plomb, une assurance nouvelle dans la tempête. Vous me voyez nanti de mille florins. Mais demain, qui sait ? j'en compterai peut-être dix mille, ou cent mille, et recevrai l'hommage de nos voisins dont le chapeau à ma seule vue quittera la tête ! Ils diront : "Regardez ce blondin dans son carrosse à six chevaux ! N'est-ce pas qu'il a grand air ? Il était tantôt à notre porte et nous ne le savions pas !" Leurs filles cuiront pour moi de savoureux biscuits que je goûterai rassasié, un peu las, appréciant en silence laquelle a plus d'appas et mérite mieux que je l'aime... »

L'aîné songeait tout haut, ses doigts lissant des boucles imaginaires. Jasper le dévisageait, interdit, tandis qu'aux filles l'attendrissement subit de leur frère inspirait des gloussements moqueurs.

« Wilhem, je te prie de m'écouter ! lança enfin le cadet en séchant avec son pouce l'empreinte d'un bol sur la table. Il est bien certain qu'en ce genre d'affaires, la raison seule doit nous guider ! Nous autres Bataves jouissons d'un robuste bon sens, vertu plus utile aux marchands que l'éloquence ou la rouerie. Quand le Français divague, quand l'Italien s'enfièvre, le Hollandais, lui, garde l'esprit froid et l'œil ouvert.

— Sur ma foi, on croirait entendre Eliasar ! grinça l'aîné. Deux éteignoirs de belle facture ! Je m'étonne qu'il n'y ait pas d'intelligence entre vous. »

Jasper ne se laissa pas distraire par cette attaque. Une fois entré dans son raisonnement, il s'y sentait comme à l'abri d'une forteresse : rien n'aurait pu l'en faire sortir.

« Il m'est avis, Wilhem, que ton esprit s'est embrumé et que tu ne juges plus distinctement des choses. Ainsi, quand tu parles de vendre la boutique, laquelle fut de tout temps le salut de notre famille et son honneur ! N'est-ce pas aller vite en besogne ?

— Non, cadet, c'est agir avec décision. Le recteur me l'a enseigné, il en est du négoce comme d'une guerre où la victoire revient souvent à l'assaillant. Père et toi cherchez l'abri du bouclier. Moi, je cours à l'ennemi, flamberge au vent, et ne crains de coup que mortel.

— Pour céder la boutique, il faudrait prendre conseil de père et rassembler tous ceux de la famille qui y ont intérêt! rappela encore Jasper dont les doigts effilés tournaient sur la table comme les branches d'un compas.

— Hélas! Le temps nous manque! esquiva l'aîné. Chaque grain qui fuit le sablier est perdu pour les tulipes! Allons, faites-moi un peu confiance! Mes projets, il est vrai, n'avaient guère de substance avant ce jour... Mais un trésor nous est venu, comme vient la brise au bateau ralenti, et avec lui un élan neuf! Hardi, mon frère, mes sœurs! Nous tiendrons la promesse faite à Cornelis! »

Wilhem cependant disait vrai. Dès l'instant où son pécule enfla de mille florins — quand même, huit mois des gains du père! —, un changement se produisit en lui. Il semblait cet insecte dont la mue printanière a rajeuni l'enveloppe : naguère chenille, désormais papillon. Cela s'affichait dans sa voix, plus ferme, dans ses gestes, mieux assurés, encore dans sa foulée qui grandissait jusqu'à l'enjambée et lui donnait la démarche d'un échassier au marais. Une énergie de conquête semblait l'habiter, l'inclinant à voir dans ces mille guilders non la substance de sa fortune mais à peine son germe. À qui voulait l'entendre, il répétait que l'or accouche de l'or et que le sien serait « plus fécond qu'abeille en ruche ».

L'argent, pourtant, n'était pas resté longtemps son bien. Impatient d'en connaître l'effet et d'afficher sa bonne fortune auprès du voisinage,

Wilhem l'avait vite consommé — presque aussi vite qu'il l'avait mis en poche. À cette occasion, il avait éprouvé un fait inconnu des gens de sa condition, et d'ailleurs de quiconque gagne honnêtement sa vie : l'or pouvait être autre chose que cette valeur à la lente provision, cueillie grain à grain dans des travaux usants ; il pouvait, tel un courant d'air, s'engouffrer dans vos mains et les remplir, puis les quitter un jour du même élan furieux.

Chaque soir, l'aîné faisait le compte de son trésor, empilant les ronds de métal sur la table du séjour. Et chaque soir, il s'étonnait d'avoir perdu autant, sans avoir la notion — ni parfois le souvenir — d'avoir rien dépensé. Comment, ce beau nombre de mille, qui évoquait un oreiller bien plein sous la joue du dormeur, avait déjà réduit du quart, s'établissant à sept cent trente-quatre, puis à six cent treize ? Mais où donc fuyait son argent ? Des vauriens puisaient-ils dans sa bourse ? Est-ce qu'il subissait la fraude des marchands, la tricherie des changeurs ? Une terreur lui venait à l'idée qu'un trou dans sa veste laissât filer les pièces. Sur son ordre, Frida avait garanti d'un point d'ourlet, puis d'un second croisé, son large fond de poche. C'était vilain à voir — deux longs pointillés gris — mais du moins avait-il l'âme en paix.

Bientôt, Wilhem découvrit la passion du calcul et l'enfer qu'il ménage aux grippe-sous inquiets de leur cassette. Il reprenait sans cesse additions et soustractions, maniant jusqu'à les jaunir les notes des fournisseurs, fâché de la justesse des résultats et qu'il n'existât, sous les sévères lois arithmétiques, aucune issue aux dépenses toujours croissantes.

Rien à faire, deux plus deux faisaient quatre — jamais trois. Ne pouvant aller contre, l'aîné s'en prenait à Jasper qu'il chargeait des derniers apurements :

« Cent dix-huit florins, dis-tu ? Il y a erreur. Es-tu certain d'avoir bien compté ? »

Le cadet libérait un soupir.

« J'en suis sûr, mon frère, comme je l'étais tantôt du même résultat ! J'ai dépensé deux craies à cet exercice, et la chandelle trois fois s'est abîmée ! À quoi bon faire et refaire un calcul sans reproche ?

— À quoi bon ? grogna Wilhem. Tu le demandes vraiment ? Il t'est peut-être indifférent que nos comptes soient faux et qu'une virgule nous lèse d'une pincée de florins ? Pas à moi ! Je suis, les déboursant, comme le malade dont on soutire le sang ! »

À sa décharge, il faut dire que Wilhem se montrait, vis-à-vis de son bien, un gestionnaire avisé et prudent. S'il dépensait beaucoup, toujours plus qu'à son gré, ce n'était jamais frivolement. Ainsi n'avait-il revêtu ni pourpoint à fil d'or, ni manchettes empesées ; son costume était resté le même, dont les plis usés recevaient par endroits le renfort d'un carré de drap noir. Fort sagement aussi, l'aîné avait jugé futile de s'embellir ou de parer ses sœurs. Leurs atours lui semblaient suffisants pour trouver un mari, de même qu'il estimait les siens commodes à ses activités :

« Prendriez-vous des bijoux, des robes, vous risqueriez qu'un homme vous aime pour cet artifice ! Alors qu'en restant comme vous êtes, simples et sans apprêt, vous n'atteindrez que des cœurs droits, les seuls recommandables pour fonder un foyer. »

Ce sage discours ne flattait guère les goûts de Petra, qui avait sur l'emploi des mille florins des idées tout autres, et assez de coquetterie pour les lui inspirer. Hélas ! Wilhem restait sourd aux lamentations de sa sœur, de même qu'il ignorait les transports de son frère face aux chevaux du marché, aux traîneaux neufs qui rutilaient sous l'enseigne du voiturier. À quoi servait d'avoir la mise du prince ou son équipage, si l'on s'abritait chaque nuit sous un toit percé ? La raison commandait de soigner sa maison avant son habit.

Wilhem le sentait bien qui, au lendemain de la séance des tulipiers, embaucha des garçons robustes pour relever les cheminées croulantes de la propriété. Des tuiles neuves chassèrent les tuiles anciennes, paraissant allumer toute la façade — elle-même rafraîchie à grands jets de seringues. Puis vint le tour du balcon qui fut consolidé, de la poutre fendue qu'on étaya, des murs cendreux dont on gratta le plâtre pour les enduire de frais.

Cette dernière opération, menée contre l'avis de Frida qui craignait la poussière, ménagea un profit inattendu à la famille Deruick. Personne, assurément, n'aurait songé à vendre le salpêtre tombé des murs si Paulus Van Bereysten, venu en ami suivre les travaux, n'avait alerté son élève sur les vertus que lui prêtaient certains jardiniers.

« La vertu d'alourdir les sacs ? ironisa Wilhem qui le prenait à farce.

— Non pas, mon garçon ! Celle plutôt de bigarrer les tulipes ! Tu connais le goût des nôtres pour les fleurs aux dessins chamarrés, et leur dégoût des fleurs unies ? Eh bien, l'un d'eux s'est avisé qu'en semant ses parterres de plâtre gris, il obtenait, presque à tout coup, des tulipes aux cent nuances ! Cela, paraît-il, réussit aussi bien avec la fiente de pigeon ou la suée d'ordures... Ces rebuts ont désormais un poids, un prix et un marché ! »

L'aîné accueillit tièdement la nouvelle.

« Je n'y vois qu'une sotte superstition !

— Et si même ? fit Paulus en appuyant l'index sur la poitrine du jeune homme. Ce n'est pas ton affaire ! Le dessein d'un marchand n'est-il pas de vendre, et de vendre à tout prix ? Ainsi sont les disciples de saint Martin ! »

Le bourgeois ramassa un bout de plâtre qu'il émietta dans sa paume sous l'œil narquois des ouvriers. « Belle qualité ! » siffla-t-il en triant les débris, mettant les gros à côté des petits, les clairs à part des sombres, sans égard pour sa veste qui s'empoussiérait. « Voici donc l'engrais fameux des tulipes ? Je t'en donne... », les doigts de Paulus s'agitèrent en l'air, comme maniant un boulier illusoire, « ... treize stuivers, tope là ? ».

Un des ouvriers s'exclama, qui traduisit à l'autre les dires du régent. Il y eut entre eux, dans leur frison natal, un échange animé qui porta le premier à fouiller ses poches, le second à extraire du talon creux de son sabot, puis d'un sordide mouchoir entortillé, des pièces noircies à l'aspect de vieux cuir. Paulus suivait la scène d'un air hautain, comme assistant à l'empoignade de deux ivrognes.

« Regarde comme ils piaffent ! dit-il à son élève. Ils sont si sûrs à présent de la valeur du plâtre qu'ils vont, dans un instant, t'en offrir plus que moi... peut-être seize stuivers, deux jours de leur salaire ! »

Le régent se frotta les mains dont tomba en pluie lente le plâtre fatigué. Ce geste plongea les ouvriers dans la stupeur. Souriant de leur confusion, Paulus franchit la porte vers le jardin, l'aîné Deruick à sa suite.

« Quel jeu cruel est-ce là ? s'émut Wilhem. Ces pauvres sires pensent qu'ils creusent un filon d'or !

— Tu as pris une leçon de commerce, jeune homme ! Le profit ignore les sentiments... Ce qui vaut pour le plâtre vaut d'ailleurs pour les tulipes !

— Comment donc ?

— Certains s'alarment du prix des fleurs, ils disent que le cours de notre marchandise est surfait et qu'un homme raisonnable placerait mieux son argent dans le bois ou le fromage...

— N'est-ce pas le bon sens même ? »

Les sourcils du recteur firent une allée et venue dans sa longue figure.

« Prends garde, Wilhem ! Prends bien garde ! Que jamais tes propos ne viennent à connaissance de nos frères tulipiers ! Il t'en coûterait ton siège, pour le moins ! Comment, tu prétends vendre des fleurs en les jugeant trop chères ? Personne ne fait d'affaires dans cet esprit ! Pour moi, je te l'avoue, il m'est égal qu'un tondeur ou qu'un meunier s'éprenne de fleurs au point d'engager tous ses biens dans nos enchères ! S'il se trouve quelqu'un d'assez niais pour céder cent florins en échange d'une vulgaire *Switser* — que dis-je ? du brin de papier qui en promet l'oignon —, pourquoi l'en priverais-je ? Mon intérêt est de le satisfaire avant qu'un autre se propose ! Telle est la rude loi du monde, Wilhem Van Deruick ! Et tel est le sens de mon enseignement. »

L'aîné eut un tressaillement, non à l'énoncé de cette pensée rigide mais par ce qu'elle révélait de l'âme de son bienfaiteur. Une déception amère voila son regard. Paulus ne fit rien pour corriger cette impression. Au contraire, il la laissa creuser et durcir jusqu'à conduire Wilhem au bord des larmes. Ce fut l'instant que choisit Van Bereysten pour prendre le jeune homme dans ses bras, un mouvement qui pouvait sembler, à quelque distance, l'accolade virile de deux camarades mais rappelait plutôt, si l'on était près, un couple s'enlaçant. D'ailleurs, les lèvres du recteur à l'oreille du garçon laissaient des baisers avec les mots, une mesure égale d'affection et de reproche :

« Ingrat que tu es ! Tu ne m'as pas seulement remercié de t'avoir défendu face aux tulipiers ! Et que dire de ces mille florins, acquis par mon truchement ? La jeunesse croit mériter ce qui lui vient de bon !

— Pardon, seigneur, il est vrai que cet argent...

— Jeune démon, sens-tu même ta chance d'être mon disciple ? Combien de tes pareils rêvent de trafiquer les tulipes, qui jamais ne franchiront le seuil de la *Trappe du Diable* ? Et toi, parce que je t'ai lancé, tu y fais d'emblée une belle vente !

— Je le sais, seigneur, je ne le sais que trop !

— Ingrat... »

Le recteur poussa un peu son front, sans idée d'abord, comme le tout-petit fouit l'aisselle tiède de sa mère. Il laissait peser sa grosse tête, son cou épais, sa fraise alourdie de breloques sur l'épaule du fils Deruick. Crainte de perdre l'équilibre, Wilhem fit un pas en arrière, puis deux, reculant vers un noisetier touffu à quelques mètres.

« Seigneur, vous... ! » bredouilla-t-il mais, au lieu d'arrêter, Paulus parut s'appuyer davantage. L'aîné sentait sur sa nuque l'haleine douceâtre du bourgeois et les baisers qui s'y pressaient, plus vifs que tout à l'heure.

Soudain, son talon buta sur une racine, Wilhem tomba à la renverse. Au dernier instant, il avait senti une main s'appliquer sèchement au pli de son genou, peut-être pour entraîner la chute. À sa vive surprise, ce ne fut pas la terre qu'il rencontra mais un réseau serré de tiges. Les deux hommes s'abîmèrent ensemble dans le buisson au pied du noisetier, lequel parut se refermer sur eux.

« Halte-là ! » cria l'aîné qui tentait de se relever.

Mais ses mains cherchant l'appui du sol ne trouvaient qu'une profondeur de feuilles et de ramilles, certaines armées d'épines qui l'écorchaient à sang. En même temps, Paulus Van Bereysten avait accroché le haut de son habit et tirait dessus. Les boutons jaillirent tout du long comme des haricots sortis d'une gousse. Son col fut arraché, ses chausses tirées avec violence. Wilhem sentit la piqûre pointillée des ronces sur sa peau nue.

« Que faites-vous ? protesta le garçon. On pourrait nous surprendre ! »

Ses propres mots l'interloquèrent. C'était donc tout ce qu'il craignait, d'être surpris ? À cette idée, une grande faiblesse envahit ses membres. Il devint soudain comme une argile molle entre les mains du recteur dont les caresses se firent plus hardies. Le gros poing du bourgeois accablait sa nuque avec une force inouïe, cherchant eût-on dit à la briser, à écraser sa face contre terre. Wilhem se sentit retourné sur le flanc et presque aussitôt, entrepris par le fondement. L'intrusion fut franche mais pas brutale, ce dont le garçon, malgré lui, éprouva une lâche reconnaissance. Au point où les choses étaient arrivées, mieux valait laisser faire, car si Wilhem subissait sans plaisir l'étreinte du bourgeois, il redoutait bien plus d'être affiché en telle posture — que son frère ou ses sœurs le trouvent gisant ainsi sous leur visiteur, la joue terreuse et la chemise troussée.

Cette considération acheva d'éteindre ce qui restait de volonté à l'aîné Deruick : pressé désormais d'en finir, il facilita l'ouvrage du recteur en déliant les jambes et chercha dans de lointaines pensées une diversion à l'infâme labeur. Heureusement, ce fut court. Lorsqu'il eut terminé, Paulus Van Bereysten mit rapidement en ordre sa toilette, d'ailleurs peu dérangée. Wilhem s'apprêtait à faire de même quand il sentit quelque chose de dur et d'écailleux rouler entre ses fesses. Se redressant, l'aîné amena l'objet dans les plis de ses chausses ; il y ramassa un gros oignon de tulipe.

« Pour prix de ta docilité..., expliqua le bourgeois. Et ne la croque pas, celle-ci, c'est une belle ! »

Paulus partit d'un grand rire qui confondit son élève. Toutefois, il n'échappa point à l'aîné que ce nouveau bulbe était d'un calibre et d'un poids inaccoutumés ; certainement, il en aurait beaucoup d'argent. Ce don le ravissait et l'aigrissait en même temps.

« M'achetez-vous, Paulus ? fit Wilhem qui se mettait debout.

— Quelle idée ! sourit le bourgeois en frottant le menton du garçon avec son doigt mouillé de salive. Je te récompense ! »

Un sourire sibyllin passa sur les traits de Wilhem. De bon gré cette fois, il pressa ses lèvres à celles du régent.

Les deux hommes quittèrent le buisson comme s'ils venaient d'y avoir une conversation. Rompu peut-être à ce genre d'aventures, Paulus jouait la comédie à perfection. Son élève se montrait moins à l'aise mais soutenait dignement l'épreuve. Il ne protesta point du traitement qu'il avait subi et, vers la fin d'après-midi, prit congé du recteur avec force civilités. En somme, Wilhem donna si peu signe de l'événement que personne de sa famille n'en eut soupçon, sauf Frida qui avait l'œil aux menues choses et remarqua les épines fichées dans son habit.

À la grille, Paulus Van Bereysten salua chacun avec chaleur et réserva à l'aîné son meilleur compliment.

« Jeune Deruick, je me réjouis d'avoir passé ce jour en votre compagnie... Visitez-nous, tantôt ! Ma femme languit de vous connaître. C'est qu'elle s'ennuie, la malheureuse, à feuilleter tout le jour sa bible à coins dorés ! J'ai fait construire pour elle une splendide maison de poupée, où tout de notre ménage est imité à l'échelle, mais ça ne l'amuse guère. Alors ?

— Je ne sais si...

— Le mardi, nous offrons une collation à nos voisins. Oh, rien que de très simple : des crêpes, des amandes, de la purée de riz... Mais enfin, la bière est bonne et la compagnie choisie. On joue un peu de musique, on cause affaires et nouveautés, il n'est pas rare qu'un tulipier cogne la porte et nous présente l'oignon frais qu'il vient de déterrer. Voulez-vous en être ? Ma voiture ira vous quérir.

— Vraiment, seigneur, c'est trop d'honneur !

— Entendu ! Demain, au creux du sablier, ne vous faites pas attendre ! »

Wilhem acquiesça sans élan. L'idée le traversa de proposer aussi son frère, mais il craignit d'attarder Paulus qui s'éloignait déjà. Jasper, du reste, n'en faisait pas grand cas. Sitôt le recteur en allé, il repoussa la grille d'une main :

« Dieu nous garde d'entrer dans cette sorte d'enchère ! Nous l'invitons, il nous rend la pareille, pour ne pas être en reste il faut le régaler encore, de suite jusqu'à vider cave et cellier... À ce jeu, mon cher frère, nous sommes certains de perdre ! Moi, je dis : que chacun reste chez soi, il s'en portera mieux !

— N'es-tu pas flatté qu'un régent de Haarlem nous ouvre sa porte ? »

Les épaules du cadet se soulevèrent dans son étroit pourpoint.

« Il a franchi la nôtre depuis longtemps ! Non, rien à faire ! Je ne vois qu'une attrape dans cette invitation. Encore une fois, si tu méditais mieux la chose, tu verrais que les seigneurs prennent d'une main ce qu'ils offrent de l'autre, et qu'en t'octroyant mille florins, le recteur ne faisait que gager un valet de plus pour sa maison, quelqu'un qui sa vie durant lui serait obligé ! Une bonne affaire, en somme ! »

Ces paroles furent amères à Wilhem. Un instant, l'aîné fut tenté d'exposer le bulbe enfoui dans sa poche, en témoignage non des largesses du recteur, mais de son talent propre à les attirer. Puis ce geste lui parut vaniteux. Après tout, que lui importait l'avis d'un plus jeune ? Il se détournait déjà quand un regard narquois du cadet le tira en arrière.

« Quoi ? Tu ris ?

— Comment ?

— J'ai vu bouger tes lèvres ! »

Deux doigts de l'aîné pinçaient sèchement un bouton de son gilet, en sorte que Jasper ne pouvait faire un pas sans trouer son habit. Il n'essaya pas de se dégager, mais les traits de son visage se durcirent.

« Je ne ris point, Wilhem, et n'en ai pas le cœur. Bien plutôt, ce m'est une peine de sentir combien Paulus t'a accroché, et quelle vilaine emprise il a sur tes pensées ! D'où te viennent ces idées de grandeur, sinon de lui ? Qui d'autre a excité chez toi le goût de l'apparat, l'ambition des places et des titres ? Il t'a promis qu'une fleur serait ton sésame dans le monde, et sottement, tu l'as cru ! Ce serait bien commode, en vérité, s'il suffisait d'une brassée de tulipes pour s'égaler aux seigneurs et tutoyer les princes ! Mais les tulipes, hélas ! gardent tournure du sol où elles ont poussé ! »

La main de Wilhem relâcha la boutonnière du cadet comme on délaisse une chose malpropre. Même, il s'essuya les ongles sur sa ceinture avec une mine rebutée.

« Je m'épuise à faire ton éducation, mais non, décidément, tu n'as aucune facilité ! Il faut te ranger parmi ces êtres qui naissent et meurent dans le même lit, qui traînent leur vie durant leur humble condition comme un limaçon traîne sa coquille... Hélas ! La nature t'a proportionné à ce logement étroit : tu es taillé pour les petits plaisirs, Jasper, pour les menues conquêtes des gens sans appétit !

— C'est ainsi ?

— Oui ! Une pipe bien garnie fait ton bonheur, et l'horizon se borne pour toi au tour de ton assiette ! Ah, quelle tristesse d'avoir pour frère ce traîne-semelles, ce tourne-pouces, ce propre à rien ! Pourquoi suis-je né Deruick, boutiquier de drap, quand j'avais l'étoffe de ceindre des couronnes et d'entraîner des armées ? Est-il injuste, ce coup de dés dont le chiffre fait notre destinée — un pour le gueux, trois pour l'esclave, six pour l'empereur ! »

Une sorte d'apitoiement vint au cadet d'entendre son frère ainsi divaguer. Ses mains s'appliquèrent sur la poitrine de l'aîné qu'elles sentirent émue et chaude, presque haletante.

« Je t'aime, mon frère. Mais vraiment, ta sottise passe toute mesure ! »

Le poing de Wilhem jaillit de sa manche tel un boulet du canon. Jasper détourna vivement son menton, mais ne put soustraire son épaule au coup porté. Sous le choc, le fils Deruick perdit l'équilibre et chassa la cloche qui pendait dans son dos. Le tintement saccadé attira les filles aux fenêtres. Elles virent Jasper grimaçant qui frottait son épaule, l'aîné qui franchissait la grille et coiffait son chapeau. Si des paroles furent échangées, elles n'en reçurent rien. Mais Frida, émue comme un chat à l'approche de l'orage, tira les volets de ce côté de la maison et ranima le feu, bien qu'il fît encore jour. Personne ne lui en demanda raison. Petra éveilla sa propre chandelle qui éclaira le visage défait de sa sœur, à cet instant bien près des larmes :

« Prions Dieu qu'il garde notre famille, ma chère Harriet... Car j'ai soupçon que les temps à venir nous porteront de rudes épreuves ! »

Ce soir-là, l'aîné Deruick usa longtemps ses semelles avant d'apprivoiser la colère qui grondait en lui. Il marchait droit devant, sans prendre garde ni aux voitures dont il coupait la route ni aux piétons dont il soufflait le chapeau, de sorte qu'il manqua, une ou deux fois, se quereller en pleine rue.

Un lupanar s'ouvrait à proximité. Il s'y faufila et fit hâtivement son choix parmi les portraits pendus dans le corridor. « Celle-ci ! » indiqua-t-il, l'index pointé vers un tableau. La tenancière désigna une porte dans l'alignement. Une blondine l'entrebâilla, grasse et vérolée, certes moins avenante qu'en peinture. Surtout, son menton portait une mouche à l'endroit juste où Petra collait la sienne. Ce détail révulsa l'aîné. « Ça ne tient plus ! »

annonça-t-il à la maquerelle. L'instant d'après il était dehors, plus agité encore qu'auparavant.

Quand la nuit tomba, ses pas l'avaient conduit sur les berges de la Spaarne qui roulait ses eaux blanches dans un lit sablonneux. Les buandiers venaient d'y déverser le petit-lait. Une âcre odeur de caillé empruntait le vent, s'emmêlait tel un fil à la croix des moulins. C'étaient huit machines de bois peint, grinçantes et maigres, broyant tabac et chanvre dans un fracas de navire pris en tempête. Un seul ne tournait pas, dont le meunier avait incliné les ailes selon un angle aigu — signe qu'il portait le deuil d'un être cher. Des nœuds de rubans sombres pendaient d'ailleurs de leurs extrémités, qui flottaient au vent telles des algues aux remous de la mer.

Wilhem fut tenté de lire un présage dans ce tableau funèbre. Fallait-il que ses yeux se fussent posés sur ce moulin, quand tant d'autres peuplaient la rive ! Comme un mendiant se trouvait là, trempant ses hardes dans la rivière, il logea dans sa main une pièce d'argent, à quoi l'autre répondit par des bénédictions. Cependant, l'impression lui restait d'avoir amadoué le sort, si bien qu'il ajouta des vœux à sa monnaie :

« Si Dieu m'octroie le palais dont je rêve, et la fortune, et le renom, je ferai de toi mon majordome !

— Pareillement, si Dieu allège ma condition, je vous servirai avec zèle... »

Wilhem n'attendait pas de réponse et jugea celle-ci amusante.

« Quel est ton nom ?

— Florens Grauwert.

— Que penses-tu d'un garçon qui gifle son frère, houspille ses sœurs et, dans le temps où la mésange bâtit son nid, se rend exécrable à sa propre famille ?

— Je pense qu'il est malheureux. »

Sans songer qu'il faisait noir, l'aîné se détourna pour cacher son émotion. Ensuite il prononça, solennel :

« Je me rappellerai ton serment, Florens, et t'en demanderai compte si le ciel nous exauce ! »

Il serra la main du vagabond et reprit sa marche, l'âme rassérénée. Guère plus loin, un jardinier en braies sarclait son lopin. Autant la vue du moulin l'avait assombri, autant l'aspect du campagnard égaya le fils Deruick. Sûrement, cette rencontre était un sourire du destin qu'il fallait déchiffrer. De la conversation qui s'engagea, Wilhem apprit qu'une vente de tulipes se tenait dans une taverne du voisinage, *La Tranche de Bacon*. Sa récente adhésion au collège du Bâton rouge, auquel cet autre cercle était affilié, lui donnait droit d'y prendre part.

« Merci, brave homme ! Je ne doute plus que tu sois l'instrument de la Providence. Eh bien, comme j'ai promis à ce mendiant de le nommer valet, je promets de te faire jardinier si je deviens riche ! »

Wilhem laissa le fleuriste ahuri au milieu de son champ. Dans l'humeur où il était, ce n'était pas grand-chose que de franchir une porte étrangère pour y traiter d'oignons. L'aîné Deruick se présenta seul à la taverne de *La Tranche de Bacon*, parvint à faire inscrire le bulbe de Paulus qu'il soumit à une vingtaine d'amateurs, moins cossus que ceux de *La Vieille Cocotte* mais tout aussi fervents. Cette fois, son ignorance du métier ne fut pas un obstacle. Il laissa le greffier inscrire sur son ardoise « variété inconnue » et « poids inconnu » sans s'en émouvoir. D'ailleurs, le silence qu'il observa au sujet de son bulbe fit forte impression sur les enchérisseurs, lesquels se figurèrent qu'une pièce dont le propriétaire taisait le nom devait avoir une grande valeur. Comme aussi Wilhem reçut toute question d'un sourire arrogant, et menaça deux fois de retirer l'oignon parce que, jugeait-il, « personne ici n'était digne de l'acheter », la vente fut prompte et animée. Le bulbe fut enlevé à mille trois cent sept florins bien comptés, une fortune qu'aucun tulipier ne possédait mais que les six mieux pourvus, unissant leurs efforts, parvinrent péniblement à réunir.

Contre tout usage, l'aîné exigea d'être payé céans et refusa sa signature tant qu'on ne voulut pas. Une fois l'argent remis, le garçon fit encore des difficultés : est-ce qu'il allait rentrer chez lui ainsi, sans voiture ni escorte ? N'y aurait-il aucun confrère pour lui faire un brin de conduite ? On dépêcha les cadets du collège, deux jeunes gens vigoureux, pour garder le fils Deruick sur le chemin de sa maison. Un cabriolet de cuir fut encore loué aux frais de la compagnie. Alors seulement, le visiteur voulut bien se retirer. Ses derniers mots furent pour annoncer qu'il aurait tantôt de nouveaux bulbes à vendre, qu'il acquerrait des terrains pour les multiplier et qu'enfin sa famille, les

Van Deruick, deviendrait aussi illustre dans le commerce des fleurs que l'était celle des Van den Heuvel dans celui des fourrures.

Cette sortie prétentieuse amusa certains tulipiers mais troubla les autres, qui longtemps après la séance se racontaient la visite du jeune coq, épelant son nom comme s'il avait appartenu au nouveau maître du pays. On soupçonna l'aîné d'avoir calculé son effet. Il n'en contribua pas moins à sa célébrité, et répandit partout le bruit qu'un négociant de haut mérite s'était ouvert les portes des réunions tulipières. Peu importait, en somme, qu'il eût vendu deux oignons à bon prix ; c'était son maintien surtout qu'on admirait : cette façon si neuve d'emporter le marché en brusquant les enchères, de pousser la voix pour forcer la confiance. Face à l'étroite rouerie des connaisseurs, rognant le prix sur des finesses de pétales ou de coloris, l'insolence du jeune Deruick prouvait son efficacité. À quoi bon étudier longtemps les variétés de fleurs si le premier venu, doué d'assez de faconde, plaçait bien ses oignons ?

La rumeur ne tarda pas à rejoindre Eliasar Van Bereysten, qui la porta au régent en train de battre les cartes à *La Vigne d'or.* Paulus en fut si content qu'il laissa la victoire à ses adversaires, et même les dédommagea de la partie interrompue par une généreuse tournée de bière — non la *simple* qui abreuve, mais la *double* qui enivre. Il riait en passant son manteau, et riait encore en franchissant le seuil de la taverne.

« N'avais-je pas raison de croire en lui ? » jubilait Paulus en reprenant haleine.

En manière d'approbation, Eliasar laissa pendre son menton qu'il ramena paresseusement, ainsi qu'on relève un filet alourdi de poissons.

« Je n'entends rien à ce succès, mon père. Vous faisiez tantôt de Wilhem la peinture d'un garçon timide, plein d'embarras devant les tulipiers ? Aujourd'hui, ce qu'on en raconte...

— ... est tout contraire ? Qu'y a-t-il là d'étonnant ? Au printemps de son âge, l'homme est variable et mouvant. Il peut, à tout instant, contredire son humeur et se montrer hardi s'il était peureux, fier s'il était pudique. Wilhem n'est pas le seul ainsi réglé !

— Mais il a vingt-quatre ans ! Quelques mois seulement font l'écart entre nous !

— Tu m'ennuies ! grogna Paulus. Ce que je vois, c'est que mon élève est lancé. Le voilà prêt à disputer sa place dans la société farouche des tulipiers ! Je te prédis qu'il égalera bientôt les meilleurs fleuristes de Haarlem. Barent Cardoes et Pieter Bol n'ont qu'à bien se tenir ! Ah, ce cher Wilhem ! Fais-moi souvenir de lui porter mes félicitations ! »

L'enjouement du recteur fut amer à Eliasar, dont les succès n'attiraient jamais qu'un compliment banal, ou des questions pratiques sur les profits réalisés.

« Pardon, père, mais j'ai peine à vous suivre... Vous avez poussé ce jeune homme dans la carrière des tulipes, vous l'avez enrichi de deux bulbes parmi les plus beaux de notre collection. Je vois aujourd'hui qu'un rival nous est né, peut-être venimeux. Ai-je lieu de m'en réjouir ?

— Un rival, mais quel rival? Wilhem Van Deruick est un associé! N'avons-nous pas trinqué au succès de notre entente, lors du souper chez eux?

— Las! Rien n'est écrit, et la jeunesse est bien volage! Le garçon ne voudra-t-il pas prendre sa liberté, maintenant qu'il tient deux mille écus en poche? »

Paulus balaya ces soupçons d'un revers de la main.

« Wilhem n'est pas de ce bois. Tu y tailles des bâtons, moi j'y taille des flûtes! En somme, il me doit tout! Pourquoi me tromperait-il? Autant percer la voile de son bateau! Et puis, je te l'avoue, il s'est tissé entre nous des attaches que le temps seul pourrait user...

— Voilà qui n'apaise pas mes craintes, mais les ravive plutôt! On ne fait pas d'affaires avec des sentiments. Il m'est suspect, déjà, qu'on en fasse en famille... »

Cet assaut maladroit, renforcé d'une moue hostile — pour quoi la face d'Eliasar semblait justement conformée —, troubla la belle humeur du père. Paulus ne craignait rien comme les éteignoirs et les trouble-fêtes, jugeant le rire meilleur garant de sa santé. Il planta sa canne entre deux pavés et, sur cette espèce de pivot, accomplit un quart de tour qui l'amena tout contre son fils, leurs regards alignés, leurs mentons à touche-touche. Un instant, il parut que ces deux-là allaient se dire leurs vérités. Les lèvres du recteur remuèrent, comme tentées d'un vilain mot. Mais il se maîtrisa.

« Eliasar, je te prie de ne pas gâcher cette belle

journée... Crois-tu que j'ai élu ce garçon par hasard, et le favorise par amitié ? Alors, tu connais mal ton père ! Ma fortune ignore le dévouement. Elle est bâtie d'une seule pierre, mais solide et sans faille : la défense têtue de mes intérêts. Je sais dans quelle disposition d'esprit se trouve à présent Wilhem Van Deruick : il se croit maître de lui-même, et seul auteur de son succès. Le temps est donc venu de baguer ce jeune aigle. Je vais lui procurer des terres, des jardiniers, accoler nos deux noms sur du papier timbré. Gageons qu'avant Noël, sa dette sera éteinte !

— Je ne veux rien gager, père, ceci n'est pas drôle ! Êtes-vous comme ces portefaix de Rotterdam qui jouent leurs clients aux dés, ou ces soldats brabançons qui parient sur l'issue des batailles ? Quand donc mûrira notre peuple ? L'affaire est grave, il s'agit de ma vie ! J'observe que vous faites pour l'aîné Deruick plus que vous avez jamais fait pour moi ! »

Le recteur médita longtemps sa réponse, qu'il donna à mi-voix mais d'un ton décisif.

« Cela se peut, mon fils. Eh bien, à toi d'en tirer la leçon... »

La canne de Paulus sortit d'entre les pavés pour se balancer à la main du régent, tandis qu'il s'éloignait à grandes foulées vers la Spaarne. Chaque fois qu'elle tombait sur les pierres, la canne rendait un son dur. Il sembla à son fils que c'était une aiguille, une aiguille poussée coup à coup dans la chair de son cœur.

Deuxième saison

Décembre 1635, le 9e du mois.

Des nombreux désagréments que comportait alors un voyage en mer, ceux produits par un costume inapproprié n'étaient pas les moindres, bien que les assauts du scorbut ou la corruption des vivres eussent passé, avec raison, pour plus menaçants.

En composant son bagage pour le Nouveau Monde, Cornelis Van Deruick n'avait pas songé qu'il évoluerait là-bas dans un air plus chaud, sous un soleil plus franc qu'aux Provinces; malgré l'indiscutable continuité du tapis marin, le bout qui tenait aux rivages du Brésil était à la frange européenne ce que la soupe brûlante est à la flaque : voilà la réalité qu'il avait considérée distraitement mais qui, une fois franchi le tropique, lui apparut dans toute sa rigueur.

Autrement dit, Cornelis vêtu de son caleçon, de sa culotte, de son pourpoint, de sa tunique à capuchon, chaussé de ses bas en laine tricotée, colleté de sa fraise à grands plis, coiffé de son haut-de-forme dur, et de qui la peau libre — ce qu'il en restait — était ensevelie sous la dentelle ou le cuir,

Cornelis donc se pâmait de chaleur. Parce que les pirates avaient épargné ses coffres, son habit lui restait au complet, à la différence des autres passagers qui évoluaient en chemise sur le pont du *Farouche* et, somme toute, s'en trouvaient bien. Il pouvait seul présenter une mise conforme à son âge et à sa condition, privilège que lui cédaient volontiers ses compagnons de voyage et qui lui valut de bonne heure le surnom d'*habillé*.

Cornelis l'habillé supporta vaillamment l'élévation des températures, constante dès la moitié du voyage et qui devait lui infliger un prompt amaigrissement. Malgré tout, le Harlémois dut abdiquer ses prétentions à l'élégance quand l'équipage réduit du navire enrôla les passagers à la manœuvre. C'était une chose d'arpenter le pont en costume hollandais, sans rien à faire qu'activer sa pipe ou feuilleter son bréviaire, une autre de revêtir le même habit lors des violents travaux du bord.

La première fois qu'il prêta ses forces au déploiement de la grand-voile, Cornelis déchira sa tunique par le milieu ; la seconde, il perdit un gant lacéré par le frottement des cordes — alors, le marchand comprit qu'il fallait sinon changer de vêtement, du moins adapter le sien aux conditions sévères de la traversée. Un matelot lui ayant procuré des ciseaux et des aiguilles, il mit à profit ses souvenirs d'apprenti tailleur pour ménager dans ses chemises les crevés, les fentes qui soulageraient les tensions du tissu en aidant la circulation de l'air. Il adapta de même toutes les pièces de son vêtement, à l'exception du chapeau qu'il trouvait trop riche pour être ainsi torturé mais auquel, alors, il substitua un bonnet de feutre comme en portaient les marins.

Remarquablement exécuté, ce travail fit à Cornelis une réputation d'habile couturier qu'il n'avait pas voulue, et qui lui parut d'emblée très embarrassante. Depuis des semaines que les passagers s'ébattaient dans leurs chausses et leurs camisoles, elles avaient pris tournure de guenilles dont les ciseaux du Harlémois, espérait-on, seraient le salut. Cornelis n'eut d'autre choix que d'accepter les commandes de reprise et de ravaudage dont marins et passagers le pressèrent. Par commodité, il ouvrit un genre d'échoppe à l'arrière du *Farouche* : en échange de menus services de couture, ses clients s'acquittaient qui d'un biscuit véreux, qui d'une pinte d'eau croupie, qui d'une sardine pêchée la veille et déjà desséchée.

À cause de cette activité, la fin du voyage parut moins longue au Harlémois qu'à ses compagnons de bord. Il n'était pas sur le pont quand le *Farouche* toucha la rive boueuse de Pernambuco, ayant trop à faire avec des chemises que les passagers voulaient, pour leurs premiers pas sur le sol brésilien, aussi pimpantes qu'à leur départ. Cela fut cause que le marchand n'assista pas au débarquement, parmi les colons en liesse qui demandaient des nouvelles des Provinces, ni non plus au souper donné aux rescapés du navire par le gouverneur, le comte Johan Maurits Van Nassau. D'autres passagers contèrent l'aventure commune et s'y firent valoir, formant à cette occasion d'utiles relations pour leurs affaires.

Quand enfin Cornelis fut venu à bout de son ouvrage et qu'il eut rendu ses ciseaux au marin, il ne trouva personne pour sortir ses coffres du navire et dut les traîner lui-même sur la berge, malgré la fatigue que cet exercice infligeait à son corps amaigri.

L'endroit offrait le coup d'œil le plus étrange pour un voyageur des Provinces : des cahutes de pisé, vêtues les unes d'un chaume argenté, les autres de palmes sur plusieurs épaisseurs, se pressaient sans ordre autour du débarcadère. Plus loin commençait l'alignement des maisons de style européen avec leurs murs de pierre crépie, et de plus grandes bâtisses à parements de bois, à ornements de mosaïques, certaines agrandies de balcons dont l'ombre abritait des calèches. Le tout baignait dans une poussière fauve qui ne semblait pas vouloir reposer et flottait, indolente, à hauteur des arbres à coco. Ce fut un réconfort pour Cornelis de trouver une église au bout de cette perspective, fermant l'allée unique qui partait du port et s'allongeait vers la forêt.

« Allons, si l'on a planté une croix ici, nous sommes en civilisation ! » songea le marchand qui reprenait confiance.

À cause peut-être qu'il était midi et que le soleil ardait fort, on ne voyait personne dans les rues, sauf quelques indigènes mâcheurs de bétel qui lorgnaient drôlement le nouveau venu. Cornelis ne put leur faire porter son lourd bagage, même à renfort d'argent. Ces gens, semblait-il, avaient des maîtres qui n'auraient pas apprécié de les voir travailler pour un autre. Des enfants s'offrirent de surveiller son bien pour quelques stuivers, tandis qu'il visiterait la colonie. Le marchand accepta mais, un moment plus tard, revint en courant les chasser : les vauriens avaient ouvert les coffres et s'en partageaient le contenu.

Ce n'était, hélas ! que l'aube de ses tribulations. À la maison du gouverneur, un métis acariâtre, un *cabra* comme disaient les gens d'ici, lui apprit que le registre du *Farouche* était clos, qu'il ne pouvait donc être reconnu passager ni prétendre aux commodités faites pour eux. Les cases neuves, paraît-il, étaient toutes attribuées ; les cases anciennes, délabrées par les pluies, offraient moins de confort qu'une bauge de pécari. Ne restait à louer qu'un appentis dans une sucrerie voisine, près du baraquement aux esclaves.

« Mais le toit prend l'eau..., l'avertit charitablement le métis, et le vacarme du moulin est infernal ! »

Cornelis loua l'appentis.

Ses premiers temps à Pernambuco furent une interminable épreuve. Sans le secours des anciens passagers du *Farouche*, qui se rappelaient leur sympathique couturier, le Harlémois serait peut-être mort de faim ou de soif, tant lui semblait difficile d'apprivoiser ce monde exotique. La jungle débordait de fruits qu'il n'osait cueillir, après avoir essayé une baie rouge qui lui avait tordu les entrailles. Il n'était pas question non plus de se nourrir de harengs et de fromage, comme au doux pays natal, car ces mets communs en Hollande, et fort économiques pour qui s'en rassasiait, coûtaient ici très chers, quelle que fût d'ailleurs leur endurance au long voyage en mer. Enfin les sucreries, s'il y en avait foison — pâtes ou gelée de goyave, confiture d'anacarde, meringues à la coco, citrons confits... —, ne régalaient que les planteurs, comme l'illustraient du reste leur embonpoint et leurs dents minées.

Le marchand comprit alors qu'il lui faudrait suivre le régime des indigènes s'il voulait subsister. Il s'initia donc aux fèves, au caïman bouilli, à la friture de crabes et même à certains vers de la grosseur du doigt qui foraient les palmiers. En revanche il conserva pour la *cassave*, servie à la table d'un paysan, une aversion durable; la première bouchée lui tirait des grimaces, la seconde le faisait tousser et cracher au point que Willem Piso, le médecin de la colonie, le soupçonna d'avoir développé un genre d'allergie au manioc.

« ... ou bien c'est le mal du pays! » supposa le même homme, à qui Cornelis tenait des discours accablants sur les rigueurs du voyage et les tourments de son installation.

La question du logement fut plus longue à régler. Le métis n'avait pas menti en dépeignant l'appentis sordide où Cornelis traîna d'abord ses coffres, et qui fut son premier toit en Amérique. Non seulement l'endroit était bruyant, humide et sale, mais la proximité des meules à sucre, qui broyaient nuit et jour les faisceaux de cannes, chargeait l'air d'un effluve capiteux dont le marchand prenait des haut-le-cœur. Quand il s'aperçut que ses chemises jaunissaient sous le dépôt de cassonade, et qu'enfin tous ses effets poissaient au toucher comme des sucres d'orge, la mesure fut comble : Cornelis résolut de déménager dans la maison du gouverneur, où quelques chambres se louaient pour les voyageurs de passage. Il dépensa ainsi l'argent qu'il destinait à son commerce, mais qu'importe ; le Harlémois n'imaginait pas d'exercer son métier dans le triste état où il se voyait — la barbe rampante, les ongles crasseux, le pourpoint si sale qu'il lui semblait, passant ses habits, revêtir une armure malodorante.

S'agissant de négoce, le père Van Deruick ne s'en était pas encore occupé. Trois semaines avaient passé depuis son arrivée à Pernambuco, qu'il avait employées seulement à se loger, à se nourrir et à se garder propre. Répondant ainsi aux plus urgentes nécessités, il n'avait pas songé qu'il prenait du retard sur la concurrence, formée partie de marchands installés dans la place, partie de débutants venus avec lui sur le *Farouche*. Ces derniers qui étaient jeunes, cupides et pleins d'allant se souciaient peu de dormir ou de garnir leur assiette ; ils n'avaient qu'une idée en tête : prospérer, et engageaient pour cela, dès la descente du bateau, la plus féroce compétition.

Aussi, quand Cornelis s'avisa de mettre en train ses affaires et qu'il se rendit au comptoir où s'échangeaient les marchandises, il trouva la plupart des lots réservés, et ceux qui ne l'étaient pas affligés de tares sévères et invendables. Sucre, fruits, liqueur : pas le moindre ballot, pas le moindre tonnelet qui ne fût propriété d'un rival et qui, dûment sanglé, enregistré, étiqueté, n'attendît l'embarquement prochain au fond d'un entrepôt. Les bateaux qui repartaient pour l'Europe avaient leurs cales pleines, ceux qui arrivaient ne toucheraient pas la colonie avant deux ou trois semaines, et ceux-là mêmes faisaient l'objet d'enchères effrénées par les négociants.

« Vous dites qu'il n'y a plus nulle part où loger une cargaison pour les Provinces ? Que même la cabine du capitaine est louée ?

— C'est hélas, la vérité ! » confirma le gérant du comptoir, un vieux soldat perclus de rhumatismes que la nature avait pourvu, comme en réparation de son corps disgracieux, de vastes yeux d'enfant pâlis par l'océan.

« Cependant, un baril de poivre ou de cannelle ne doit pas tenir grande place ! plaida encore le marchand.

— Qui parle de poivre ? Il n'en pousse pas ici, brave homme ! Les colons ont assez de la canne...

— Comment ? On ne récolte pas d'épices ?

— À quoi bon ? La terre de ce pays, le *massapé*, est si grasse que les cannes mûrissent en trois mois, six fois plus tôt qu'aux Antilles ! Elles donnent d'ailleurs un sucre excellent, le meilleur au monde. Les planteurs seraient sots de cultiver rien d'autre ! Visitez les vallées d'Olinda, d'Igaraçu, de Beberibe... Partout, des cannaies, des moulins, des esclaves au travail ! Il n'y a guère que les nègres pour semer devant leurs cahutes un peu de tabac et de chanvre, de quoi bourrer leurs pipes. Mais à coup sûr, ils n'en exportent rien... »

Ce fut pour le pauvre Harlémois comme si le sol s'ouvrait sous ses pieds. Il s'était certes préparé à des difficultés, mais n'avait pas songé être empêché de travailler faute de marchandise. Le gérant le vit si accablé qu'il voulut lui témoigner sa sympathie. Bien qu'endurci aux plaintes des boutiquiers, il s'apitoyait parfois sur les nouveaux venus. Un coffre était rangé sous l'abattant : il en sortit une bouteille de ratafia dont deux verres à liqueur coiffaient le goulot.

« Je l'ai distillé moi-même... La mer gâte les liqueurs. J'ignore pourquoi, tous les flacons qui nous arrivent empestent le bouchon. »

Cornelis trinqua d'une main molle et, tant le malheur l'abrutissait, laissa l'alcool goutter sur son menton. Il semblait vieilli d'un lustre.

« Eh oui, grand-père ! soupira son hôte. C'est la dure loi du monde, du Nouveau comme de l'Ancien ! Voyez seulement cette maison : bâtie là où elle est, au sommet d'une colline, elle favorise la jeunesse qui peut sans effort gravir le raidillon, au lieu que nous autres, chargés d'années, nous soufflons et peinons pour l'atteindre ! Or ici, les premiers arrivés sont les premiers servis ! Savez-vous qu'à Pernambuco, des duels s'engagent pour la possession d'un peu de sucre, quelques arrobes au nom desquelles on s'entre-tue ? Ma théorie est que le climat tropical excite les passions tandis que le nôtre, frais et salubre, les apaise au contraire. N'êtes-vous pas de cette opinion ? »

Cornelis n'avait pas d'avis, ni guère d'attention aux propos du gérant. Seul l'occupait à ce moment son destin personnel :

« Que vais-je faire, si je ne puis trafiquer de rien ?

— Il y a d'autres besognes, mais je doute qu'elles vous seyent... Certains commercent les peaux de jaguars et les plumes de perroquets, qu'ils chassent avec les Indiens au profond des forêts. D'autres bûcheronnent : les bois de técoma, d'angelin, de palissandre servent à faire des navires et des portes de couvents. Mais plus souvent, les nouveaux venus prennent les emplois qu'on leur laisse... On peut se faire quelque argent, ici, en entraînant des canaris de combat, en veillant les écuries des grands planteurs harcelées chaque nuit par les vampires suceurs de sang.

— Ce n'est plus de mon âge ! » gémit Cornelis.

Le gérant ne put qu'en convenir. Il gratta pensivement son menton où quelques touffes de barbe, laissées en friche, éveillaient des démangeaisons.

« On dit que vous êtes adroit de vos mains et savez la façon des vêtements... Pourquoi ne prendriez-vous pas l'état de couturier ou de tailleur ? Il est beaucoup d'hommes ici qui pourraient louer vos services ! Bien sûr, on trouve peu de femmes, d'ailleurs nous en réclamons aux Provinces qui nous envoient leurs orphelines, mais celles habitant la colonie vous feraient une belle pratique ! La seule épouse du gouverneur remplit six caisses avec sa garde-robe ! »

Le Harlémois eut un reniflement agacé.

« Je suis négociant, monsieur, et n'ai pas franchi l'Atlantique pour pousser l'aiguille !

— À votre guise... mais réfléchissez-y ! Bien des colons se perdent par trop de hâte à réussir. Ils ont des idées toutes faites qu'ils amènent d'Europe. N'en ai-je pas vu, de ces négociants mangeant leur capital pour se charger de peaux invendables ! Avec un peu d'astuce, pourtant, et de la constance, on peut tirer profit de ce pays... »

Cornelis d'abord ne voulut rien entendre. Il demanda audience auprès du gouverneur, à Olinda, pour lui exposer ses difficultés. Il sillonna les plantations voisines, celles d'Igaraçu et de Casa Forte, en quête d'un lot de sucre qu'il pût acquérir. Comme rien n'aboutissait, il démarcha les capitaines de bateaux, espérant les convaincre qu'en tassant bien leur cargaison, ils libéreraient assez de place pour loger ses ballots. Partout, le Harlémois fut honteusement dédaigné. On n'avait que faire, semblait-il, d'un vieux birbe trafiquant de la canne.

« Je vous l'ai dit ! insista le gérant. Ici, nous avons plus besoin de tailleurs que de commerçants ! »

Pour finir, la mort dans l'âme, Cornelis se résolut à épouser la carrière que son ami lui dessinait. Non loin du rivage, à l'ombre d'un imposant jacquier, il trouva une paillote inoccupée qui bordait un chemin passant et décida d'en faire sa boutique. Ayant couvert le toit percé de palmes neuves, il dessina au charbon son enseigne, inspirée de celles que pendaient les tailleurs flamands : c'était saint Martin partageant son manteau avec un pauvre. L'image familière fut remarquée, et lui attira d'emblée assez de clientèle. Il y eut même affluence. Chacun se découvrit une chemise, un jupon, une cape qui réclamait les soins du couturier. Comme aussi les passagers du *Farouche* disaient son nom autour d'eux, bientôt le Harlémois dut refuser du monde. L'échoppe ouvrait de bon matin et fermait au premier sablier, ce qui laissait tout le jour à Cornelis, enfermé à l'intérieur, pour avancer son travail.

De ce succès, pourtant, le père Van Deruick ne tirait aucun bénéfice : en effet ses services étaient si mal payés, et si rarement en monnaie — on préférait le règlement en nature —, que son labeur d'un mois couvrait à peine le loyer de sa chambre et la dépense d'huile de poisson pour sa lampe. Même en besognant de nuit jusqu'à rompre l'aiguille, il n'arrivait à épargner qu'une poignée de stuivers. À ce train-là, calculait-il, des années passeraient avant qu'il pût honorer le serment fait à sa famille.

Cornelis pensait souvent à ses enfants laissés en terre hollandaise. Depuis combien de temps n'avait-il pas pris la plume pour leur écrire ? Certes, son installation au Brésil l'avait requis de travaux plus urgents. Mais s'il tardait à donner des nouvelles, c'était aussi qu'elles étaient fâcheuses et pouvaient les peiner. Mieux valait, pensait-il, attendre de meilleurs jours pour se raconter : alors, la suite de ses malheurs semblerait plus digeste d'avoir un heureux dénouement.

Un soir, pourtant, le marchand n'y tint plus. Dissipant son trésor dans un rouleau de papier et un flacon d'encre, il commença une longue lettre où ne figuraient rien de ses déboires, mais des aperçus très généraux sur le climat du Brésil, Pernambuco et l'industrie du sucre. Ses affaires, prétendait-il, « allaient bon train » — il n'en confiait pas plus. D'ailleurs, la lettre parlait peu de lui, et beaucoup de ses enfants qu'il assaillait de questions. Comment se portaient-ils ? Quels étaient leurs projets ? La boutique marchait-elle ? Vivaient-ils à l'aise dans la grande maison ? Il voulait tout connaître, l'humeur de Frida et l'état des comptes, l'esprit du voisinage et la taille de certaine lézarde qui, au jour de son départ, faisait d'inquiétants progrès vers un balcon. Enfin il se livrait si peu, et s'enquérait avec tant d'insistance qu'il semblait de sa missive comme d'un formulaire de police.

Au moment de cacheter le pli, un scrupule saisit Cornelis Van Deruick : qu'allaient penser ses fils si le courrier arrivait seul, sans l'argent promis ? N'auraient-ils pas quelque soupçon de son dénuement ? Le regard du marchand parcourut la chambre, ses effets misérables jetés pêle-mêle dans des coffres boueux. Il n'y avait rien là qu'il pût vendre. Si, tout de même : son chapeau. C'était un haut-de-forme de bonne coupe, en velours ras d'Utrecht, dont le bord taillé artistement ombrageait sa longue figure jusqu'au milieu du nez. Emballé avec soin, rangé dans sa boîte dès que soufflait l'embrun, le chapeau s'était maintenu dans un remarquable état de fraîcheur. Il savait que maints colons le lui enviaient, eux dont le couvre-chef avait noirci au soleil tropical et qui s'abritaient depuis sous de la paille tressée. Sûrement, il pourrait en tirer un bon prix !

Le temps d'une visite au comptoir, Cornelis revint nanti de trente guilders, produit de la vente de son chapeau au gérant. Ce dernier lui avait payé la somme en menue monnaie, ce qui permettrait de régler dûment les intermédiaires ; car sûrement, son envoi passerait de main en main avant d'atteindre ses enfants. Le marchand fit un paquet de la lettre et de l'argent, ferma sa chambre et s'en alla content au port, où la *Vaillante* devait tantôt appareiller. Le capitaine voulut bien se charger du pli et, pour le grand service qu'il rendait, n'accepta pas de commission, ce qui accrut la bonne humeur du père Deruick.

« C'est ma vie que je dépose entre vos mains ! Mes fils... j'en suis si fier !

— N'ayez crainte, ceci leur parviendra. Je m'y engage ! »

Cornelis écrasa une larme sur sa barbe fauve. Il regardait les mâts, les voiles battant au vent, et sentit le gagner l'émotion des départs, quoiqu'il ne fût pas à bord du navire qui s'en allait. Un instant, l'idée le traversa d'acheter son passage pour les Provinces-Unies — mais retourner sans un stuiver lui faisait honte. Alors, couvrant sa tête nue d'un sac qui traînait là, il tourna les talons et prit le chemin de sa boutique.

Durant les premiers temps de la traversée, le capitaine de la *Vaillante* s'acquitta fidèlement de ses devoirs envers Cornelis Van Deruick. Il avait glissé le pli dans sa ceinture, près de sa dague, et veillait sur lui comme la poule veille sur son œuf. Mais un jour où le mauvais temps dictait son humeur et où le vent, par trois fois, avait manqué lui arracher la lettre, il jugea que c'était se donner bien de la peine pour si peu de salaire. Pouvait-il se charger de la correspondance des gens, lui qui déjà acheminait les dépêches officielles ? Dans un moment de colère, il brisa le sceau de laque du paquet, y trouva de l'argent et prit ce qu'il croyait la juste rétribution de ses efforts.

« Pardonne-moi, vieille barbe ! fredonna le marin. Je boirai à ta santé ! »

Le hasard voulut qu'au cours de ce voyage, les vents fussent souvent rétifs, la mer vicieuse et intraitable. Au lieu des huit semaines qu'il fallait pour rallier Amsterdam depuis Pernambuco, la *Vaillante* mit trois mois. Quand enfin le navire toucha le port, l'officier ne se rappelait plus le courrier qu'on lui avait confié. Ramassant cette enveloppe sale sur le plancher de sa cabine, il envoya un mousse la porter au bureau de poste en s'estimant bien bon, encore, de rendre ce service. L'affranchissement fut compté sur le pécule de Cornelis, où le mousse puisa aussi pour s'être dérangé.

La lettre voyagea jusqu'à Haarlem et subit le pillage ordinaire des convois de poste — quelques stuivers ravis aux imprudents qui expédiaient des fonds par ce moyen. Dès son arrivée, le caboteur chargé de ses paquets fut assailli par les vagabonds à l'affût d'un portage : gens sans emploi et sans vergogne qui glanaient quelques sous en se chargeant de lettres, de caisses, de bagages, de tout ce que leur dos éreinté pouvait soutenir. Celui auquel échut le pli de Cornelis, un affreux polichinelle au bonnet crasseux, se crut favorisé d'avoir cette commission ; d'ordinaire, sa bosse servait à caler de lourds fardeaux.

« Famille Van Deruick, sur la Kruisstraat ! l'interpella le postillon. Tu sais où c'est ?

— Pardi, j'ai grandi dans l'orphelinat à côté !

— Alors, va ! »

Le polichinelle partit de son pas sinueux qui évoquait l'ondoiement d'un lézard. Il n'omit pas, sitôt tourné le coin de la rue, de fouiller le paquet et d'en extraire ce qui restait d'argent — bien peu, en vérité. Rendu à l'adresse indiquée, il allait secouer la cloche quand une lanière de cuir s'entortilla autour de sa main.

« La lettre ! Donne ! » cria une voix dans son dos.

Le messager se retourna pour voir qui l'entravait. Il avisa un cocher hilare dont le poing serrait un fouet de dompteur.

« Donne, te dis-je ! Ou veux-tu perdre ton poignet ? »

Sur quoi, le conducteur de chevaux tira sèchement son instrument, arrachant un cri de douleur au pauvre bossu.

« Voici ! voici ! fit le polichinelle en lâchant la lettre. Mais qui va payer le porteur ?

— Tes gages ! » lança le cocher avec une piécette.

Par malheur, le rond de métal atterrit entre les omoplates du polichinelle, hors d'atteinte de ses doigts. Il se remua drôlement pour faire rouler la pièce, ce qui déchaîna le rire de son bourreau.

« Allez, ouste, pantin ! fit le cocher en le chassant d'un coup de botte. Ne vois-tu pas que tu apeures le voisinage ? »

Le messager darda sur lui un œil mauvais.

« Vous aurez malheur ! Qui frappe un bossu...

— Va-t'en ! »

Une fois seul, Ernst Rotteval ramassa la lettre qu'il déplia comme pour la lire, mais referma tout aussitôt, estimant que son peu d'alphabet n'y suffirait pas. Le voiturier se présenta alors à la grille de la maison Deruick dont il mania la cloche. Dans une flaque d'eau, il trouva son reflet qui lui permit d'ordonner rapidement sa toilette.

« Monsieur ? »

Frida, la servante, se tenait devant lui.

« J'ai un pli pour Petra Van Deruick. On vient de l'apporter. »

Ernst avait glissé la lettre entre les barreaux. Cependant, quand Frida voulut la saisir, il la déroba prestement en disant :

« J'ai consigne de la lui remettre en main propre. Regardez, c'est écrit là ! »

Le cocher pointa une phrase quelconque sur le papier, confiant que Frida, pas plus que lui, ne la déchiffrerait. De fait, la servante parut embarrassée. Elle feignit d'étudier l'inscription de la lettre, fronçant les sourcils pour se donner l'air savant, puis débita à toute allure :

« Je vais voir si mademoiselle peut vous recevoir ! »

Ses sabots de bois blanc volèrent sur le gravier.

Ernst marqua sa satisfaction d'un clappement de langue. En attendant le retour de Frida, il s'absorba dans la contemplation de la maison des Van Deruick dont, certes, l'aspect s'accordait bien à leur récente prospérité.

L'opulente demeure qu'il avait sous les yeux ne rappelait rien de l'ancienne, avec ses toits moussus et son balcon branlant. Il y avait là tout ce que le goût du temps prescrivait de plus riche : des pilastres et des soubassements en marbre de Carrare incrusté de faïence, des lions sculptés formant appui des croisées, d'élégantes fenêtres à contrevent remplaçant la banale marquise de bois peint sous laquelle s'abritaient les artisans des quartiers laborieux. Des parures de grès clair doublaient les lignes de l'édifice, témoignant que les propriétaires pouvaient s'offrir le superflu en plus du nécessaire.

Seulement, cela sentait le neuf : une térébrante odeur de plâtre mouillé, de ciment frais, de vernis humide saisissait le visiteur et même le passant. Auprès de ses voisines assises sur des siècles d'aisance, chez qui le même décor portait l'inimitable patine du temps, la maison Van Deruick semblait une attraction rutilante, un palais féerique dressé pour la kermesse.

Tout à ses pensées, le cocher ne vit pas Petra descendre le perron et s'avancer à la grille.

« Monsieur Rotteval ! » l'interpella la jeune femme.

Le visiteur sursauta, mais trouva bien vite sa contenance. De tenir un fouet, presque une cravache de gentilhomme, lui donnait un étrange aplomb.

« Êtes-vous fol de vous présenter ici ? continua Petra. Mes frères pourraient y être !

— Je les ai guettés ! avoua le cocher. Voilà trois jours que j'arpente la rue, l'œil à vos fenêtres. Je sais que Wilhem quitte la maison au passage du laitier, et que Jasper s'en va quand vient le boulanger. J'attendais un prétexte d'aller vous sonner. Le voici ! »

Sur ces mots, le visiteur présenta la lettre du geste élégant dont les bergers de pendule tendent leur bouquet — une main fermée à la taille, l'autre dessinant une courbe par-dessus sa tête inclinée.

L'idée parut si drôle à Petra qu'un rire lui échappa, vite abrité derrière son éventail.

« À la bonne heure... », fit le garçon qui se sentait rentré en grâce. Il glissa son fouet élégamment roulé dans sa botte.

La jeune femme ouvrit la lettre d'un air dégagé, en prit hâtivement connaissance. D'émotion, elle lâcha l'éventail qui resta pendu à son poignet par la dragonne.

« Une lettre de mon père ! Comment l'avez-vous eue ?

— Oh... J'ai des amis sur le port ! improvisa le cocher. Des portefaix, des bateliers, des ravaudeurs de filets... Tous d'abominables vauriens, mais un cœur à crever la poitrine ! Ils m'ont dit qu'un navire était rentré du Brésil et je me suis enquis s'il n'apportait pas quelque pli pour vous ! Voilà toute l'histoire !

— Merci ! » fit Petra avec l'accent d'une vraie reconnaissance.

Du geste prompt dont on saisit une vipère, elle pressa la main du cocher à travers la grille. Ernst en resta stupéfait. Un silence ému s'ouvrit alors, que le garçon meubla en hâte :

« Les travaux sur votre maison l'ont beaucoup... enfin, c'est joli ! Mes compliments à votre frère ! »

Petra dodelina de la tête.

« C'est le fruit de deux ventes, celles des oignons de tulipes offerts par votre maître. Wilhem, hélas ! a tout dépensé dans ces embellissements. Ses frère et sœurs n'y ont gagné que de menus effets, et l'accès d'un balcon qui n'avait plus d'usage. Mais laissons ce sujet... »

Le cocher glissa ses pouces dans sa ceinture, cherchant quoi dire après cette exclusion.

« Demain, à l'église wallonne, l'office du soir..., enchaîna la jeune femme agitée de frissons. Je m'y rends seule et à pied. Par ce froid, c'est pénible. Disposez-vous du carrosse de votre maître ?

— J'en disposerai.

— Alors, c'est bien... »

Elle n'osa reprendre la main du visiteur mais chargea son regard des plus douces intentions. L'entretien prit fin sans que Frida, brodant à la fenêtre, devinât autre chose qu'une réception courtoise au messager de la poste.

Bien avant l'heure convenue, Ernst Rotteval rangea le carrosse du recteur sur l'itinéraire de Petra Van Deruick, non loin de l'église wallonne. Le dos appuyé contre la portière, la main jouant d'une paire d'osselets, il prenait la pose du cocher qui attend son maître en visite. Mais en vérité, ses yeux ne quittaient pas l'angle de rue où sa bonne amie, d'un instant à l'autre, pouvait surgir.

Connaissant la valeur d'une première impression, il avait apporté le meilleur soin à celle qu'il allait donner : non seulement le carrosse étincelait, qu'il avait astiqué jusqu'aux gonds des portières, mais lui-même s'était mis en frais d'une cravate, d'une paire de gants fins, d'une perruque bouclée, au point de sembler plutôt passager que conducteur de sa voiture.

Enfin Petra parut. Le cocher eut tant d'émotion

qu'il perdit ses osselets, les ramassa à terre, souilla ses gants, les ôta, trouva ses doigts salis et peut-être aurait perdu le sens si la jeune femme n'avait fort à propos signalé qu'il neigeait et que sa toque à plume s'imbibait d'eau.

« Oh ! » s'exclama Ernst, confus.

D'un coup de botte, il déplia le marchepied. Petra l'escalada sous le regard attendri du cocher, qui nota le silence des ressorts portant ce faible poids. Il s'apprêtait à suivre la jeune femme quand une pensée l'arrêta. S'il entrait dans la cabine, la voiture sans guide n'avancerait pas ; s'il montait sur le banc, sa place accoutumée, c'est la conversation qui s'arrêterait. Humblement consultée sur la chose, Petra eut une idée : Ernst s'assiérait un moment à ses côtés avant de prendre les rênes. Le garçon fit selon son vœu.

Lorsque les deux jeunes gens furent installés dans le carrosse, et qu'ils eurent par discrétion tiré les rideaux, une sorte de malaise s'empara d'eux. Leur nouvelle proximité les gênait, mais tout autant, la sensation d'habiter une voiture luxueuse et de jouir en privé des coussins profonds, des bois nobles, des étoffes veloutées. C'étaient des merveilles dont, guère auparavant, la notion même leur manquait.

« Voilà qui défend les riches mieux qu'un solide verrou ! remarqua le cocher. Les pauvres ignorent ce dont l'argent les prive ! On en soufflerait plus d'un, en lui ouvrant ce nid de colombes ! »

Il semblait à Ernst qu'il n'avait pas qualité pour être ici, que le toucher de ses doigts fanait le tissu de la banquette, où pourtant son maître se vautrait sans façon.

« Je n'ai pas souvent l'usage de cette cabine ! confia-t-il encore. À vrai dire, le sieur Bereysten ne m'y autorise que pour frotter le plancher !

— C'est pareil pour moi ! fit ingénument Petra. Avant que mon frère réussisse dans les tulipes, nous menions une vie très simple. Je n'avais jamais roulé en voiture !

— Mais vous voilà une demoiselle... Vous avez de belles robes, une belle maison et tous les hommes sont à vos pieds ! »

Rotteval provoquait la jeune femme à se déclarer pour lui. Elle contourna cette ruse grossière.

« Allons, j'ai l'âge d'être dame. Savez-vous que j'ai tiré un cheveu blanc de ma coiffe, ce matin même ? Voilà comment le temps nous avertit de ses progrès et nous rappelle durement ses échéances ! »

La jeune Van Deruick eut un regard de côté pour sonder l'effet de ce discours sur son voisin de banquette. Ernst était en panique. Il croyait que Petra l'invitait à fouiller ses cheveux et n'en trouvait pas l'audace. Ces yeux roulant en tout sens, ces joues enluminées auraient distrait la passagère s'ils n'avaient appartenu au garçon qu'elle voulait épouser.

« Connaissez-vous Jacob Cats ? continua Petra un peu lasse. Son *Traité sur le mariage*, avec les gravures d'Adriaen Van de Venne ? Quel chef-d'œuvre ! J'ai déjà réservé l'*Anneau nuptial* qui doit paraître tantôt. Voilà un homme qui connaît les femmes et partage leurs secrets ! Ses leçons sur le choix d'un époux devraient inspirer quiconque est en affaire de mariage ! Et de même, ses conseils sur l'élection d'une épouse ! Elle doit être "du juste milieu", c'est-à-dire "ni trop douce ni trop aigre, ni trop tendre ni trop revêche, ni trop timide ni trop hardie, ni trop fade ni trop salée, ni trop sage ni trop folle, ni trop prodigue ni trop avare". Pensez-vous que je lui ressemble ? »

Petra voulait en imposer au cocher en faisant parade de ses lectures. Mais Ernst ne connaissait pas le père Cats, bien qu'il eût rencontré, maintes fois, ses citations formées en belles lettres dorées à l'entrée des maisons bourgeoises. D'ailleurs, l'érudition de la jeune femme, dont il commençait à prendre les contours, l'intimidait sans le flatter. Ce serait peu confortable, raisonnait-il, d'être un mari analphabète auprès d'une lettrée. Il ignorait l'éducation que recevaient les enfants Deruick et pensait que Petra s'était seule engagée à lire, ce qui, aux yeux du cocher, aggravait ses torts.

Ces réflexions menées à un train paresseux, celui du conducteur de chevaux rêvant sur son banc, laissaient de grands silences derrière les tirades de Petra. « Me suis-je éprise d'un sot ? » s'inquiétait la jeune femme. Elle consentit un nouvel effort, en hommage aux lèvres du garçon qu'elle trouvait charmantes, et dont le simple remuement sur une parole banale suffisait à l'émouvoir :

« Vous-même, quelles sont vos vues sur le mariage ? »

Ernst Rotteval tira sur sa cravate qui lui pinçait désagréablement la peau du cou.

« Eh bien... Je n'en suis pas enragé comme le fils de mon maître, Eliasar Van Bereysten, qui chaque dimanche passe en revue les paroissiennes ! Il veut mon avis sur chacune, et dispute longuement des plus beaux cheveux, du plus beau regard, sans parler d'autres appas qu'il soumet au même examen...

— Quel odieux personnage ! »

Petra libéra soudain l'éventail de plumes bariolées que Wilhem lui avait offert, malgré ses préventions contre le luxe. Elle semblait outrée.

« Le sieur Bereysten veut une épouse qui présente toutes les qualités, sauf l'instruction qui, estime-t-il, n'a aucune valeur chez une créature du sexe. Autant fleurir un vase de nuit, dit-il souvent à ce sujet... Il croit une femme assez savante lorsqu'elle connaît le Pater, le Décalogue et la formule de Confession. D'après lui, une femme est dans sa maison comme la moule dans sa coquille !

— Partagez-vous ses idées ? » le défia sa voisine.

Ernst s'accorda le temps de répondre, ce qui plaça un fâcheux intermède dans la conversation. En outre, le cocher réfléchissant n'était point trop dans son élément, ni donc à son avantage : ses membres robustes, taillés pour leur emploi viril, s'accordaient mal aux pensées délicates qu'il tentait de former. Gênée du ridicule où tombait son voisin, Petra détourna la tête et s'enferma dans l'étude maussade du rideau à pompons.

« Le mariage n'est pas mon affaire, non... Je me crois encore jeune pour passer l'anneau ! » déclara enfin le cocher, non sans un soupir témoignant du grand travail qu'il venait de fournir.

Cet aveu finit d'indisposer la jeune Deruick contre son galant. Maniant violemment la portière, elle indiqua qu'elle continuerait seule et à pied. Ce fut un réveil brutal pour le cocher. Agrippant la robe de Petra, puis le bout fuyant de son éventail, il la supplia de se laisser conduire. Ses yeux reflétaient une telle détresse, sa bouche grimaçait si joliment que la passagère, émue, retomba à sa place.

D'un mouvement agile, Ernst s'éleva jusqu'à son poste. Les chevaux saluèrent bruyamment l'arrivée de leur maître. En un instant, le cocher eut dénoué les rênes et lancé l'attelage d'un « yep ! » enjoué dont Petra frissonna d'aise. Combien plus heureux il semblait sur ce banc, tête nue sous la neige glacée, qu'entre les tièdes coussins de la cabine ! La fille Deruick se détendit, referma l'éventail. Un hublot perçait la paroi avant du carrosse, pour faciliter l'échange du passager avec le conducteur. Elle sourit au garçon qui, transi, ruisselant, la perruque glissant sur son épaule, lui rendit cette faveur.

En se quittant trois rues plus loin, les deux jeunes gens promirent de se revoir bientôt.

« Eliasar Van Bereysten est un rustre, vous ne lui ressemblez pas ! » déclara mystérieusement Petra, au risque d'être entendue des passants qui convergeaient vers l'église.

À court de raisonnements, Ernst Rotteval singea une révérence et grimpa à sa place.

« Mademoiselle... », commença-t-il — mais il n'acheva pas.

Cet automne-là, une pluie aussi drue que soudaine s'abattit sur la province de Hollande. Aux jours de soleil et de chaleur, sans un nuage, succédèrent des jours d'ondée continue, dont l'effet sur les canaux du pays fut celui d'une loupe sur un ruban. Par grande marée, les digues rompaient et l'eau fluait en quantité vers l'amont, noyant les prairies basses, engorgeant les moulins. Ceux qui tantôt criaient au feu, à présent criaient à l'inondation. Ils prédisaient à Haarlem, qu'un seul cordon de dunes défendait de la mer, l'engloutissement prochain sous la fureur liquide.

Cependant, au début de décembre, le brutal abaissement des températures figea en glace toute cette eau épanchée. La Spaarne solidifiée piégea les bateaux, libérant les premiers patineurs qui trouvaient drôle de franchir la rivière sans emprunter de pont. En quelques jours, les berges se couvrirent de tentes à boire dressées par les aubergistes, où l'on servait une bière chaude relevée de muscade.

Paulus Van Bereysten avait pour les temps froids une vive prédilection. L'hiver lui donnait l'occasion d'exposer ses riches fourrures, dont l'enveloppement rendait discret son embonpoint. En hiver, pas besoin de quêter l'ombre ni d'arroser les maisons. Mais surtout, c'était le temps où s'achevait la mise en terre des bulbes de tulipes, où donc s'annonçait le produit de l'année à venir — croissant, si les plantations s'étendaient ; décroissant, si elles rapetissaient, quoique le cas ne se fût jamais présenté. Paulus n'aimait rien comme traverser les champs en comptant ses foulées, une façon aussi d'arpenter son trésor. Son tour fait, il convertissait le nombre de ses pas en montant de guilders, et se félicitait d'avoir bien travaillé.

À la fin de l'automne 1635, ses jardins avaient si bien profité, gagnant près du tiers de leur surface, qu'il prima tout le personnel en témoignage de son plaisir. Ceux qu'il jugeait avoir une plus grande part à cette réussite furent conviés à des *parties de glace* sur les rives de la Spaarne, une des rares récréations que s'accordât le bourgeois et qu'il permît à ses collaborateurs.

Bien sûr, Wilhem Van Deruick qui passait pour le favori du maître fut invité. On se retrouva de bon matin aux remparts, non loin de l'église Kamper, sur une plage fréquentée en saison par les lavandières et conséquemment par tout ce que la jeunesse produisait d'éléments masculins.

Wilhem se débarrassa de son chapeau à la fourche d'une branche, de sa houppelande en travers d'une autre puis s'inclina pour lacer ses patins à lame recourbée. Dans ce geste, une montre neuve glissa hors de sa boutonnière, qu'il ramassa par terre avec un juron.

Paulus avait pour toute chose brillante un œil d'épervier. Il vit s'échapper le bijou et tendit la main comme en réflexe.

« Quelle jolie montre ! Puis-je voir ? » lança le recteur d'un air gourmand.

L'aîné Deruick se prêta volontiers à la fantaisie de Paulus, heureux de pouvoir, à son tour, faire parade d'un accessoire coûteux.

« La voici ! Elle n'égale pas la vôtre mais enfin, sur son cadran à aiguilles, je lis l'heure plus commodément qu'à de vagues sabliers ! »

Un sourire s'épanouit sur le visage du régent tandis qu'il maniait l'élégant bibelot. Le seigneur Bereysten était de ces natures que contente le succès d'autrui, pourvu qu'il ménage le sien. Il était prêt à saluer un jeune confrère tant qu'il restait subalterne.

« Tu mènes grand train ! observa-t-il d'un ton égal. Je suis heureux d'avoir ma part dans cet accomplissement.

— Vous avez part aussi à mes bénéfices..., ironisa le jeune Deruick. Soixante pour cent selon notre contrat, soit deux cent un florins la dernière semaine ! »

Paulus accueillit fraîchement l'impertinence de son élève.

« Autant, vraiment ?

— Oui-da, mon maître ! À *La Vigne d'or*, j'ai tiré quatre-vingt-huit guilders du bulbe de *Kistemacker* que vous m'aviez confié. Puis une *Oudenaers* portant caïeu a été adjugée deux cent onze florins. En revanche, je n'ai pu avoir mieux que trente-six guilders et cinq stuivers de votre *Switser* jaune, parce qu'elle était piquée de moisissure.

— Tes comptes sont exacts, Wilhem, et juste aussi le calcul de ma commission... Mais pourquoi les rappeler sur ce ton gémissant ? N'es-tu pas heureux d'être mon employé ? As-tu sujet de te plaindre ? »

L'accent piquant mis sur le dernier mot prévint Wilhem d'étudier sa réponse. Il rapprocha en pensée l'homme qu'il était au départ de son père de celui qu'il était à présent, et trouva cent raisons au premier d'envier le second. Sans conteste, sa vie avait changé depuis la rencontre de Paulus.

« Au contraire, seigneur, j'ai tout sujet d'être content... Le travail que je fais pour vous me ravit. Je me plais à trafiquer les tulipes comme mon frère, je crois, se plaît à veiller leur croissance. Lui au jardin, moi au collège sommes dans notre élément.

— Votre famille profite-t-elle de ce succès ? » insista le recteur qui voulait le compte exact de ce bien-être, comme un chef de guerre veut l'inventaire précis d'une ville assiégée.

« Ma famille s'en porte bien. Au début Jasper ne voulait pas céder l'échoppe de drap, mais je l'ai décidé. Nous l'avons vendue tantôt à l'un de nos rivaux, avec ses meubles et ses commis. Le fruit de cette opération, s'ajoutant à nos gages, nous a constitué en peu de jours un magot suffisant. Il servira à doter ma sœur Petra pour son mariage et permet déjà l'embellissement de notre maison. Si ce vent se maintient, j'écrirai à père de prendre le bateau du retour. À quoi bon quérir notre fortune en Amérique, si elle est faite ici ? Tout va donc à merveille !

— Tu dis cela d'un air qui le dément ! » signala le régent, vrai musicien des affaires qu'une inflexion de voix renseignait sur les pensées d'autrui.

Wilhem s'ébroua d'un peu de neige tombée sur son épaule. Il s'appuya sur une branche pour rejoindre la glace à pas prudents.

« C'est qu'un ver troue le fruit ou, pour le dire en jardinier, qu'une tache gâte la fleur !

— Quel ver ? Quelle tache ? » le pressa Paulus, rebelle comme tous les gens pratiques aux jeux de l'imagination. « S'agit-il... », il baissa la voix, courba l'échine, parut soudain se tasser sur lui-même, « ...de notre intimité ? ».

Les façons craintives du régent amenèrent une espèce de sourire sur la face de l'aîné.

« Non, seigneur... Vous savez bien que j'ai pris goût à nos rencontres.

— Alors, quoi ?

— Votre fils ! » lâcha Wilhem en quittant la terre ferme.

Les patins du jeune homme entamèrent la glace d'un élan vigoureux. En un instant, ils s'échappèrent de la rive où piétinait encore le recteur bâillonné de fourrures.

« Wilhem ! Wilhem ! » hurla Paulus, furieux d'avoir été lâché.

L'aîné décrivit un élégant demi-cercle qui le ramena au bord.

« Ne fuis pas ainsi, voyons ! Me laisser à la traîne, après un tel aveu ! Mon fils, disais-tu ? »

La course avait coûté un peu d'air au garçon. Il rassembla son souffle avant de répondre.

« Votre fils me déteste. »

Saisi, Paulus fit la bascule. Son lourd postérieur creva la glace friable et ressortit mouillé. Deux mains et un bâton ne furent pas de trop pour le mettre debout.

« Que chantes-tu là ? Eliasar ? Te détester ?

— C'est comme je vous dis. Depuis que vous m'avez fait votre associé, il s'applique à me nuire, sans égard d'ailleurs à la concordance de nos intérêts. Je n'ai pas compris d'abord que ses attaques me visaient en propre. Il est gens, n'est-ce pas ? dont l'esprit est comme le porc-épic, et qui dardent leurs pointes sur tout le monde... Mais quand j'ai su qu'Eliasar me décriait auprès des tulipiers et qu'il sabotait mes enchères, alors la vérité m'est apparue : j'étais sa proie, moi et nul autre ! »

À mesure qu'il parlait, Wilhem avait vu les traits de Paulus se durcir et comme s'envenimer. Doutant si cette grimace s'adressait à lui ou à Eliasar, l'aîné Deruick exposa ses raisons :

« J'ignore quelle circonstance l'a mis dans ces méchantes dispositions, lui qui parlait tantôt d'épouser ma sœur. Mais ceci...

— Il l'épousera..., trancha soudain Paulus.

— Vous dites ?

— Eliasar Van Bereysten mariera Petra Van Deruick. Ne me fais pas l'affront d'en douter ! »

Le talon du recteur heurta brutalement la glace, qui rendit sous le choc de vilains craquements. Depuis le point où le fer avait piqué, une étoile griffue s'ouvrit dont la remontée d'eau fonçait les branches. Indifférent, Paulus demanda l'aide de son élève pour prendre pied sur la rivière gelée.

« Seigneur, est-ce prudent ? » s'inquiéta Wilhem en voyant le recteur déjà mouillé jusqu'aux chevilles.

Comme par défi, Paulus martela la glace avec fureur. Une large plaque se détacha du bord, qui se brisa en carreaux fumants vite engloutis par l'eau noire. Le patineur s'était aventuré trop loin pour qu'on pût le rejoindre. Wilhem, resté sur la rive, assistait interdit à l'éclat du bourgeois.

« Maudit soit-il ! » vociférait Paulus en serrant les poings.

Ses phalanges, comme sa figure, s'étaient colorées d'un brusque afflux de sang.

Ce fut tout ce qu'il confia de ses pensées. Ramassant une fourrure qui traînait dans ses jambes, le régent se donna l'impulsion pour partir. Ses fers creusèrent mollement la glace humide. Guère après, il se fondit au flot des promeneurs.

Si la carrière des Van Bereysten était sans accident, à l'image d'un sentier qui s'élève droit vers un point culminant, elle n'était pas sans relief. La dispute retentissante qui opposa Eliasar à son père fut un événement digne d'imprimer la mémoire familiale, comme l'avait été naguère l'inondation des terrains à tulipes, la visite du bourgmestre ou le troisième zéro porté à la recette.

La chose se passa dans la remise aux plantes, grand bâtiment au vitrage généreux qui prenait tout un côté du terrain détenu par les Bereysten au sud de Haarlem. Les jardiniers l'utilisaient pour entreposer les bulbes sortis de terre, quand le temps venait d'en préparer la vente. Ils disposaient les oignons côte à côte au fond de cageots tapissés de feutre, avec les précautions qu'exige le maniement d'œufs frais pondus. Mais en hiver, de nouveaux bulbes étaient plantés et la remise ne servait plus qu'à abriter du gel les plantes qui le craignaient : orangers, figuiers, citronniers et telles essences méridionales dont le recteur faisait parade devant les visiteurs bien qu'elles fussent, à son jugement, « des ornements coûteux de rapport nul ».

À peine entré dans la remise, Paulus Van Bereysten chassa ceux qui s'y trouvaient d'un coup sec de sa canne sur un tonneau de pluie. L'ordre fut compris des jardiniers : ils s'éparpillèrent à l'instant telle une volée de mouches, laissant leurs outils en place et leurs affaires en train. Dans le nombre se trouvait le jeune Jasper Van Deruick, qui suspendit de même un délicat greffon, chef-d'œuvre de patience, pour suivre ses collègues.

Eliasar tendit une chaise cannée que son père ne prit pas et dont, pour ne pas être en reste, il se priva lui-même. Ce fut debout qu'eut lieu l'entretien, au bénéfice des curieux qui voyaient la tête arrondie de Paulus, celle pointue d'Eliasar dépassant d'une haie d'orangers. Les vitres de la remise avaient trop d'épaisseur pour qu'on pût rien entendre. Comme aussi les deux hommes maîtrisaient leur voix, on ne sut pas la teneur de cet échange. Mais d'après les gestes qui l'animaient, on devina qu'Eliasar était le tourmenté et Paulus le tourmenteur.

Cela se vérifia les jours suivants : le fils se comportait en fauve qu'on a dompté, mais qui garde rancune au belluaire et médite sa vengeance; quant au père, fier d'avoir brandi son autorité, il paradait la canne au poing, prêt eût-on dit à l'abattre sur sa progéniture. Ces pantomimes étaient muettes : un silence têtu s'était ouvert entre les deux hommes, comme s'ouvre un fossé. Si le père parlait du fils, ou le fils du père, c'était par un truchement quelconque ou impersonnellement :

« Le sieur Paulus n'a guère souci de ses locataires ! disait par exemple Eliasar en présence du régent. Le terme approche, qui réclame les loyers ? »

Ou bien c'était Paulus qui déclarait devant son fils :

« Notre cassette est assez pleine, sans doute ? Sinon, le sieur Eliasar n'aurait pas boudé la vente qui s'est tenue hier au *Collier doré* ! »

Ces fréquentes empoignades retentissaient péniblement sur l'activité des plantations et l'humeur du personnel. Depuis le trésorier jusqu'au garçon de courses, tous savaient la querelle qui opposait les deux hommes et en suivaient l'évolution, à la façon dont le médecin note les progrès d'une maladie instable. Jasper ressentait cette fâcherie plus vivement qu'un autre, à cause des tensions de sa propre famille. Comment, en effet, ne pas rapprocher la dispute des Bereysten de sa brouille avec Wilhem ? Le jeune homme éprouva à cette occasion combien le partage d'un même sang, qu'il circulât du père au fils ou d'un frère à l'autre, n'était d'aucun appui aux antagonistes mais leur nuisait plutôt.

Chez les Deruick, l'aîné et le cadet se traitaient en étrangers depuis ce jour funeste où Wilhem avait porté la main sur son frère. Leurs regards se dérobaient ou, si la rencontre était inévitable, s'accrochaient nerveusement comme des lames d'épées. Il en allait ainsi de toute leur personne : le contact entre eux était si fiévreux, si électrique qu'au moindre frôlement de leurs habits, dans l'escalier étroit qui montait à l'étage, les deux frères se jetaient vers des murs opposés. Plus d'ailleurs ils s'ignoraient, moins ils semblaient s'entendre. Jasper boudait les consignes du chef de famille, lequel, en représailles, humiliait son puîné en prenant l'avis de Petra, non le sien, sur la conduite du ménage. L'un et l'autre en ressentaient beaucoup de peine.

Cependant, quelques semaines plus tôt, un événement était survenu qui avait brièvement éclairci ce ciel orageux. Les filles Deruick avaient alors conçu l'espoir que la paix revînt dans la famille. Cet événement, c'avait été l'entrée de Wilhem, puis de Jasper au service des Bereysten. L'initiative fut de Paulus, que de jolies ventes avaient mis en condition d'embaucher. Un matin, il alla trouver Wilhem en son logis, franchissant la grille et la porte d'un élan désinvolte qui signifiait : « Nous sommes trop amis pour nous gêner ! »

À ce moment, l'aîné Deruick étrennait un bassin de cuivre où Frida avait déversé le contenu de trois marmites d'eau savonneuse. C'était la dernière acquisition de la famille et la première qui dénotât une certaine aisance, du moins le goût de l'afficher — si peu dans les mœurs du pays qu'il avait fallu, à grands frais, rapatrier l'objet de France ; on en userait d'ailleurs les volets clos.

Le bourgeois s'esclaffa en trouvant la baignoire et son hôte ruisselant. Il s'assit sans façon sur le rebord mouillé pour débiter d'un trait :

« Wilhem, j'ai réfléchi... Il est temps d'unir plus étroitement nos affaires, comme j'en ai tantôt pris l'engagement. Sans moi, tu n'es personne : c'est une évidence à crever les yeux ! Sans toi, je demeure un grand tulipier de Haarlem, mais je me prive d'un garçon prometteur et d'une utile relève. Voilà pourquoi nous sommes précieux l'un à l'autre... »

Wilhem sentit le frôlement de doigts étrangers sur sa peau. Il baissa les yeux et vit la main du recteur engagée plus qu'à moitié dans l'eau tiède.

« Pas ici ! » siffla le jeune homme en dérobant sa cuisse.

Il quitta prestement la cuve et trouva refuge dans une imposante robe de chambre à motif de fougères. C'est au même instant qu'entra Frida, venue renouveler l'eau du bain. Elle manqua lâcher son seau en avisant Paulus.

« Laisse-nous », fit Wilhem du même ton qu'il avait éconduit le bourgeois. La servante bredouilla une excuse et disparut.

« Sont-elles fureteuses, ces soubrettes ! Je gage qu'à présent, elle va corner partout qu'elle a vu son maître en compagnie d'un homme !

— Seigneur, pourquoi cette visite ? soupira l'aîné.

— Je suis venu causer de notre association. Jusqu'alors, je t'ai appris les rudiments d'un métier, mais sans t'en décrire les finesses. Je t'ai instruit d'un alphabet mais sans t'expliquer comment s'ordonnent les lettres ni se rangent les mots. Pardi ! Pouvais-je confier mes secrets au premier venu ? »

Wilhem applaudit la prudence du régent, bien qu'il sentît, en écoutant ces paroles, un froissement d'orgueil. Ce n'était pas d'être appelé « premier venu » qui le blessait, mais d'apprendre que le bourgeois lui avait mesuré sa confiance — qu'en réponse à son entier dévouement, Paulus n'avait offert qu'une sympathie graduée. Il cacha son trouble en rassemblant ses vêtements épars sur le sol.

« Il est des feintes dans l'art de vendre qu'une longue pratique m'a enseignées, et qui fondent notre supériorité sur les autres fleuristes. Tu dois savoir que beaucoup trafiquent les bulbes en amateur, profitant des libertés qu'offre encore ce commerce. Après tout, c'est le dernier où l'on puisse s'enrichir sans verser la cotisation d'aucune guilde, sans acquitter nulle taxe que le pourboire du tavernier ! Voici peu, personne ou presque n'avait de fleurs dans son jardin, ni ne leur attachait la moindre valeur.

— Moi non plus ! » avoua le garçon en enfilant sa camisole.

Paulus lui présenta une main ouverte, façon de dire : « Tu vois que je dis vrai ! »

« Par chance, le gouvernement nous néglige... Le peu d'estime qu'il a pour notre art, sa faible idée des profits qu'on en tire nous protègent encore de ses assiduités. Mais gare... les choses vont changer ! Nous sommes quelques-uns, tulipiers de Haarlem et d'ailleurs, à vouloir mettre en ordre ce petit monde. Quand la tulipe aura son marché, son cours et sa corporation, quand son négoce ne sera permis qu'aux gens du métier, alors nos gains seront mieux assurés. Voilà pourquoi je veux vous établir, ton frère et toi, dans des charges officielles qui feront dire partout : "Van Bereysten montre l'exemple, il prend des élèves !" »

Pendant le discours du recteur, Wilhem avait passé ses vêtements. Il logea le dernier bouton à l'instant juste où Paulus fermait sa phrase. De se sentir à nouveau habillé et décent allégea son humeur. Il commenta, très enjoué :

« Cette offre me réjouit, seigneur ! Nous nous mettons à votre entière disposition !

— Soit... Laissez-moi quelques jours pour méditer les emplois où vous pourriez le mieux servir. Ce ne seront sans doute pas les mêmes, car je devine dans le caractère de Jasper et dans le tien des ferments bien différents ! »

Paulus Van Bereysten tint parole : il confia aux frères Deruick des tâches dissemblables, bien qu'ils fussent l'un et l'autre ouvriers de sa prospérité. Observant par exemple que Jasper était d'une nature plus discrète que l'aîné, et qu'il manquait d'allant pour le négoce, il le chargea de travaux dans les plantations, ou plutôt l'introduisit auprès de son maître jardinier qui l'emploierait à sa convenance. Cette décision cerna le territoire du cadet : ce ne seraient pas les salles de ventes où les bulbes à maturité se changeaient en argent — seule entreprise agréable au recteur, qui déléguait toute autre occupation —, mais les clos cernés de hauts murs dont la terre portait les germes de fleurs, les serres en bois où s'élaboraient, avec plus de hasard que de science, les nouvelles espèces au goût des acheteurs.

Jasper apprit son embauche le seizième de décembre, de bon matin, lorsqu'un messager lui tendit un billet aux armes des Bereysten. La lettre arborait le sceau du recteur et sa signature abondante, se déployant sur toute la hauteur de la feuille par l'allongement orgueilleux des hampes et des jambages. On eût dit une forêt d'encre s'étirant en travers du papier.

« Eh bien, ne t'avais-je pas promis un engagement avant Noël ? ironisa Wilhem quand son frère, enfreignant leur règle de silence, vint lui soumettre le billet. Allons, ne le prends pas en mauvaise part ! ajouta-t-il l'instant après. Voici peu de jours que le seigneur Bereysten m'a confié ses intentions. J'y vois pour moi un grand progrès, et le signe certain de la confiance qu'il place en nous. »

Cet enrôlement qui réalisait si bien les plans de l'aîné n'en parut pas moins insultant au cadet. Puisqu'il ne pouvait entièrement s'y soustraire, il affecta d'en être marri, fut tard au rendez-vous du maître-jardinier et rétif à son enseignement. Ses premiers jours chez les Bereysten laissèrent le souvenir d'un garçon empoté, qui faisait tout de travers et n'arrivait à rien. Fécond en calamités de toutes espèces, Jasper s'attira d'emblée le sobriquet de *guignard*, c'est-à-dire porte-guigne ou porte-poisse. Maniait-il une pioche, cette pioche à coup sûr rompait son manche, perdait son fer en blessant quelqu'un. Jetait-il des semences, c'était dans les yeux d'un passant ou le trou d'une fenêtre. Certains criaient au sabotage, qui ne croyaient pas à tant d'inadvertance. D'autres, plus indulgents, cherchaient l'emploi convenable à un si piètre élève, celui qu'il occuperait sans causer de tort — et n'en trouvaient guère. Tous s'interrogeaient sur une faillite aussi constante, aussi têtue : quelle était la part d'inaptitude, celle du mauvais vouloir ? quelles fautes étaient vénielles, lesquelles inexcusables ?

Le recteur montrait moins de patience. Après qu'un bulbe de valeur eut été perdu par la faute de Jasper, Paulus fit entendre au nouveau venu qu'il ne gagnerait rien à se cabrer ainsi, sauf qu'on le commettrait à des travaux plus rudes pour un moindre salaire. Il y avait bien longtemps, ajouta-t-il, qu'on n'avait curé la fosse d'aisances :

« Je t'y ferai descendre, et cul par-dessus tête ! » s'écria Bereysten en claquant son propre derrière.

Jasper eut l'audace de répondre :

« Monsieur, je ne suis pas né jardinier. Mon frère s'est trompé en me recommandant.

— À quoi veux-tu t'employer ?

— Je m'instruis de droit et de religion pour devenir professeur.

— Ton école est-elle achevée ?

— Point encore. Le départ de Cornelis, notre père, m'en a distrait quelque temps. Mais je n'ai pas renoncé à la carrière savante, et renouerai mes études aussitôt que possible.

— Prends un conseil, et délaisse aujourd'hui cette ambition. Qui forme les professeurs à Haarlem, sinon l'École latine ? Il dépend de moi que tu y entres ou non.

— Si c'est ainsi, je quitterai la ville. »

Ayant dit, le garçon se recula vers la fenêtre comme s'il allait l'enjamber. Mais il ne fit qu'entrouvrir le carreau en prétendant chercher de l'air. Cette retraite étourdie amusa Paulus, qui laissa le fils Deruick recouvrer ses esprits — c'est-à-dire, le sang refluer de son visage cramoisi.

« Tu n'es pas né jardinier..., reprit-il en imitant l'accent peureux du jeune homme. La belle affaire ! Crois-tu qu'on vienne au monde avec sa place toute prête et sa route assignée ? Qu'en ouvrant les paupières, l'enfant se connaisse déjà meunier ou confiseur, archer ou souffleur de verre ? Et quel compte tiens-tu, alors, des vocations et des mérites, sans parler des mille accidents qui dérangent une vie ? Ah ! Qu'elle serait triste, une existence ainsi tracée ! »

Un regard incrédule pressa le bourgeois d'étaler sa pensée :

« Je ne nie pas que certains hommes se gouvernent ainsi... Le royaume de France produit de ces familles régulières dont les enfants prennent d'âge en âge le même emploi. Les fils n'y sont que pour continuer les pères, jusqu'à l'épuisement souvent prompt de la race. Mais enfin, nous habitons les Provinces ! Un pays de sable et de vent où nul sillage ne s'imprime, où nos destinées sont fuyantes comme les nues ! Ici, le sentier se découvre aux hommes à mesure qu'ils l'empruntent. Mon père était chaudronnier, je suis régent. Qui sait ce que toi, tu deviendras ? »

Paulus croyait fléchir le cadet par cette promesse et un geste engageant — sa main balayant le ciel d'est en ouest et paraissant ouvrir l'horizon. Mais Jasper avait trop de sens pour s'éprendre d'un rêve. Il pesa honnêtement les raisons du bourgeois, les trouva légères et présenta les siennes comme on enfonce un clou :

« J'ai quelque idée de ma nature, Heer Bereysten. Elle n'est pas d'un jardinier ! »

À son tour, Paulus fit un pas en arrière, considérant ce blondin qui lui tenait tête. Était-il d'une autre étoffe que son frère ? Fallait-il d'autres moyens pour le circonvenir ? Ses yeux tombèrent par hasard sur le sablier de l'office, déjà presque vide. Il mesura le temps usé à cette conversation, le rapporta à l'étendue bien plus modeste qu'occupait le cas Deruick dans l'écheveau de ses affaires, et se sentit floué. Sa colère se ranima. Renversant le sablier d'une gifle, Paulus prit sa décision :

« Je ne croyais pas ce que Wilhem m'a dit de toi, j'avais tort ! Soit, puisque l'emploi de jardinier te déplaît, tu ramperas dans la fosse d'aisances... Personne n'y séjourne que les crapauds.

— Vous ne pouvez m'y contraindre ! Je quitte votre service !

— Tu ne quitteras rien, ou bien pour le cachot ! »

D'un meuble en ébène incrusté d'ivoire, le recteur arracha un tiroir qu'il vida sur la table. Des papiers roulèrent deçà, delà comme des copeaux sous la lame. Paulus prit une feuille qu'il tendit au jeune Deruick.

« Ce contrat porte ton nom et la signature de ton frère. Les reconnais-tu ? »

Jasper sortit ses besicles et prit le temps d'examiner le document. L'index boudiné du régent pointait un paragraphe d'une encre plus fraîche.

« Lis bien, Jasper ! C'est un marché comme en passent les vagabonds d'Amsterdam au seuil de la *Rasphuis*, la maison de redressement. Tu m'as été remis ainsi qu'un orphelin : une fois franchie ma porte, personne n'a plus autorité sur toi et je dispose entièrement de ton travail... Es-tu obéissant ? Tu perçois le salaire convenu avec ton frère. Manques-tu à tes devoirs ? J'ai droit de te châtier.

— Je croyais qu'en l'absence de père, Wilhem seul me commandait ! N'est-il pas chef de famille ? objecta loyalement le cadet.

— L'acte que voici me délègue ses pouvoirs, et m'assure ainsi de ta fidélité. Trop de garçons font ici leur apprentissage puis trouvent ailleurs à s'employer. Or, quand je place un sou sur une tête, je n'aime pas qu'il en tombe ! Entends-tu cela ? »

Achevant sa lecture, le fils Deruick repoussa la fenêtre d'un bras mou. Une grande fatigue le gagnait. On voit ainsi, chez la bête piégée qui s'est longtemps débattue, de ces relâchements que connaissent les chasseurs, et dont ils se méfient.

« Je suis donc votre esclave ? » releva amèrement le garçon.

Le recteur jouait de sa voix comme d'un orgue aux nombreux registres. Il la modula vers l'aigu, l'assourdit presque en inclinant la tête :

« Il te plaît de choisir ce mot infâmant, pour t'exciter contre moi et me prendre en haine. Enfant ! Je n'ai jamais voulu que ton bien... D'ailleurs, ce contrat que tu lis, c'est ton frère qui l'a dicté ; il en a durci la forme pour mieux te soumettre. Il n'empêche, nos signatures sont sèches et notre accord s'applique ! Me tromperais-tu, tu n'aurais pas affaire à moi mais aux échevins ! »

Si Jasper soutenait aisément les disputes, il respectait la loi et craignait de l'enfreindre. Il nourrissait d'ailleurs pour les écrits scellés — et enfant, pour les beaux uniformes — une dévotion presque mystique, comme si non l'homme mais la Justice en eût été l'auteur. Aussi le discours de Paulus brisa-t-il ses dernières résistances. Jasper devint dans la paume du recteur, sous son souffle vicieux, cette pâte chauffée qu'on forme et qu'on modèle, cette tige humide qu'on plie à volonté.

On exigeait qu'il curât la fosse d'aisances? Jasper y descendit en haillons, muni d'une seille et d'un racloir, et s'acquitta de la corvée avec un soin maniaque. Quand son maître, jugeant la punition suffisante, voulut y mettre fin, le garçon s'obstina; il refusa aussi l'aide d'un camarade pris de pitié.

« Quitter maintenant la fosse? Vous n'y pensez pas, seigneur! J'ai seulement commencé! »

Au moins, le régent n'avait pas menti sur l'affluence des crapauds : ils l'entouraient si nombreux que Jasper devait les pelleter au-dehors pour atteindre le fond vaseux. Ce grouillement froid autour de ses chevilles lui retournait le cœur. Le garçon se dandinait d'une jambe sur l'autre tel un fouleur de raisins, agitait ses bras pour en chasser les bêtes, sans gagner qu'un court répit face à l'invasion.

« Monte, Jasper, c'est assez! » le suppliait Wilhem, convié aussi au spectacle, et fort chagrin d'assister à la déchéance de son frère.

Cet appel ne faisait qu'enrager le forçat et repousser d'un long moment sa délivrance. Quand enfin Jasper quitta la fosse, même ses cheveux gluaient de bave. Frida inventa de les tailler ras pour en abréger la toilette, et tondit de même sa poitrine et ses membres; en revanche, elle ne put chasser l'odeur infecte dont sa peau était comme imprégnée. Ces miasmes — ou le venin batracien?

— furent cause que le garçon tomba malade et garda le lit six jours durant.

« Pauvre frère..., soupirait Harriet. Il est la proie d'un méchant homme ! Quel éclat, si père l'apprenait ! Sûrement, il demanderait compte au recteur de ses mauvais traitements ! »

Elle disait cela assez haut pour se faire entendre de l'aîné. Mais Wilhem, qui s'était enquis des circonstances de la punition, attribuait les torts à Jasper et blâmait son entêtement.

« Paulus Van Bereysten est un homme avisé. Ce qu'il a fait, je l'aurais fait aussi...

— Tu aurais envoyé ton frère à la fosse ? »

Un long soupir ouvrit la réponse de Wilhem.

« Oui, pour son bien... Je crois que Jasper n'a pas bien pénétré les desseins du seigneur Bereysten. Il n'a pas saisi dans toute son étendue le projet qui anime notre bienfaiteur et auquel il voudrait l'associer.

— Faire pousser des fleurs ? » ironisa Harriet.

En train de plonger sa cuillère dans une tourte à la viande, l'aîné s'essuya les doigts à la serviette comme s'il avait manié une chose dégoûtante.

« La tulipe est humble, ma chère sœur. Elle incline la tête sitôt épanouie. Ce serait beau d'en faire simplement la culture, en hommage à la création suprême du Très-Haut, une fleur élue de Dieu... Pourtant, le seigneur Bereysten vise plus loin ! Il prétend rien de moins que restaurer le paradis terrestre !

— Voyez-vous cela... Et comment s'y prendra-t-il ?

— En acclimatant dans ses jardins les plantes

dispersées par le péché originel ! N'est-ce pas une noble ambition que celle-ci ? En pratiquez-vous beaucoup, des hommes de cet aloi ? »

Quand il parlait du régent, Wilhem joignait les mains et les rapprochait unies de sa bouche — un geste familier, devenu presque un tic, qui ne laissait pas d'intriguer ses sœurs. C'étaient selon Petra les symptômes d'un désordre mental, donnés aussi par l'approbation de l'aîné à toute volonté du bourgeois, ou les emprunts fréquents qu'il faisait à ses discours, les yeux mi-clos, les narines béantes, avec l'air d'énoncer une vérité suprême :

« "Ma main est sévère mais mon cœur est ami", a dit un jour Paulus. Méditez s'il vous plaît ces paroles ! On ne saurait mieux définir mon principe d'éducation, ni résumer l'esprit dans lequel j'entends élever notre famille !

— Tu ne l'élèveras pas bien haut, avec de tels tuteurs ! » lança étourdiment Harriet.

Ce soir-là, la benjamine fut privée de souper et interdite à table. Sa punition consista à interpréter, debout dans l'angle le plus froid du séjour, certains airs du *Nouveau Mercure amsterdamois*, recueil de chants à la gloire du commerce dont Jasper avait tantôt fait l'emplette chez un marchand de livres. Puisqu'il fallait un accompagnement, Petra se dévoua et sortit sa flûte. Ce fut ainsi que les filles Deruick donnèrent un concert impromptu pour les fils, lesquels achevèrent leur repas battant du pied.

Un moment passa encore avant que l'aîné, pris de pitié pour Harriet qui frissonnait et pour Petra qui avait faim, conviât les musiciennes à s'asseoir près du feu. Un léger cordial fut servi aux sœurs, tandis que Jasper tirait du fond d'un tiroir les dernières lettres de Cornelis, dont personne n'avait pris connaissance.

« Comment? Elles sont fermées? » s'indigna Wilhem en prenant la liasse ficelée des mains de son frère.

Quatre lettres étaient arrivées depuis celle remise à Petra par le cocher, moins d'un mois auparavant. Cela prouvait que des navires nombreux défiaient l'océan mais jetait le doute sur le prétendu affairement de leur père. Où trouvait-il le temps d'écrire si, comme l'affirmait son dernier envoi, « le commerce frénétique du sucre » l'accablait de travail? Quelques jours seulement séparaient chaque courrier du suivant.

« Honte à nous! accusa l'aîné. Nous avons manqué au premier de nos devoirs! Qui sait ce que ces lettres vont nous apprendre? La ruine de père, ou peut-être sa mort?

— S'il était mort, il n'écrirait pas! » observa sagement Harriet.

Elle y gagna le prolongement de son supplice. Wilhem lui tendit la liasse avec autorité, puis désigna le lutrin qui supportait la Bible. La benjamine n'eut d'autre choix que de plier sa voix à ce nouvel effort. Déployant chaque lettre sur le pupitre, elle continua le récit de Cornelis après son arrivée en terre du Brésil. Aux oreilles émues de l'auditoire se révélèrent les somptueux paysages de Pernambuco, les vastes bâtiments de la capitainerie, l'altière silhouette du gouverneur dont leur père joignait une esquisse de sa main, faite, assurait-il,

« lors d'une chasse au nandou, sorte d'autruche » à laquelle il avait pris part comme « quelques-uns de ses amis intimes ».

Ce tableau élogieux de la colonie semblait vrai, malgré l'enjolivement de certains détails. Il appuyait l'idée tentante que la famille était dans une passe heureuse et que les nouvelles seraient bonnes, d'où qu'elles vinssent. Cornelis prospérait au Brésil, ses enfants s'enrichissaient à Haarlem. Quoi de plus naturel ?

« C'est tout ? s'étonna Wilhem quand Harriet eut achevé la lecture. N'as-tu rien abrégé ? »

Il restait de ces longues pages, garnies studieusement d'un coin à l'autre, une impression de vide ou d'inconsistance. Cependant la benjamine nia avoir emprunté aucun raccourci.

« Allons-nous lui répondre ? s'enquit Petra.

— Bien sûr, mais rien ne presse ! Nous venons d'entrer au service des Bereysten. Attendons que l'arbre ait formé ses premiers fruits ! »

Puis, à l'adresse du cadet qui bourrait de tourbe le pot à feu :

« N'est-ce pas, Jasper ? Je doute que père soit content d'apprendre à quels travaux l'entêtement t'a réduit !

— Voilà un épisode qu'en effet, nous pouvons taire !

— Tu ferais mieux de régler ta conduite si tu veux que Paulus te pardonne. Après tout, lui aussi correspond avec père...

— Tu en es sûr ?

— C'est bien certain ! » mentit Wilhem.

Le cadet fut saisi d'une vraie terreur, dont le feu

jaunissant de la tourbe aggravait l'effet sur son visage : il semblait ébloui et transi tout ensemble. La veillée s'acheva sans qu'il pût changer de figure.

Contre toute attente, cette soirée devait favoriser l'évolution de Jasper et sa conversion, aussi prompte qu'inattendue, aux joies du jardinage. Soit qu'il eût entendu raison, soit que l'épreuve de la fosse l'eût secoué, l'élève du seigneur Bereysten se disciplina en peu de jours et prouva qu'il était digne de sa jeune position. On désespérait de le mettre à l'ouvrage : il s'y jeta avec ardeur, content de s'ébrouer d'un long désœuvrement. Lui qui tantôt s'éveillait le dernier et s'abîmait dès none dans une sieste interminable, entamait désormais sa journée à l'heure où finissait la précédcnte — incapable d'offrir au sommeil le temps que réclamait une si puissante activité.

Ce zèle paraissait suspect au régent :

« Quelle mouche a piqué ton frère ?

— Il est ainsi. Le voici tel jour défendant une opinion puis, le jour d'après, soutenant l'avis contraire ! Mais n'ayez crainte : s'il s'est mis au travail, il égalera bientôt vos meilleurs ouvriers ! »

Wilhem disait vrai. La cadence épuisante qu'observait Jasper, sans égard ni à la fatigue ni aux sabliers, produisit rapidement ses effets. Il combla son retard en peu de temps et, dès lors, s'avança sur ses collègues. D'ailleurs ce grand progrès lui coûta peu d'effort, même si beaucoup de volonté. À son grand étonnement, le cadet s'aperçut qu'il goûtait cette besogne obligatoire et que le soin des fleurs, l'entretien des plants n'étaient pas si étrangers à son caractère. Certes le jardinage, art de patience, exaltait chez lui des qualités féminines qu'il n'aurait pu appliquer au commerce. Il se rappela comment, dans l'échoppe familiale, ses sœurs accablées d'ouvrage lui déléguaient parfois les retouches à l'aiguille — manches à raccourcir, cols à évaser — qu'il aimait exécuter.

« Crois-tu cette besogne digne d'un homme ? l'attaquait Cornelis, fâché de voir son fils assis parmi les femmes et se mêlant à leur conversation.

— Et pourquoi non ? Après tout, ce sont des garçons qu'on fait horlogers, orfèvres et lapidaires ! Voilà des emplois pour lesquels, assurément, il faut autant de doigté ! »

Pareillement, Jasper fleuriste montrait une certaine inclination pour les travaux minutieux, les ouvrages délicats conduits à l'échelle de la feuille, du pétale, des menues graines qu'on trie du bout d'un doigt mouillé. Ses outils favoris n'étaient pas la pioche ni la houlette mais le greffoir, l'alène, la bobine de ficelle, tout l'outillage miniature servant aux hommes de l'art pour créer de nouvelles variétés. Il n'aimait rien comme glisser la lame aiguë d'un canif entre un bulbe de tulipe et son caïeu, sans écorner l'enveloppe ni du père ni du fils puis, d'une infime rotation du poignet, détacher le plus jeune qu'il enterrerait à part.

L'art de jardiner les tulipes était assez frais, et cette fleur même assez méconnue pour qu'on pût, sans grande science, mûrir quelques idées nouvelles. Jasper avait observé que le bulbe s'épuisait après avoir offert, au plus, quatre à six caïeux. Il en déduisit qu'il fallait préférer les bulbes jeunes, d'un meilleur rendement que les oignons déjà perpétués. Le premier aussi, il s'avisa qu'en déracinant les plantes après la floraison, puis les mettant à sécher sur des claies jusqu'à l'automne, on améliorait leur vigueur.

Ses essais prouvèrent l'inanité des manipulations auxquelles certains de ses confrères, par crédulité ou par superstition, se livraient sur les fleurs : il était vain d'assaisonner les plants des poudres de couleurs, comme d'appliquer aux bulbes un cataplasme de fiente de pigeon ou d'en ficeler deux moitiés de nuances différentes, l'une blanche, l'autre violette pour panacher leur lignée. Il y avait avantage, en revanche, à rapprocher dans le même clos des espèces étrangères qui s'hybrideraient — des *Couleren* jaunes près de *Lacken* pourpres, des *Ducken* rouges près de *Marquetrinen* à quatre tons. On renforçait ainsi les chances de réussir la « casse », cet emmêlement de dessins, de couleurs si recherché des tulipiers, parce qu'il répondait au goût des amateurs pour les pigmentations bizarres.

Les conseils avisés de Jasper, son talent déjà fameux pour *casser* les tulipes attirèrent sur lui la sympathie d'abord du maître-jardinier, puis du régent à qui l'on rapportait ses inventions.

« Quel garçon surprenant ! admira Paulus. Est-ce bien le même qu'on voulait congédier ? Est-ce lui dont on blâmait l'incompétence, l'étourderie ? Le papillon fait oublier la chenille ! »

Le nouvel intérêt qu'il éveillait chez ses collègues flattait le cadet Deruick. Pour un peu, il eût été reconnaissant à son frère de l'avoir poussé dans la carrière des fleurs et au recteur de l'y avoir gardé. Personne ne pouvait douter de l'heureuse influence qu'avait sur lui le jardinage, tant sa physionomie reflétait maintenant de bien-être. Joues pleines, yeux lents, lèvres mouillées : c'était le masque du sage dont la méditation culmine, ou de l'ivrogne qui boit à satiété.

Cette langueur qui charmait Petra, parce qu'elle l'identifiait aux joies paisibles du mariage — « voilà une belle figure d'époux ! » —, incommodait la plus jeune des filles Deruick.

« Est-ce le visage de mon frère, ce fruit blet ? raillait-elle en tendant un miroir au cadet. Depuis qu'il s'occupe de fleurs, on dirait qu'il a pris leur maintien ! Le voici fané avant l'âge ! »

Et la fillette d'emprunter à quelque auteur ancien la pensée que le bonheur affadit l'expression, quand le chagrin l'étire et l'affermit.

Autre témoin de cette évolution, l'aîné Deruick hésitait à s'en réjouir ou à s'en désoler. Certes, un reste d'attachement l'associait au succès du cadet. Tant mieux si son embauche marchait sans complication ! Mais d'autre part, il cultivait envers son frère le sentiment qu'éprouvait Eliasar Van Bereysten à son endroit : une jalousie honteuse qu'il n'aurait confiée à personne. Paulus, lui semblait-il, faisait de son travail un éloge moins vif, en disait moins de bien et moins souvent. Peut-être aussi regrettait-il que Jasper se fût accommodé si vite de son nouvel état. Il eût préféré, peut-être, qu'à l'abat de ce lourd marteau la pièce brûlante jetât plus d'étincelles, qu'il éclatât entre eux des disputes, des invectives pour qu'en les dominant, l'aîné forgeât son autorité. Ce n'était pas le cas — Wilhem s'en vengeait par une approbation nuancée de mépris ; il serrait la main du cadet avec un rien de hauteur, en susurrant :

« Te voilà jardinier, mon frère, je t'en félicite ! Une humble occupation qui sied à ton âme simple... »

Il faut dire que l'aîné Deruick avait reçu de Paulus un mandat bien différent, auprès duquel l'entretien des fleurs pouvait paraître sinon délassant, du moins fort tranquille. Il s'agissait de courir les enchères de tulipes où son talent oratoire s'était déjà illustré et où ses éclats ingénus faisaient toujours merveille. Le domaine de Wilhem, c'étaient les auberges, les cabarets, les tabagies, les salons d'apothicaires et autres lieux pénombreux que les fleuristes, par nature secrets et méfiants, élisaient pour y tenir leurs assemblées. Mais cette fois, l'aîné œuvrait au nom des Bereysten et à leur avantage, comme l'illustraient la voiture écussonnée dont il avait jouissance, le sceau dont il couvrait sa signature — de fait, elle était cachée — sur les actes de vente.

« Le louveteau rejoint la meute ! » blaguaient les tulipiers.

Wilhem affrontait ces persiflages d'un front serein. La part suffisante qu'il avait aux bénéfices rachetait cette légère oppression de sa liberté. D'ailleurs, estimait-il, il n'était pas encore de trempe à se gouverner seul. Apprendre le métier demandait plus qu'une initiation même réussie aux ventes de tulipes. Une chose était de faire la preuve de ses aptitudes, une autre d'inscrire son nom dans le cénacle étroit des grands marchands, ceux dont la fortune avait pour unité le millier de florins. Le jour viendrait qui l'affranchirait à jamais des entraves matérielles et mettrait à portée de son or n'importe quel palais, n'importe quel habit, n'importe quelle femme. L'argent serait pour lui comme la terre pour les autres : l'élément commun qu'on ramasse partout, et dont quiconque fait provision sous ses semelles. Cette pensée conquérante dilatait sa poitrine. Oui, il serait riche, riche à donner le vertige !

« Eh bien, je te le souhaite ! commenta Paulus à qui l'aîné s'ouvrait naïvement de ses ambitions. Mais avant, il faut travailler !

— Certes ! admit Wilhem.

— La réussite se paye de sueur !

— Assurément ! »

L'aîné fut surpris d'entendre ce conseil dans la bouche du recteur. N'était-ce pas plutôt Jasper qui l'assommait de ses théories sur l'effort et le travail ? Soudain, il s'interrogea si Paulus méritait son admiration. L'idée le traversa, hardie, que le grand homme de Haarlem pouvait n'être qu'un nain auprès des seigneurs d'Amsterdam, eux-mêmes obscurs comparés aux régents du pays. *Plus petit est le bois, plus gros semble le lièvre*, songea-t-il amèrement. Après tout, la fortune de Paulus tenait dans quelques maisons, quelques arpents de terre à tulipes, un colombier et deux moulins. Son seul titre ? La direction d'une école où il n'entrait jamais, et d'où sortaient chaque saison des rejetons de bonne famille voués aux paisibles carrières d'avocats ou de professeurs. Parlons d'un gentilhomme !

D'un coup, son mentor et maître rapetissa à ses yeux. Il sentit qu'en s'élevant sur l'échelle du succès, il considérerait de plus haut le brillant modèle de sa jeunesse, jusqu'à peut-être le perdre de vue. Le recteur Bereysten deviendrait quelconque, se fondrait au paysage de Haarlem comme l'écume s'unit aux vagues.

« À quoi penses-tu ? » l'interpella le bourgeois.

Wilhem tressaillit à cet appel. Par hasard, ses yeux tombèrent sur un miroir à parure de roses où nageait son reflet : paupières mi-closes, joues creuses et narines pincées, il avait l'air sournois d'un conspirateur.

« Tu n'arriveras à rien, si tu ne sais mieux déguiser tes sentiments !

— Messire, je... »

Par un réflexe idiot, l'aîné abaissa son chapeau sur son front, comme si l'on pouvait lire ses pensées au travers. Jusqu'à quel point le régent l'avait-il pénétré ? Il s'interrogeait, éperdu.

« Tu as raison d'être ambitieux, mais ne brûle pas d'étape ! Avant de faire fortune et de payer l'impôt du deux-centième, veille à t'assurer parmi les tulipiers une position définitive ! Même un grand seigneur n'est pas à l'abri d'un coup du sort ! L'argent seul prémunit contre le hasard...

— Oui, maître.

— À propos..., réfléchit le recteur. Je compte dans mes relations un personnage influent, le familier du prince d'Orange, Constantijn Huyghens... »

À la mention de ce nom illustre, les pupilles de l'aîné se dilatèrent, son souffle s'accéléra. Il lui semblait qu'une trompe avait corné à son oreille.

« Un éminent poète ! » s'extasia le jeune homme, qui regrettait déjà ce compliment banal.

« Il a reçu comme toi la meilleure éducation. On dit qu'il parlait latin et français dès l'âge de sept ans ; qu'à douze, il défiait quiconque à l'épée. C'est paraît-il un élégant danseur. Veux-tu le connaître ? Je dois le rencontrer tantôt pour mes affaires.

— Pardi ! fit l'aîné en guise d'approbation.

— D'accord, tu m'accompagneras... Je t'introduirai comme mon secrétaire. Voilà un homme qu'il est bon d'avoir dans sa manche, ainsi qu'un as au jeu de cartes... »

Le clin d'œil du régent tendit de longues rides vers ses boucles dorées.

« Et puis, son maître est parent du seigneur de Nassau, gouverneur de nos colonies au Brésil ! Ainsi, qui sait ? Peut-être pourra-t-il appuyer ton père dans ses entreprises ?

— Seigneur, je ne sais comment vous dire ma gratitude ! Je crois qu'avant de vous connaître, mon cœur ne battait pas encore, mon sang n'était pas en mouvement ! »

Tant de candeur parfumait cet aveu que Paulus en fut touché.

« Bel enfant, comme tu es jeune encore ! »

Sa main gantée s'appliqua sur la joue vibrante du garçon, dont elle suivit lentement le contour. Il lui venait parfois de ces attendrissements qui pouvaient, au gré de son humeur, s'évaporer sans trace ou fouetter son désir. Cette fois, la lèvre du dessous se mit à pendre, comme étirée par le menton trop lourd — signe d'une tentation qui s'éveillait.

« Comme ton visage est pur ! Ce n'est guère, je sais, qu'un fragile arrangement de chair et d'os où les années s'imprimeront sans douceur, qui subira tantôt les premières atteintes de l'âge... Mais aujourd'hui, il est trésor pour la possession duquel bien des rois céderaient leur trône, bien des vieillards leur fortune !

— Que n'en puis-je trafiquer, alors !

— Tais-toi, nigaud, tu ne sais pas ce que tu dis ! »

Le recteur ouvrit les bras pour y recevoir son amant, ainsi que la coutume s'en était prise entre eux. Ce geste paternel, trouvé un jour que Paulus consolait le garçon d'une vente perdue, préludait désormais à leurs étreintes. Les deux hommes savaient par quel glissement l'accolade deviendrait embrassement, comment leurs lèvres finiraient par s'unir, dans quel ordre opérer leur mutuel déshabillage. Ce n'était qu'une disposition nouvelle de leurs rendez-vous, comme l'avaient été certains vêtements portés par Wilhem — pauvres en boutons et donc faciles à retirer —, certaine alcôve discrète, au dernier étage de la maison du régent, qu'ils préféraient aux chambres d'auberges et aux baraques de jardin. Avec le temps, leurs rencontres s'étaient meublées d'habitudes.

Cette fois pourtant, une chose étrange advint : Wilhem trouvant Paulus bras béants et bouche offerte bouda l'invitation. Même il se recula afin d'appuyer son refus. C'était si neuf que le bourgeois, d'abord, ne voulut pas y croire. Il élargit son geste, étira mieux ses lèvres — bien sûr sans résultat. Son humeur en fut vite altérée :

« Tu joues l'effarouché ? Allons, viens-t'en par ici ! »

Les mains du régent s'avancèrent fébrilement vers Wilhem, vers son col de dentelle qu'elles voulaient agripper, mais qu'elles ne purent seulement atteindre : au dernier instant, le jeune homme s'était dérobé d'un simple tour de hanches, celui du torero fuyant les cornes de l'animal.

« Prends garde, jeune Deruick ! Je n'ai pas comme certains le goût des chasses et des poursuites ! L'âge m'a passé ! »

Le recteur chargea derechef, avec tout l'élan dont son corps bouffi était capable ; il n'étreignit que le vide. La scène se répéta trois ou quatre fois : Paulus se ruant à l'assaut du garçon, Wilhem l'esquivant d'un bond de côté ou d'une grande enjambée. Cet exercice coûtait beaucoup de souffle au bourgeois qui devait, après chaque course, freiner et rassembler sa respiration, le coude posé sur le dossier tremblant d'une chaise. Sa figure s'était emplie de sang ainsi qu'une bouteille. Tant de sueur s'exprimait déjà à son col, à ses tempes, sous le rebord foncé de son bonnet, qu'on l'eût dit réchappé d'une averse.

Le moment vint où Paulus comprit l'inanité de ses efforts. Il s'abattit sur un fauteuil et demanda :

« Bien, que veux-tu ? »

Un sourire échappa au fils Deruick. Cependant, sa victoire avait été si prompte, et si puissant l'effet de sa comédie qu'il ne sut quoi répondre. Une idée le traversa. Il énonça sans réfléchir :

« Je veux un secrétaire.

— Quelle fantaisie est-ce là ?

— Un secrétaire pour tenir mes comptes et suivre les ventes...

— Je n'en ai pas.

— Eh bien moi, j'en aurai ! C'est demain Noël, messire. Faites-le de bon cœur ! »

Le bourgeois hésita un instant s'il satisferait ce caprice. Mais son désir exacerbé le pressait. Il entama le calcul de ce qu'allait coûter le secrétaire, l'abandonna et jeta abruptement :

« D'accord ! »

Puis il tomba sur Wilhem avec la rage de l'amour humilié.

Janvier 1636, le 21e du mois.

La nouveauté de l'hiver, chez les Deruick, ne fut pas tant l'embauche des deux frères à laquelle chacun s'était préparé, que leur désertion du logis — le service des Bereysten les requérant chaque jour ailleurs.

Cette maison qui bruissait naguère de leurs allées et venues, où les prêches enfumés de l'aîné, les chicanes étourdies du cadet mettaient de l'animation, parut bien vide et désolée quand ils s'en absentèrent. Le silence s'était déposé sur toute chose comme une poussière ; on parlait bas, on veillait à ne point choquer sa cuillère contre le bol ni à fouler les lames grinçantes du plancher. Il n'était plus question de faire beugler le soufflet à pied, jeu favori de Cornelis lors des soirées d'hiver. Même le roulement d'un dé sur une assiette prenait, dans la stupeur ambiante, une importance exagérée.

Du jour au suivant, les sœurs Deruick connurent la solitude, alors bien émouvante, des jeunes filles que leur père ou leurs frères cessent de gouverner. C'est peu dire qu'elles goûtèrent leur nouvelle condition de femmes au logis, sous la garde débonnaire de Frida qui n'avait ni l'esprit ni le temps d'épier leurs travaux. En vérité, Petra et Harriet sentirent l'excitation du cheval d'attelage dont les rênes s'assouplissent, et qui croit gagner sa liberté. L'aînée surtout pensait qu'une journée sans leurs frères serait pleine d'agrément. Tout ce que Wilhem lui avait défendu — les sorties, les jeux, les fréquentations — parut soudain à sa portée, sinon déjà dans ses moyens :

« Harriet, voilà des semaines que Wilhem interdit l'entrée, et même l'abord de notre maison à Ernst Rotteval... Tu sais quels sentiments me lient à ce garçon, et dans quelle franche intimité nous vivons déjà ? »

La tournure précise des derniers mots, accentuée d'un vif jeu de sourcils, suggérait que l'intimité était complète. Harriet ignora cette forfanterie, mais marqua seulement qu'elle était dans la confidence.

« Eh bien, le temps n'est-il pas venu de l'accueillir ici ?

— Qui donc ? Le cocher ? » s'éveilla Harriet, un peu saisie.

L'aînée corrigea sèchement :

« Il n'est pas seulement conducteur de chevaux ! C'est le valet du seigneur Bereysten, pour ainsi dire son homme de confiance... D'ailleurs, il a réuni sur ses gages un petit pécule qu'il compte investir dans une affaire de moulins. Parfaitement, un moulin à craie et à couleurs, sur le plat de Zaandam, dont le maître cherche un associé ! Crois-tu que j'épouserais un ratisseur de crottin ?

— Parce que tu veux le marier ? s'étrangla à moitié la benjamine. Voilà le beau parti dont tu rêvais ?

— Et pourquoi non ? » répliqua Petra, vexée du peu de cas que sa sœur faisait du jeune homme.

Après cet entretien, l'aînée se donna tort d'avoir partagé son secret avec Harriet. Cette jeune écervelée pouvait la trahir par inadvertance, ou même la dénoncer pour complaire à Wilhem. Alors, il ne fut plus question d'introduire Ernst Rotteval dans leur maison de la Kruisstraat, ni fait aucune mention du garçon. Les rendez-vous des deux jeunes gens se donnèrent comme avant, dans le carrosse écussonné du recteur — mais sans plus saisir le prétexte d'ailleurs usé de l'office religieux, une fois la semaine. Ce fut tous les jours, désormais, que les amants se retrouvèrent en un lieu convenu entre eux la veille, et qui variait souvent pour ne pas fixer les soupçons. Petra en avait pris son parti mais Ernst, à qui l'emprunt de la voiture créait des difficultés, cherchait une autre issue :

« Petra, nous risquons beaucoup dans ce genre d'aventure ! Et si j'allais tout bonnement demander ta main à ton frère ? Crois-tu qu'il m'éconduirait ?

— Il t'égorgerait, plutôt !

— Allons, il doit bien être un moyen de l'adoucir ? Ce n'est pas un méchant homme !

— Pardi ! Deviens riche, deviens noble, et tu verras Wilhem à tes genoux ! Le prestige : voilà l'idole qu'il vénère, et à quoi il a tout sacrifié ! »

C'était un autre genre d'embarras qu'éprouvait la benjamine, seul membre de la famille à garder la maison tout le jour. Harriet jalousait sa sœur, non exactement d'avoir un amant, mais de respirer un air moins confiné que le sien. Ses passe-temps de naguère, tels l'agencement d'un herbier ou le modelage de petits bonshommes en sucre mouillé, devenaient enfantins à ses yeux. Même la lecture avait cessé de l'intéresser, depuis que Wilhem l'avait persuadée que les demoiselles s'y desséchaient, et que cette morne occupation n'engendrait à la fin que cagotes et filles sans époux.

Mais alors, comment employer ses heures libres ? Comment se distraire de l'endormant tête-à-tête avec Frida ? Harriet s'affairait à mille choses, délaissées aussitôt qu'entreprises, dont lui venait trop tôt un genre de dégoût. Tantôt elle s'échauffait les doigts aux cordes d'une cithare, tantôt s'usait les yeux à rimer des poèmes, tantôt poursuivait quelque ouvrage de broderie ou demandait à la bonne, qui refusait, sa part des lessives et des épluchages. Ayant épuisé de la sorte tous les divertissements, elle finissait par s'abattre dans un fauteuil, les épaules voilées de ce châle noir qui lui donnait tournure de grand-mère, les pieds sur la chaufferette marmottante, et s'absorbait jusqu'au soir dans la contemplation maussade du carreau de fenêtre. Ses yeux restaient si longtemps à scruter le jardin, du moins ce qu'en découpait l'épais châssis de plomb, que l'image en subsistait sous ses paupières baissées, tandis qu'elle s'assoupissait, vaincue enfin d'ennui et de silence.

Alors l'entrée de Petra, puis de Wilhem et de Jasper, le vent glacé qui s'engouffrait avec eux semblaient l'irruption de soldats dans une maison tranquille. Harriet tressaillait chaque fois, la main sur la poitrine, quand même l'eussent avertie le grincement de la grille, le raclement des bottes neigeuses sur le seuil. Elle s'écriait ·

« Qui va là ? »

À quoi le visiteur répondait d'une voix tendre :

« Je t'ai fait peur, sœurette ? »

À force d'épier par la fenêtre, Harriet avait développé le talent des grands contemplatifs — sentinelles, vigies et gardiens de phare. Elle jouissait d'une rare qualité d'observation, appliquée sans différence aux choses ou aux êtres. Elle fut la première à signaler le penchement de l'armoire à vaisselle, affligée d'un pied vermoulu qui s'effritait déjà. Elle révéla aussi qu'un loir avait élu résidence dans les lambris du plafond et qu'un écureuil, hôte du grand noisetier, bravait insolemment l'hiver. Mais surtout, elle ressentit avant quiconque le malaise familial, ce tourment secret qui fabriquait l'aigre silence des soupers du dimanche.

Avec le départ de Cornelis, la maisonnée avait connu un ébranlement tel qu'aucune épreuve passée, depuis la fuite des aïeux hors de France, ne s'y pouvait comparer. Leur père en allé, c'était comme si le squelette avait été retiré aux enfants, laissant leurs chairs sans soutien et leurs esprits sans ordre. Il leur fallait s'éveiller seuls, dîner seuls, vaquer seuls aux occupations du ménage. La cloche ne battait plus au point du jour, ce qui laissait les dormeurs au repos et, couramment, les mettait en retard. Personne n'appelait non plus à table, chacun arrivant à son gré et mangeant tout son soûl, l'un s'asseyant quand l'autre quittait sa chaise, en sorte qu'il semblait de ce toit comme d'une auberge ouverte aux quatre vents. Même les devoirs religieux n'étaient plus rendus, faute d'un lecteur pour dire les psaumes et d'auditeurs pour les entendre. À peine récitait-on les prières du repas, mais c'était d'une voix si frêle et d'une attention si éparse qu'il aurait mieux valu, peut-être, les taire tout à fait.

Ce lent mais sûr dérèglement du ménage Deruick frappait d'autant plus que la maison, objet d'incessants travaux, continuait d'embellir. Il y avait au-dehors cette façade pimpante, souvent voilée d'échafaudages, où s'accrochaient chaque jour des ornements nouveaux — au-dedans cette demeure froide, ombreuse, dont les occupants ne commerçaient plus guère ; à l'extérieur, une élégante propriété, devenue la plus haute de la rue par l'érection d'une cheminée monumentale — à l'intérieur, un logis peu commode et mal aéré, où flottait l'âcre senteur du tabac froid mêlée à des relents de tourbe cuite.

Certes, les bourgeoises du quartier, toutes vertueuses ménagères au balai inlassable et aux poignets rougis de savonnages, auraient donné cher pour vérifier l'état de déchéance où la famille avait sombré. On parlait de monceaux d'épluchures sur les tables, d'un chapeau pendu de travers, d'un pot à feu débordant de cendres. Si la vérité n'était pas si sordide, force était de reconnaître que le renom de propreté acquis au ménage et celui d'ardente buandière dont s'honorait Frida semblaient maintenant usurpés. La Frisonne avait beau faire, et gratter les planchers à entamer le bois, la poussière revenait, la crasse reparaissait, formées eût-on dit par quelque maléfice.

Wilhem s'en alarmait, moins par crainte de la saleté que par souci des médisants. Est-ce qu'à la longue, cela n'attacherait pas aux siens quelque fâcheuse réputation ? Il songeait à Petra, qui devait arriver sans tache au mariage :

« Si nous n'agissons promptement, on l'appellera souillonne et plus un garçon ne voudra lui confier sa maison ! Tu sais comme se sèment les rumeurs et comme, une fois germées, il est difficile d'en extraire la racine... »

Jasper l'approuva, heureux de pouvoir, pour une fois, rallier les idées de son frère.

« Il est temps que Petra épouse Eliasar, conclut l'aîné. Nous n'avons que trop tardé ! »

Wilhem alla sur-le-champ trouver Paulus qui, par un curieux hasard, cheminait lui aussi vers la Kruisstraat. Les deux hommes se rencontrèrent dans la rue, apprirent qu'ils voulaient débattre du même sujet et s'en félicitèrent. À n'en pas douter, c'était un sourire du destin. Ils tombèrent vite d'accord qu'il fallait sceller l'union de Petra et d'Eliasar et remirent à plus tard la discussion des modalités.

« Ne gâchons pas ce beau jour à parler d'argent ! lança gaiement le recteur. Il sera bien temps, quand ta sœur aura passé l'anneau de fiançailles, d'apprécier sa dot et de la compter...

— Sa dot ? répéta l'aîné soudain méfiant.

— Pardi ! N'est-ce pas l'usage, quand deux jeunes gens s'allient, de compenser par quelque étrenne la perte du garçon ?

— Si fait, mais j'ai pensé... Les liens qui sont les nôtres...

— Et quoi ? Tu me refuserais ce petit cadeau ? Ce serait une honte pour les Deruick, et un affront pour moi ! Seuls les miséreux renoncent à doter leurs enfants ! C'est la preuve du dernier empêchement... ou de l'ultime turpitude !

— Vous dites vrai ! » convint Wilhem que l'argument avait touché.

Il s'abstint dès lors d'aborder le sujet.

Une fois le mariage concerté entre les deux hommes, on prit l'avis de Petra qui n'en savait rien encore — ou plutôt, on l'instruisit poliment de la décision des chefs de famille, avec assez d'égards pour qu'elle se crût consultée. La tâche de renseigner la jeune femme revint à Paulus : il craignait raisonnablement qu'à son frère, l'aînée des sœurs Deruick répliquât plus volontiers qu'à un étranger.

« Ça n'ira pas tout seul ! l'avertit néanmoins Wilhem. Petra a le front dur et l'esprit calleux. Mes sœurs ont usé leur jeunesse dans les livres, et croient qu'y siège toute vérité. Voilà des raisonneuses qui veulent tenir la place des hommes et discuteront, c'est certain, jusqu'aux ordres de leurs maris ! »

Cette idée incongrue fit s'esclaffer le recteur. Il prit la main de Wilhem et la tapota gentiment.

« Bah, ne prends point souci de cela... Quel âge ont tes sœurs ? Dix-huit, la plus grande ?

— C'est bientôt la moitié de leur vie.

— Allons, tu parles de tendrons ! Elles sont comme l'argile sous les doigts du potier ! Il t'appartient de leur donner forme avant la cuisson définitive ! »

À cause de l'accent mis par Paulus sur le mot *cuisson* — étalé et sifflant, pour en dégager *cuisse* —, l'aîné sentit une allusion graveleuse dont le contenu lui échappa. Il n'eut pas la force de s'en indigner, ni celle non plus d'entrer dans la jubilation paillarde du bourgeois. D'ailleurs elle s'épuisa vite, laissant dans sa gorge comme un éraillement de rire :

« Pour Petra, laisse-moi faire. Je n'ai pas traité vingt ans mon épouse sans avoir quelque idée de l'agencement de ces créatures, et de la bonne façon de les manier... J'irai la voir tantôt et, puisqu'elle raisonne, j'éveillerai son esprit aux avantages d'épouser mon fils plutôt qu'un autre... Il y a pour ce parti des arguments qu'une cervelle instruite ne saurait excepter ! »

En effet, le recteur avait combiné un plan pour assouplir les résistances de sa bru. Il se présenta chez les Deruick à l'heure du dîner, sans s'être annoncé, et prit le fauteuil de Cornelis comme s'il lui revenait de droit. Complices, les deux frères étaient alors en course ; il n'y avait pas d'homme à la maison — circonstance où bien des Flamandes jugeraient leur honneur exposé. Frida s'enquit d'une voix émue si le visiteur partagerait leur repas, et s'il fallait ajouter son couvert. Paulus lui répondit qu'on était en famille et qu'il ne fallait pas se déranger pour lui. Néanmoins, quand l'assiette fut apportée, il entama sa part de grand appétit, la garnit deux fois et vida du même élan trois pichets de vin noir.

Les sœurs contemplaient ce tableau en silence, doutant s'il fallait chasser le bourgeois ou le traiter en invité. Il revenait à Petra, l'aînée, d'arrêter son parti. Mais la jeune femme se tenait coite, saisie qu'elle était par la soudaineté de cette intrusion et inquiète d'en savoir le motif. La dernière fois qu'un homme avait ainsi fait irruption — un voisin, onze ans auparavant —, il portait une bien triste nouvelle : la mort de Magda Van Deruick, leur mère, qu'un sergent de la garde venait d'enlever aux mâchoires d'une écluse. Aussi l'aînée gardait-elle les yeux sur Paulus, prête aux plus atroces révélations.

De près, le seigneur Van Bereysten perdait un peu de sa prestance. Petra ne l'avait jamais envisagé que debout, à distance de quelques pas, celle qu'elle croyait juste d'observer face aux grands personnages. Alors, sa casaque du meilleur drap, son large col aux plis frisés, ses bottes souples rebordées de dentelle faisaient tout leur effet ; la rapière soulevant sa cape, pourvu d'en étudier l'angle, lui ménageait de beaux déploiements qui semblaient d'un paon.

Il n'en allait pas de même dans cette nouvelle proximité. Était-ce de le voir attablé et mangeant, circonstance ordinaire dont sa face suante, son haleine pouacre aggravaient l'impression ? Était-ce ce nez considérable, d'ordinaire abrégé par le recul, mais ici s'affichant dans toute son envergure avec ses floraisons dégoûtantes ? Petra le trouva laid, d'une laideur farouche que l'habit soigné n'amoindrissait pas.

Quand le recteur fut rassasié, il fit signe à Frida d'ôter son assiette et mit ses coudes à l'aise. Un peu de soupe brunissait son menton : il ne l'essuya pas, mais fit couler dessus ce qui restait de vin, indifférent aux éclaboussures sur son habit comme à la flaque agrandie sur la table. « Quel sauvage est-ce là ? » paniqua la servante en remportant le pichet vide. Enfin Petra prit la parole, crainte qu'un trop long silence ne provoquât leur hôte à de nouveaux excès :

« Seigneur, quelle affaire vous amène ? »

Le regard du bourgeois, qui tout le temps du repas avait guidé les manœuvres de sa cuillère sans s'élever une fois vers les sœurs Deruick, trouva celui de la jeune femme et s'y fixa tenacement, ainsi qu'une ventouse adhère à la peau.

« Quelle affaire ? Pardi ! Vos épousailles ! »

Petra reçut ces paroles comme une langue étrangère. Elle en demanda l'éclaircissement — prétexte pour Paulus à servir le long discours qu'il avait préparé et dont la récitation profuse, un sablier durant, mit son auditoire dans les transes. Le recteur déploya pour cette tâche toutes les ressources de son intelligence, tout l'art que lui avaient acquis, en façon d'appâter et de vendre, des années à trafiquer les fleurs. Car il s'agissait bien, n'est-ce pas ? d'égarer dans un charmant bouquet quelques tiges à épines, quelques corolles flétries dont l'aspect pouvait heurter sa clientèle. Paulus réussit brillamment l'exercice. Sa conclusion, qu'accompagnaient sourires et jeux de manches, crépita tel un feu de Bengale :

« Vous voyez, n'est-ce pas ? la position avantageuse que vous ferait cette alliance. Eliasar a toutes les qualités d'un époux, et d'autres moins avérées où réside son charme. Voilà pourquoi il compte aujourd'hui parmi les garçons les plus en vue de Haarlem, de Hollande et même, je le soutiens, des Provinces en entier ! »

Tant d'incrédulité animait la figure de Petra que le recteur dut présenter ses arguments, à la façon du camelot qui déballe sa marchandise :

« Pardi ! Eliasar est de haute taille, il est fort et bien bâti. Sa santé est florissante, son intelligence éveillée. Il jouit dans son métier d'une grande considération qui le fait nommer "maître en tulipes" bien que notre confrérie, échappant au règlement ordinaire des guildes, ignore aussi ses échelons. Enfin, je l'ai institué mon légataire universel, ce qui vous assure tous deux, au jour de ma mort... » — sur ce mot, le recteur porta la main à son cou comme si prospérait là une tumeur dangereuse — « ...qui vous assure donc d'un copieux héritage ! »

Paulus croyait offrir le plus quand il cédait de l'argent. Dans les rares occasions où l'or, qu'il préférait y enfouir, sortait chichement de sa poche, le bourgeois prenait un air de vertu des plus éloquents. Alors, son front sillonné de rides bienveillantes, ses sourcils pieusement rejoints, ses mains tournées paumes dessus lui donnaient l'air du martyr et la figure du saint.

« Eh bien ? » s'enquit Paulus face au silence de la jeune femme.

Petra qui écoutait en somnambule parut soudain réveillée. Elle ne proféra aucun mot mais tourna la tête de gauche à droite, sans déranger d'un pouce sa collerette empesée.

Cet incident n'entama pas la confiance du régent. Tous les marchands, pensa-t-il, affrontent un jour des clients difficiles. Il n'est pour les gagner que d'arranger autrement son bouquet, d'en sortir les roses un peu mièvres pour faire la place des cyclamens ou des narcisses. Ainsi procéda-t-il, en choisissant d'être franc :

« Qu'espérez-vous ? Qu'un meilleur parti se présentera ? Vous brodez un rêve ! Il n'est pas à Haarlem de père plus argenté que moi, de fils plus aimable qu'Eliasar. D'ailleurs, à viser trop haut, vous encourez...

— J'entends choisir mon époux, messire. »

Bien des hommes auraient giflé la pécore pour cette interruption. Paulus aussi s'interrogea si une bonne fessée ne porterait pas remède à son cas. Il s'abstint néanmoins, par égard pour Wilhem, et tenta une dernière conciliation :

« Nous habitons un pays aux mœurs souples et à l'esprit tolérant. Mais cette tolérance ne va pas jusqu'à mêler les filles à l'arbitrage de leur union... Votre frère et moi l'avons délibérée pour vous. C'était, croyez-le bien, dans le souci de votre bonheur. Pourquoi vous cabrer ainsi ?

— Eliasar n'est pas mon goût.

— Allons ! éclata le bourgeois. Si l'inclination guidait nos choix, croyez-vous que j'aurais marié mon épouse ? »

Cet aveu cocasse libéra le grand rire dont Harriet, depuis le début de l'entretien, faisait une sourde provision. Petra s'y laissa entraîner, puis

Frida elle-même qui abritait ses dents torses derrière une poêle à frire. Le recteur flambait d'indignation. Toutefois, il savait d'expérience qu'on ne peut affronter la risée, et qu'un assaut moqueur perce toutes les armures.

Paulus Van Bereysten fit donc la seule chose raisonnable : il battit en retraite, sa rapière sillonnant le plancher. À l'instant de passer la porte, toutefois, le régent pivota sur ses talons et exécuta une révérence dans le goût français, qui ne servit qu'à égayer davantage son public.

« Vous aurez tantôt de mes nouvelles ! » conclut-il en reniflant.

Cette visite l'avait-elle fâché autant qu'il paraissait ? Rien n'était moins sûr. Maintenant qu'il pouvait à bon droit se dire offensé, Paulus tenait son prétexte d'agir vite et sans ménagement. Trois jours s'écoulèrent, qui virent plusieurs consultations du recteur avec Wilhem et d'autres, plus âpres, du même avec son fils. Soit qu'il en reçût consigne, soit qu'il se modérât, l'aîné Deruick ne fit aucun grief à Petra de son comportement envers le recteur, mais seulement à Frida d'avoir servi du potage à leur hôte.

« De grands seigneurs s'en régalent ! rétorqua la servante.

— Oui, je sais que nos régents se vantent d'être gens simples qui s'attablent avec l'ouvrier et partagent son repas de moules et de fromage... Hélas ! Cette coutume fait de nous la risée de l'Europe !

— Ma cuisine n'est plus à votre goût ?

— Elle n'est plus de notre rang. »

Cette chicane sans importance détourna Jasper

et ses sœurs de ce qui se tramait. Or, le huitième de février 1636, à l'aube, les habitants de la Kruisstraat furent tirés du sommeil par un défilé de voitures à cheval sous leurs fenêtres éteintes. Ceux qui écartèrent leurs volets ou s'avancèrent hardiment sur le seuil reconnurent le carrosse de Paulus Van Bereysten. Derrière venaient deux chariots d'aspect rustique, aux rideaux de cuir et aux portières cloutées, qui libérèrent tout un groupe d'hommes en armes. Eliasar, descendu du carrosse après son père, fit signe aux spadassins d'attendre dehors puis, réfléchissant peut-être que ce rassemblement alarmerait les bonnes gens, leur commanda de rentrer dans les voitures.

Les deux se présentèrent alors à la grille de la maison Deruick. Ils n'eurent pas à tirer la cloche : Wilhem les attendait qui vint à leur rencontre, une lanterne fumeuse au poing, et leur ouvrit en silence le chemin vers la propriété. Ceux des voisins qui connaissaient l'allure ordinaire du jeune homme et dont les fenêtres bien orientées permettaient cet examen, notèrent sa démarche inquiète, presque peureuse : on eût dit un geôlier qu'une bonne-main a convaincu d'introduire des visiteurs dans un cachot. Beaucoup voulaient suivre les trois hommes à l'intérieur. Mais la porte se referma sur le dernier sans espoir d'intrusion. Toute l'affaire se déroula à huis clos.

Après un moment, on vit les mêmes réapparaître dans un ordre différent : Eliasar devant, qui semblait conduire une procession, Wilhem ensuite, habillé d'un manteau de sortie, enfin Paulus dont l'épaule se soulevait bizarrement, comme s'il avait serré un fardeau sur son flanc. Cette posture anormale, le léger boitillement qu'elle entraînait accrochèrent l'attention des voisins qui d'une fenêtre à l'autre, sans honte d'être entendus, publièrent joyeusement la nouvelle :

« Qu'est-ce qu'il porte, dites donc ? »

Ce fut alors que la torche d'un spadassin jeta sa clarté sur la scène, révélant que l'aisselle du recteur n'abritait pas un coffre, comme on pouvait le croire, ni une marmite ni un jambon mais l'aînée des sœurs Deruick, Petra en personne qui semblait pâmée, ou près de l'être, et laissait ses pieds chaussés de mules sillonner la neige. On ne savait au juste si Paulus la traînait, la portait ou la couvrait du rabat de sa cape ; autrement dit, si la jeune femme marchait seule ou voyageait inerte dans les bras du régent. Pointée hâtivement sur le groupe, la lunette marine de M. Baelde — dont la maison affrontait celle des Deruick — ne permit pas d'élucider ce point, mais livra d'autres détails intéressants : cette fraîche déchirure sur la robe somptueuse, ce double trait de larmes creusant le visage tuméfié. À l'évidence, un drame venait de se jouer.

Le reste du spectacle fut ravi au voisinage par l'embarquement hâtif des deux familles dans le carrosse. Aussitôt le cocher déroula son fouet sur l'attelage qui prit le trot, imité par ceux des voitures de l'arrière. Au témoignage des spectateurs les mieux placés (M. Sweert, M. et Mme Versluys), le conducteur des chevaux avait tressailli à l'aspect de Petra et restait bien pâle, malgré l'action érubescente du froid.

En un moment, le quartier fut rendu à sa quiétude ordinaire, au silence cossu de la neige qui s'amassait au coin des toits. Les volets de la maison Deruick, fermés après le départ du convoi, le restèrent tout au long de la journée. Plusieurs sabliers s'écoulèrent avant que dame Baelde, partie aux nouvelles, pût satisfaire la curiosité des riveraines de la Kruisstraat : elle leur apprit qu'Eliasar Van Bereysten et Petra Van Deruick venaient d'enregistrer leurs fiançailles auprès du bourgmestre de Haarlem, déclarant pour le premier l'emploi de « maître tulipier », pour la seconde l'état de « femme au logis », et remplissant tous les devoirs fixés par la loi en telle circonstance. Elle avait vu Petra coiffée de la couronne de papier, portant au pouce de la main droite un anneau de fort métal — « plutôt une entrave qu'une alliance », d'après sa taille exagérée — et titubant comme sous l'emprise du vin.

Cette annonce fut telle aux bourgeoises qu'un avis d'inondation. Elles tinrent conseil sous le toit du ménage Baelde et disputèrent jusqu'au soir des faits qu'elles avaient recueillis. Il leur coûtait d'en savoir si peu — et néanmoins, cette part d'incertitude était la pièce la plus friande de la conversation, en ce qu'elle soumettait l'avenir du couple à leur arbitrage :

« Croyez-vous qu'on ait fait boire Petra ? » interrogeait dame Sweert. « Pensez-vous qu'on l'ait battue ? » demandait dame Versluys. « Êtes-vous d'avis que le cocher jalouse son maître, et qu'il pourrait se faire vengeance lui-même ? » s'enquérait dame Bomm — toutes idées qu'elles jetaient comme le sel sur la soupe et dont leur potinage, trop assaisonné, devenait indigeste.

À la fin, les bourgeoises tombèrent d'accord que la fiancée Van Deruick avait bien du malheur, qu'Eliasar, son promis, s'attirait tous les torts et que l'affaire, sans doute, n'en resterait pas là. Ce fut l'unique occasion où la famille Van Deruick obtint quelque soutien du voisinage : les bourgeoises lui savaient gré d'alimenter leurs causeries, fixées depuis toujours sur les bienfaits des tisanes ou l'arrivage du poisson. Elles se séparèrent contentes, promettant de se revoir dès qu'il y aurait du neuf.

Le carrosse venait de quitter la piste pour le chemin sableux des dunes qu'empruntaient seules, à cette heure et par ce temps, les glaneuses de coquilles chargées de lourds paniers. D'un coup les champs avaient fini, et cessé l'alternance bucolique des moulins, des canaux, des labours. L'eau qui montait partout et cernait la trace à droite et à gauche, en larges flaques frémissantes, laissait sur ses bords le sel cristallisé — rival pour sa blancheur de la neige aérienne. Une aigre bise soufflait de l'ouest, du côté de la mer, sous laquelle battait drôlement le chapeau du cocher et s'éméchait la crête émue des vagues.

Petra passa la tête au-dehors. Elle vit les buttes de sable, la houppe agitée des herbes jaunes.

« Où allons-nous ? »

Sa question fila dans le vent. Elle la répéta bruyamment, donnant du poing sur le toit de la voiture. Le cocher riposta d'un coup de talon au même endroit. Un violent cahot chassa Petra à l'intérieur.

« Du calme, fillette ! Qu'on ne te voie pas !

— Wilhem t'a prié de me conduire... à la maison ! bégaya la jeune femme que les secousses jetaient aux parois de la cabine.

— Il faut parler d'abord !

— Ernst, je t'en conjure... Rebroussons chemin ! »

Mais le cocher debout sur son banc ne s'appartenait plus : serrant son fouet, il frappait de la mèche et du manche, lançait parfois sa botte sur la croupe ruisselante des chevaux, criait « heul ! heul ! » aux pauvres bêtes lancées dans un galop exténuant.

Un moment vint où la terre, reconquise par le sable, s'y fondit tout à fait. Guère plus loin, les animaux s'enfoncèrent à mi-jambe et la voiture manqua verser, ses roues piégées dans le fond de l'ornière. Il s'en fallut de peu que le cocher fût chassé de son banc — mais au dernier instant, sa main par réflexe s'assura au garde-corps. Ernst se remit d'aplomb, de fort vilaine humeur.

« En avant, bourriques ! »

Le fouet s'enroula de nouveau à son poing, mordit aux jarrets les animaux derrière, aux reins ceux devant. Des hennissements furieux répondaient aux cinglements du cuir. Cependant, les efforts débandés des chevaux, plutôt pour échapper à la fustigation que pour tirer leur charge, n'entraînaient pas le carrosse mais, si possible, l'ensablaient davantage.

« Bon, rien à faire... », se résigna soudain Ernst.

Il descendit du banc en y laissant son fouet et décrocha la portière. Petra tomba en pleurs dans ses bras. Le cocher qui ne l'attendait pas faillit perdre l'équilibre. Ses mains restaient stupidement ouvertes, gênées d'approcher la robe de belle étoffe, d'atteindre la peau blanche dans l'état de saleté où le travail les avait mises. À la fin pourtant, elles s'unirent sur la taille de Petra et déroulèrent de là, vers la cime des épaules, des caresses pudibondes.

« Allons, allons..., fit Rotteval en bécotant la chevelure qu'enceignait encore la couronne de papier.

— Je voudrais être morte ! gémit la passagère au travers de sanglots.

— Es-tu sotte de dire des choses pareilles ?

— Avant peu, je serai la femme d'Eliasar Van Bereysten, je porterai son nom et ses enfants !

— Cela n'arrivera pas.

— Comment ? Tu m'as vu, pourtant, signer l'acte de fiançailles !

— Tu l'as signé contrainte, sous la menace du seigneur Bereysten et sur l'instance de ton frère. Il n'a pas de valeur.

— Qu'importe ce qu'il vaut ! Jamais femme n'aura cause gagnée contre son fiancé, encore moins contre sa famille ! Wilhem peut se réjouir : ses desseins se réalisent ! Il n'a cure que je sois heureuse, ou l'esclave humiliée d'un sans-cœur ! La vérité, c'est qu'il fait bon marché de moi ! »

La réplique manqua au cocher qui forma à la place un genre de rictus, menton haut et bouche ramassée, comme pour dire : « Hélas, c'est la vérité ! » Les larmes de Petra affluèrent de plus belle. Ernst les sentait découler et mouiller sa poitrine. L'image lui vint d'un fruit qui épanche son jus, peut-être parce qu'un effluve délicat, jasmin ou tubéreuse, montait des boucles frisées de son amie.

« Tout n'est pas joué, Petra ! Les atouts, j'en conviens, sont dans la manche de l'adversaire. Mais la partie est longue et nous avons la main ! Allons ! Sommes-nous à la campagne, pour marier les filles contre leur gré ? Ce sont des mœurs d'un autre âge ! »

Petra ne fut pas dupe de ce discours, qu'elle savait mal ajusté aux idées du cocher, ainsi qu'un jupon de femme à ses membres robustes. Quand même, elle lui sut gré d'un mensonge qui la réconfortait.

« Et que feras-tu, si Eliasar me force à l'épouser ?

— Eh bien..., lança le cocher entraîné. Je t'enlèverai !

— Tu m'enlèveras ? C'est bien vrai ? »

Ernst sentit son pouls faiblir. Il avait dit cela par gentillesse, comme on tend un bonbon à l'enfant qui pleurniche. Ce fut seulement de les entendre répéter qu'il comprit les mots échappés de sa bouche. Sa langue parut soudain s'empâter.

« Oui... Oui ! Pourquoi pas ? Mon oncle a près d'ici une cabane de planches goudronnées, du genre qu'habitent les pêcheurs. Tu pourrais t'y cacher quelque temps ? Le confort est rustique, on fait sa cuisine sur un carré de tôle et son feu dans un trou, mais personne n'y vient. Tu serais tranquille... »

Petra voyait d'un mauvais œil cet ermitage marin. Le cocher tira sa chemise désagréablement collée à son poitrail et se remit en selle :

« Ou bien, nous pourrions fuir le pays à bord du carrosse... Il suffirait d'échapper à la surveillance des tiens, un sablier ou deux, de quoi les distancer s'ils nous prenaient en chasse. Bien sûr, pareil voyage comporte des risques ! Songe aux brigands, aux Espagnols, à ces douanes armées sur nos frontières ! On ne doit l'entreprendre que tout espoir perdu, à la dernière extrémité ! Mieux vaudrait, je crois, s'entendre avec Eliasar pour qu'il renonce à te passer l'alliance. Après tout, ce n'est pas le mauvais bougre... Il n'aura pas le cœur de tourmenter une aussi jolie femme, ni la folie de s'y croire assorti ! »

Le revirement du cocher fut odieux à Petra. Rompant brusquement son étreinte, elle s'isola dans le carrosse et tira le rideau. Ernst essaya de l'en faire sortir, au motif d'abord qu'il fallait s'expliquer, ensuite parce que son poids, plus celui de la voiture, compliquerait la manœuvre pour s'extraire du sable — argument qu'il présenta humblement, le chapeau aux genoux, en s'excusant d'ennuyer son amie par ce point de métier. Rien n'y fit. Le pauvre garçon dut seul fournir de peine, arc-bouté tantôt à l'avant, tantôt à l'arrière de la voiture, sautant des roues à l'attelage, et de l'attelage aux roues afin qu'ils jouent ensemble, harcelant les chevaux pendant qu'il pelletait le grain, sans gagner pour finir qu'un coup d'œil dédaigneux de la passagère.

Une fois la voiture revenue de ce long détour et garée où on l'attendait, devant la maison des Van Deruick, il fallut justifier le retard qu'elle avait pris. Par bonheur, Ernst avait le génie plébéien de l'improvisation. Il prétendit qu'une roue du carrosse avait choisi sa liberté et qu'il avait dû s'arrêter pour la remettre en place ; il parla aussi de la glace rompue sur le canal, d'un chariot entravé avec ses occupants et du devoir qu'il s'était senti de leur porter secours. Au demeurant, ce ne fut pas lui qu'on plaignit mais Petra — l'aînée des filles, sans doute, avait trouvé le temps long au fond de sa cabine.

« La pauvre ! compatit Frida. Faire un tel voyage, le jour de ses fiançailles ! »

Wilhem s'étonna quand même de voir sa sœur en tel état, la robe chiffonnée et le visage brouillé de pleurs.

« C'est l'émotion d'avoir ceint la couronne ! » expliqua la servante, avec cet air compétent des femmes qui parlent de sentiments.

Le fils Deruick eut la courtoisie d'agréer ce mensonge. Il faut dire qu'un autre sujet, à ce moment, fixait son attention. Après la cérémonie, Paulus et Eliasar étaient entrés chez les Deruick au motif — sous prétexte, jugeait-il maintenant — de se désaltérer. Cependant, une fois le vin servi et bu, et avalée de même une riche collation, les deux Bereysten occupaient toujours leurs fauteuils sans montrer aucun élan à partir. Au contraire, le fils s'était déchaussé, le père avait bourré sa pipe et autres manières d'un homme en son logis.

Wilhem supposa que ses visiteurs voulaient causer de la grande vente de tulipes tenue trois jours plus tôt à Alkmaar, au cours de laquelle les curateurs d'un orphelinat avaient dispersé une superbe collection — elle incluait une *Violetten Admirael Van Enckhuisen* adjugée cinq mille quatre cents florins.

Mais lorsqu'il en parla, l'aîné n'obtint des Bereysten qu'un double bâillement et, venant d'Eliasar, l'aigre consigne de « laisser un peu en paix ces tulipes qui [les] occupaient déjà chaque jour que faisait Dieu ».

L'aîné s'excusa d'être importun, et s'accusa *in petto* d'être imbécile. Il se figura que l'héritier du régent, peut-être plus tendre qu'il n'y paraissait, attendait sa promise pour la saluer. Cette nouvelle conjecture, formulée à voix haute, n'obtint aucune réaction du fiancé ; quant au recteur, il déclara que sa bru pouvait bien se promener, maintenant qu'elle avait rempli ses devoirs.

« Où peut-on converser à l'aise ? s'enquit abruptement Heer Bereysten.

— Ne l'êtes-vous pas ici ?

— ... loin des oreilles malveillantes », compléta Eliasar en tripotant les siennes, grasses et cornées, qui rappelaient les anses d'une cruche à bière.

Sans bien comprendre la méfiance des deux hommes, l'aîné les mena au dernier étage de la maison, dans la vaste pièce, bien aérée, où de longues traverses de bois supportaient le linge mis à sécher.

« C'est un endroit tranquille... », indiqua Wilhem, l'air entendu, et pour s'excuser aussi d'admettre en pareil lieu des gens de qualité.

Les choses en étaient là quand Petra revint de course. L'aîné en avisa aussitôt Eliasar qui ne marqua aucune impatience de voir sa fiancée, répondant qu'il aurait bien le temps d'en connaître « et l'endroit, et l'envers » à présent que leur union était enregistrée. Ce fut alors que Paulus, lassé d'attendre, appuya ses poings sur ses genoux, posture qu'il aimait prendre en abordant une discussion sérieuse. Le fils Deruick s'assit sur un tas de linge pour écouter.

« Wilhem, c'est une joie pour moi d'avoir accordé mon fils à cette belle enfant, laquelle, à n'en point douter, tiendra bien sa maison. Louons Dieu d'avoir béni cette union et d'avoir incliné ces deux cœurs l'un vers l'autre. Vous conviendrez, n'est-ce pas? que Ses desseins trouvent là une heureuse expression. Il est dans l'ordre du monde et dans celui de nos sociétés que le meilleur s'allie au meilleur, que l'argent rencontre l'argent pour le profit commun... »

Troublé par l'insolite vouvoiement du recteur, Wilhem n'en sourit pas moins à son compliment.

« Cependant..., tempéra aussitôt le bourgeois. Je dois vous dire qu'Eliasar est toute ma vie. Vous n'avez pas d'enfant, vous ne pouvez savoir quel arrachement c'est, pour un père, de voir son fils quitter la demeure où il a vu le jour. Je serais moins diminué, sans doute, d'être amputé du bras ou de la jambe que d'être séparé d'Eliasar! Et pourtant, la nature nous fait un devoir...

— S'agit-il de la dot? l'arrêta Wilhem que ce prélude mettait au supplice.

— Plaît-il?

— Est-ce la dot de Petra dont vous voulez m'entretenir? »

Le régent feignit d'être brusqué par cette interruption. Pour bien montrer qu'elle lui déplaisait, il mêla au reproche bienveillant dont ses yeux portaient le message les signes d'un vif désappointement — bouche étirée d'un côté, soupir et bras tombants. Il semblait ce maître qu'un élève a déçu, ce père qui a perdu espoir dans sa progéniture.

« Wilhem, il faut compter la franchise au nombre de vos qualités, bien qu'on puisse aussi la ranger parmi vos défauts. Cette façon de dire vous a valu quelques succès dans les tavernes à tulipes, où l'on prise ce genre d'attraction ; craignez toutefois qu'elle ne vous desserve chez les politiques, qui sont gens raffinés et de meilleure éducation. Eh bien soit, puisque vous le demandez, c'est de la dot que je viens m'enquérir... »

Sur ces entrefaites, Paulus présenta la main ouverte à Eliasar qui y déposa une charmante bonbonnière en argent tirée de sa poche. Le couvercle pivota sous la pression du pouce, révélant un assortiment de dragées dont les couleurs alternées — jaune, brun et vert — composaient un dessin de fleur des plus ressemblants.

« Ça vient de France ! » précisa le régent qui secouait la boîte telle une sébile.

Wilhem fut long à comprendre qu'il pouvait se servir. En voyant les bonbons si joliment rangés, leur disposition rigoureuse comme de fruits dans un cageot ou de fenêtres sur une riche façade, il connut la même émotion qu'autrefois, à *La Vigne d'or*, lorsque avait paru la montre du recteur. C'était le malaise des pauvres gens devant les parures, coûteuses autant que futiles, des puissants de ce monde. L'aîné le savait qui se blâma d'avoir de telles pensées — indignes, croyait-il, de sa nouvelle position. N'avait-il pas les ressources, lui aussi, pour s'offrir une boîte toute pareille, ou même deux, ou même dix ? Il résolut d'en faire l'emplette aussitôt que possible.

« Une dragée ? Volontiers ! » fit-il en piochant gauchement dans la bonbonnière.

Et cependant, à l'instant où ses doigts dérangèrent le bel alignement des sucreries, où les amandes glacées s'entrechoquèrent dans ce qui lui parut un fracas de vaisselle, l'impression le gagna d'avoir commis une faute. Il goba la dragée sans en sentir le goût.

« Eh bien ! s'anima le recteur en rappelant l'attention de Wilhem d'un frottement du pied. À quelle hauteur estimez-vous le garçon que voici, mon fils en droite ligne, unique et très précieux, l'échantillon le plus pur de mon sang ? »

La question gêna Wilhem autant qu'elle vexa Eliasar, qui n'appréciait guère d'être ainsi mis à l'encan.

« C'est un sujet...

— De grâce, pas de phrases entre nous ! Combien, vous dis-je ?

— Mille guilders ! » postillonna l'aîné.

Bien qu'il eût livré cette somme au hasard, la promptitude de sa réponse suggérait le contraire. N'avait-il pas longtemps médité cette offre pour la lâcher d'un coup ? Il ajouta, un peu honteux :

« Cependant, c'est Jasper qui tient les comptes de notre famille. Je prendrai son avis avant d'avancer aucun chiffre... »

Une vive réprobation se peignit sur les traits du recteur.

« Nous devrions consulter ce jeune homme, alors, s'il est le maître du logis ! »

Wilhem sentit l'insulte déguisée sous ce raisonnement. Il alluma sa pipe au feu d'une lanterne et déclara crânement :

« Après tout, peu m'importe l'avis de Jasper ! Mille florins, voilà mon offre. »

Cette fois, ce fut l'héritier Bereysten dont les bras se croisèrent et le visage se renfrogna. Il n'aimait pas servir de marchandise mais, à tout prendre, préférait être cher que bon marché. Sa cote lui déplaisait.

« Père, quittons ces lieux. Je crois que le sieur Deruick ne parle point sérieusement...

— C'est, hélas ! mon sentiment. Eliasar, je te suis. »

Les deux hommes s'en allaient pour de bon. Saisi de panique, Wilhem les retint par la manche, les fit rasseoir avec mille caresses et gentillesses, comme si sa vie dépendait qu'ils gardent leurs places. Cependant il tremblait et suait, avec la figure de qui a réchappé d'un péril mortel. La part raisonnable de son esprit cherchait à mesurer l'effet de cet incident sur la transaction, qu'il devinait terrible. Combien faudrait-il ajouter aux mille guilders pour laver l'affront ? Il se repentait de n'avoir pas fait d'emblée une offre plus forte, qui eût ménagé l'honneur des Bereysten et pareillement sa bourse. Ce fut d'une voix frêle qu'il concéda :

« Deux mille guilders, messires, pour la dot de Petra ! Vous conviendrez que c'est assez gros ! Je ne sais pas de famille qui ait payé si cher pour marier ses enfants !

— Jeune homme, vous rappelez-vous le premier oignon de tulipe que je vous ai *donné* ? »

Il sembla à Wilhem que le dernier mot, détaché des autres par un bref soupir, portait une intention. Était-ce le banal reproche d'avoir monnayé un cadeau, d'ailleurs à l'instigation du donneur? Tel un animal qui sent le piège, l'aîné Deruick garda prudemment le silence.

« Vous l'avez vendu, n'est-ce pas? s'obstina le bourgeois.

— En effet.

— À quel prix, s'il vous plaît?

— Mille guilders.

— Et le second? »

L'aîné fouilla sa mémoire.

« Mille trois cent sept guilders.

— ... ce qui fait un total de deux mille trois cent sept guilders, soit trois cent sept de mieux que la dot que vous offrez! Ce n'est donc qu'un remboursement, d'ailleurs étroit et malhonnête! Êtes-vous plaisantin, monsieur, et vous gaussez-vous du monde? Voilà pour appointer mes services? Voilà pour remercier l'homme qui vous a appuyé, autant et mieux, peut-être, que ne l'aurait fait un père? »

Cette allusion à Cornelis passa inaperçue de Wilhem, qui tirait sur sa pipe d'un air égaré. L'attaque du recteur fut telle pour lui qu'un coup à l'estomac. Il lui semblait, depuis qu'était dardé sur lui cet index réprobateur, que sa respiration marchait mal et comme à contre-temps. La pieuvre crache son encre; Wilhem, lui, souffla sa fumée pour voiler son visage et les larmes qui s'y déroulaient. Mais Paulus n'en avait pas terminé :

« Si c'est ainsi, jeune Deruick, mieux vaut cesser nos relations. Je ne saurais accueillir dans ma famille ni honorer de mon nom une enfant si peu estimée de son frère qu'il la brade pour une poignée de florins ! Les fiançailles de Petra et d'Eliasar sont annulées. Votre frère et vous-même perdez aussi, cela s'entend, l'emploi qui vous liait à notre enseigne. Enfin, vous restez mon débiteur de deux mille trois cent sept guilders, que je regrette d'avoir semés à l'aventure ! »

L'idée traversa Wilhem d'attendrir Paulus par quelque invite voluptueuse, dont il connaissait le pouvoir sur les sens émotifs du bourgeois. Mais la présence d'Eliasar contrariait évidemment ce dessein. Il s'interrogea même si le fils Bereysten n'était pas là exprès, pour garantir la bienséance de l'entretien.

D'ailleurs, c'était trop tard. Comme le régent achevait son discours, Eliasar lança d'un ton pressant :

« Père, il est temps !

— Tu as raison, Eliasar. Quittons cette maison ! »

Ce fut le signal d'un nouveau départ, résolu cette fois. Toutes les lamentations de Wilhem, sous le regard consterné des siens qui accouraient au bruit, ne purent freiner les deux hommes en marche vers la sortie. Ils auraient franchi la grille sans saluer si, au dernier instant, l'inspiration n'était venue à l'aîné d'une parole salutaire :

« Paulus, combien voulez-vous ? » jeta hors d'haleine le fils Deruick.

Le recteur s'immobilisa et rappela Eliasar, qui gravissait déjà le marchepied du carrosse.

« Vous voilà donc raisonnable ?

— Combien ? » répéta Wilhem la tête basse, la nuque offerte, tel le supplicié sous la hache du bourreau.

Les mains gantées du bourgeois s'appuyèrent sur sa canne. Il considéra l'aîné un long moment, cependant que la neige, qui tombait dru, couvrait leurs traces sur la terre durcie et garnissait d'étoupe blanche les tuyaux de sa fraise. Lorsqu'il causait argent et traitait de sommes intimidantes, Paulus ôtait son chapeau. Wilhem le vit se décoiffer et sut qu'il exigerait beaucoup.

« Dix mille guilders », annonça Paulus Van Bereysten en balançant son couvre-chef.

Wilhem s'était préparé à tout entendre, jusqu'aux requêtes les plus extravagantes : les seigneurs, avait-il observé, gardent dans l'épreuve cette égalité d'âme et de figure qui est leur signature. Pourtant, à l'idée d'un tel monceau de florins, comme son père de sa vie n'en avait amassé, l'effroi qu'il ressentait vira en colère. Tant il bridait les muscles de son visage, la forme en saillait sur ses mâchoires.

« Tout va bien ? s'enquit le recteur.

— Pour le mieux », articula difficilement Wilhem.

En vérité, il sentait son cœur ruer tel un cheval fou à l'intérieur de sa poitrine et ses côtes vibrer du lourd martèlement des sabots. Soudain, sa fureur éclata. Agrippant le recteur par la boutonnière, il lui lança à tue-tête, d'une voix délirante qui passait du grave à l'aigu :

« Dix mille guilders ? Mais pourquoi pas cent mille, un million, afin de nous ruiner tout à fait ?

Voulez-vous mes bottes, au surplus, et mon épée, et le balai de Frida ? Vous connaissez l'état de notre famille, vous savez combien d'années de gêne et d'épreuve nous avons traversées... Et voilà qu'à peine la soupe revenue dans l'assiette, vous la voudriez boire ! Quelle folie d'argent vous possède, à la fin, pour démunir ainsi les gens ? N'avez-vous pas assez du superflu que vous priviez les autres du nécessaire ? »

Le bruit de cette dispute était venu aux enfants Deruick qui s'avançaient pour l'écouter, inquiets un peu que l'affaire tournât mal, mais contents, à la fois, que leur frère tînt tête au seigneur Bereysten. Petra croyait que cette fâcherie était irréparable et qu'elle diviserait les deux familles.

Or le régent, qui s'était laissé empoigner sans émotion, garda tout le temps de la chicane un étonnant sang-froid. Même, il écarta d'un signe de la main son fils Eliasar qui venait le défendre.

« Est-ce tout ? demanda-t-il quand Wilhem eut épuisé son fiel.

— Eh bien... oui.

— Alors, viens par ici. »

Le recteur entraîna son élève à part, vers le noisetier qui, deux saisons auparavant, avait été témoin de leur rapprochement. En chemin, l'épaule du jeune homme dérangea une branche qui s'allégea sur lui d'un gros paquet de neige. La main du bourgeois en effaça paternellement la trace, balayant à petits coups le vêtement mouillé. Ils atteignirent bientôt le coin de la propriété, d'où l'on jouissait d'un beau coup d'œil sur le parc en entier.

« Que vois-tu là ? demanda-t-il au fils Deruick, sur le ton enjoué d'une leçon de choses.

— Pardi ! Notre maison !

— C'est une fortune ! Une fortune de pierre et de marbre, de faïence et de bois ouvragés avec art... »

Wilhem donna ce qu'il croyait la solution d'une devinette :

« Il faudrait vendre notre maison pour acquitter la dot ?

— Quelle drôle d'idée ! Pour qu'elle échoie à quelque négociant en fromage, à quelque trafiquant de seigle ou de saindoux ? Dieu nous en préserve !

— Mais alors ?

— Apporte la maison en dot, et nous serons contents. »

L'aîné Deruick sonda les yeux de son bienfaiteur mais n'y trouva pas trace d'ironie. Il s'efforça d'étudier sérieusement la chose.

« Seigneur, ce que vous demandez là excède de beaucoup mon pouvoir... Je gouverne cette famille en l'absence de mon père, mais je n'ai pas d'autorité sur ses biens ni ne peux les manier à ma guise.

— N'est-ce pas pourtant avec ton consentement et sous ta signature que votre échoppe a été vendue ? Le notaire n'a-t-il pas ratifié cet acte ?

— Si fait, mais j'entendais bientôt en aviser Cornelis !

— Eh bien, tu l'instruiras aussi que votre maison de la Kruisstraat a été cédée pour constituer la dot de Petra ! Qu'y a-t-il là de si nouveau ?

— Je dois réfléchir et consulter les miens », résista encore l'aîné.

Paulus Van Bereysten eut le geste aérien d'un homme accablé d'affaires, et qui n'a souci d'aucune en particulier. Il s'ébroua de la neige tombée sur ses cheveux et coiffa son chapeau.

« Réfléchis tout ton soûl, jeune Deruick... Mais sache qu'en boudant cette offre, tu ne ferais pas qu'indisposer l'ami de ton père, tu te fermerais l'avenir brillant qui t'est promis. Je ne peux croire que tu veuilles retomber dans l'état misérable où je t'ai trouvé ! Allons, c'est indigne de toi ! Quel homme raisonnable ne verrait l'intérêt de s'allier à une riche famille, s'il est d'humble naissance ? Lequel ne consentirait pour cela à livrer quelques pierres entassées ? Enfin, la décision est tienne... »

Sur quoi, le seigneur Bereysten se détourna de Wilhem et rejoignit à belles foulées la voiture où son fils, perclus de froid, s'était abrité. L'aîné Deruick se dirigea du même pas vers la maison, qu'il considéra longuement avant d'y pénétrer.

Ce fut la seule circonstance où Wilhem, sur l'instance pressante de son frère, écrivit au vieux Cornelis pour prendre son avis.

D'emblée, il lui parut fastidieux de narrer tous les événements advenus depuis le départ de leur père. Chacun aurait nécessité de longs développements qu'il n'avait, expliqua-t-il, « ni le temps ni l'endurance » d'entreprendre. Et puis, ramasser de la sorte des nouvelles aussi graves manquait évidemment d'à-propos. Voilà pourquoi l'aîné garda sous silence la vente de l'échoppe, son embauche et celle de Jasper, et même les fiançailles de Petra, se promettant d'y revenir plus tard, quand l'occasion se présenterait.

Tout ce qu'il rapporta, d'ailleurs dans un langage choisi, était que les liens des Deruick avec les Bereysten s'étaient resserrés, qu'ils avaient des affaires ensemble auxquelles s'opposait, à ce moment, la propriété de la maison familiale. Cette difficulté, qu'il minorait, le conduisait à demander au père une entière délégation de ses droits sur la demeure, afin que l'aîné pût en disposer comme bon lui semblait, mais bien sûr « dans l'intérêt du ménage ».

Le hasard des vents et des navires fut favorable, cette fois, à la correspondance entre les deux hommes. La lettre rejoignit promptement Cornelis dont la réponse hâtive, écrite debout pendant l'escale du navire, toucha Haarlem le jour de l'été 1636. C'était une chute de papier d'emballage sur laquelle le vieil homme avait tracé, avec un bout de charbon trouvé par terre, quelques lignes grisâtres. Bien que la moiteur des cales eût estompé certains mots, on en lisait assez pour comprendre le sens du billet : Cornelis exprimait, sans ambages, son hostilité au projet de vente.

« *Cette maison est le seul bien qui nous reste, et le dernier témoignage de la prospérité ancienne de notre famille. Quiconque la cédera, la vendra ou fera quoi que ce soit qui nous en dépossède sera déloyal à son nom et encourra mon blâme. Rappelez-vous cet adage qui contient si bien la sagesse de notre peuple :* oost, west, thuis best — *Est, ouest, c'est à la maison qu'on est le mieux !* »

« Bien parlé ! » approuva Jasper. Heureux d'un billet qui suivait ses idées, le cadet ne perdit pas l'occasion de prêcher son frère. Il l'entreprit d'une voix douce et insinuante, celle de l'hypnotiseur pour envoûter sa clientèle. En même temps, il lui servait du vin qu'il s'abstenait de boire, et le poussait dans un fauteuil près du feu dont les coussins profonds ne relâchaient personne :

« Voici, Wilhem, tout est dit en peu de mots ! Mes discours n'ont guère de prise sur toi, peut-être écouteras-tu les siens ? Avec sagesse, père t'a freiné dans cette folle aventure où tu te ruais seul mais nous entraînait tous ! Puisque tout espoir est perdu d'allier notre famille à celle des Bereysten, retirons-nous prudemment, en sauvant ce qui peut l'être ! »

Jasper croyait au soutien de l'évidence plus qu'à l'appui de Cornelis. « Il n'y a pas d'autre issue ! » se plut-il à répéter, rapprochant les deux mains pour indiquer l'étroitesse du chemin à suivre. Et déjà, par un vif enchaînement d'idées, il prédisait à la famille une salutaire évolution — mais dans le sens arrière : les Deruick rachetaient la boutique de drap, Wilhem en recouvrait la gérance tandis que ses sœurs et lui-même renouaient les études qu'ils avaient délaissées.

Du présent, le cadet ne conservait que les tulipes à la culture desquelles, reconnut-t-il, il s'était plu. Il proposait d'en repiquer quelques plants dans le jardin de leur maison, non plus dans le « sot dessein d'en faire commerce » mais pour la seule récréation d'essayer des variétés nouvelles et d'enrichir leur collection. C'était imiter les botanistes d'autrefois, les Carolus Clusius, les James Garrett dont l'intérêt pour les fleurs ignorait l'esprit de lucre.

« Alors, tout rentrera dans l'ordre ! » s'exclama Jasper sur le ton du géomètre qui achève une démonstration.

Wilhem n'objecta point et l'on put croire, un instant, que la leçon avait porté. Mais lorsque l'aîné se rendit chez Paulus, l'après-midi même, il ne confia rien de l'entretien avec son frère. Au contraire il se posa en victime et, pour bien montrer que ce refus n'était pas le sien mais celui du chef de famille, présenta le billet de Cornelis.

« Voilà qui est fâcheux ! maugréa le bourgeois. Donc, tout est fini ? »

La main de Paulus claqua sur la table tel le maillet du juge. Wilhem sentit le sang se figer dans ses veines, et de même l'air dans ses poumons. Ce n'était pas seulement leur amitié que condamnait la sentence du recteur, mais tout l'édifice de ses espoirs, cette solide construction qui croulait à l'instant d'en atteindre la cime. Sa réaction fut de panique, aussi prompte qu'étourdie : Wilhem s'offrit à signer une reconnaissance de dette d'un montant de dix mille guilders, en compensation de la maison perdue.

« Où trouveras-tu l'argent ? s'enquit posément le bourgeois. Et à quelle échéance ? Car je te l'avoue, la patience d'Eliasar est usée jusqu'au fil, non moins que la mienne ! Le bruit court déjà qu'en élisant Petra, mon fils s'est fourvoyé. Il est dans notre entourage des familles fortunées qui cherchent alliance et pour qui la dot, si grasse soit-elle, n'est qu'une formalité... Leurs filles aussi sont à marier ! »

On pouvait prendre en mauvaise part la leçon du régent et sa façon de garder le chapeau devant Wilhem, comme si sa visite comptait pour rien. Mais l'aîné Deruick voulait rentrer dans les bonnes grâces de Paulus, et s'expliqua poliment :

« N'ayez crainte, messire. Avant qu'il soit un an, j'aurai réuni tout l'argent.

— Un an ! Me crois-tu vêtu d'écailles, et qu'il coule dans mes veines un sang froid ? Quatre mois déjà que ta sœur porte l'anneau de fiançailles !

— C'est que la somme est grosse... Mais ayez confiance, il n'y manquera pas un stuiver !

— Comment feras-tu ?

— Je travaillerai ! Lorsque je suis entré à votre service, je n'étais qu'apprenti dans l'art de trafiquer les fleurs, mais depuis j'ai mûri ! Vos jardiniers m'appellent "maître" ! Avant peu, mes recettes égaleront celles d'Eliasar et, qui sait ? les dépasseront !

— Reçois ma bénédiction ! » nasilla le bourgeois en se signant d'une main distraite.

Sitôt Wilhem en allé, il s'empressa de porter chez le notaire la reconnaissance de dette, pour dûment l'enregistrer et revêtir des cachets officiels. Maître Baeckelandt lui fit la même question que Paulus avait faite au jeune homme :

« Comment va-t-il rembourser ?

— C'est son affaire.

— N'est-il pas un peu de votre famille ?

— Il suffit, tabellion. Gratte ton papier, et laisse les argentiers s'occuper d'argent. »

On ne voyait jamais Paulus si grincheux qu'aux jours où un gain lui avait échu, et qu'il n'en pouvait jouir sur-le-champ parce qu'une traite, un effet de commerce s'interposait entre eux. Le temps lui semblait long qui séparait la somme due de la somme en caisse, le papier timbré du papier monnaie. Sa nature bouillonnante ne tolérait pas d'attendre. En l'espèce, ce n'était pas assez d'avoir obtenu — ou, de l'avis de beaucoup, extorqué — une fortune d'importance à doubler son capital, il voulait la sentir peser dans sa poche et réchauffer ses mains.

Puisque tout dépendait du labeur de Wilhem, Paulus Van Bereysten se montra cet été-là un patron incommode et sévère. Il tançait le fils Deruick à la moindre incartade, l'accusant de paresse et d'indolence si sa recette du mardi n'augmentait pas celle du lundi. Prenait-il du repos ? Le recteur s'étonnait qu'en telle urgence de travailler, son élève eût l'esprit à dormir. Mâchait-il un bout de pain ? Le bourgeois lui faisait observer que la dépense de nourriture — trois stuivers la miche du boulanger — freinait l'amortissement de sa dette et qu'en mangeant moins, il s'en acquitterait plus tôt.

« Tu me dois dix mille guilders ! rabâchait-il aigrement. Dix mille guilders bien comptés ! Ne crois pas que je te ferai grâce ni crédit du moindre jeton ! »

Ce fut pour le régent un temps d'angoisse et de soupçon. S'il croyait au bon vouloir du fils Deruick, il doutait de ses moyens, et de la possibilité qu'il y aurait pour ce garçon vaillant mais immature d'honorer sa promesse. Un jour que cette pensée le tourmentait plus que de coutume, il dicta à son secrétaire une lettre pour Cornelis Van Deruick, laquelle faisait mémoire du marché passé par son fils et l'enjoignait, comme géniteur du même, de s'en porter garant. Il ajouta de sa main que leur « ancienne amitié » n'était « nullement entamée par cet arriéré, mais fortifiée plutôt, d'après l'adage fameux que les comptes justes font les bons camarades ».

La lettre fut vite acheminée et, plus encore que celle de Wilhem, précipita le père Deruick dans les tourments. Il s'interrogea s'il ne devait pas hâter son retour aux Provinces-Unies et débrouiller l'affaire sur place. Mais d'une part, l'argent lui manquait pour payer le voyage ; d'autre part, il gardait confiance dans Paulus, soutien fidèle des siens, comme dans Wilhem qu'il croyait raisonnable. Après tout, qu'avait-il besoin de sonder leurs moindres volontés ? Tant mieux si les deux hommes s'étaient alliés, tant mieux s'ils formaient des projets ! Cette dette non plus ne devait pas le soucier... Qui sait ? Peut-être Wilhem l'avait-il contractée pour mener une entreprise d'envergure, ou réaliser d'utiles investissements ?

« Pendant que je suis ici à coudre et à filer, mon fils accomplit de grandes choses ! » admirait Cornelis en rapiéçant un fond de culotte.

Il espérait d'autant mieux dans la réussite de Wilhem que sa propre carrière s'avérait décevante. Depuis plus d'un an qu'il avait foulé le sol américain et pendu contre son gré l'enseigne de tailleur, il n'avait pu changer d'état. Certains colons l'appelaient moqueusement « seigneur des ciseaux » ou « seigneur des bobines », ce dont le père Deruick, pourtant peu coléreux, faisait des coups de sang. Longtemps, il avait combattu cette erreur, reprenant quiconque le nommait couturier, avisant les clients que, s'il acceptait les travaux d'aiguille, c'était pour rendre service, que son vrai métier était le négoce et qu'il avait des vues sur telle récolte de sucre, sur telle cargaison de bois en partance pour Amsterdam. Rien n'y faisait. Ceux des clients que pénétraient le mieux ses arguments disaient : « Cornelis le tailleur trafique du sucre », et non, à sa convenance : « Cornelis le marchand ravaude des pourpoints. »

À la fin, le vieux Deruick comprit qu'il était vain d'affronter l'opinion. Il ne corrigea plus les médisants et se borna à fuir leur compagnie, préférant la solitude de son échoppe aux banquets qu'organisaient les planteurs désœuvrés, sur d'immenses tables jalonnées de pyramides de sucre fin. Il n'avait guère de conversation qu'utile à son commerce, encore préférait-il user de gestes pour savoir où placer un bouton sur une chemise, où piquer une plume sur un chapeau. D'ordinaire, vingt ou trente mots suffisaient à son vocabulaire, mais il pouvait recevoir une commande sans desserrer les dents, en sorte qu'une ou deux fois, un client nouveau venu le crut privé de parole et s'apitoya :

« Pauvre homme... Quel vilain sort t'a jeté ici, à mille lieues de chez toi, sur ce rivage brûlant dont les arbres n'offrent pas d'ombre ? Que n'as-tu au moins un banc pour t'asseoir, un auvent pour t'abriter ?

— J'ai assez de mon bonnet ! » lâchait enfin Cornelis.

La sympathie qu'il éveillait chez tous, mais singulièrement chez les passagers du *Farouche*, n'était d'aucun réconfort au vieux marchand. Tant sa position lui faisait honte, il ne se liait à personne et fuyait les places fréquentées. Ses visites au comptoir aussi s'étaient espacées. À quoi bon épier l'activité de la capitainerie, les marchandises à l'embarquement ou au débarquement, puisqu'il n'avait part à aucun convoi ? Les tonneaux roulés dans les entrepôts, les inventaires griffonnés à la craie sur le tableau d'arrivage ne l'intéressaient plus ; ils l'attristaient plutôt, en marquant que des collègues réussissaient où il avait échoué, et que son hiver était printemps pour d'autres.

Tout de même, Cornelis gardait pour le gérant du comptoir, premier colon à lui avoir témoigné de la sympathie, des sentiments favorables. Leurs réunions matinales, autour du même flacon de ratafia jamais à sec, leurs chevauchées complices dans l'entrelacs des mangroves comptaient parmi les rares moments heureux de son séjour. Rien n'avait changé que le lieu du rendez-vous, puisqu'au seul aspect des ballots entassés dans le magasin, Cornelis éprouvait un puissant haut-le-cœur. Ils se retrouvaient plutôt dans l'échoppe du tailleur où deux caisses retournées, posées à même le sable, leur tenaient lieu de sièges. Il y régnait dès l'aube une chaleur torride qui avivait leur soif et parfumait de mangue, d'anacarde ou de grenadille — selon l'ingrédient mêlé par le bouilleur à son eau-de-vie — l'air immobile de la boutique.

Depuis le temps qu'ils trinquaient ensemble, le père Deruick avait appris le nom de son camarade, Laurens Bomm, et son métier : cet homme jouissait dans l'armée de la Compagnie des Indes orientales du grade de caporal et de la retraite assortie — laquelle, fort modeste, et souvent différée puisqu'elle arrivait droit des Provinces dans une bourse de toile, payait les plantes utiles à ses travaux de distillerie.

À l'instar de Cornelis, Laurens avait nourri de grandes espérances dans sa jeunesse, puis les avait délaissées. Un matin, le caporal Bomm avait quitté la carrière militaire où s'était d'abord logée son ambition pour prendre en gérance ce comptoir qui sentait le bois neuf et l'huile de lin. Le vieil homme posait sur l'humanité en général, et sur Cornelis en l'espèce, un regard de neutre bienveillance, ou d'aimable incuriosité qui confortait son entourage. Ses traits reposés attiraient la confidence comme une source tranquille appelle le plongeon. Il garda le même visage en apprenant du père Deruick qu'il s'était porté caution pour son fils endetté.

« Ai-je bien fait? demanda le marchand.

— On fait toujours bien d'aider ses enfants, même si l'on a parfois tort. »

Gêné par un rayon faufilé entre les palmes du toit, Laurens recula sa tête dans l'ombre. Seul son menton en proue de barque prenait encore le jour.

« Je crois en Wilhem! plaida Cornelis. C'est un

bon garçon. Je suis sûr qu'il n'a pas emprunté cet argent dans un mauvais dessein.

— T'a-t-il confié ses projets ?

— Non. Il m'en réserve la surprise ! »

Le couturier avait beau dire, certaine inflexion de sa voix trahissait ses doutes. Il referma le poing sur une mouche qui passait, et qui lui échappa.

« Hier, j'avais scrupule d'avoir quitté les Provinces en laissant mes enfants à eux-mêmes, mais j'ai changé d'avis. Qui sait ? Peut-être ce voyage leur profite-il mieux qu'à moi ?

— Comment cela ?

— Je n'ai trouvé en Amérique qu'amertume et débours. Wilhem, lui, s'est affranchi de mon soutien ; c'est devenu un homme ! Comprends-tu ? L'intérêt des miens n'est pas que je sois présent ici, mais absent ailleurs. »

Laurens grattait d'un ongle gris le contour de son verre.

« Ton fils doit dix mille guilders. N'y a-t-il pas là-dessous quelque affaire de jupon ? On dit fort justement : "*Cartes, chopine et cotillons ont perdu plus d'un garçon.*"

— Hélas ! Tu connais mal Wilhem ! soupira Cornelis. Il n'a jamais eu l'esprit aux filles, au point que j'ai douté s'il l'avait aux garçons.

— Tiens ! fit sobrement le gérant.

— Mon épouse Magda et moi-même en étions fort alarmés. Il faut dire qu'en Hollande les invertis ont courte vie : on les brûle, on les noie, on les garrotte ! Haarlem surtout leur fait la chasse. Nous redoutions que notre fils ne prenne un jour commerce avec un homme et ne le paye de sa vie. Alors, nous le poussions à toutes sortes d'exercices pour l'endurcir : il a appris de bonne heure à chevaucher, à bander l'arc et à manier l'épée. D'ailleurs, m'absentant du pays, je l'ai remis à la garde du recteur Bereysten, qu'on dit pugnace et retors en affaires. Cet ami sera pour mon fils, je l'espère, un mâle exemple... »

Le vieux Deruick vida son verre d'un trait, suggérant que l'alcool — son viril abus — avait participé de cette éducation.

« Quelles sont aujourd'hui ses dispositions ?

— Je les ignore. Il n'est pas sûr, toutefois, que Wilhem soit éveillé aux charmes du beau sexe... Jamais il n'a montré d'intérêt pour une fille, ni n'a projeté d'épousailles. S'enquiert-on de ses idées sur le sujet, il prend la mouche, répétant que l'état de garçon lui convient mieux que celui d'époux et qu'il aura bien temps, quand le poil lui poussera aux oreilles, de quérir un parti... D'ailleurs, aucune demoiselle n'est assez gracieuse à son goût, ou assez noble, ou assez riche. Il est difficile à bouder la reine ! »

Le gérant frottait songeusement le pouce de sa main droite où un vieil anneau, peut-être une alliance, avait tracé un sillon jaune.

« N'est-il pas tout à fait du moule du célibataire ?

— Dieu m'en garde, Laurens, car je n'ai d'autre consolation en ce monde que mon fils ! Tous les espoirs des Deruick reposent sur lui ! S'il ne relève promptement l'honneur de la famille, notre nom s'éteindra dans le silence et l'infamie !

— Alors, trinquons à son succès ! » proposa le gérant, toujours vaillant s'il s'agissait de boire.

Leurs verres s'entrechoquèrent dans une éclaboussure sucrée. Jusqu'à la nuit, les deux hommes puisèrent au flacon qui, par bonheur, fut endurant à leur soif. Quand ils se crurent enfin désaltérés, le fond de la bouteille gardait un peu de liqueur dont Laurens arrosa le pied de la paillote, tenant par superstition qu'on ne devait pas boire la dernière gorgée.

« J'y bouterais bien le feu ! s'anima Cornelis. Quelle flambée ce serait !

— Ça n'attirera pas le bateau du retour... », observa tristement son compagnon.

L'ivresse gâtait leur humeur. Ils s'étendirent dans l'échoppe, des vêtements roulés sous leur tête en guise d'oreiller, et trouvèrent rapidement le sommeil.

Troisième saison

Mars 1637, le 29ᵉ du mois.

De toutes les saisons, la plus éprouvante aux Harlémois n'était pas l'hiver, qui donnait l'ébat aux patineurs et aux traîneaux colorés, qui fournissait l'excuse de dessaler la viande et d'enlacer les filles, mais le printemps — singulièrement son début, mars ou avril, quand l'air échauffé rompait les glaces et jetait dans les rues, sur les places, le long des canaux, son désordre boueux haï des ménagères. C'était pour elles le temps du grand nettoyage et pour leurs maris, chassés des maisons à coups de balai, celui de marches esseulées dans la campagne, sinon de siestes alanguies au fond des tavernes. Tant alors il affluait d'eau dans les champs (eaux des pluies, des neiges fondues, des rivières inondantes), on croyait que le lac de Haarlem allait se conjoindre à celui de Wyek, lequel s'unirait à celui de Scher, de suite jusqu'au vaste bassin de la Zuyderzee. Est-ce qu'à la fin le pays n'allait pas disparaître, rendant à la mer ces arpents de sable et de limon qu'il lui avait ravis? Cette idée terrifiante hantait les cervelles, donnant beaucoup d'activité aux moulins-pompes chargés d'assécher les plaines.

Au printemps, la famille Deruick, comme toutes celles du voisinage, s'ennuyait à bâiller. On comptait les jours jusqu'à la grande pêche au hareng, fin mai, où les Flamands de la côte se régaleraient de filets crus taillés à même le poisson, jusqu'à s'en faire des maux de ventre. D'ici là, les récréations étaient rares et les heures essoufflées.

Que faire un dimanche, dans la maison froide et ténébreuse, quand le rouet avait assez tourné, les dés assez roulé et qu'aucun meuble guingois n'était plus à caler ? Les livres de dévotion fatiguaient même Harriet, qui soignait leurs reliures mangées d'humidité. Jasper s'occupait à tailler des appeaux dans une racine de buis, Wilhem fumait sa pipe ou fourbissait de vieilles médailles. Quant à Petra, dont les fiançailles étaient suspendues mais qui restait unie de droit à Eliasar, elle saisissait toute occasion de fuir son prétendant. La jeune femme s'isolait dans la soute à bois, au prétexte d'en faire provision, chaque fois que sonnait la cloche de la grille.

« Quand cesseras-tu ces enfantillages ? la sermonnait Wilhem. Eliasar te demande, et tu le boudes ? Hier, il est resté tout un sablier à t'attendre, debout dans l'entrée !

— Le voilà soudain bien délicat !

— Écoute, ma sœur, que l'idée t'en sourie ou non, Eliasar est ton fiancé, il sera demain ton mari... Je n'ai pas œuvré si dur et si long à cette alliance pour que tu y manques !

— Gare, mon frère, à ne pas compter les poussins avant qu'ils soient couvés ! Je n'ai qu'une bague au doigt et ce n'est pas l'anneau de mariage ! »

Pourtant, Petra fut bien heureuse quand l'héritier Bereysten, poussé semblait-il par son père, proposa une sortie aux quatre enfants. Même en compagnie d'Eliasar, il était tentant d'échapper quelques heures au cloître domestique. Le choix de la promenade passionna les sœurs des jours durant. Il se fixa d'abord sur l'université de Leyde dont le musée anatomique comportait des pièces d'intérêt telles qu'un pénis de baleine, une momie égyptienne et des tigres empaillés — mais le fils de Paulus réprouva fortement cette idée qu'il jugeait offensante pour la religion. On parla alors d'un labyrinthe sur le canal des princes, à Amsterdam, puis d'une kermesse à Zaandam qui promettait, entre autres curiosités, un cheval calculateur et des abeilles soumises à leur maître. Cette fois, ce fut Wilhem qui fut contre, au motif que ce divertissement ne convenait pas à des jeunes filles. À la fin, les Deruick et les Bereysten se mirent d'accord pour une excursion à Alkmaar où certain carillon du Poids Public, alourdi de dix-huit cloches, était une attraction. Paulus aussi devait être du voyage, en sorte qu'il fallut enrôler deux carrosses et autant de cochers pour une course de seulement quelques lieues.

À l'intérieur des cabines, le climat fut d'abord très frais, tant les passagers portaient entre eux de querelles. La conversation était languissante, évitant strictement les sujets qui pouvaient fâcher l'un ou l'autre, au bénéfice des plus fades généralités : les hommes parlaient guerre et politique ; les femmes, religion et tricot. Pourtant, à mesure qu'entra dans les voitures l'air vivifiant de la campagne, si différent du remugle harlémois, un certain entrain gagna Jasper et Eliasar assis aux fenêtres, qui fit contagion chez leurs voisines. Parvenu au carillon d'Alkmaar, le groupe était tout à fait gai.

Paulus et sa suite admirèrent longtemps les cloches immobiles, puis les écoutèrent jouer, s'amusant à fredonner les airs connus dont l'instrument égrenait les notes. Eliasar ne perdit pas l'occasion de courtiser Petra qu'il sentait à sa merci. Après avoir essayé d'accrocher son bras fuyant comme une anguille, il lui débita quelques fadaises sur les carillons, expliqua comment, dans les machines modernes, le tambour entraînait les marteaux à frapper les cloches, et l'art de les limer pour en varier le timbre. C'était si fastidieux que Petra, à la torture, lui fit l'aumône d'un sourire — lequel en effet obtint le silence du fils Bereysten qui se croyait rentré en grâce.

À un certain moment, le régent fit connaître à Wilhem qu'il voulait s'entretenir en aparté avec lui. Ils choisirent non de s'éloigner du carillon mais de s'en rapprocher, afin que la bruyante sonnerie couvrît leur échange.

« *Semper Augustus* ! » fit d'emblée le bourgeois, les sourcils hauts, l'index levé comme s'il incantait.

Wilhem se demanda si Paulus voulait éprouver son latin par cette version élémentaire. Il traduisit sur-le-champ :

« "Toujours vénérable." Soit, de quoi s'agit-il ?

— C'est une fleur, Wilhem ! Une tulipe. La plus rare, la plus chère, la plus convoitée ! Je suis du petit nombre qui l'a admirée dans les jardins bouquetiers d'Adriaen Pauw, seigneur de Heemstede et garde du Grand Sceau de Hollande! Ce prince s'est entiché de tulipes mais, au lieu d'en semer comme nous de toutes couleurs, il a voulu n'en cultiver qu'une seule, suprême et magnifique : la *Semper Augustus*!

— Elle doit être commune, si ses parterres en sont garnis? Est-ce un *chiffon* ? »

Wilhem crut qu'il avait blasphémé, tant fut hideuse la grimace du régent.

« Commune? Ah oui, vraiment! Cela te plaît à dire! Personne n'a fait le compte des *Augustus* en vie, pour la raison simple qu'aucune, jamais, n'a été mise au marché... Il paraît qu'on n'en trouverait pas douze dans le pays, et qu'hors du pays elle est même inconnue des fleuristes! Les bruits les plus fols courent à son sujet. Certains assurent que toutes les fleurs vivantes sont le bien d'un seul homme qui n'en céderait aucune, à aucun prix. D'autres soutiennent qu'ici même, à Alkmaar, lors de la grande vente du dernier an, une *Augustus* a été adjugée treize mille guilders! »

Le destin fit qu'à l'instant où Paulus donnait ce chiffre, la plus grosse cloche du carillon recevait le choc du marteau. L'aîné Deruick en fut sonné lui-même. Il sembla à Wilhem que ce n'était pas la note puissante qui faisait vibrer le pavement sous ses pieds et chassait les pigeons du beffroi, mais l'écho formidable de ces treize mille florins.

« Vois-tu, Wilhem..., reprit Paulus un ton plus bas. La *Semper Augustus* n'est pas seulement la première des tulipes, éclipsant en beauté toutes les autres, elle est aussi la plus riche et l'emporte en valeur!

— À quoi ressemble-t-elle, pour qu'on la désire tant ?

— C'est une sorte de *Rosen*, mais combien plus raffinée ! À l'endroit où la fleur se joint à la tige, elle est d'un bleu uni. Puis la corolle s'arrondissant prend diverses nuances : tantôt un blanc pur, tantôt un jaune pâle moucheté de carmin. Elle est flammée du bas jusqu'en haut, de fines mèches rouge sang qui jaillissent du foyer des six pétales et s'élèvent en serpentant. Une splendeur ! »

Dépeignant la *Semper Augustus*, le recteur en avait esquissé la silhouette en l'air, léger dessin du bout des doigts. Soudain, ses mains rentrèrent dans ses manches comme celles d'un escamoteur.

« Assez, j'en ai trop dit ! Si un tulipier des environs savait notre entretien, il nous ferait suivre et peut-être tuer ! En deux mots, Wilhem... Te rappelles-tu cette gouache qu'Ernst Rotteval, mon cocher, a naguère portée chez vous ?

— Je m'en souviens... Une étude de tulipe.

— Elle est signée Judith Leyster, une artiste fort habile que j'ai chargée d'illustrer ma collection de tulipes. Tantôt, un homme de pauvre apparence, un fermier m'a-t-on dit, lui a confié le même travail. J'ignore qui il est, et quelles pièces composent son herbier. Mais je tiens de source sûre qu'au nombre des fleurs qu'il a données à peindre figure une *Semper Augustus* ! »

Le recteur aspira l'air dans sa bouche, imitant à s'y méprendre le souffle d'une baleine.

« Songes-y, Wilhem ! Une *Augustus* aux mains d'un paysan !

— Qu'attendez-vous de moi ?

— Que tu obtiennes le nom du visiteur et son lieu de résidence...

— Pour quel salaire ? »

Cette requête effrontée souleva le menton du bourgeois en changeant l'angle du regard, partant son expression. Paulus semblait maintenant toiser son élève, effet encore amplifié par le gonflement de l'énorme fraise-meule que le cou n'opprimait plus. Le recteur fit pourtant une concession :

« Si, comme je le crois, ce paysan méconnaît la valeur de l'*Augustus* et te vend son oignon une poignée de florins, alors je lèverai ta dette et donnerai mon consentement au mariage de Petra.

— Tope là ! »

Les deux n'avaient pas de verres à choquer ni de pièce à serrer entre leurs dents, selon la coutume des vendeurs de laine. Ils s'accordèrent en claquant plusieurs fois leurs mains l'une dans l'autre. Ce fut assez bruyant pour couvrir la ritournelle qu'interprétait à ce moment le carillon. Des « chut ! » impérieux s'élevèrent. Wilhem revint aux siens avec l'air d'un homme qui en sait long.

« Petra, nous sommes tirés d'affaire ! » glissa-t-il à sa sœur en couvrant leurs visages de son chapeau.

L'aîné Deruick fut jusqu'au soir d'une compagnie fort agréable et d'un abord charmant, au point qu'Eliasar confia à son père qu'il n'avait jamais eu d'« ennemi plus accordant ». Cette journée resta dans l'esprit des deux familles comme la plus réussie de l'année. On se promit de faire d'autres excursions dont, pareillement, seraient bannies les discussions sérieuses et les façons guindées.

Wilhem fut l'interprète diligent de la volonté du recteur. Dès le lendemain de leur sortie à Alkmaar, il s'enquit d'où habitait le peintre Judith Leyster, emprunta le carrosse de son maître, plus opulent que le sien, et se rendit en grand équipage à l'adresse indiquée.

L'atelier du peintre prenait jour au nord et fleurait la colle et le plâtre mouillé. On trouvait là un fatras de statues, de moulages, de caisses et de décors, un écheveau de cordes et de poulies. Les grandes draperies lâchées sur les fenêtres n'empêchaient pas quelques rayons intrus, frappant à l'aventure un détail de la scène : tel petit mortier de marbre, hanté d'un reste de couleur, dont la lèvre émoussée bavait un arc-en-ciel ; telle robe de brocart, telle coiffe à rubans vêtant un mannequin d'osier ; telle colombe échappée, à qui deux garçons munis d'échelles donnaient vainement la chasse.

« Maître Leyster est-elle au logis ?

— Elle va vous recevoir. »

La servante installa Wilhem dans un fauteuil et sortit comme au théâtre, en passant un rideau. Une autre, plus jeune, versa sur ses mains une eau tiède et savonneuse, puis les enveloppa d'une serviette de lin qui laissa dans sa paume un parfum de muguet.

« Votre maîtresse mène grand train, dirait-on ? »

Il n'y eut pas de réponse. À certaine fraîcheur qu'il sentit sur sa nuque, l'aîné Deruick connut qu'on l'avait discrètement dépouillé de son chapeau, de son manteau, de sa pèlerine. Il se demanda comment c'était possible, et si les domestiques de Maître Leyster étaient d'anciens tire-laine.

On le laissa seul. Guère après, celle qu'il attendait se montra, vêtue d'une robe fort simple et d'une cornette de lin blanc, bas sur le front, dont l'objet semblait moins d'aplatir ses cheveux que de les abriter des giclées de peinture. Elle logeait une palette dans le pli de son coude et, fichés sous son pouce, des pinceaux gorgés de couleurs : deux ou trois qu'elle venait de tremper gouttaient lourdement au sol, semant ici et là des étoiles bleues, vertes ou jaunes. Son air fantasque suggérait que Wilhem l'interrompait en plein travail, mais son sourire l'en excusait.

« Maître Leyster ? » s'enquit curieusement Wilhem tant cette entrée naturelle, presque familière, s'accordait mal au lieu. En même temps, sa main cherchait au-dessus de sa tête le couvre-chef absent, qu'il découvrit pendu dans le recoin ombreux d'un vestiaire.

« Point de façons entre nous ! » lança l'artiste, coupant court aux civilités.

Sans se déparer de l'imposante palette à couleurs, elle vissa une flûte dans le poing du visiteur et servit elle-même le vin. Wilhem admira la grande carafe en verre bullé, aussi malcommode qu'élégante — bien faite, songea-t-il, pour habiter une nature morte aux raisins. L'empreinte fauve d'un doigt se lisait d'ailleurs près du col.

« Eh bien ! fit l'artiste en rebouchant le flacon de sa main libre. Quelle affaire vous amène ? »

L'aîné Deruick fut long à apprivoiser les manières de son hôtesse, juchée d'une fesse sur un moulage de colonne, et qui l'écoutant ne cessait de gratter ses pinceaux. Il crut plusieurs fois qu'elle allait sortir, tant son attention semblait fuyante. Heureusement, Wilhem n'avait rien à dire qu'il n'eût longuement ruminé, en sorte que son discours, tranquille récitation, parut fruit de l'instant.

Le garçon expliqua que sa sœur allait marier un riche héritier de Haarlem, et qu'il voulait les faire peindre afin d'éterniser ce jour fastueux. Tous les détails étaient arrêtés. Il avait réfléchi la pose, le costume et l'expression des modèles. Des trois tableaux identiques dont il passait commande, l'aîné avait par avance réservé les places : le premier logerait dans leur maison de la Kruisstraat, à l'orient du vestibule, sur un mur tendu de cuir encore sans ornement ; le second meublerait la demeure des Bereysten ; le troisième, enfin, embarquerait pour le Brésil afin qu'en ce pays lointain, leur père esseulé pût jouir d'un souvenir de sa famille.

« Ma sœur Petra tiendra une tulipe dans sa main droite, précisa Wilhem en ébauchant le geste. C'est un hommage à son fiancé, qui fait métier de trafiquer les fleurs. D'ailleurs, lui aussi sera paré d'une tulipe à la boutonnière.

— Comment voulez-vous ces fleurs ? »

À cette question qu'il espérait, Wilhem connut le triomphe du braconnier dont le piège mord un bel animal.

« Bleues près de la tige, blanches au-dessus, avec

les pétales flammés de rouge... », détailla le jeune homme, pointant de loin les pâtes colorées sur la palette.

Sa respiration fut un instant suspendue, comme se figeait aussi le pinceau follet de Judith Leyster. Elle parut interloquée, fit signe d'attendre. Le temps d'aller et venir dans la pièce voisine, elle rapporta une gouache de tulipe dont la coloration n'était pas achevée — en particulier la tige et les feuilles charnues restaient à l'état de fusain, certaines rehaussées à la pointe d'argent. Cependant la corolle portait déjà des touches de bleu, de rouge et d'ivoire qui répondaient fidèlement à la description de l'aîné.

« Une tulipe comme celle-ci ? »

Le visiteur feignit d'éternuer. Même, il déploya sur sa figure un grand mouchoir qui en déroba l'expression.

« C'est assez près, oui ! » confirma Wilhem dans un reniflement. Puis, d'une voix banale qu'aucun émoi n'accentuait :

« Toutefois, je ne serai pas assuré de sa ressemblance, ni donc de votre talent, avant de confronter l'œuvre à son modèle. Avez-vous dessiné la tulipe d'après nature ?

— En effet.

— S'agissait-il d'une fleur coupée ?

— Non, d'une fleur en terre..., lui apprit honnêtement l'artiste. Son propriétaire me l'a montrée dans son jardin. Je l'ai crayonnée vivante.

— Où se trouve ce jardin ? »

Wilhem se mordit la langue, conscient de sa maladresse. De fait, un nuage fila sur le visage radieux de la jeune femme. L'aîné Deruick ne le laissa pas épaissir, qui compléta bien vite :

« Mademoiselle, les sujets de ce tableau sont gens de qualité que n'exaucera pas un travail ordinaire. Si l'œuvre n'est proprement sublime, ils n'y arrêteront pas les yeux... Sachez que j'ai longtemps battu le pavé en quête d'un peintre. On m'a confié d'abord à des artistes de renom, dont l'enseigne jouit d'un grand crédit chez les bourgeois de Haarlem. Mais les gages de Frans Hals et de Pieter Soutman, deux signatures fort estimées dans le genre du portrait, passent de beaucoup mes moyens. Voilà pourquoi je viens vous trouver, comptant bien que l'élève sera moins chère que le maître ! »

Cette autre bévue manqua jouer le sort du visiteur. Au pas que Maître Leyster fit vers un rideau, Wilhem comprit qu'elle l'allait congédier. Une nouvelle fois, il chercha son salut dans les mots :

« Je suis prêt à payer équitablement votre travail, pourvu que je puisse auparavant vérifier vos aptitudes. C'est la moindre des choses, n'est-ce pas? qu'avant d'engager une artiste on fasse un peu son épreuve. Je ne veux vous causer aucun dérangement mais enfin, si je pouvais voir cette tulipe de mes yeux, à présent que j'ai admiré sa copie de papier, vous auriez toute ma gratitude... »

Le ton modeste qu'avait pris l'aîné Deruick mais surtout le geste qu'il osa, si peu dans la coutume du temps — il tendit la carafe et servit son hôtesse —, lui acquirent le suffrage du peintre. Elle posa sa palette et but une gorgée de vin.

L'entretien se poursuivit avec aisance et l'on

peut dire, sans aller fort, que l'artiste et son client entrèrent en sympathie. Dès lors, il fut simple de conclure un marché. L'accord qu'ils trouvèrent engageait Judith Leyster, pour la somme de quarante-trois florins plus dix aunes de bon drap, à donner de Petra et d'Eliasar trois portraits identiques en habit de ville.

« Qu'ils se présentent demain à l'atelier..., recommanda l'artiste. Le printemps plaît aux peintres. Les jours allongent et la lumière s'échauffe. »

Là-dessus, elle tendit la main à son visiteur, geste français auquel Wilhem, d'abord surpris, répondit non en la serrant mais en l'effleurant des lèvres. Plus tard, dans la rue, l'aîné s'avisa qu'il n'avait rien appris sur la *Semper Augustus* malgré les bonnes dispositions de Maître Leyster. Cette pensée le mortifia. Devait-il rebrousser chemin ? Heureusement, dans une poche du manteau que la servante lui avait mis sur les épaules, il trouva un carré de papier couvert d'une belle écriture inclinée. C'étaient le nom et la résidence du jardinier :

Chez Matthijs Hoefnagel, à la ferme du Boutefeu, près des remparts du nord, à deux portées d'arc de la cité de Leyde.

Curieusement, cette découverte qui l'exauçait lui parut humiliante. On garnissait ses poches, à présent ? Il se sentit comme le palet d'un jeu de glace, battu d'une crosse à l'autre et pour finir, jeté étourdiment à l'eau. Judith Leyster ne l'avait-elle pas manié à sa guise, le faisant boire et parler pour sa récréation ? Mais le recteur, à qui Wilhem rendit compte de son aventure, forma une opinion très différente. Il le félicita plutôt d'avoir circonvenu « pareille succube » et, puisqu'il disposait maintenant d'indices sur la *Semper Augustus*, engagea son élève à prendre sans tarder la route de Leyde. Même, il mit dans sa main un pistolet à silex qui, précisa-t-il, « était en tout voyage d'utile compagnie ».

« Tu connais ceux qu'on appelle les *rhizotomes*, les coupeurs de racines ? Ils se disent collectionneurs itinérants, faisant métier d'acheter des bulbes rares qu'ils cèdent ensuite au plus offrant... De tristes sires, en vérité, dont le canif tranche aussi bien les cous que les tiges ! Pour s'emparer d'une fleur, ils commettraient un crime ! Dieu fasse qu'aucun de ces bandits n'apprenne où tu vas, et pour quoi ! »

L'aîné Deruick soupesa l'arme à feu, qui lui parut d'un faible recours contre une lame d'égorgeur. D'ailleurs, ce nouveau mandat le contrariait. N'avait-il pas achevé sa besogne ?

« Vous m'honorez, seigneur, en me confiant la tâche d'enrichir votre collection et d'y accueillir, peut-être, sa plus belle pièce... Toutefois, je me demande si votre fils Eliasar ne serait pas meilleur ambassadeur du nom qu'il porte ?

— Tss, tss..., fit le recteur comme pour chasser une mouche. Qui te croira grand, si tu te dis petit ? Je suis sûr, moi, que tu donneras satisfaction. Il paraît que tu sais l'escrime, pour l'avoir étudiée dans ton jeune âge chez un maître français ? Voilà qui te servira mieux que d'épeler le nom d'une herbe rare ! Ne dit-on pas “cent Flamands, cent couteaux” ? »

Le bourgeois fut impossible à fléchir. Plus Wilhem protestait de son insuffisance, plus Paulus célébrait ses talents — jusqu'à atteindre, dans un effort et dans l'autre, des excès ridicules. À la fin, ce fut Bereysten qui remporta ce bras de fer. Il fit assaut de chiffres pour démontrer que Wilhem serait impuissant à rembourser sa dette, sauf à payer son créancier d'une *Semper Augustus*. Ce langage de vérité brisa la résistance du jeune homme. Il glissa le pistolet dans sa boutonnière et tira son épée du fourreau pour vérifier que cette lame d'ornement, qui n'en était jamais sortie, n'y avait pas rouillé. Un moment après, l'aîné Deruick dételait un cheval de son carrosse et prenait seul le chemin de Leyde.

Il y avait cinq lieues de Haarlem à Leyde, mais le double par temps de pluie, quand l'épanchement des rivières et des lacs forçait les voyageurs à d'épuisants détours. Le chemin divaguait alors dans les champs, dans les prairies noyées, sur l'arête frisante de dunes, où les lourds chariots à roues de bois peinaient longuement. Qu'il en vînt plusieurs à la file, que le premier s'empêtrât, cela pouvait faire un engorgement — les chars arrêtés, les carrioles tête-bêche près desquels les bouviers, la fange jusqu'aux genoux, donnaient rudement du bâton sur la croupe des bêtes. Il était rare, toutefois, qu'un cavalier ne pût faufiler sa monture entre les attelages, quitte à descendre de selle et à marcher quelques verges en pleine eau.

Ce jour-là, pourtant, l'affluence était telle sur le chemin de Leyde qu'à deux reprises Wilhem fut attrapé dans des mêlées inextricables, si serrées qu'aucun homme à pied ni à cheval n'y pouvait tailler sa route. Il ne connaissait rien de semblable et s'en ouvrit au jeune cavalier qui, depuis une lieue déjà, piétinait à ses côtés, trompant le temps en lançant les osselets sur son bras tendu.

« Bonjour, garçon.

— Je vous le souhaite, monsieur.

— Est-ce la kermesse à Leyde, qu'on s'y rue en telle foule ?

— Je ne sache pas qu'on donne une fête là-bas. L'almanach n'en dit rien.

— Est-ce qu'un criminel y est exécuté ? Ou bien, la jeunesse s'est-elle mise en quête des nids de hérons dans la forêt de Zevenhuyzen ?

— Je n'en ai pas eu vent.

— Toi-même, pourquoi t'y rends-tu ? »

D'un tour adroit du poignet, le cavalier fit rouler dans sa tabatière les osselets de mouton. Sans doute pour trouver contenance, il étira sa moustache dont on devinait, au poil clair et inégal, que c'était la première poussée.

« J'y vais pour affaires ! répondit-il d'une voix mal muée.

— Affaires de cœur ou affaires d'argent ? »

Le cavalier montrait, sous des paupières de vautour vilainement plissées, des yeux de couleur incertaine, trop grands pour son visage. Il les détourna du fils Deruick, les ramena sur lui, les détourna encore, dans ce qui semblait l'examen peureux d'une infirmité.

« Eh bien ? le provoqua Wilhem.

— Je viens acheter une fleur dont on dit qu'elle surpasse toutes les autres en prix et en beauté.

— Une fleur ?

— Une tulipe, monsieur. Elle a pour nom *Semper Augustus*. »

Tant le frappa cette confidence, Wilhem n'eut pas l'esprit de demander au cavalier qui l'avait renseigné sur la fleur et mis sur son chemin.

« Tiens donc », fit banalement le tulipier.

Le hasard ne pouvait seul expliquer que son compagnon de voyage fût lancé dans cette affaire, et se trouvât au même moment à même distance de Leyde. Il était à craindre, hélas ! que l'existence de la *Semper Augustus* fût mieux connue que le régent ne l'avait cru. Mais alors, combien des cavaliers qui l'entouraient, et des piétons, et des pousseurs de charrettes couraient après la tulipe flammée de rouge ? Combien des sacs ficelés à l'arrière des carrioles étaient remplis de florins, de ducats, de rixdales ou de carolus destinés à payer la fleur merveilleuse ? La gorge de Wilhem se serra, comme la bouche d'un sac dont on tire le cordon. Il s'appuya du poing à la selle pour rester d'aplomb sur son cheval.

« As-tu l'argent pour t'offrir cette fleur ? Car on dit les tulipes fort chères ! »

Ingénument, le cavalier sortit d'une poche de son habit, où elle formait relief, une bourse à moitié pleine qu'il vida dans sa paume. Cinq pièces de trois florins y roulèrent, battues aux armes de Frise — d'azur à deux léopards d'or.

« C'est là tout ton bien ?

— Et celui de ma fiancée... J'ai l'état de corroyeur, et j'ai gagé mes peaux pour commercer des tulipes. Il paraît qu'un homme peut faire sa fortune sur un seul bulbe, et plus vite qu'avec toute autre marchandise ! »

La moustache clairsemée du garçon s'aligna sur son sourire qui découvrit des dents égales et blanches, arrondies comme des dents de lait. Il soupesait son or avec volupté, croyant déjà tenir l'oignon de fleur. Une vive douleur rompit sa rêverie : Wilhem, debout sur les étriers, lui tirait l'oreille comme au mauvais élève.

« À l'aide ! cria le cavalier, pensant que l'autre convoitait son argent.

— Tais-toi, bourrique ! Je ne veux pas te voler ! Plutôt, à tes dix-huit florins qui n'achèteraient pas un pétale de *Couleren*, j'en ajoute cinq pour que tu tournes bride ! »

Ainsi fit le tulipier, arrachant des pièces cousues à l'intérieur de sa ceinture pour les mettre dans la main du garçon qu'il ferma telle une cage, en repliant les doigts. La grimace souffrante du cavalier se teinta de surprise.

« Monsieur, je... je ne comprends pas ! balbutia-t-il en tirant le poignet de Wilhem qui tourmentait toujours son pavillon.

— Qu'as-tu à comprendre ? N'as-tu pas assez de m'écouter, moi qui ai traité plus d'oignons que tu n'as d'années ? J'en ai vu tant, des blancs-becs de ton espèce, selliers, ramoneurs, terrassiers ou racleurs de tourbe, tout aussi bien, venus à ce commerce en espoir d'argent, et repartis chez eux les poches plates ! Un sot et son or sont vite séparés !

— Aïe ! Monsieur ! Vous m'arrachez l'oreille ! »

L'aîné Deruick relâcha sa prise, non sans gratifier d'un dernier soufflet, à plat sur la nuque, le pauvre garçon dont la salive coulait en filet clair au coin des lèvres.

« Écoute mon conseil : rentre chez toi, rebrousse chemin sans tarder ! Sûrement, tu as laissé dans ton village une fiancée qui pleure, une mère qui s'angoisse, un père qui fulmine contre toi ! Va les trouver, implore leur pardon, ensuite supplie le coquin qui a pris en gage ta provision de cuir de te la rendre ou, s'il ne veut pas, de te la céder pour une part de tes bénéfices ! Préfère cette vie honnête à celle où tu t'engages, sinon malheur et dettes pleuvront sur toi ! Sais-tu que moi-même, je dois dix mille guilders à l'un des régents de Haarlem, pour être entré avec lui en affaire de tulipes ? Est-ce un destin enviable, est-ce celui que tu choisis ? »

Comme il prononçait ces mots, Wilhem tressaillit d'émotion. Leur sens venait seulement de lui apparaître. Il resta un moment interdit sur sa selle, l'air vague, l'esprit errant. Son compagnon de voyage, qui avait entendu cette longue tirade comme un pêcheur voit passer l'eau, pensa traiter un fou. Un grand dégoût lui vint de s'être laissé prêcher par ce radoteur. Il s'essuya la bouche encore mouillée de salive et, comme une brèche venait de s'ouvrir dans le train des charrettes, piqua des deux. Son cheval disparut rapidement du regard de Wilhem. Le fils Deruick n'essaya pas de le poursuivre, ni d'emprunter la percée où d'autres, plus vifs, s'engouffraient déjà. Ce fut au pas de la tortue, amer et somnolent, qu'il franchit les remparts de Leyde.

À tout le moins, trouver la ferme qu'il cherchait ne fut pas difficile. Cette grosse bâtisse qu'un cep de vigne, planté près de la porte, devait à la saison festonner de ses grappes odorantes attirait à elle de grands convois de voitures, venus d'orient et d'occident, et tant de cavaliers qu'on eût dit un rassemblement pour la chasse. Plus Wilhem se rapprochait, plus il devait jouer des bottes et de la voix pour frayer un chemin à son cheval. À la fin, la presse était telle qu'il dut attacher sa monture au tronc d'un arbre et poursuivre à pied.

« Est-ce une farce ? grommelait l'aîné Deruick, de fort vilaine humeur. Paulus m'envoie secrètement marchander la plus rare des fleurs, et voilà que je tombe en mêlée populaire, comme à Texel pour la pesée des fromages ! »

Un spectacle inouï se donnait devant la ferme du Boutefeu. Tant la foule était nombreuse, dense et remuante, on pouvait croire qu'un miracle s'était produit chez le paysan. Quelle nouvelle merveilleuse attirait ces nuées d'hommes et de femmes ? On en voyait de perchés dans les arbres, d'élevés sur des tonneaux, chevauchant le toit de paille ou escaladant les godets de la noria. Tous ne venaient pas commercer. Maints curieux grossissaient l'attroupement, identifiables aux juments breneuses qu'ils menaient par la longe ou à la paire de seaux, remplis d'un lait mousseux, qu'ils défendaient des mouches. Mais la présence parmi les voitures d'élégants carrosses à écussons, dont des gardes armés défendaient les abords à la populace, indiquait que de hauts personnages s'étaient déplacés. Des noms sonores circulaient dans l'assemblée : celui de Pieter Bol, le plus riche horticulteur de Haarlem, celui de Jan Quaeckel, propriétaire de *La Vigne d'or* et grand amateur de fleurs, celui encore du docteur Nicolaes Tulp, échevin d'Amsterdam, si épris de tulipes qu'il en avait semé sur son blason.

À l'annonce de telles célébrités, Wilhem Van Deruick se sentit misérable. Quel espoir gardait-il de conclure le marché, si des rivaux aussi fortunés lui disputaient la fleur? Que vaudrait son offre, face aux enchères extravagantes des grands collectionneurs? Encore une chance s'il était admis à concourir avec eux! Lui n'avait pas de gardes pour s'ouvrir un chemin jusqu'au paysan qu'il se figurait, à cette heure, dans son jardin campagnard où voisinaient tulipes et choux blancs, montrant du bout pointu de son sabot la fleur nonpareille — laquelle lorgnaient à travers une loupe, ou flairaient d'une narine compétente les gentilshommes à pourpoint fourré.

D'un coup, un violent désespoir s'empara de Wilhem. Il regarda autour de lui, considéra cette foule grossière à quoi il était mêlé, les silhouettes voûtées, les fronts bas, les mentons bestiaux, tout l'ignoble héritage du labeur et de l'infortune, et se vit avec horreur de leur nombre, de leur bord puisque lui aussi, on le tenait à distance des messieurs parfumés. Ce n'était pas de perdre la *Semper Augustus* qui l'attristait le plus, malgré les inconvénients qu'entraînerait cet échec, mais de sentir l'humilité irrémédiable de sa position. Ça ne comptait guère, somme toute, qu'il habitât une jolie maison et roulât carrosse. Une empreinte, presque une souillure, lui restait de ses origines. Tous ses efforts pour s'extraire de *là* avaient été vains. Même les talonnettes dont, fort innocemment, il avait épaissi ses bottes cavalières afin de se grandir et de se hisser, au moins par la taille, audessus du commun ne l'avantageaient plus — la boue avalait ses chaussures non moins que les galoches de ses voisins.

L'aîné Deruick attendit tout un sablier que la porte de la ferme, devant laquelle les fils du paysan montaient bonne garde, libérât ceux qui l'avaient franchie. Il n'osait pas lui-même s'y présenter, crainte d'être rebuté, et mettait ses dernières espérances dans l'entrevue qu'il pourrait avoir avec le propriétaire de la *Semper Augustus* quand ses visiteurs prendraient congé. Puis tout à coup, la pensée de mendier cette causerie à un simple fermier lui fut insupportable. Sa fierté se cabra. Était-il un chiot pour manger ainsi les miettes sous la table ? Coiffant crânement son chapeau qu'il avait ôté pour ne pas gêner ceux derrière, l'aîné Deruick tourna les talons et marcha jusqu'à l'arbre où devait l'attendre son cheval attaché — et où ne restait plus que la longe, tranchée net par un voleur.

« Ah, ça ! Suis-je maudit, à la fin ? Ai-je renversé une salière ou laissé choir un couteau ? »

L'écorce du pauvre tilleul vola sous ses coups de botte. Cet exercice le défoula. Se rappelant qu'une flasque d'eau-de-vie dormait dans sa poche,

Wilhem en prit une gorgée, s'assit, en avala une seconde et sombra bientôt dans le sommeil.

Quand il recouvra ses esprits, il faisait nuit noire. Ses mains tâtèrent aussitôt son gilet pour vérifier que sa bourse et son pistolet s'y trouvaient bien — par bonheur, oui. En revanche, son épée avait glissé du fourreau qu'il ramassa un peu plus loin dans l'herbe humide. Le voyageur découvrit alors qu'il avait roulé au fond d'un fossé. Il gravit, non sans peine, la pente sableuse et prit pied sur le chemin. La foule aux abords de la ferme s'était dispersée. Apprivoisant lentement l'obscurité, ses yeux trouvèrent un long muret de pisé qui fermait la propriété au sud, et qu'il n'avait pu voir de jour à cause de l'attroupement. Ce détail n'aurait pas appelé son attention si la crête de torchis, sur une longueur de quatre ou cinq verges environ, n'avait été frisée de végétation — preuve que des plantes poussaient à l'envers de la clôture.

« Le jardin », songea Wilhem dont le pouls s'accéléra.

En un instant, sa décision fut prise. Il traversa le chemin et franchit le mur dans l'élan. De l'autre côté, ses bottes s'enfoncèrent dans une terre meuble dont l'odeur d'excrément lui vrilla les narines. Avait-il chu dans les latrines? Il s'écarta d'une enjambée en maudissant ces paysans qui n'usaient pas de pot. Wilhem scruta avidement les ténèbres alentour. D'abord il ne vit rien, bien qu'écarquillant les yeux à s'en faire mal. Puis le fin croissant lunaire lui vint en aide : des rayons s'échappaient par les trouées des nuages, qui tombaient au hasard sur le clos et révélaient ici un pavillon à dôme de bois, là une tonnelle de chèvrefeuille, ailleurs des plaques de mousse formant damier.

« Voilà un jardin bien coquet, pour un simple fermier ! » songea Wilhem.

À un certain moment, un rayon d'angle différent et d'amplitude plus large sema droit devant lui, à une vingtaine de pieds, des taches claires faiblement colorées. Leur forme et leur élévation quant au parterre ne laissaient aucun doute sur la nature de ces apparitions : c'étaient des fleurs et, autant qu'il en pouvait conclure de leur espacement généreux — traitement réservé aux beaux spécimens pour les mettre en honneur —, des fleurs de qualité. La *Semper Augustus* devait être l'une d'elles; celle-ci, peut-être, qui occupait un carré à l'écart de la plate-bande où se groupaient ses congénères ?

Wilhem accroupi se releva; ses jambes fourmillaient d'impatience. Il se balançait d'un pied sur l'autre, doutant du parti à prendre. L'occasion était rare : il n'avait qu'à tendre la main pour s'emparer de la *Semper Augustus*, et acquitter d'un coup sa dette envers le seigneur Bereysten. Alors, combien de tracas et d'efforts lui seraient évités ? Mais d'autre part, il avait scrupule à commettre ce vol. Quoi ? Il dépouillerait un paysan que cette fleur bienfaisante sauvait de la misère ? Il lui ravirait sa chance — la seule, peut-être, qui eût éclairé une vie de labeur ?

L'aîné Deruick délibéra longtemps en son for intérieur, sans quitter du regard la tulipe bienaimée qui montait solitaire d'un îlot de terre et, plus robuste, plus haute qu'aucune de ses prochaines, semblait un sceptre brandi par le jardin. Puis son esprit fut las d'aller et venir. Ce furent ses pieds qui, dans une brusque détente comme d'un ressort lâché, donnèrent le branle à tout son corps. Il marcha droit vers la *Semper Augustus*, dépliant d'une main le petit couteau d'horticulture qu'il gardait toujours dans sa poche.

Il atteignait son but quand une corde à ras de sol se tendit brusquement en travers de ses jambes. Wilhem s'empêtra et mordit la poussière. Un bout de la corde portait une cloche, qui battit aussitôt en vacarme ; l'autre, engagé dans une poulie, commandait la porte d'un chenil. Le tulipier, encore à terre, entendit les molosses qui se mettaient en chasse à grands abois.

« Sot que tu es ! Tu as donné l'alarme ! »

Il se remit vivement debout et prit sa course vers le muret. La peur décuplait son élan. Comme il enjambait la clôture, une douleur fulgura dans sa cheville. Des crocs s'y étaient plantés, assez aigus pour percer le cuir de la botte et le bas dessous. Le tulipier hurlant donna des coups de l'autre talon sur le mufle écumeux de l'animal. En même temps, il tirait sur sa jambe pour la soustraire au piège des mâchoires. Plus il se dégageait, plus les dents mordaient en profondeur, jusqu'à tracer dans la chair des sillons sanglants. Cet effort manqua lui coûter l'esprit. Enfin Wilhem libéra son pied nu, laissant la botte lacérée et un lambeau d'étoffe dans la gueule du dogue. Il roula à bas du mur et mit flamberge au vent, crainte que les chiens ne bondissent par-dessus.

Il n'en fut rien. Le fils Deruick ne perdit pas de temps à lever cette énigme : dans un sursaut de volonté, il traversa le chemin vers le marais ombreux qui cernait la propriété et de là, geignant et clopinant, son épée vacillante fouettant l'air devant lui, il s'enfonça aussi loin qu'il put dans la tourbière. À un certain moment, sa cheville blessée lui manqua; le fuyard s'effondra avec un râle de gorge qui semblait l'expir d'un soufflet crevé. Le dernier bruit venu à sa conscience fut, mêlé aux aboiements rauques des chiens, les cris des paysans jaillis hors de la ferme qui s'allumaient l'un l'autre des torches résinées. Wilhem s'évanouit.

Parti en hâte, Wilhem n'avait pu entretenir ni sa sœur ni le fils Bereysten de sa visite chez Judith Leyster. Ce fut un billet qui les instruisit du tableau commandé et du rendez-vous pris à l'atelier. Ils s'y présentèrent le matin, à part, Eliasar dans un costume d'apparat cramoisi qui lui donnait tournure d'évêque; Petra, un moment après, dans une robe sombre assortie à des gants, une coiffe et une pèlerine de même tissu. Elle jouait d'un éventail épais, fort peu de saison, qu'elle ouvrait et fermait incessamment.

L'entrée de ce spectre après celle, tapageuse, du tulipier rouge et de son valet offrait une vision saisissante.

« Quelle est cette tenue, mademoiselle? fit Eliasar en marchant d'un pas vif sur sa fiancée. Ce sont les gens de peu qui s'épousent en robe noire, pour qu'elle leur fasse aussi l'usage des deuils ! Êtes-vous comme eux, à compter le drap et le fil ?

— Monsieur, je suis ici à l'appel de mon frère ! déclara Petra d'une voix brumeuse. Mais ne croyez pas qu'un tableau, même s'il nous réunit, suffise à nous allier. Il y a loin des fiançailles aux noces, et gros du premier anneau au second !

— Changez-vous ! Cette robe ne va pas !

— Hélas ! Monsieur, je n'en ai plus d'autre. Vous avez déchiré la seule qui me restât, le jour de notre visite chez le bourgmestre. L'avez-vous oublié ? »

Atteint dans son amour-propre, Eliasar insista pour agrémenter le noir vêtement. Il se trouvait dans les coffres du peintre abondance de fausses pierreries, parmi d'autres parures destinées aux modèles. Petra dut choisir des sautoirs, des bracelets, des boucles endiamantées dont les servantes l'affublaient à mesure. Même, le fils Bereysten tira plusieurs de ses bagues qu'il enfila, de force, aux roides phalanges de la jeune femme. Ce traitement peu délicat ne tira pas un mot de sa fiancée mais plongea dans la stupeur le personnel de l'atelier.

« Voilà qui va mieux..., fit Eliasar en reculant d'un pas pour juger de son travail. Vous n'avez plus l'air d'une femme de pasteur !

— Ça n'était pas à votre goût ? Pourtant cette carrière vous a tenté !

— Il suffit, Petra, de vos impertinences ! éclata le tulipier en rabattant sèchement l'éventail dont Petra voilait son sourire.

— Mademoiselle, monsieur, voulez-vous prendre la pose ? » intervint Judith Leyster en guidant le couple vers une estrade roulante, dans un coin de la pièce bien servi en lumière.

Les élèves du peintre venaient d'arranger le décor qui ferait le fond du tableau. Il y avait là un fauteuil de moquette clouté de cuivre, une table à joues et une paire de hauts candélabres. Non loin, un pupitre supportait les accessoires que l'artiste prévoyait d'ajouter à la composition : un arc et un carquois garni de flèches dorées, un couple de pigeons liés par une patte.

« Je ne vois qu'un fauteuil. Où Petra va-t-elle s'asseoir ?

— Le fauteuil est pour elle ! indiqua sobrement Judith Leyster. Je pensais que vous seriez debout, la main sur son épaule ou sur le dossier, ce qui donnerait une pose plus naturelle...

— En voilà une fantaisie !

— Nous pouvons ajouter un fauteuil si c'est votre vœu.

— Non, non, cela va bien ainsi... Pouvons-nous commencer ? »

Les fiancés s'installèrent, chacun à la place prévue. Une servante apporta, montant d'une flûte à vin, deux tulipes d'un blanc uni qui deviendraient *Semper Augustus* par l'effort du pinceau. Eliasar ficha la plus frêle à sa boutonnière ; Petra prit l'autre entre le pouce et l'index. Mais aussitôt, les gros bracelets de verroterie qu'elle avait passés au poignet lui glissèrent sur les doigts. La jeune femme, qui portait rarement des bijoux, semblait gênée par cette brillante pacotille.

« Messire, ne puis-je au moins déposer cette agrafe ? Son bord coupant m'entaille la peau !

— Pas question. »

La séance fut longue et pénible, tant pour le tulipier qui restait debout dans une pose malcommode que pour Petra, dont les fesses s'endolorissaient d'être assises. Plus s'écoulait de sable dans les vases de verre, moins le couple avait d'entrain à poser. Eliasar le premier céda à l'envie de se dégourdir, malgré la consigne d'immobilité qu'il avait reçue. Il se mit à battre des bras ou à plier les genoux, sans égard pour le travail de Leyster qui, chaque fois, devait frotter la mie de pain et corriger son trait. La main du tulipier sur l'épaule de Petra appuyait un peu fort, et l'on sentait venir le moment où la pauvre fille ferait la culbute, à moins que, lasse de servir d'accotoir, elle ne rebutât durement son compagnon.

Le pire était cette grimace qu'on voyait aux deux jeunes gens, comme si les tourmentait une digestion laborieuse. Bonne âme, Leyster fit apporter des gaufres tièdes avec du vin du Rhin et jouer d'amusantes saynètes par une servante qui savait la comédie. Rien n'y fit. Eliasar demanda si l'artiste se gaussait, à leur servir pareils spectacles ; quant à la fille Deruick, elle conserva son air renfrogné de poupée mal cuite, encore empiré par l'abondant maquillage que la chaleur liquéfiait.

À la fin, la mesure fut comble. Judith Leyster, qui avait vidé tout un creuset de noir sans réussir la nuance de la robe, dispersa ses pinceaux dans un geste d'humeur.

« Qu'est-ce qui vous prend ? réagit le fils Bereysten, pipe aux lèvres, en train de piocher d'une main distraite dans sa blague à tabac.

— Je ne peux peindre, monsieur, sans le concours de mes modèles. Quand le frère de mademoiselle m'a commandé votre portrait, il ne m'a pas dit que vous étiez si remuant, tel vraiment qu'une bille sur un tambour ! Vous ne cessez d'aller et venir, de vous ébattre ici ou là et vous rompez la pose à tout instant ! C'est à perdre courage ! »

Eliasar eût sans doute répliqué si Ernst Rotteval, le cocher des Bereysten, n'avait surgi à cet instant. Ce fut un courant d'air qui s'engouffra dans l'atelier, soufflant les chandelles, gonflant les robes, brusquant le calot sur la tête des apprentis. Peu s'en fallut qu'au bout de son élan, le garçon ne renversât le fauteuil ou n'arrachât de sa coulisse un des rideaux pendus. Il agrippa de justesse l'épaule d'une statue, par chance un buste de pierre qui resta sur son socle. Mais l'instant d'après ses mains s'en détachaient, ses bras devenaient mous et il coulait au sol.

« Te voilà, bourrique ! éclata le fils Bereysten. Où étais-tu, quand nous avions besoin de toi ? Je suis venu à pied ! Allons, debout ! »

Ernst voulut obéir. Il planta ses talons, fit effort sur ses cuisses pour se relever. Mais ses bottes ferrées, pâteuses encore de la boue du dehors, refusèrent leur appui ; le cocher glissa, retomba lourdement sur le plancher. Un cri échappa à Petra.

« Veux-tu nous faire honte ? rugit le tulipier. Debout, te dis-je ! »

Sur quoi, Eliasar empoigna le sarrau du pauvre garçon et souleva de force. Ce fut affreux : à peine ébauché le geste, un bruit de déchirure se fit entendre, qui n'était pas celle, sèche et franche, d'un tissu étiré mais celle flasque de la chair. En un instant, les mains du tulipier s'ensanglantèrent. On vit dans l'ouverture de la chemise, élargie à la hâte par le fils Bereysten, une plaie profonde qui bouillonnait.

À cet instant, Ernst dont les yeux chaviraient tomba en pâmoison.

« Ça, par exemple ! » s'étonna le tulipier.

Petra changea de couleur :

« Mon Dieu, qu'est-il arrivé ?

— Empoignade de taverne, sans doute... Voilà ce qu'on gagne, à fréquenter les mauvais lieux !

— Pauvre Ernst ! C'est terrible !

— Terrible, en effet », conclut Eliasar que répugnaient les soins aux blessés, surtout s'il s'agissait de domestiques.

Il essuya ses mains souillées à la chemise du cocher et reposa, sans beaucoup d'égard, la tête pantelante qu'il avait redressée. Alors il parut perdre tout intérêt pour le garçon. Pour un peu, il aurait tranquillement repris la pose si sa fiancée, au bord des convulsions, ne l'avait houspillé :

« Messire, votre valet se meurt ! N'allez-vous rien faire ?

— Bah... qu'il saigne un peu ! La leçon n'en sera que meilleure !

— Il faut mander quelqu'un !

— Payer un médecin, pour un coquin pareil ? Vous n'y songez pas ! Laissons la nature lui porter remède... Après tout, les cicatrices se font toutes seules et ne coûtent rien ! »

L'éventail de Petra pirouetta sèchement. Soudain, elle sauta à bas de l'estrade et s'empara des talons boueux du cocher qu'elle commença de traîner seule, à grand-peine, vers la porte de l'atelier. C'était un tableau curieux, certes digne de peinture, que cette demoiselle en habit noir qui tirait le cocher débraillé. Eliasar ne le prit pas à plaisanterie. Pipe éteinte, mains nouées dans le dos, il interpella sa fiancée :

« Mademoiselle, qu'êtes-vous en train de faire ?

— Je conduis cet homme au barbier, comme c'est je crois mon devoir ! répondit Petra essoufflée.

— Une dame comme il faut ne prend pas ce genre d'exercice !

— Que n'aidez-vous, alors ! »

Un juron contrarié échappa à Eliasar. Pressé d'en finir, il fit signe à son valet d'enlever le corps.

« Allons, vite ! Au médecin ! commanda-t-il d'une voix molle. Je vais avec vous ! »

Quittant l'atelier, il prit quand même le temps de passer son manteau et de rincer proprement, dans une bassine dévolue au lavage des pinceaux, ses mains toujours rougies de sang. Ce faisant, il darda sur le peintre un regard malveillant :

« Madame, je ne vous ai pas choisie pour peindre ce tableau et, à bien réfléchir, l'idée m'en déplaît... Je résilie notre marché.

— Pardon, monsieur, mais vous n'êtes pas commanditaire !

— Je reste quand même votre modèle et, comme tel, dispose du droit d'apparaître ou non sur vos toiles ! Ainsi donc, je n'inspirerai plus votre pinceau et prie ma fiancée de s'en abstenir. Bonne journée. »

Refusant la serviette qu'une domestique lui

présentait, l'héritier Bereysten secoua ses mains mouillées et passa la porte.

« Quel butor ! » s'indigna Maître Leyster.

On transporta le blessé chez le chirurgien, dont l'officine se reconnaissait au bâton à pointe jaune qui en marquait le seuil. Eliasar fut surpris de trouver là, broutant l'herbe des bords du canal, un cheval de l'attelage de son père. Le carrosse du même était arrêté en pleine rue, portières ouvertes, brides lâchées, comme si les passagers l'avaient abandonné pour fuir.

« Allons, Ernst, étais-tu si mal en point que tu ne pouvais ranger un peu ? » râla le tulipier.

Il n'était pas question de laisser ainsi une voiture aux armes de sa famille. Les chevaux furent attachés à l'anneau du bouteroue. Eliasar se chargea lui-même d'aligner le carrosse, de fermer les portières et de remettre en ordre les coussins de la cabine. Alors seulement, il se préoccupa du cocher qui entre-temps s'était vidé d'une bonne pintée de sang.

« Entrons avant qu'un milicien nous compte aussi le nettoiement des pavés ! »

Tandis que le brancard du pauvre Rotteval franchissait la porte du médecin, Judith Leyster liait conversation avec son jeune modèle que la sortie du tulipier avait laissée muette, immobile et rêveuse aux portes de l'atelier.

« Voulez-vous un siège, mademoiselle ? » proposa le peintre en cédant le sien.

Petra fut sensible à cette attention. Comme s'ébrouant d'un long sommeil, elle prit la main de l'artiste qu'elle serra chaudement, puis relâcha sans s'être assise. Dans le regard que s'échangèrent les deux femmes passa de l'estime, et déjà comme de l'amitié.

« Madame, je ne veux point vous causer de tracas..., déclara enfin le modèle. Mon frère vous réglera cette séance, et payera ce qu'il vous doit de papier et de mine. J'ignore si mon fiancé voudra en tenir d'autres. Ce tableau n'était pas son idée, or il n'entend guère que ses pensers ni n'agit qu'à sa volonté. »

Sur cet arrêt ambigu, le regard de Petra s'éleva vers les hauteurs de l'atelier où tournait une colombe échappée. Il errait, dans le vague, sans paraître rien voir.

Leyster sentit que sa visite était en veine de confidence. Elle accola une chaise au fauteuil et installa Petra sur celui-ci, en pesant doucement sur son épaule. Puis elle fit signe de s'éloigner aux rares témoins — un apprenti debout qui broyait la couleur, un autre passant la serpillière sur une traînée de sang. Ils prirent congé en emportant les candélabres. Une pénombre d'alcôve tomba sur l'atelier. Le silence se fit, troublé seulement, à de longs intervalles, par les roucoulements peureux de l'oiseau prisonnier.

Dès qu'elle fut seule avec le peintre, Petra s'abandonna. Leyster recueillit sur sa poitrine la tête de la jeune femme que secouaient de longs sanglots, mais dont les yeux restaient secs et chauds telles des pierres à briquet. Des larmes fusèrent enfin, qui semblaient monter des tréfonds de son être. Chacune, eût-on dit, lui coûtait un effort.

« Vous êtes bonne avec moi ! gémit Petra en ôtant les bracelets qui usaient ses poignets. Il n'est personne des miens qui m'ait vu pleurer !

— Mademoiselle, je ne sais rien de vous... Mais il n'est pas besoin d'avoir grande science des femmes pour deviner que ce mariage se fait contre nature. Qui l'a voulu ?

— Mon frère et mon fiancé.

— N'ont-ils point égard à vos sentiments ? »

Le modèle attendit d'avoir déposé ses colliers pour faire « non » de la tête. Elle semblait si docile à cet instant, si amèrement résignée que l'artiste s'apitoya. D'un tour de poignet, elle raccourcit la chaînette pendue à son jupon, où s'accrochaient en guirlande un canif, des ciseaux, un étui à aiguilles et un trousseau. Ce dernier gardait une clef massive, en bronze, longue comme la paume, qu'elle décrocha pour la tendre à Petra.

« Qu'est-ce que c'est ? demanda la fille Deruick en roulant l'objet dans sa main.

— Mon mari possède une maison à la campagne, sur les rives de la Vecht, à trois lieues seulement d'Amsterdam... Nous l'appelons *Zorghvliet*, “Loin des soucis”. C'est un abri sûr, hors du monde et de ses turpitudes. En voici la clef. Si un malheur survenait et qu'il vous faille, en toute hâte, trouver refuge loin de Haarlem, *Zorghvliet* pourrait vous accueillir. Nous n'y séjournons qu'en été. Vous êtes libre d'y mener qui bon vous semble.

— Merci, merci infiniment ! » fit la jeune femme en baisant les joues de l'artiste.

Un feu discret s'allumait aux siennes, partie d'affection, partie de surprise devant l'intuition de sa confidente. Devait-elle à son talent d'entendre si bien les femmes et de pénétrer si loin leurs pensées ? Il semblait à Petra qu'en ne sachant rien d'elle, Judith comprenait déjà tout.

« Vous êtes donc mariée ? » ajouta la fille Deruick que ce détail, elle ne savait pourquoi, mélancolisait.

Leyster écarta les doigts au vu de son modèle. De fait, le majeur d'une des mains portait deux anneaux mouchetés de couleurs — ainsi tachés parce qu'elle avait coutume, expliqua-t-elle, d'y caler ses pinceaux. Celui du dessus, le plus près de l'ongle, semblait neuf.

« ... Il n'y a guère de temps ? déduisit Petra de l'éclat encore vif du métal.

— L'an dernier.

— Comment se nomme votre mari ?

— Jan Miense Molenaer. Il est peintre. Il a suivi comme moi les leçons de Frans Hals...

— Vit-il à Haarlem ?

— C'est là qu'il est né. Mais nous ferons bientôt mouvement vers Amsterdam où mon époux a des amitiés. »

La fille Deruick, à court d'inspiration, tapotait le cadre de son siège. Toutes ces questions faisaient bouquet d'une autre, la seule qui l'intéressât et qu'elle n'osait pourtant formuler.

« Est-ce un mariage... d'inclination ? » s'enhardit-elle enfin.

Cette tendre curiosité fit s'arrondir les joues du peintre. Pour un peu, elle eût assis Petra sur ses genoux et l'eût appelée « ma petite sœur ». Leyster n'était son aînée que de quelques années, mais si bien remplies qu'il lui semblait instruire une enfant.

« J'ai choisi Jan et Jan m'a choisie », affirma-t-elle.

Puis, l'air complice, penchée vers son amie dont la tête, tel un aimant répondant, s'inclina aussi :

« Petra, ne laissez pas les hommes conduire vos sentiments comme ils font de leurs affaires... On dit à l'étranger que nous laissons la bride lâche à nos enfants — et certes, on peut bien le croire à l'aspect de ces garnements sans tenue ni discipline, qui injurient les passants et leur lancent des mottes de terre ! Mais s'agissant des filles à marier, nos frères et nos pères sont aussi obtus ici qu'ailleurs ! Ils combinent les unions au mieux de leurs intérêts, et n'ont que faire des émois des jeunes gens ! Voilà pourquoi, hélas ! tant de couples vont à vau-l'eau ! Nos régents seraient bien conseillés d'agréer le divorce, auquel sont acquises chaque jour plus de femmes malheureuses... »

Ces idées neuves brusquèrent un peu la fille Deruick, qui douta un instant d'être en bonne compagnie. Elle songea même à rendre la lourde clef dont la possession lui créait mille tracas. Que dirait-elle à Wilhem, à Eliasar s'ils la trouvaient sur elle ? Comment cacher cet instrument de liberté ?

Toutefois, les avis de Leyster portaient un tel accent de douceur qu'après un moment Petra eut honte de s'être défiée. Elle renouvela ses marques de gratitude et prit congé de l'artiste dans de grandes effusions, les deux femmes s'enlaçant et se baisant les mains en promettant bien haut de se revoir.

Comme elle descendait l'escalier, la visiteuse s'aperçut qu'elle n'avait, de tout l'entretien, prononcé le nom d'Ernst Rotteval ni conçu la moindre pensée de lui. D'abord elle s'en crut excusée : Leyster n'était pas si intime qu'elle pût lui confier ce début d'adultère. Mais plus elle regardait la chose, plus sa négligence lui faisait honte. Quoi ? Ernst quittait l'atelier aux mains des brancardiers et ça l'indifférait ? Quel cœur avait-elle donc ?

Petra déploya son éventail d'un coup sec sur la monture en bois. Elle s'abrita derrière cette haie de plumes tout le chemin jusqu'à la Kruisstraat, telles ces coquettes qui, soucieuses de leur teint, couvrent leur visage d'une visière ou d'un masque d'étoffe. Sitôt chez elle, elle chargea Frida d'enquêter sur le cocher, commission qu'elle paya outre mesure et voulut remplie sur-le-champ.

Comme tous les gens de son métier, la servante des Deruick cultivait un grand talent de voisinage. Quand d'autres auraient visité tous les médecins de Haarlem et, sans doute, y eussent perdu leur temps, Frida, elle, n'eut qu'à tendre l'oreille pour savoir où logeait Rotteval et s'il se portait bien. Son amie Gioconda, servante du bailli de police, cousinait avec Léonie, chargée des lessives d'un apothicaire, qu'un récent mariage apparentait à Solveig, la domestique d'un barbier : interrogeant la première, elle apprit de la troisième comment le destin avait rencontré Ernst Rotteval, et maints détails de l'aventure ignorés des protagonistes eux-mêmes.

Autour de midi, l'informa Solveig, le seigneur Bereysten s'était présenté chez Abraham Compaan, *chirurgien, saigneur, arracheur de dents et réducteur de fractures* en compagnie du jeune Ernst, cocher de son état, qui n'avait plus de conscience et presque plus de sang. Un prompt examen, conduit par le barbier du bout de sa lancette, confirma que le cas était grave, presque désespéré mais qu'au moins le patient gardait vie, comme l'établit doctement Maître Compaan en triturant la plaie : de fait, cette efficace torture rendit au pauvre Ernst l'usage partiel de ses sens et celui complet de sa voix, dépensée aussitôt en violents hurlements.

« Voilà une énergique médecine ! » apprécia le fils Bereysten qui gratta la cire d'une bougie pour s'en faire des bouchons d'oreilles.

Décision fut prise d'opérer *hic et nunc*. Le barbier ôta son chapeau pointu, ouvrit sa malle aux instruments dont il vida le contenu sur la table. Il y avait là, façonnés en fer, en cuivre ou en os mais pareillement écaillés de sang, des bistouris droits ou courbes, des lames à incisions, des compas à saignées que Maître Compaan, disciple de l'école grecque et donc soucieux de propreté, essuyait chacun sur sa manche avant de l'aligner près des autres. On fit asseoir le cocher sur le tabouret d'opération, un valet à poigne l'y maintint pendant que le tourmenteur, qui avait enroulé du fil à viande sur son pouce, brodait la plaie à vif.

C'était un rude spectacle qu'Eliasar aurait fui s'il n'avait compté sur son valet, même infirme, pour guider l'attelage : il n'était pas d'un seigneur, croyait-il, d'avoir les rênes en main. Un sablier plus tard, Ernst recouvrant ses esprits fut avisé premièrement qu'il devait trois florins seize stuivers à son maître — les gages exorbitants du médecin —, secondement qu'il lui fallait sans tarder remonter sur son banc, sous peine d'un congé immédiat. Le cocher prit une rasade d'eau-de-vie et s'exécuta bravement. Retour à la maison Bereysten, le tulipier se montra curieux des événements auxquels son domestique devait cette vilaine entaille et qui l'avaient, lui, privé tout un matin de ses services.

« Seigneur, c'est une drôle d'aventure qui m'est arrivée ! » commença Rotteval.

Hélas ! Pris d'un vertige, il se pâma et tomba de sa chaise, ce qui ajouta une vilaine bosse à la plaie encore fraîche de sa poitrine.

« Qu'a-t-il donc, à choir ainsi comme la pluie ? »

Il fallut attendre que le pauvre garçon fût couché, nourri et un peu délassé pour jouir de son récit. Paulus avait rejoint son fils au chevet du blessé. Il l'instruisit des contours de l'affaire :

« J'ai envoyé Wilhem s'enquérir auprès de Judith Leyster d'un dessin de *Semper Augustus* que j'avais vu dans son atelier. Il s'est ensuite rendu chez son propriétaire, un fermier de Leyde, avec consigne de trouver la fleur et de l'acheter.

— Père, cette course me revenait ! » releva Eliasar, indigné.

Le père rattrapa sa bévue avec doigté :

« N'étais-tu pas à poser avec ta fiancée ? Pour rien au monde, je ne t'aurais soustrait à ce charmant devoir !

— Poursuivez ! grogna l'héritier.

— À peine Wilhem avait-il enfourché son cheval qu'on toquait à la porte... C'était un tulipier, le doyen du collège du Bâton rouge. J'appris qu'il connaissait l'histoire de la *Semper Augustus*, comme beaucoup de nos confrères, et qu'à n'en pas douter mon émissaire trouverait du monde sur son chemin. »

À cet instant, le bras du cocher se souleva du lit, aussi raide et froid qu'un battoir de porte. Les Bereysten tirèrent leurs chaises vers la bouche du blessé, qui semblait s'animer de paroles. Mais rien ne s'y forma qu'un peu de salive, bouillon blanchâtre aux commissures qui répugna Eliasar. Son père tira le drap sur cette grimace et poursuivit :

« Ce n'est pas tout... Le marchand m'a annoncé que d'éminents tulipiers, les premiers du pays, couraient la *Semper Augustus*, certains flanqués de gens en armes qui devaient se l'approprier par force si l'argent n'y suffisait pas.

— Qu'avez-vous fait ?

— Pardi ! J'ai envoyé le cocher au secours du fils Deruick ! »

Le blessé tressaillit de nouveau. Cette fois, ce furent ses genoux qui plièrent, puis s'étirèrent en chassant le drap d'une moitié du corps. Le visage ainsi dévoilé avait retrouvé des couleurs et toutes les apparences de la santé. Ernst se fendit d'un grand bâillement et s'assit aux portes de l'armoire à lit, jambes en dehors.

« Belle jeunesse ! philosopha Paulus. Il était tantôt moribond, le voici qui danse et cabriole !

— Ah, la bonne heure ! Eh bien, Ernst, puisque tu sembles remis, conte-nous donc ton histoire ! »

Pour l'entraîner à parler, le fils Bereysten tendit au garçon une pipe en porcelaine qu'il avait sortie d'un coffret colonial, en bois sombre incrusté d'ivoire. Ernst la prit, flatté du cadeau, et d'abord mouilla l'embout de salive.

« Ah, la bonne pipe ! Ce n'est pas ce genre de flûte dont jouent les portefaix de Haarlem ! »

L'allumant, il tira une bouffée qui sinua longtemps dans l'air avant de s'estomper.

« Messeigneurs ! En vérité, je ne dois à nul autre qu'à Dieu, notre Père très bon, d'avoir réchappé du grand péril de ce jour... C'est bien l'effet de la Providence si je parais devant vous ! Car enfin, il n'y a pas deux sabliers de cela, une lame me perçait la poitrine, des pieds me foulaient au ventre et j'étais laissé pour mort ! »

La fumée soufflée par le cocher rencontra le chapeau d'Eliasar, qui la refoula d'une battue vigoureuse. Ernst comprit qu'il devait aller au fait, car l'attention des maîtres durerait ce que dure le tabac.

« En un mot... Je suis arrivé chez Matthijs Hoefnagel presque à la nuit, fâché d'avoir traîné ce lourd carrosse par les chemins de boue. Ma lanterne éclairait tous les visages, et j'interpellais quiconque, homme ou femme, marchait à ma vue. "Messire Deruick ! Messire Deruick !" criais-je à m'allumer le gosier. Mais personne n'avait connaissance qu'un tulipier de ce nom et de cette figure fût venu l'après-midi s'enquérir d'une fleur. »

Un soupir échappa au recteur. Quoiqu'il les eût couvertes du tombant de ses manches, on devinait les mains qui remuaient dessous, inquiètes et tourmentées.

« La suite ? pria-t-il comme une faveur.

— Elle tient peu de place. Après que j'eus tourné de la sorte tout un sablier, on m'adressa enfin aux paysans qui gardaient les abords de la ferme, des rustres, si vous m'en croyez, dont la bande pouilleuse se hérissait de bêches et de fauchards. Je ne prenais pas garde qu'ils avaient bu et que leurs gros sabots lapaient des flaques de bière. D'ailleurs, la boue à cet endroit était jonchée d'éclats de poterie, la coutume chez ces gens étant de casser le cruchon sur sa tête après l'avoir vidé ! »

Ernst s'était frappé le front du plat de la main, oubliant qu'une bosse venait d'y pousser. Il s'écria de douleur.

« Bref..., reprit-il en se massant le crâne, les paysans me firent un méchant parti à cause que mes roues avaient par accident éclaboussé leur chien. L'un d'eux m'insulta ; je ne fus pas en reste et l'injuriai au double. Surtout je repoussai du talon, assez rudement je l'avoue, un garnement qui agrippait le banc du carrosse et faisait mine d'escalader. Ce geste détermina son frère, une brute au poil rouge, à m'enlever de mon siège comme on tire une épine. Ma tête heurta d'abord le sol, et je fus sans défense contre les poings qui s'abattirent sur moi.

— Comment en as-tu réchappé ?

— Grâce à la bière... L'ivresse entamait leurs forces. Après m'avoir rossé d'importance, ils parurent se lasser et m'abandonnèrent. J'ignore combien de temps je restai à terre, immobile et perclus. Quand mes yeux se rouvrirent, la nuit était faite. La cour, le chemin m'apparurent déserts. J'étais bien sûr qu'on aurait volé le carrosse ou qu'on l'aurait mis au pillage, mais non : personne n'y avait touché, crainte sans doute des représailles dont ce puissant seigneur eût usé contre le larron. Je repris alors mes recherches, parcourus tous les chemins à l'entour de Does et de Conkerck, jusqu'à Poelgeeft et même Alphen. Maintes fois, je descendis de voiture pour fouiller un buisson que j'avais vu bouger ; je débusquai ainsi plusieurs lièvres et quelques oies sauvages. À la fin, j'entendis une plainte humaine monter d'une tourbière. Quelle ne fut pas ma surprise de piéger le seigneur Deruick dans le halo de ma lanterne ! Il semblait en sueur, pâle et défait.

— Pauvre garçon..., marmotta le recteur, sans préciser qui, d'Ernst ou de Wilhem, appelait sa compassion.

— D'où te vient cette blessure ? voulut apprendre Eliasar qui restait sur sa faim.

— Voici... En trouvant messire Deruick, j'eus la sottise de courir à lui sans crier mon nom ni éclairer mon visage. L'homme que j'étais venu défendre se crut attaqué et piqua son épée droit dans ma poitrine, ici même, à l'endroit où pend ma médaille..., fit Rotteval en désignant la plaie. Son bras heureusement était faible, sans quoi cette lame m'eût transpercé de part en part !

— Quoi ? croassa Paulus. Tu prétends que Wilhem t'a ferré ? »

Il faucha d'un revers de main la pipe toujours aux lèvres du cocher, dont le tuyau fragile se cassa sous la gifle. Perdant un peu contenance, Ernst cracha l'embout dans sa paume et se défendit comme il put :

« C'est la vérité toute nue, seigneur ! Quand messire Deruick comprit son erreur, il lâcha son épée et me prit dans ses bras. Il se répandait en pleurs, criant qu'il était misérable et qu'il méritait la mort. Nous en étions là quand retentirent soudain des cris et des aboiements : les paysans de tantôt, alertés je ne sais comment, nous donnaient la chasse. Messire Wilhem m'expliqua qu'ils en voulaient après lui et qu'ils le battraient s'ils le trouvaient ici. Je reçus consigne de m'étendre sur la banquette du carrosse pendant qu'il prendrait les rênes de l'attelage. Grâce aux chevaux rapides, nous fûmes bientôt hors d'atteinte des fermiers. La route jusqu'à Haarlem fut longue et cahoteuse. Franchissant les remparts au point du jour, messire Wilhem s'offrit de me conduire au médecin. Je refusai, sachant que Maître Paulus espérait mon récit et que Maître Eliasar attendait le carrosse. Alors, me voyant assez de force pour reprendre les guides, il me les confia et rejoignit seul sa maison qui n'était pas loin. Voilà toute l'histoire, messeigneurs, telle que Wilhem Van Deruick pourra vous la conter lui-même... »

Ayant parlé, et si longuement, Ernst Rotteval sentit un peu de fatigue. Il demanda la permission de s'étendre sur le lit, qui lui fut accordée. Cependant, on voyait bien à la mine du recteur que le récit du cocher le décevait. Eliasar non plus n'y trouvait pas son compte, qui tirait d'un air sévère sur les poils dépassant ses narines. Ce fut le père qui publia le premier sa pensée :

« Tu n'as rien dit sur la *Semper Augustus*, cette fleur que Wilhem avait mandat d'obtenir. T'a-t-il confié quelque chose à son sujet ?

— Pas un mot », assura Ernst du fond de son lit.

Eliasar inclina la tête vers son père. Il lui susurra à l'oreille, comme on instille un poison goutte à goutte :

« Aurait-il gardé la tulipe... pour lui ? »

Le régent écarta dignement cette idée, et repoussa de même son fils dont les avances l'incommodaient. Eliasar s'en vengea sur le conducteur de chevaux qu'il entreprit soudain d'une voix dure, passant la tête à l'intérieur du lit pour se faire mieux entendre :

« Je crois moi que Wilhem t'a porté ce coup exprès, parce que sa sœur et toi étiez en affaire. Voilà un geste qui lui vaut mon estime et que j'aurais peut-être imité, si l'occasion s'était présentée à moi plutôt qu'à lui. »

Il se mêlait à ces paroles, débitées d'une seule venue sans accent ni souffle, un bruit mouillé de mandibules d'insecte qui terrifia le cocher. Il ne répondit point et s'encoigna dans l'armoire à lit.

« Puisse la leçon te profiter ! acheva Eliasar les dents serrées. Garde-toi à l'avenir d'approcher Petra Van Deruick ! Ce n'est pas l'épée que je manie, moi, mais le pistolet, et tous mes coups font mouche ! »

Le fils Bereysten quitta la pièce, suivi à quelques pas du recteur. Personne n'avait salué le blessé.

Ernst garda sa respiration aussi longtemps qu'il entendit battre leurs souliers alentour.

Le lendemain, ce fut au tour de Wilhem d'apporter son récit des événements, lequel fut convergent à celui du cocher — du moins pour la partie de l'aventure qui les avait unis. Paulus eut grand souci de la blessure de Wilhem, où il crut renifler une odeur de gangrène. Chose jamais vue, il refit de ses propres mains le bandage dont Frida avait enveloppé la cheville du garçon et l'incita à prendre du repos, précisant que cette relâche ne serait pas comptée sur son salaire.

Leur conversation dura tout le matin, ce qui permit à Wilhem d'entrer dans les détails de son expédition et d'y commenter son rôle, l'excusant au besoin. Il se défendit d'avoir ferré *exprès* Ernst Rotteval même si, confessa-t-il avec gêne, la pensée l'avait traversé que ce châtiment était juste et que Dieu l'avait permis. S'agissant de la *Semper Augustus*, Wilhem expliqua n'avoir pu seulement la voir ; il ignorait à qui la fleur avait échu.

« À personne, annonça le recteur qui le tenait d'un confrère amsterdamois.

— Comment cela ?

— *Auri sacra fames*, l'exécrable faim de l'or ! Notre fermier en est atteint ! Figure-toi que cet affreux bonhomme, qui se mouche dans sa manche et fait ses besoins au potager, a décliné les offres des riches tulipiers, dont la moindre, à ce qu'on dit, valait autant que son domaine... Il accueillait chacune du même tour de tête, du même roulis de son bonnet crasseux, répétant “nee, nee, nee” et lançant, de temps à autre, des crachats noirs sur ses sabots. C'était au point que les acheteurs se sont interrogés s'il parlait notre langue, puis s'il avait ses facultés.

— Les a-t-il ?

— Pleines et entières. C'est seulement un grippe-sou de vile espèce ! Auprès de lui, les cupides actionnaires de la Compagnie des Indes passeraient pour libéraux ! D'habiles gens l'ont assuré que la fortune poussait dans son jardin. Depuis, il se croit riche et fait jabot. Sois-en sûr, il ne cédera la *Semper Augustus* qu'au dernier prix, donc au plus offrant. »

Le recteur illustra ces mots d'un geste compliqué, comme s'il avait, du bout d'une craie imaginaire, tracé trois traits puis fermé un cercle. Ce signe rappela à Wilhem celui des adjudicateurs dans les ventes de tulipes.

« Comment ? Il va mettre sa fleur aux enchères ?

— Cette nuit même !

— C'est en été pourtant que l'on présente les bulbes ? A-t-il déterré le sien, si tôt dans l'année ?

— Sans doute, car les acheteurs n'engageront pas d'argent sur un bout de papier. Ils voudront voir l'oignon, le toucher ! Bah... ce n'est pas le premier à brusquer la nature !

— Une vente publique..., résuma pensivement l'aîné. Voilà qui promet de belles empoignes !

— Toute la ville le sait, et tous les tulipiers s'y préparent ! Tandis que nous parlons, des mains se serrent, des chopes s'entre-heurtent, on boit au succès d'obscures conjurations ! Il n'est pas une auberge de Haarlem qui dans son arrière-salle n'ait réuni six ou sept trafiquants de tulipes, inscrits au cercle de *L'Ancolie blanche* ou du *Lion combattant*, pour délibérer du prix le plus haut qu'ils peuvent offrir. Or, ils perdent leur temps... Car, c'est bien certain, la *Semper Augustus* n'écherra à aucun de ces agioteurs, mais au seul gentilhomme assez riche pour s'en emparer : je veux dire à moi-même. »

La main de Paulus Van Bereysten s'étalait, grande ouverte, sur sa poitrine, tel un astre rayonnant au ciel noir du pourpoint.

« Alors, tu ne dis rien ? ajouta le recteur qui voyait son élève prisonnier d'une rêverie.

— Seigneur, vous convoitez la *Semper Augustus*, je prie que le Ciel vous exauce !

— Seras-tu avec moi ?

— Plaît-il ?

— Vas-tu livrer cette bataille à mes côtés ? Je t'avertis : ce ne sera pas un combat à plaisance, mais à outrance, où tous les coups seront portés ! Qu'importe, l'enjeu est noble : une fleur comme aucun jardin n'en abrite, comme aucun vase n'en recueille ! »

L'aîné Deruick sentait son attention glisser du discours de Paulus vers son habit, qui l'aguichait étrangement. À chaque manœuvre du large buste, les petites perles semées dans le velours jetaient leurs feux aigus — il lui semblait alors qu'un coffre à butin se fût ouvert devant ses yeux. Par jeu, il se mit à calculer la valeur du pourpoint au prix qu'il estimait de chaque bijou.

« Wilhem ! Réveille-toi ! Où as-tu donc la tête ?

— Mille excuses, seigneur !

— Une nouvelle fois : seras-tu avec moi à *La Vigne d'or* ?

— C'est là-bas qu'auront lieu les enchères ?

— Oui, mais chut ! Des tulipiers l'ignorent ! Autant que nous pourrons soustraire du nombre de nos rivaux !

— Cependant... Eliasar...

— La barbe d'Eliasar ! s'emporta le régent. Qu'as-tu toujours à me parler de lui ? Je t'ai préféré pour ce travail, et les raisons m'en appartiennent. Veux-tu ou non m'accompagner ?

— Je ne sais pas si...

— Qu'as-tu à savoir ? aboya Paulus en mordant le dernier mot de son élève.

— Vous dites que la *Semper Augustus* est la fleur la plus convoitée des Provinces, ce que je crois sans peine. Vous dites encore que son propriétaire n'a voulu la céder à aucun prix, boudant les avances les plus généreuses. Quel soutien puis-je offrir, moi qui n'ai pas sou vaillant et qui d'ailleurs, si Dieu m'avait nanti, vendrais mon bien pour honorer ma dette ? »

Paulus recula son buste dans l'ombre. Le pourpoint scintillant parut alors s'éteindre. Au contraire les gros poings du régent s'avancèrent et prirent la lumière, tels des chenets à l'approche d'une bûche embrasée.

« Tu me déçois, Wilhem. »

Cette sentence de quatre mots fourmilla longtemps à l'oreille du jeune homme. Il ne sut quel maintien prendre sous l'œil réprobateur de son maître, et pour faire quelque chose gratta sa cheville bandée.

« T'ai-je dit le métier de mon père ? reprit le bourgeois.

— Oui, il avait l'état de chaudronnier.

— Non, j'ai menti. Mon père en vérité était notaire, pensionnaire de Middelburg, un des dix-sept Messieurs gouvernant la Compagnie des Indes ! C'était l'homme le plus éminent de Zélande, à la fortune considérable et aux biens sans nombre. Comme l'on dit, il faisait tourner le monde sur son pouce ! »

Wilhem se demanda si le recteur lui faisait une niche. Il ébaucha un sourire pour, peut-être, entraîner celui du bourgeois. Mais Paulus avait la mine du criminel pendant l'aveu.

« Ma mère, mes sœurs et moi-même n'avons jamais manqué de rien. L'or affluait dans nos coffres comme poussaient les rosiers dans notre jardin : à profusion, à volonté. Âgé de cinq ans, je croyais encore la jolie fable inventée par notre précepteur : le métal avait sa source sur nos terres, il en coulait ainsi qu'une eau vive ! Notre famille était si riche que, sans écorner beaucoup nos finances, nous aurions pu nourrir, vêtir et loger les villageois à deux lieues à la ronde. C'eût été un grand bienfait car la terre était pauvre et les paysans qui la travaillaient moins gras que leurs épouvantails ! Toutefois l'écart était tel, entre eux et nous, et leur condition si étrangère qu'il nous semblait de ces hommes comme des géants qui peuplent les histoires. Lorsque j'apercevais un vagabond aux grilles de notre parc, un disetteux qui tendait la main entre les barreaux, je le montrais en riant à ma sœur, non par cruauté mais par ignorance : j'étais certain qu'il revêtait ces haillons pour rire, comme nous l'inventions parfois dans nos jeux. »

Un courant d'air entrebâilla une fenêtre, laissée ouverte sur la rue. Paulus s'assura que personne n'écoutait dehors, puis referma le carreau et se rassit. Ces quelques pas, ou l'effort de causer, l'avaient mis en sueur.

« Tout l'argent de père servait à suivre nos caprices. À cette époque, sais-tu ? j'épuisais chaque jour un cheval en galops effrénés. J'avais pour m'habiller vingt pourpoints différents, dont mon goût se lassait vite, et des chapeaux coûteux agrémentés des plumes les plus rares que j'oubliais dans la campagne aux griffes des églantiers. Ma sœur Kirsten aimait les collections : minéraux, coquillages, monnaies antiques, reliques dans leur huile et embryons dans leur jus. Rien n'était trop cher pour son *Wunderkammer*, son cabinet de curiosités ! Un jour, même, père lui offrit une poignée de terre rouge de Damas, celle dont Dieu aurait formé Adam, qu'elle mit à cuire au four à pain. Kirsten s'entourait de musiciens et de poètes qu'elle congédiait ou rappelait à son gré, s'amusant de les voir aller et venir. Bien sûr, il se trouvait toujours quelque grincheux, l'aumônier de notre chapelle ou le prédicant du village pour blâmer le luxe où nous demeurions. Or, rien n'était plus aisé que d'apprivoiser ces crève-la-faim : un cruchon de cidre, un plat de haricots leur imposaient silence. Voilà, Wilhem, l'homme que tu pensais connaître et pour qui, peut-être, tu t'étais pris d'estime ! Une créature banale, comme tu vois, choyée dès le berceau, et qui n'eut jamais la moindre force à dépenser pour assouvir sa faim... »

Le fils Deruick sentit l'appel d'un pied étranger contre le sien. C'était par hasard du côté de sa cheville douloureuse, qu'il déroba en grimaçant. Paulus ne s'excusa de rien, mais renouvela ses avances au pied opposé.

« Seigneur, vous mentez ! se rebella l'aîné.

— Je dis vrai. Crois-tu qu'on devienne recteur de l'École latine au nom de ses mérites ? Qu'on achète huit maisons, des carrosses, des chevaux à force d'épargner ?

— Oui, c'est le génie des Provinces ! Ici, de simples marchands sont admis aux plus grandes dignités !

— On en tolère quelques-uns aux états généraux, pour abuser le peuple ! Mais n'en doute pas, les maîtres du pays sont de fortune ancienne et de riche lignée. Avant qu'on m'appelle seigneur de Bereysten, mon père était ainsi nommé, de même son père, et le père de son père ! Sous des airs de changement, le monde se perpétue. Le temps appartient aux puissants, vous n'en avez que l'usufruit. Nous mûrissons nos chances d'âge en âge, vous jouez les vôtres dans cette courte existence. Comment pourriez-vous vous élever ? »

Wilhem fit un point d'honneur d'ignorer la pique. Pour autant, il ne voulut pas laisser le dernier mot au régent et reprit l'assaut :

« Si c'est la vérité, seigneur, pourquoi m'avoir patronné ? Pourquoi me vouloir près de vous dans cette taverne à tulipes ? Que n'achetez-vous plutôt la *Semper Augustus* sur vos propres deniers ? Ou même, que ne payez-vous quelqu'un pour tuer Hoefnagel et s'emparer de la fleur ?

— Parce que je veux ton bonheur, mon ami, et que ton père a souci de toi. »

D'un geste mou, le seigneur de Bereysten jeta sur la table une lettre portant les initiales de Cornelis et le sceau brisé de Pernambuco. Il laissa Wilhem en prendre connaissance, s'étonner puis pleurer en lisant que son père s'était porté caution.

« Je t'ai offert un marché, assena le recteur, et ne m'en suis pas dédit. Si la *Semper Augustus* m'est acquise grâce à toi, la dette de dix mille guilders sera levée, partant celle de ton père, et rien n'empêchera plus l'union de Petra et d'Eliasar... Sinon, je ferai peser sur ta famille toutes les rigueurs de la justice qui se range toujours, tu le sais, du bord des riches. Allons ! Le sort en est joué ! Présente-toi ce soir, au sixième sablier, sous l'enseigne de *La Vigne d'or* ! »

L'aîné Deruick s'éloigna d'un pas traînant. Il allait sortir quand Paulus le héla :

« Oh ! Ce n'est pas tout, garçon... Ferme cette porte et viens-t'en par ici. »

Le régent avait dénoué sa braguette et baissé son ample culotte. Sa verge apparut, déjà érigée, qu'il exhibait sans pudeur et même avec ostentation bien qu'elle fût, comme tout de sa personne, plutôt mal conformée. Wilhem s'agenouilla pour la prendre en bouche.

Retour dans la Kruisstraat, l'aîné Deruick vit un attroupement devant la maison familiale. Pensant qu'un malheur était arrivé, il piqua des deux et fendit au grand trot la foule massée aux grilles de la demeure.

« Jasper ! Petra ! » cria-t-il, les mains en portevoix.

Mais son frère et ses sœurs n'étaient visibles nulle part. Il descendit de selle et s'avança, traînant un peu la jambe malgré la béquille offerte par le recteur. La porte était ouverte, les fenêtres béaient. Des gens s'étaient répandus dans le jardin qui visitaient, satisfaisant sans gêne leur curiosité de la propriété et de ses aménagements. Le fils Deruick s'apprêtait à donner de la voix pour mettre tout ce monde en fuite quand des voisins, l'ayant reconnu, fondirent sur lui en s'exclamant. On le congratulait, on lui serrait les mains, on lui battait le dos. Guère après, l'aîné entendit l'appel de Jasper qui traversait le parc à sa rencontre. Il se dégagea des bras de M. Sweert pour questionner son frère.

« Peux-tu me dire ce qui se passe ici ? »

Le cadet souriant montra le haut de la maison. Wilhem leva les yeux vers le toit où convergeaient tous les regards. Une cigogne, un jeune mâle semblait-il, bâtissait un nid au faîte de la grosse cheminée. Son bec portait des broutilles de saule et de noisetier qu'elle arrangeait patiemment, enchevêtrant les unes aux autres. Dans cette couronne de branchages, grande à peu près comme une poêle à châtaignes, jouaient ses pattes fines aux longues enjambées.

« Eh bien ? bougonna Wilhem. Une cigogne !

— Allons, tu ignores ce qu'on dit des cigognes, et des cheminées qu'elles élisent pour nicher ?

— Qu'elles les embrènent, sans doute ? C'est fâcheux, car la nôtre était neuve !

— Voyons, mon frère ! Les cigognes portent bonheur ! Une maison coiffée d'un nid peut doubler son prix ! »

L'aîné lança un crachat de côté.

« Peu me chaut, Jasper, car notre maison n'est pas à vendre ! Ce fagot n'est qu'un inconvénient pour l'échappement des fumées ! Maintenant, je te prie d'annoncer à nos visiteurs que le théâtre va fermer ! Ils en prennent à leur aise, je trouve, quand ils piétinent nos pelouses et chassent le gravier ! Allez, ouste ! Dehors ! »

La béquille de l'aîné s'était dressée, menaçante. Jasper n'attendit pas qu'elle s'abattît sur quelqu'un. Il refoula les badauds du geste prudent mais ferme dont une gardeuse d'oies conduit son troupeau. Une fois la foule dispersée, Wilhem découvrit ses sœurs commodément assises sur les marches du perron qui devisaient avec des freluquets de leur âge, genre de chevaliers miniatures à ceinture dorée et guêtres de dentelle, dont pas un poil n'ombrait la lèvre supérieure. Petra surtout semblait très entourée ; sa main droite, enfouie dans les plis de sa robe, ne laissait pas voir l'anneau de fiançailles. L'aîné Deruick pénétra brutalement le groupe :

« Messieurs, je suis porteur de tristes nouvelles ! Cette demoiselle-ci est engagée, celle-là ne veut pas d'amant. »

Sur quoi, malgré l'embarras de sa béquille, il attrapa deux garçons par le col et les traîna jusqu'à la grille. Les autres prirent peur : ils saluèrent les sœurs d'une courte révérence et battirent en retraite. L'entrée du domaine fut bouclée.

« Voilà maintenant qu'on renvoie nos amis ! » protesta Harriet.

Consignée par son frère en haut du perron, la benjamine trépignait de fureur.

« Qu'as-tu à caqueter ainsi ? la railla Wilhem. J'ai défendu ta vertu, tu devrais m'être obligée ! »

Puis, à Petra qui se tenait sur le seuil, les bras croisés, l'air boudeur :

« Ma sœur, nous avons à parler... Paulus m'a dit comment tu t'es conduite chez Judith Leyster. As-tu perdu le sens ? Veux-tu qu'Eliasar te répudie avant de te marier ?

— Qu'il me renvoie ! J'en serais plus aise qu'il ne m'épouse ! »

À portée de main de Wilhem se trouvait la raquette en osier dont usait Frida pour battre les tapis. Le fils Deruick s'en saisit et commença de gifler le mur en cadence.

« Tu dois des excuses à Eliasar ! reprit l'aîné d'une voix rogue.

— Je n'en ferai pas.

— Tu écriras une lettre, ce soir ! Je t'en dicterai le sens et la formule. Et demain, au point du jour, tu iras chez les Bereysten la lui remettre ! »

Les sourcils de Petra s'élevèrent sur son front. Ainsi marquait-elle un refus dédaigneux.

« Mon frère, n'y comptez pas. Cet homme que vous appelez mon fiancé m'est odieux. Je préfère quitter la vie que de prendre son nom ! »

La raquette échappa des mains de Wilhem, qui la ramassa gauchement. Son bras tremblait. Guidant ses sœurs du manche de l'instrument, il les poussa à l'intérieur de la maison. Lorsqu'elle vit entrer les deux filles suivies de leur frère qui tenait la raquette, Frida crut un malheur imminent. En fait, le garçon changea tout à fait de maintien une fois la porte refermée. Maintenant qu'il n'était plus sous le regard d'étrangers mais dans la compagnie des siens, Wilhem devint accommodant et presque tendre :

« Petra, je te prie de m'écouter... nous nous échauffons, nous proférons de vilains mots qui débordent nos pensées. C'est regrettable. Je conçois que l'héritier Bereysten ne soit pas à ton gré. Je ne lui portais pas non plus beaucoup d'estime avant de le connaître mais enfin, à force d'avoir commerce avec lui, je l'ai apprivoisé... Aujourd'hui, il m'est plus cher que bien des camarades ! On ne chemine dans la vie, vois-tu, qu'en s'ajustant de la sorte. Jasper boudait le jardinage, t'en souvient-il ? Il veille maintenant sur les tulipes des Bereysten ! Alors, qui sait ? Toi qui maintenant ne veux pas d'Eliasar, peut-être lui donneras-tu des enfants ? »

Wilhem se livrait avec tant d'abandon que Jasper et Harriet, témoins discrets de la scène, en eurent de l'émotion. Petra, elle, gardait son air revêche. Comme l'aîné lui tendait pacifiquement la main, elle jeta dedans l'éventail qui balançait à son poignet.

« Un éventail, mon frère, pour parader devant les Bereysten !

— Que dis-tu ?

— Voyons, nul n'ignore vos sentiments envers

le recteur, ni les progrès récents de votre intimité ! Depuis que père, par une inspiration funeste, vous a recommandé cet homme, vous êtes devenu son dévot, son adorateur et pour ainsi dire son *mignon*... Vous le suivez partout, vous acclamez tout ce qu'il fait ! Il semble qu'auprès de cet astre, Dieu lui-même pâlirait ! »

Un intense malaise brouillait les traits de Wilhem, baignés dans la clarté jaune d'une bougie finissante. Or, plus l'aîné s'amoindrissait, plus se fortifiait sa sœur dont la voix semblait une lame tirée du fourreau.

« Ne sommes-nous pas, les uns et les autres, au service ou aux dépens des Bereysten, jusqu'à Frida qui fait la lessive d'Eliasar, jusqu'à Harriet qui brode ses gants ? Et vous-même, mon frère, n'avez-vous pas consenti à cet abject suborneur le dernier des hommages ? Voilà de quoi vous devriez rougir, et vous cacher derrière l'éventail ! »

Petra eut un geste étourdi : elle repoussa Wilhem d'une main sur la poitrine. L'aîné toujours juché sur sa béquille manqua perdre l'équilibre, qui s'accrocha de justesse au fauteuil. Dans cette action, l'éventail derechef lui glissa des doigts, non la raquette vissée fermement à son poing.

« Petite pécore, comment oses-tu ? »

Wilhem eut une brusque décharge de nerfs. De toute sa force retrouvée, il saisit le chignon de Petra qu'il envoya rouler sur le sol. La jeune femme ne put se relever avant que l'arme, sifflant dans l'air, ne la giflât en pleine face. Ce fut terrible : la lèvre du dessus creva comme une grenade trop mûre. Une volée furieuse s'abattit alors sur ses bras, sur sa gorge, sur ses épaules, partout où la robe d'un tissu léger libérait la peau. La pauvre fille se recroquevillait sous les coups, rampait en gémissant vers la table, vers la chaise pour y trouver refuge. Jasper voulut s'interposer, qui eut sa part de la raclée. Wilhem ne s'arrêta que de fatigue. À ce moment, il jeta la raquette chaude sur le corps et s'en fut au puits rafraîchir son visage qui flambait de colère. Défense fut faite à Frida ou à quiconque de relever sa sœur gisant sur le plancher.

« C'est mérité ! ajouta-t-il, essoufflé encore du violent exercice. Que cela vous instruise, jeunes gens, sur la vertu de discipline ! Je ne passerai plus la moindre insolence, qu'elle soit de fait ou de parole ! Père m'a fait le chef de cette famille, et j'entends bien la gouverner jusqu'à son retour des Amériques !

— Le plus tôt sera le mieux », chuchota Jasper qui, heureusement, ne fut pas entendu.

Ce soir-là, l'aîné prit son repas seul à la table du séjour et arrangea sa toilette pour sortir. Il fallut, comme au vrai maître de maison, avancer son cheval et brosser son chapeau. Puis l'on ouvrit la grille et Wilhem, allumant sa pipe au feu d'une lanterne, se mit tranquillement en chemin vers *La Vigne d'or*. Frida, qui l'avait accompagné jusqu'à la rue, fut seule à remarquer le tremblement de son poing serrant les guides.

Avril 1637, le 1er du mois.

Comme il approchait de la taverne, l'aîné Deruick observa qu'il n'était pas venu à *La Vigne d'or* depuis deux ans, presque, que Paulus l'y avait invité. Leur entretien gardait dans sa mémoire beaucoup de fraîcheur, bien qu'il se sentît lui-même vieilli d'un lustre, sans plus rien de commun avec le garçon bafouilleur admis ce jour-là à la table du tulipier. Cette illusion se fortifia devant l'auberge repeinte à neuf, enrichie de vitraux, de lampions et d'une superbe enseigne se balançant au bout d'une chaîne dorée. L'intérieur avait changé, sauf la clientèle faite d'habitués. Les tableaux au mur reflétaient la saison ; on avait dépendu les scènes de patinage au profit des marines. Bien sûr, ça fumait toujours : des nuages suffocants roulaient sous les poutres, par endroits si épais qu'ils semblaient lourds de pluie.

Wilhem franchissant la porte s'ébroua du dos et des épaules, demanda du feu pour sa pipe que la bruine avait éteinte. On prit son manteau, on lui servit du vin en guise de bienvenue. Son entrée éveilla les murmures d'une partie des buveurs, des tulipiers pour la plupart, qui lorgnaient la béquille fichée sous son aisselle. Assis sur un banc qu'il occupait seul, l'aîné Deruick toisa l'assemblée d'un regard tiède, assez fat, qui semblait convoquer à sa table tous ceux qu'il étudiait. Des camarades fleuristes vinrent à sa rencontre, ses rivaux dans le métier le boudèrent ostensiblement. Enfin le recteur se présenta, une chope de bière mousseuse à la main :

« Wilhem, quelle joie de te voir ! Eh bien, quelle est cette tête ?

— Une querelle de famille..., confia lugubrement l'aîné.

— Ton frère ?

— Ma sœur, de même. Ils sont ligués contre moi. »

Paulus n'en avait cure, mais se composa une figure de circonstance. Il observa un court silence, guère plus qu'une virgule, avant d'entraîner ailleurs la conversation.

« Je t'attendais plus tôt, les enchères vont commencer... Tout est pour le mieux. Matthijs Hoefnagel est déjà dans la salle, il s'entretient de la vente avec le greffier.

— À quoi ressemble-t-il ? Je ne connais que ses chiens.

— Tu verrais le gaillard ! s'esclaffa Paulus en claquant la cuisse de son élève. Le front calleux, les joues molles, fardé de crasse comme une putain l'est de céruse ! Et avec ça, une bêtise dans les yeux ! Soulevant son chapeau, on n'est pas sûr d'y trouver la tête ! Comment croire qu'il détienne pareil trésor ?

— Justement, l'avez-vous vu ? »

Paulus s'assit lourdement à côté de Wilhem, qui sentit le banc ployer et l'entendit gémir.

« J'ai eu cette chance, oui... Une pièce superbe, deux cents azen pour le moins ! Et sais-tu le meilleur ? L'oignon de *Semper Augustus* porte un caïeu ! C'est comme je te dis, un bulbille de la grosseur de l'œil, adhérant au bulbe par la pointe, en parfaite santé ! »

Le bourgeois leva les yeux au ciel, comme s'il rendait grâce à Dieu de cette merveille. Wilhem, lui, mâchonnait pensivement l'intérieur de ses joues.

« Si l'oignon est double, est-il encore dans nos moyens ?

— Il n'y a pas d'acheteur mieux placé que nous ! Bien sûr, il faudra compter avec Pieter Bol, Barent Cardoes, Francisco Gomez Da Costa... De redoutables adversaires ! Tous sont déterminés à remporter l'enchère. Mais notre fermier ignore le prestige de ces grands fleuristes et, en vrai butor qu'il est, ne verra que l'argent tombé dans son escarcelle ! »

La confiance de Paulus irradiait jusqu'aux tables voisines dont les occupants, sans avoir rien capté de la conversation, partageaient le rire du bourgeois et lançaient leur chope contre la sienne dans des éclaboussures de mousse. Wilhem à son tour s'en sentit réchauffé.

Et si, après tout, Paulus avait raison ? Si ce jour amenait la récompense de leurs efforts, la solution finale de leurs difficultés ? Le regard du jeune homme s'embua. Il se figurait, à quelques sabliers d'ici, remporter la *Semper Augustus* au terme d'enchères effrénées. Sa main se lèverait une dernière fois comme s'abaisserait la craie du secrétaire, tirant trois traits, fermant un cercle — la fleur serait sienne ! C'en serait fini, alors, des craintes et des humiliations ! Les siens l'accueilleraient en triomphe, dans la rue jonchée de tulipes et d'autres fleurs parfumées ! On lui ferait fête jusqu'au matin, on érigerait à sa gloire un trophée de verdure ! Jasper lui demanderait pardon d'avoir ignoré ses mérites, Petra d'avoir entravé ses projets. Et quand père, retour des colonies, verrait la maison pavoisée, la famille prospère, l'aînée de ses filles alliée à un puissant seigneur du voisinage — enfin le nom des Deruick élevé plus haut qu'aucun du pays, il lui ferait compliment de tant d'assiduité ; il lui dirait, les larmes aux yeux : « Mon fils, je suis fier de toi ! »

Une soudaine agitation tira l'aîné de sa rêverie. Il s'éveilla debout, dans le mouvement des tulipiers en marche vers le fond de l'auberge, lui-même emboîtant le pas du recteur qui lui prenait la main. Sa béquille était restée sur le banc.

« Un instant, seigneur !

— Plus tard, mon garçon ! Si nous manquons l'enchère, tout est perdu ! Autant pêcher derrière le filet ! »

L'arrière-salle de *La Vigne d'or*, plaisamment nommée *Le Vin de jouvence*, n'était pas de taille à recevoir tous les marchands qui s'y pressaient, et dont chacun prétendait bien sûr concourir à la vente. Le gardien avait éconduit maints tulipiers, ou supposés tels, qui n'étaient pas affiliés à un cercle harlémois. Pourtant, il ménagea le meilleur accueil au seigneur Bereysten et à son protégé : les deux hommes furent escortés jusqu'à leurs chaises, au premier rang de l'assemblée, où le greffier vint en personne les saluer, rappelant qu'il se mettait à leur service et qu'il ferait son possible pour que la fleur échût « à qui la méritait ». Wilhem savourait ingénument l'idée d'avoir doublé la piétaille.

« Vois ! Tu inspires le respect ! le conforta Paulus. Cette vente te sacrera grand tulipier ! »

Comme le régent formulait cette promesse, son regard avait glissé du jeune homme vers son voisin, un seigneur de belle prestance, assis comme eux dans le premier cercle des marchands, mais dont le siège avait plus d'ornement que les leurs. Deux domestiques en livrée le flanquaient, qui jouissaient eux-mêmes de tabourets en retrait de leur maître.

Un genre de nimbe baignait les visiteurs, surtout le gentilhomme au centre : l'air qui l'enveloppait semblait d'une autre texture, fine et lumineuse, comme si le feu de cheminée, éclairant chichement l'auditoire, avait marqué pour lui sa préférence. Était-ce l'effet de son costume splendide ? Du parfum qui s'exhalait au moindre remuement de ses dentelles ? Tout de sa personne — jusqu'à ses oreilles d'un moule délicat, jusqu'à ses mains divinement blanches, allongées en fuseau au sortir des manchettes — donnait l'idée d'un raffinement hautain, d'une suprême élégance qui n'avait plus besoin du suffrage d'autrui.

En particulier, l'aîné Deruick ne pouvait détacher les yeux du plumet de barbe rousse, taillé en pointe de flèche, qui armait le menton de l'inconnu. La façon en était remarquable : pas un poil ne sortait de l'alignement des autres, ni ne déviait de leur direction. Quels soins ne fallait-il pas, songea Wilhem, pour garder uni ce pinceau velu ? Combien de séances chez le barbier n'exigeait pas son entretien ?

« Qui est-ce ? » s'enquit anxieusement Wilhem. Ses sens en alarme flairaient un danger.

« Constantijn Huyghens.

— Le secrétaire du prince d'Orange ? Le grand seigneur à qui vous vouliez m'introduire ?

— Lui-même. Je le savais en ville, mais j'ignorais qu'il suivrait la vente... Voilà, je ne te le cache pas, qui n'arrange pas nos affaires.

— Parce qu'il est riche ?

— Parce qu'il est influent. Enchérir sur lui serait un affront, et pourrait nous valoir de sérieux tracas ! Pour autant, nous ne devons pas y renoncer... La possession d'une *Semper Augustus* est d'importance à défier quiconque, même un tel personnage ! »

Cette opinion n'empêcha pas le seigneur Bereysten, à qui Huyghens adressait un salut distrait — sa main sur l'accoudoir levant deux doigts —, d'incliner servilement la tête, chapeau bas et droite à la poitrine. Le regard de Wilhem croisa par accident celui du gentilhomme ; il devint comme de pierre.

L'oignon de *Semper Augustus* fut mis à prix deux cents florins, ce qui d'emblée fâcha les maîtres tulipiers. Ceux-là jugèrent l'annonce « honteusement basse » et prédirent qu'on n'en finirait pas. D'aucuns, même, parlèrent de se retirer. Au contraire, les petits collectionneurs, les amateurs désargentés — ce que Paulus nommait le *tout-venant* — profitèrent de l'aubaine. Ils s'inscrivirent à l'encan, pour le seul plaisir d'être dans la course et de disputer la merveille aux fleuristes aguerris. Ce procédé fit qu'au premier tour d'enchères, toutes les ardoises furent brandies, à l'exception remarquable de celle du gentilhomme Huyghens — lequel, étranger eût-on dit à cette agitation, étudiait d'un air distingué l'alignement des boutons sur sa manche.

« Voilà un seigneur ! admira Paulus.

— Pourquoi ne mise-t-il pas ?

— C'est par fierté. Il se croirait déshonoré d'entrer si tôt dans la mêlée ! Mais patiente un peu... Les prix vont monter, les acheteurs vont se dédire. De la profusion d'ardoises que tu vois, telles des fleurs communes serrées sur une plate-bande, il n'en restera pour finir que trois, peut-être quatre. Gageons que Huyghens sera du nombre ! »

Paulus disait vrai. Plus avançaient les enchères, moins s'élevaient d'ardoises, et plus se réduisait le groupe des acquéreurs. Cela semblait un nœud coulant se serrant peu à peu : il n'enferma bientôt plus que trois cercles de tulipiers, puis deux, enfin l'étroit collège des marchands assis autour du greffier — preuve qu'on attribuait les places avec discernement ; ne restaient au voisinage du secrétaire que les candidats sérieux à l'adjudication du bulbe.

Le propriétaire de la *Semper Augustus*, occupant un fauteuil près du grand tableau, promenait sur l'assemblée l'œil d'un bœuf au pâturage. Sa droite portait une chope de bière dont il n'avait pris qu'une gorgée et dont la mousse, tantôt débordante, s'affaissait dans un doux pétillement. Sa gauche, formée en poing, serrait à le broyer l'oignon de tulipe. On n'avait pu obtenir du fermier qu'il confiât son bien au secrétaire, comme l'exigeait pourtant la procédure, ni qu'il laissât les marchands l'examiner. Seuls Paulus Van Bereysten et quelques hauts tulipiers avaient, par faveur insigne, entrevu l'oignon noir et terreux au fond de sa paume — mais aussitôt les doigts du paysan s'étaient repliés, comme se scelle la lourde porte d'un coffre-fort.

Depuis, Matthijs Hoefnagel assistait silencieux à l'accroissement de son bien, sans marquer d'aucune façon qu'il y trouvait intérêt ou plaisir. Il semblait au contraire accablé d'ennui : ses paupières tombaient, de vastes bâillements étiraient ses joues. C'était pour beaucoup de tulipiers, engagés dans une bataille féroce, un sujet d'étonnement et d'aigreur.

« Cet homme n'est pas fait comme nous autres ! mugissaient-ils. Si j'empochais, moi, le tiers des florins qu'on lui promet, je danserais la gaillarde sur les tables, et tous auraient droit de souper à mon compte ! »

En vérité, leur patience commençait à s'user. De mémoire de fleuriste, on n'avait jamais vu de vente si longue, ni d'oignon si disputé. Trois fois déjà, la fille de taverne avait renouvelé l'huile des lanternes et renversé le sablier du comptoir. Les tonneaux sonnaient creux, bien qu'on ne cessât d'en mettre en perce. C'est que la soif était chez tous :

chez les clients sortis d'enchère, dont l'alcool apaisait le chagrin; chez ceux encore inscrits, qu'encourageaient de fréquentes prises de vin. Quand les marchands ne buvaient pas, ils tiraient sur leurs pipes, d'un modèle uniforme, ou prisaient bruyamment du tabac virginien. Le pot à braises passait d'une table à l'autre, jusqu'à refroidir; alors un garçon assis près de la cheminée le bourrait de tisons neufs et faisait circuler. Ce tour du pot scandait le temps mieux que la dépense du sablier, de moins en moins lisible derrière les bancs de fumée. Les tulipiers s'habituaient à voir aller et venir la petite brasière, et l'idée les gagnait qu'elle tournerait peut-être à perpétuité — qu'on les trouverait là, chauffant leurs pipes noircies, jusqu'aux confins nauséeux de la nuit.

Personne, assurément, n'attendait du seigneur Huyghens qu'il relançât les enchères, lui qui luttait de discrétion avec le vendeur et n'avait, de toute la soirée, fait autre chose qu'agacer les franges de son habit. Aussi surprit-il tout le monde quand, se redressant sur sa chaise, il énonça d'une voix flûtée et d'une diction très pure :

« Mon prix est de dix mille guilders. »

Un valet écrivit la somme sur l'ardoise et l'éleva bien haut, afin que personne ne doutât du sérieux de la proposition.

L'assaut tardif du gentilhomme créa la confusion. À ce moment, en effet, l'enchère la plus grosse culminait à huit mille sept cent trente guilders en progressant de cinq en cinq, cadence que les tulipiers jugeaient bien suffisante à l'assèchement de leurs finances. Les acheteurs en lice n'étaient plus que trois, inclus Wilhem et le recteur — lesquels comptaient ensemble pour un. L'aîné Deruick, chargé d'enchérir pour son mentor, avait si souvent levé le bras qu'une crampe s'y était mise, du coude au poignet; aussi gardait-il ce membre debout, ne l'abaissant plus qu'à intervalles très longs pour frotter son ardoise.

« L'enchère n'est qu'à huit mille florins! » rappela furtivement le greffier, une plume encrée glissée derrière l'oreille.

Les cils féminins de Huyghens se relevèrent, marquant l'étonnement d'un homme qu'on n'interrompt jamais, et que sa conscience seule peut réfuter.

« Plaît-il?

— L'enchère est faite plus bas! » osa traduire le moindre des fleuristes encore intéressés à la vente, qui avait misé tout son possible et n'aurait pu offrir davantage.

Le menton du gentilhomme se fronça, ce dont l'effet inattendu fut de hérisser sa mouche telle la livrée d'un porc-épic.

« Messieurs les gens de tulipe, voilà bientôt quatre sabliers que vous ferraillez pour cet oignon de fleur... Il semble que vous soyez mieux prodigues de votre temps que de votre argent. Toute une nuit à chicaner n'est pas pour vous si grande perte! Je suis au contraire riche de mon or et pauvre de mes jours. On m'attend demain aux états généraux où le *stathouder* en personne m'entretiendra des affaires du pays. Je ne saurais me présenter devant sa Seigneurie l'esprit embrumé de sommeil! De grâce, finissons-en! J'offre dix mille guilders... Ils sont ici, dans mon carrosse, à l'abri d'un coffre écussonné. Je les déposerai entre vos mains, sieur greffier, pour prix de cette tulipe. Il n'y a pas, je crois, à discuter davantage !

— Quelqu'un peut encore couvrir votre enchère ! intervint le même objecteur que tantôt.

— Eh bien, qu'il parle alors ! Pourquoi se tait-il ? Allons, qui ? Qui enchérira sur dix mille florins ? »

Le gentilhomme tournait la tête de droite et de gauche, souriant maintenant, les doigts frétillant en l'air. Il semblait prendre plaisir au débandement des tulipiers, à leurs mines ahuries fuyant son regard. À l'évidence, ces enchères où les Harlémois engageaient tous leurs biens, et pour certains tout leur avenir, n'étaient pour lui qu'une amusette, un délassement comme le passe-dix ou le croquet. Ses valets l'avaient bien senti, que gagnait la bonne humeur de leur maître.

« Alors ? Quelle offre au-dessus de la mienne ? J'attends ! »

Le greffier s'aperçut enfin qu'on usurpait son autorité. Même alors, il n'eut pas l'estomac d'affronter Huyghens mais s'ajusta prudemment à la position du gentilhomme en lançant d'une voix faible, sa craie touchant déjà l'ardoise pour clore la vente :

« S'il vous plaît, messieurs, épargnons le temps du seigneur Huyghens ! Sommes-nous d'accord qu'il a placé l'enchère la plus haute ? »

C'était une allégeance si pitoyable que même Paulus en fut heurté. Il se tourna vivement vers son élève :

« Wilhem, allons-nous laisser faire ? Voilà Huyghens sur le point d'emporter la *Semper Augustus* !

— Hélas ! Puis-je aller contre ?

— Il faut couvrir l'offre !

— Vous seul en avez le pouvoir !

— Est-ce à moi de délier ma bourse, quand tu m'es débiteur de dix mille florins ?

— Comment faire, sinon ? Le dépôt des Deruick à la banque ne passe pas douze cents guilders !

— Et je prétends, moi, que tu possèdes un bien de plus haute valeur ! »

Le bourgeois n'indiqua pas lequel mais, s'emparant de la craie du garçon, traça sur son ardoise un carré surmonté d'un triangle, le premier s'ajustant au second. L'aîné Deruick interpréta facilement ce dessin.

« Notre maison sur la Kruisstraat ? Seigneur, avez-vous l'oreille dure ? Je vous ai dit qu'elle n'était pas à vendre ! Mon père a refusé son consentement.

— Cornelis n'est pas ici ! constata froidement le recteur. Il serait temps, jeune homme, que tu respires par tes propres voies et cesses de mendier la becquée ! Ton père t'a nommé chef de famille et comme tel, maître absolu de ses biens ! Alors, que décides-tu ? »

Toute cette causerie n'avait duré qu'une pincée de sable, le temps pour le greffier d'effacer son ardoise ou pour le robinet à vin d'alourdir une coupe. Il passa encore quelques instants avant que Wilhem annonçât son dessein :

« Désolé, messire, il n'en est pas question !

D'ailleurs, notre maison vaut huit mille guilders, tout au mieux, peut-être neuf depuis qu'on y fait des travaux ! Ça n'arrangerait rien !

— Une cigogne ne vient-elle pas d'y nicher ? » insista malicieusement le recteur.

La craie revint sur l'ardoise pour dessiner une cheminée.

« D'où tenez-vous cela ?

— Qui l'ignore à Haarlem, cette ville de souffleurs d'oreilles ? La rumeur court plus vite qu'un palet à la crosse ! Si ta maison est coiffée, elle vaut dix-huit ou vingt mille florins, plus qu'aucune dans la cité ! Veux-tu la céder à ce prix, acquérir l'oignon de *Semper Augustus* et t'allier à notre famille ? Ou préfères-tu garder votre logis, auquel s'attache la dette qu'a reconnue ton père ? Fais ton choix, jeune Deruick ! »

Pressé d'en finir, le secrétaire s'apprêtait à fermer le cercle autour des cinq chiffres de la plus haute enchère. Une injonction du bourgeois l'arrêta.

« Retiens ta craie, greffier. Mon ami va enchérir !

— Il n'est plus temps, messire Bereysten...

— Retiens ta craie, te dis-je, ou j'en bourrerai tes narines ! »

Dans la colère, la voix du recteur s'amplifiait anormalement, au point d'agiter les fenêtres et de troubler la bière. Certaines parties de son corps, surtout la gorge, pouvaient enfler comme le cou des crapauds. Il devenait risqué de lui déplaire. Le greffier le sentit qui, choisissant de deux périls le moindre, adressa à Huyghens un regard éploré signifiant à peu près : « Avec une brute pareille, impossible de rien faire ! » Le gentilhomme parut de cet avis.

Wilhem, lui, s'encoignait dans sa chaise, manœuvre puérile pour éloigner le fauve. Pourtant, l'homme capable de tels rugissements se fit suave et miauleur pour donner ses raisons :

« Mon garçon, je ne veux pas diriger ta conduite, ni influer en rien sur ta conscience ! Il t'appartient, bien sûr, de scruter partout l'intérêt des tiens et d'agir pour leur défense. Mais vois aussi que mes conseils ne t'ont jamais manqué ! Je t'ai tiré du ruisseau, ou tout comme, et t'ai porté en peu de jours au premier rang de l'assemblée tulipière. Je t'ai donné de l'or, des habits, un carrosse, encourant même la censure de mon fils qui te sentait préféré. N'est-ce rien que tout cela ? N'ai-je pas conquis, par tant de bienfaits, quelque titre à ta confiance ?

— Sans doute », lâcha Wilhem qui sentait la poire d'angoisse enfler dans sa gorge.

Le régent hocha la tête, satisfait. Malgré sa carrure imposante, l'échine courbée exprès lui donnait l'allure d'un vieillard inoffensif, tout à l'opposé du monstre de tantôt. Il fut comédien jusqu'à tousser une ou deux fois, entortiller dans son mouchoir un crachat de malade.

« Pourquoi te tromperais-je, aujourd'hui ? Pourquoi lacérer une étoffe si patiemment ourdie ? Non, mon garçon, je n'aspire qu'à ton bien... Et le bien que je vois pour toi, pour ta famille, a les contours de cet oignon magnifique, il a son poids et sa couleur ! Allège-toi d'une maison qui vous pèse, je te ferai, comme au frère de ma bru, une position à en acheter de plus belles ! Même, je t'avancerai l'argent pour éviter aux tiens un séjour incommode à l'auberge. Entends-tu ? Vous déménagerez à mes frais ! Il n'y aura qu'à vider l'une des chaumières que je loue dans la ville. C'est facile comme de moucher cette flamme ! »

Joignant le geste à la parole, le recteur pinça du pouce et de l'index la mèche ardente d'une bougie. Une âcre fumée blanche s'éleva du cordonnet éteint.

« Autre chose..., continua Paulus qui sentait la résistance de son élève. Ce gentilhomme que tu défies... »

Il enferma l'oreille du garçon dans le pavillon de ses doigts.

« Ce gentilhomme, te dis-je, avait pour père le secrétaire du Conseil d'État. Encore enfant, il jouissait déjà de grands privilèges, et voyait l'avenir se déployer cent fois plus beau qu'à toi... Tandis que tu ânonnais le latin dans un cabinet sans chauffage, lui s'en instruisait devant un feu de cheminée, en piochant des sucreries sur un plateau d'argent. Pendant que tu t'écorchais les doigts sur les boyaux d'un mauvais luth, lui caressait le sien fait des bois les plus tendres, cueillant à chaque note les compliments du professeur. De toute chose il a reçu la meilleure part, de tout fruit il a mangé la pulpe et de tout pain la mie ! Songe aux efforts qu'il t'a fallu fournir pour atteindre le degré d'éminence qu'en naissant son pied foulait déjà ! Songe aux occasions qui t'ont manqué, et qui lui furent servies ! Veux-tu perpétuer cet ordre ? Veux-tu que le seigneur Huyghens remporte sur toi ce bulbe de tulipe comme il a conquis sur tes pareils la gloire et la richesse, non par mérite mais en les confisquant ? Ou bien seras-tu l'instrument de la vengeance, et infligeras-tu à ce godelureau une sévère leçon, la seule peut-être de toute son existence ? Voilà le procès de ta conscience, jeune Deruick, qu'il faut trancher céans ! »

Tant l'agitaient les paroles du recteur, Wilhem reconnut trop tard la main étrangère qui remontait sa cuisse et se logeait fort haut, presque au pli de l'aine. Il tressaillit d'épouvante, chassant l'intruse comme il eût fait d'une araignée. Or la main revint, s'installa — un pouce plus près de sa braguette. Paulus avait-il perdu l'esprit pour faire ses avances en pleine réunion tulipière ? D'un mouvement aussi lent que possible, Wilhem enfouit la main dans les plis abondants de sa cape et chercha encore, pliant et dépliant les jambes, à lui faire lâcher prise. Ce faisant, il adressait à son voisin une supplique épeurée :

« Messire, je vous conjure...

— Qu'as-tu décidé ?

— Votre main...

— Ton choix ! »

Wilhem comprit qu'il n'aurait la paix qu'en répondant. Un sentiment d'hostilité s'éveilla en lui, non contre Paulus mais contre Huyghens, témoin de sa dégradation. Cette émotion culmina lorsqu'il vit se former un sourire sur la face du gentilhomme — sourire qui n'exprimait qu'un léger amusement devant l'embarras de son rival mais où l'aîné crut déchiffrer de la moquerie, celle qu'avaient toujours subie les siens à cause d'un habit élimé, d'un cheval cagneux, d'un balcon branlant, et dont sa rancune s'était longuement nourrie.

Alors, le bras de Wilhem se leva tout droit et d'un ton péremptoire, il annonça :

« J'enchéris.

— Qu'enchérissez-vous ? sursauta Huyghens.

— Ma maison sur la Kruisstraat, à Haarlem, dont Heer Bereysten peut témoigner qu'elle est riche et de belle apparence. Une cigogne vient aussi d'y nicher !

— Ça vaut vingt mille guilders, pour le moins ! soutint le recteur d'un air compétent.

— Fadaises ! jura le gentilhomme. Greffier, je vous défends d'enregistrer cette offre ! L'oignon est mien !

— Enchérissez, si vous pouvez ! le provoqua Wilhem.

— Tais-toi, gamin, et va jouer aux billes ! »

Si l'aîné Deruick gardait la moindre hésitation à rompre des lances, cette insulte en eut raison. Dans le sablier qui suivit, le jeune tulipier se montra l'adversaire le plus farouche qu'eût jamais combattu Huyghens, en parole ou en fait. Il rendait coup sur coup, répliquait mot à mot, au point qu'il semblait de son antagoniste la copie au miroir.

À la fin, l'avantage fut quand même acquis à Wilhem, parce que l'aubergiste envoyé sur son ordre constater l'état de la propriété Deruick la dépeignit superbe, affirmant qu'il n'avait de sa vie admiré de maison si bien faite ni si bien installée. Ce témoignage du maître des lieux, d'autre part prédicant de bonne renommée, convainquit le greffier qu'il pouvait adjuger au plus jeune l'oignon de *Semper Augustus*. Le chiffre fut barré, le cercle dessiné, au grand dam du gentilhomme qui quitta la salle en vociférant, épandant au hasard ses menaces et ses imprécations.

Dès Huyghens en allé, on se hâta d'apporter du papier, des plumes, un encrier d'étain, tout l'attirail à écrire. Paulus rédigea lui-même l'acte de cession du domaine, besogne pour laquelle sa charge d'avoué le qualifiait. Il ne resta qu'à signer, ce que Wilhem fit sur-le-champ. Alors l'aîné puisa dans la boîte qu'on lui tendait ouverte du sable à poudrer l'encre fraîche.

« Croyez-vous que je fasse bien ? » demanda-t-il au greffier qui le lorgnait drôlement. Ce dernier répondit d'une énigme :

« Demandez au pinson s'il fait bien de chanter !

— Oh, qu'importe, après tout ! observa Wilhem à part lui. Cette maison ne m'est rien et Petra, ma sœur, est toute ma vie... Un jour, elle me sera reconnaissante de l'avoir mariée ! »

On secoua Matthijs Hoefnagel, presque endormi, pour qu'il relâchât le bulbe toujours enfermé dans ses doigts. Le fermier s'étonna d'apprendre qu'un palais lui avait échu dans son sommeil. Le marché lui plut et il l'agréa à sa façon, crachant deux fois dans sa main qu'il tendit souillée à l'adjudicataire. À cet instant, l'oignon si précieux roula de sa paume dans celle de Wilhem Van Deruick, qui ne le garda pas mais l'offrit à son maître. Ce dernier le reçut en extase, au milieu des clameurs de toute l'assemblée.

« Messire, tout est accompli ! déclara solennellement l'aîné.

— Je te félicite, Wilhem, tu as payé ta dette ! C'est un jour à marquer d'une pierre blanche ! Hâte-toi d'écrire à ton père la nouvelle de ce succès... Il sera comblé, sans doute, d'apprendre que la plus riche des fleurs m'est venue par ton entremise ! »

L'affluence était telle autour du recteur, tant de marchands voulaient l'étreindre et l'embrasser que Wilhem ne put rester longtemps dans son voisinage. Comme une feuille chassée du tourbillon, il fut entraîné loin de Paulus, charrié vers la sortie par les remous de foule. En chemin, il reprit sa béquille qui n'avait pas quitté le banc. Ce fut alors qu'il avisa Jasper, debout au seuil de la taverne et paraissant le chercher du regard. Sa mine était tourmentée. Wilhem s'efforça d'atteindre son frère, s'ouvrant un chemin à l'aide de son bâton.

« Jasper ! Qu'y a-t-il ?

— Petra a fugué ! lui apprit d'emblée le cadet.

— De quoi ?

— Elle a quitté sa chambre par la croisée et réussi, on ne sait comment, à gagner la rue sans se faire voir ! Ernst Rotteval devait l'attendre au coin...

— Qui te l'a dit ?

— Dame Baelde, notre voisine. Le carrosse s'est enfui sous ses yeux !

— Maudit ! Que ne l'as-tu pris en chasse ?

— Tu es meilleur cavalier !

— C'était avant qu'un chien ne m'écorche la jambe ! »

Wilhem monta sur la pointe de son pied valide

pour voir le recteur. Mais la presse autour du bourgeois s'amplifiait toujours. Il n'y avait plus d'espoir de l'atteindre avant la dispersion des curieux.

« Jasper, je me charge de Petra. Demeure ici, tâche de parler au régent ! Le temps me manque de tout t'expliquer. Apprends seulement que j'ai remporté l'enchère et que ma dette est close. Rien ne s'oppose plus à l'union d'Eliasar avec notre sœur ! Je vais la trouver et la ramènerai chez nous ! Mais Paulus aussi doit préparer son fils à la noce, que nous célébrerons dès mon retour.

— Pourquoi si tôt ?

— Obéis à mes ordres ! Et dispose la maison pour le mariage ! Allons, puis-je compter sur toi ?

— Oui, mon frère ! »

Les deux garçons se donnèrent une accolade, comme ils n'en avaient échangé depuis longtemps. Puis leurs chemins se séparèrent : Wilhem partit en clopinant vers son cheval, Jasper se faufila dans la cohue.

La nuit empêcha l'aîné Deruick d'accomplir aussitôt son dessein. Jusqu'au petit matin, il erra sous les remparts de Haarlem, longeant les fosses à petit-lait des blanchisseurs, en espérant qu'un hasard le mettrait sur la piste du carrosse. Hélas ! Aucun des portiers dont il achetait la confession avec du tabac — « prends, l'ami, ça tient chaud ! » — n'avait souvenir qu'une voiture comme ceci, portant l'écu comme cela, se fût présentée à la herse. Wilhem supposa que le cocher avait déguisé son forfait en camouflant le véhicule. Son espoir en fut cruellement entamé.

« J'ai méjugé de lui. Ce drôle est plus rusé qu'il n'y paraît ! »

Il était au point de renoncer quand l'éveil d'un jour avare, tout chiffonné de bruine, révéla de profonds sillons dans la boue — deux ornières à l'écart invariable signées d'un entrelacs de trois lettres, « P », « V » et « B », où l'aîné reconnut le monogramme du seigneur Bereysten. La double rainure franchissait la *Grote Houtpoort*, la grande porte des bois, et s'échappait ensuite dans la campagne.

« Voilà ton erreur, Ersnt ! Lcs roues ont signé ton passage ! »

Wilhem rendit grâce à Dieu de son concours. Sans tarder, il mit son cheval sur les traces de la voiture, bien visibles malgré l'impression d'autres plus fraîches qui toute la nuit les avaient croisées et par endroits couvertes. Sa monture garda le petit trot deux heures durant, en sorte qu'avant midi, son regard porté au dernier tournant du chemin vit le carrosse arrêté près d'une auberge.

Sûr qu'on ne le suivrait pas, Ernst s'était dispensé de tout soin pour cacher sa présence : la voiture stationnait devant l'hôtellerie, au vu de tout le monde, avec ses portières repeintes à neuf dont la couleur — un rouge aguichant — gouttait sur le sable ; l'encoche d'un ciseau malhabile se lisait à l'endroit où d'ordinaire bombaient les écussons.

Wilhem descendit de cheval, chargea posément son pistolet comme lui avait appris le recteur puis entra dans l'auberge, l'arme au poing. La béquille gênait ses mouvements — détail qui, loin de réduire l'efficacité du canon, étendait sa menace (le coup pouvant partir soit déclenché, soit par inadvertance).

Dès le seuil, l'aîné Deruick remarqua sa sœur attablée avec le cocher, qui prenaient leur repas en simples voyageurs. Devant eux s'étalaient les reliefs d'un dîner d'étape : une miche de pain noir éclaboussée de soupe, une jatte de salade, enfin la pièce de choix, une boule de fromage à l'écorce rouge où Rotteval taillait des lichettes à la tranche du couteau.

C'était la première fois que Wilhem voyait les deux jeunes gens ensemble, dans ce début d'intimité, et la vérité est qu'il les jugea bien assortis ; mieux, sans doute, qu'Eliasar et Petra dont l'assemblage semblait contre nature. Cette pensée l'arrêta. Il s'était préparé à une action rapide — surprendre le couple, tenir le cocher en respect pendant qu'il entraînerait sa sœur — mais n'en trouvait plus la force, ni peut-être le sens. Un doute freinait ses gestes et ses pas.

« La peste soit... », jura Wilhem en inclinant son canon.

Mal engagée, la pierre à silex quitta son logement et chut sur les dalles du seuil. Ce bruit fut entendu du cocher qui leva les yeux de son écuelle. Il avisa le frère de Petra un pistolet à la main et, dans un sursaut de peur, bascula hors de sa chaise. Le malheur fut qu'un poignet resta pendu au siège et que l'épaule tira, rouvrant la plaie encore vive du garçon.

« Aïe ! » s'écria un client pour lui.

Du sang maculait la chemise d'Ernst ; les taches fonçaient, grandissaient en plusieurs points du torse, tandis qu'au contraire blêmissait le visage.

« Mon Dieu... », balbutia l'aîné en ramassant la pierre à silex.

Il s'avança en direction du blessé mais, se rappelant soudain l'objet de sa visite, s'en détourna vers Petra. Sa main libre se tendit vers la jeune femme.

« Viens, ma sœur ! Ta place n'est plus ici. »

Or Petra, percluse d'effroi, gardait sa chaise. Le pain qu'elle avait en bouche lui tombait des lèvres, humide et à moitié mâché.

« Viens..., pria l'aîné d'une voix enjôleuse, la tête tendrement inclinée. Ta dot a été payée hier au seigneur Bereysten. Les noces seront célébrées à notre retour. Quant au fripon qui t'a enlevée...

— Il ne m'a pas enlevée. J'ai consenti à ce voyage. »

Plantant la béquille entre deux dalles, Wilhem gratta son nez où resta la poudre grise du pistolet. L'arme pointait le cocher gémissant à terre, suivait ses mouvements tel un serpent dansant avec sa proie.

« Petra, ta résistance me peine ! Depuis que père m'a confié le gouvernement de la famille, vous n'avez cessé, les uns et les autres, de discuter mes avis et d'affronter mes idées. Le diable vous possède-t-il, à la fin, pour vous mutiner contre moi ? Suis-je un étranger parmi les miens ? Une dernière fois... »

Le canon dirigé sur Ernst Rotteval dévia vers Petra, se mettant à niveau du cou qui palpitait étrangement, comme si voulait sortir une bête piégée à l'intérieur. En même temps, le regard de l'aîné s'écarta de sa sœur qu'il avait honte, peut-être, d'ajuster ainsi.

« Une dernière fois, Petra, je te dis de me suivre ! »

La jeune femme se leva et fit deux pas à la rencontre de son frère — au-devant de l'arme qui remuait, gueule béante, comme animée d'une vie propre dans le poing du tulipier. Ce fut alors que Wilhem remarqua la grosse clef de bronze pendue à la chaînette de sa robe.

« Quelle est cette clef? »

Petra s'immobilisa sans répondre. On la vit élargir l'encolure de son vêtement et dégager les boucles qui frôlaient ses épaules, tel un condamné appelant sur sa poitrine la salve d'arquebuses.

« Tire, si tu veux !

— Je t'en prie.

— Où allons-nous ?

— Pardi ! À la maison !

— La maison n'est plus vôtre. »

Cette voix d'homme entrant dans leur causerie déplut fort à Wilhem. Il chercha le cocher et découvrit qu'il avait rampé jusqu'au comptoir pour s'y adosser. Sa blessure épanchait moins de sang. Une volonté neuve brillait dans son regard.

« La maison a changé de maître ! insista Rotteval. Vous l'avez cédée pour prix d'un oignon de tulipe... »

Le bras sur la béquille fut pris de tremblements. Wilhem échangea le pistolet pour le bâton sans se distraire des deux jeunes gens.

« Comment le sais-tu ? L'affaire n'était pas faite quand vous avez quitté Haarlem !

— Je l'ai appris d'Eliasar. Les Bereysten vous ont joué. Paulus n'avait que faire de la *Semper Augustus*, c'est votre maison qu'il convoitait !

— Tu mens !

— Je ne crois pas que son fils épouse jamais Petra. Son intérêt... »

La balle de plomb, poussée au fond du canon sur une tassée de poudre, jaillit dans l'explosion. Il y eut un panache de feu, des vapeurs soufflant devant et derrière, et tant de bruit que l'air parut froissé. Du plâtre tomba en pluie du plafond mitraillé.

Ce fut pour Rotteval comme si le coup l'avait atteint. Accrochant la barre du comptoir, il fit effort pour se mettre debout et recula vers une porte au fond de la salle. La menace du pistolet l'aida à la franchir. Pendant sa retraite, il n'avait pas eu un regard pour Petra ni un mot pour Wilhem. Son chapeau était resté sur la table, où s'attardait aussi un canif à demi replié.

« En voilà un poltron ! siffla l'aîné. Allons, ma sœur. Le point est mis à ce long bavardage. »

Hébétée, presque assourdie par la détonation, la fille Deruick suivit son frère qui béquillait vers la sortie. Tout le monde fut sur le seuil pour voir l'infirme se mettre péniblement en selle et sa sœur, guère plus vaillante, monter ensuite en croupe.

« L'amant a déguerpi, le frère s'en va ! grommela l'aubergiste. Et alors, qui payera le dîner ? »

L'équipage Deruick prit le chemin à faible allure, la seule possible avec une passagère. Petra pesait si peu sur la monture, et gardait un silence si têtu, que l'aîné se retourna plusieurs fois pour s'assurer de sa présence. De fait, plutôt qu'un corps doué de vie, il lui semblait porter un sac ou un fagot de bois.

« Je regrette d'avoir affolé ce garçon..., reconnut Wilhem. Mais enfin, il me tenait tête et débitait des sottises ! Pour l'honneur de notre famille, je ne pouvais souffrir que ce drôle, après avoir souillé ta réputation, s'en prît ensuite à moi !

— Il s'est enfui.

— Qu'espérais-tu ? Ma pauvre, tu t'es éprise d'un benêt ! Enfin, l'affaire est close. Je me réjouis qu'elle ait fini sans épandre de sang ! »

Ils franchirent les remparts de Haarlem au déclin du jour. Les passants se retournaient sur cet étrange arroi d'une fille en jupon, au visage tuméfié de coups, et d'un homme dont la béquille, glissée dans une fonte de son cheval, équilibrait l'épée battant sur son genou. Plus ils approchaient de la maison, plus l'animal semblait nerveux. L'humeur du cavalier se transmettait à lui par la bride, tirée sans relâche, et par les étriers qui donnaient l'ordre contraire.

« C'est une mauvaise journée... », décida Wilhem à l'aspect de leur maison, froide et fermée, dont rien ne vivait que le nid de cigognes coiffant la cheminée.

Son opinion changea lorsqu'il poussa la grille. Jasper avait abattu une rude besogne en leur absence. Un temple de verdure s'élevait au milieu du jardin, qui encadrait l'image d'un cœur brûlant flanquée de hauts chandeliers. Des guirlandes fleuries, certaines lamellées d'or, traçaient une sorte de chemin vers le perron, dont chaque degré s'ornait aussi d'un bouquet printanier.

« Quel charmant décor ! » apprécia l'aîné en humant des jonquilles ficelées aux poteaux de l'auvent.

À l'intérieur, passé le vestibule et sa tonnelle de feuillage, le séjour était transformé. On avait déménagé la lourde table en noyer et poussé toutes les chaises contre le mur. Seuls deux fauteuils, les plus cossus, trônaient au centre de la pièce. C'est là que s'assiéraient les fiancés pour boire l'hypocras et recevoir leurs invités. Wilhem salua Frida en train de suspendre des anges de cire au plafond. Elle descendit de l'escabeau pour faire sa révérence.

« Est-ce toi qui as paré la maison ?

— Sur l'instruction de votre frère. Harriet m'a aidée », répondit la servante d'une voix craintive, comme dénonçant des complices.

L'aîné lui glissa un sou dans la paume.

« Mais c'est très bien ! Sur ma foi, on se croirait au verger des Hespérides !

— Il ne reste qu'à exposer les miroirs, les couronnes et les devises, indiqua Frida qui n'avait pas souri du compliment. J'en descendrai tantôt du grenier. »

Wilhem approuva deux fois, hochant vigoureusement la tête. Cependant, il ne savait quel détail dans la mise de la servante ou dans son maintien l'avertissait de complications. Ses mains s'unirent sur le coussin de la béquille pour en soulager son aisselle.

« Quelque chose ne va pas, Frida ? Où sont mon frère et ma sœur ?

— Messire, nous préparons le mariage, mais nous sommes sans nouvelles du fiancé.

— Comment ?

— Eliasar Van Bereysten n'a pas reparu après la vente des tulipes, ni non plus son père. Votre frère enquête. Je crois qu'il s'est rendu chez eux.

— Et Harriet ?

— Elle est allée quérir des musiciens pour l'orchestre, demain.

— Pourquoi demain ? Le mariage sera célébré ce soir !

— Nous sommes dimanche, messire. Ceux qui s'épousent un dimanche ont mauvaise chance. »

Wilhem sentit l'angoisse pousser de longues aiguilles dans ses veines. Ses yeux s'arrêtèrent sur un Cupidon en pain d'épice dont le sourire, grossièrement modelé, lui parut méchant. Il l'arracha à sa ficelle et le foula aux pieds. Ce geste horrifia la servante qui fit retraite vers l'escabeau.

« Petra ? Où est Petra ? » s'éveilla soudain Wilhem.

Il s'aperçut l'avoir laissée sur le cheval. Ce fut dans la même posture qu'il la trouva, raide et blanche, à l'arrière de la selle.

« Tout va bien, ma chérie... Ton fiancé papillonne, mais j'ai un filet pour le prendre. Je te donne ma foi qu'avant qu'il soit minuit, il t'aura épousé — le pistolet aux reins, s'il le faut ! »

La maison du recteur ne se trouvait qu'à quelques rues de leur propriété, qui parurent à Wilhem tout un continent. Sa hâte de rencontrer

Paulus était si grande qu'en secouant la cloche, il en rompit la chaîne. Accourant non au son de l'instrument, mais au bruit des poings qui martelaient la porte, un domestique passa la tête.

« Heer Bereysten est-il au logis ? lança le visiteur.

— Il n'y est pas.

— Et son fils ?

— Non plus.

— J'entre.

— Vous n'entrez point ! »

L'aîné Deruick poussa de l'épaule pour forcer le passage mais le valet, campé sur ses jambes, parvint à s'opposer. Tout de même, les deux hommes firent assez de désordre pour qu'un carreau s'ouvrît dans les hauteurs du bâtiment. Une figure hostile émergea, coiffée d'un bonnet de nuit.

« Eh bien, peut-on avoir la paix chez soi ? pesta Eliasar comme s'il traitait un étranger.

— La paix, un jour de noces ? Au logis du fiancé ? » rebondit vertement Wilhem.

La tête disparut, le carreau se referma mais un moment plus tard, le fils Bereysten relayait son valet à la porte d'en bas. Il avait gardé la serviette autour du col pour bien montrer qu'on troublait son souper. Ce détail fit jouer chez Wilhem un vieux ressort de politesse. Niaisement, il toucha son chapeau dont la main s'enleva trop tard, comme du rebord brûlant d'un poêle. Eliasar ne rendit pas le salut.

« Wilhem Van Deruick ! Vous avez le front de paraître ici, après le tort fait hier à mon père ? Que ne vous cachez-vous plutôt ! Que n'allez-vous chercher l'abri d'une caque ou d'une citerne ! »

Le visiteur s'attendait si peu à cet assaut qu'il chancela sur sa jambe valide.

« De quoi ?

— Pardi ! siffla Eliasar en piquant la poitrine du garçon de son index, dur et pointu comme une lance. Vous avez humilié Constantijn Huyghens, l'un des plus hauts personnages des Provinces, en sorte que ce matin, il a entrepris mon père de fort vilaine façon, disant qu'il le tenait coupable de cet affront et le lui ferait payer !

— Mais... n'ai-je pas enchéri sur le conseil de votre père ?

— Au contraire, il vous a mis en garde de ne pas blesser ce gentilhomme, et d'user avec lui de plus douces pratiques ! Quand on traite les princes, voyez-vous, on passe le gant sur la main, on surveille ses mots !

— Je... »

D'émotion, Wilhem laissa choir la béquille qui ne le portait plus. Le travail qu'il fallut pour la ramasser et se mettre debout, sans l'aide de personne, lui fut salutaire. Quand il se redressa, son esprit était clair et ses idées en ordre.

« Seigneur, il s'agit sans doute d'un malentendu que je m'emploierai vite à dissiper. J'étais venu vous causer d'une autre affaire... Nous étions convenus, votre père et moi-même, qu'une fois la dot réunie il serait procédé rapidement au mariage. Mes engagements, je crois, sont tous remplis. Aussi venais-je, très humblement, vous rappeler les vôtres.

— Monsieur, je crois que vous vous moquez. »

L'aîné avait choisi une posture, appuyé des

hanches au muret, qui assurait mieux son aplomb. Il ne dut qu'à cette précaution de rester vertical.

« Peut-être n'êtes-vous pas instruit du dernier développement des affaires à Haarlem ? ironisa Eliasar en tortillant les coins de sa serviette. Apprenez donc que ce matin, les régents de notre cité ont tenu conseil sur les ventes de tulipes. Depuis longtemps, ils réprouvaient les excès de ce commerce et songeaient à le discipliner. C'est la transaction faite hier sur la *Semper Augustus*, à un prix jamais vu, qui a favorisé l'exécution de leurs desseins. Un décret a donc été pris, lequel invalide tout marché de tulipes conclu dans la juridiction de Haarlem depuis la dernière mise en terre, c'est-à-dire depuis l'automne. »

Wilhem ne put embrasser d'un coup cette énorme nouvelle, de même qu'on ne peut faire de ses bras le tour d'un gros tronc. Il libéra deux boutons de son col pour faciliter sa respiration puis, son attention revenue, se fit expliquer l'ordonnance en détail :

« Vous dites que les ventes... toutes les ventes sont annulées ?

— Elles le sont au jugement de la loi. L'argent versé par les acheteurs doit être rétrocédé jusqu'au dernier stuiver. C'est du moins l'espoir de nos régents !

— Mais les bulbes...

— Ils seront restitués de même, sauf s'ils sont plantés. Peu importe, du reste, car cet édit leur ôtera probablement toute valeur. Quel prix aurait une marchandise invendable ?

— Le bulbe de *Semper Augustus* ? Où est-il ? » s'inquiéta l'aîné.

La main d'Eliasar passa sous la serviette dont sortirent, enveloppés dans un mouchoir de soie, l'oignon de tulipe et son caïeu.

« Voici. »

Wilhem ne se rendit pas tout de suite à l'évidence. Plutôt, il soumit l'objet à un examen vétilleux, crainte que des vilains l'eussent troqué pendant la nuit contre un autre de moindre valeur ou qu'entré dans des mains négligentes, il eût subi quelque dommage. Il soupesa l'oignon, l'éplucha délicatement, en lécha la pointe, enfin l'éprouva longuement à la mode des tulipiers. Sa conclusion fut qu'il s'agissait bien du bulbe disputé la veille au gentilhomme Huyghens, et qu'il était intact. L'aîné en eut beaucoup de soulagement.

« C'est bien l'oignon de *Semper Augustus* ! déclara-t-il avec chaleur, comme si le mérite revenait au fils Bereysten de sa préservation. Vous ne l'avez pas rendu au fermier ?

— Mon père siège au conseil des régents. Il a requis et obtenu que certaines transactions, dont la vôtre, échappent au règlement commun. Leurs minutes ont été conservées, les autres seront détruites. Vous lui saurez gré, j'espère, du service qu'il vous rend. »

Certaine intonation d'Eliasar, et sa façon de présenter la vente comme si les Bereysten n'en étaient plus concernés éveillèrent les soupçons de Wilhem. Ils se scellèrent quand l'héritier, au lieu d'empocher l'oignon de *Semper Augustus*, le lui proposa puis, sans réaction de sa part, le glissa d'autorité dans son gousset.

« Messire, que signifie ? s'étonna Wilhem sans toutefois repousser le geste.

— Ce bulbe est vôtre. Mon père n'en veut plus.

— Comment ?

— Le décret des régents lui a soustrait toute valeur. Vous n'en tireriez aujourd'hui plus de deux cents florins, bien qu'il soit rare et estimé. Que ferait mon père d'un oignon qui n'est pas plus cher qu'une belle semence de lis ou de glaïeul ? Sa collection, vous le savez, n'accueille pas de pièces médiocres ! Il vous cède donc le bulbe de *Semper Augustus*, à vous, son légitime acquéreur.

— Mais... la dot... votre mariage avec Petra ?

— Toutes ces dispositions sont bien sûr annulées. »

Wilhem considéra le fils Bereysten comme si c'était leur première rencontre ou si quelque infirmité dissimulée — un pouce dévié, une jambe torse — lui était apparue dans le dérangement d'un habit. Le mal restait pour cette âme simple un sujet d'embarras et presque d'étonnement. Il ne croyait pas qu'on le commît exprès, ni qu'il pût longtemps hanter la conscience. Au reste, il pensait qu'en regardant simplement un scélérat dans les yeux, on pouvait l'amener à résipiscence.

« Eliasar, je ne peux croire ce que vous m'annoncez ! Vous soutenez que les régents de Haarlem ont voté un édit contre les bulbes de tulipes et que la *Semper Augustus* vaut son poids de fumier. Vous dites qu'il faut renoncer au mariage dont cet achat remplissait la condition...

— C'est bien résumé.

— Mais notre maison sur la Kruisstraat? Nous l'avons jouée contre cet oignon bon marché!

— Monsieur Deruick, j'irai droit au fait car ma soupe refroidit... La maison est nôtre, nous l'avons rachetée trois cents guilders à Matthijs Hoefnagel. C'est d'ailleurs un brave homme, qui n'a pas discuté l'avantage d'empocher cet argent aujourd'hui plutôt que de rentrer, demain, en possession d'une quelconque racine de fleur...

— Trois cents guilders? piaula le fils Deruick.

— Cela vous fait du tort et je m'en désole. Mais enfin, interrogez quiconque à Haarlem fait un peu de commerce, il vous contera dix histoires semblables! Depuis un lustre que je trafique des fleurs, je ne sais pas de marché conclu au bénéfice des deux parties. La nature a ses lois : l'une des plus régulières est qu'en toute affaire, on démêle un gagnant d'un perdant. Aujourd'hui, vous êtes vaincu. Qui sait si demain, vous ne serez pas vainqueur? Allons, il est tard et j'ai faim. Rentrez chez vous, prenez du sommeil. Ensuite, vous verrez les choses d'un œil frais! Je vous souhaite la bonne nuit. »

Eliasar allait refermer la porte quand la béquille du visiteur, changeant brusquement d'appui, se coinça dans la charnière.

« Écartez ce bâton!

— Un instant, messire! Prêtez-moi l'oreille!

— Écartez, vous dis-je, ou il vous en cuira!

— C'est un triste récit que vous m'avez donné. Si j'y ajoutais foi, les miens seraient cruellement dupés car, vous le savez, tous leurs espoirs reposaient sur votre union avec Petra. Cependant, je tiens le seigneur Paulus et vous tiens, seigneur Eliasar, pour des gens de bien qui n'auraient pas le cœur de jeter à la rue quatre enfants innocents! Je le crois si vrai qu'il y a deux sabliers à peine, j'ai déchargé mon pistolet contre un homme qui attaquait votre honneur. »

Le ton camarade de Wilhem, les compliments dont il sucrait ses phrases n'apprivoisaient guère le fils Bereysten. Tout de même, cette annonce fit qu'il relâcha la poignée de la porte.

« Un pistolet? Contre qui?

— Ernst Rotteval.

— Qu'a-t-il fait, que vous tiriez sur lui?

— Il a enlevé Petra. »

Pendant la conversation des deux hommes, Petra était descendue de cheval et restait là, l'œil vague, la tête abandonnée sur l'encolure de l'animal. Elle semblait, non moins que son frère, à bout de forces et peu d'aplomb. Dans l'échancrure de sa robe, les coups reçus la veille traçaient des sillons bleus. Sa lèvre s'était remise à saigner. Peut-être eût-elle chuté de faiblesse sans l'épaulement de sa monture — comme Wilhem, sans le renfort de sa béquille.

« Maintenant, portez s'il vous plaît vos yeux sur cette demoiselle..., susurra l'aîné en tirant la manche de sa sœur. Dites-moi en vérité s'ils ont jamais caressé plus jolie créature? Si les filles de Dordrecht, vantées pour leur taille, celles d'Amsterdam louées pour leur visage ou celles de Delft, pour leur démarche, le disputent en rien à votre bien-aimée? Ma sœur n'est-elle pas tout ce qu'un homme peut désirer? »

Tout en parlant, l'aîné déroulait entre ses doigts les longs cheveux de sa sœur, entremêlés aux brins tombants de la crinière. Sa main glissait de la joue froide de Petra au pelage frémissant de la bête, et c'est aux deux qu'allaient rêveusement ses caresses.

« Ma sœur est une fille droite, intelligente et bonne. Elle mérite le meilleur des maris. Vous ne jouez qu'une alliance mais Petra, elle, joue sa destinée ! Comment la faire épouser d'un autre, puisqu'elle vous était promise ? Et quelle vie lui offrir, si elle n'est épousée ? Nous savons le sort des demoiselles vieillies sans ressource : c'est le couvent ou l'hospice ! »

Ce sordide boniment incommodait Eliasar, son destinataire, autant que Petra, son sujet. Wilhem sentit qu'il perdait son auditoire et se tut. Il avait l'air désemparé, remuait les lèvres derrière cent mots comme un cheval piétine au carrefour des chemins. Enfin il se courba, douloureusement, la béquille guingoise lui échappant d'abord, s'abaissa jusqu'à poser le genou et les mains sur le sol fangeux. Le chapeau tomba seul de la tête inclinée, qu'il ne ramassa pas.

« Seigneur Eliasar... je vous supplie..., gémit l'aîné Deruick.

— Relevez-vous !

— Il y a si longtemps que j'attends ce jour, le jour de notre accomplissement ! Tantôt, nous avons disposé notre maison pour le mariage, les musiciens sont prêts, la table est dressée ! Manquerez-vous à la fête, alors qu'elle est donnée pour vous ? Allons, c'est possible encore ! Il ne tient qu'à vous d'entrer dans ce carrosse avec ma sœur ! J'enfourcherai mon cheval, nous marcherons en convoi jusqu'à la Kruisstraat et passerons ensemble la grille festonnée ! Dans un sablier ou deux, ayant bien soupé et bien bu, nous n'aurons plus mémoire de cette querelle, ni des vilaines paroles échangées entre nous ! Seigneur... je vous adjure... par tout ce qui est saint... »

Wilhem se tut. Il pleurnichait doucement, prosterné aux pieds du fils Bereysten sous la pluie qui commençait de tomber. L'eau du ciel se mêlait aux larmes dévalant ses joues et prolongeait d'appendices tremblants chaque brin de sa moustache.

Petra fulminait au contraire. À bout de patience, elle releva l'aîné et sa béquille, avec une force qu'on n'eût pas supposée à sa frêle membrure.

« Debout, mon frère, vous vous humiliez... Ne voyez-vous pas qu'Eliasar se gausse de vous ? La vérité est que les Bereysten nous ont bernés ! Tandis que vous formiez vos projets, eux montaient leur piège, qui maintenant s'est refermé ! »

Wilhem ne voulait rien entendre. Sanglotant toujours, il écrasait ses mains sur ses oreilles ou pressait un index vacillant sur sa bouche. Pour finir, ce fut Eliasar qui l'empoigna au col et lui souffla dans la figure :

« Bourrique ! Vas-tu comprendre, à la fin, que la partie est jouée ? Ta sœur a plus de sens que toi, elle s'est résignée ! En vérité, je n'ai jamais partagé la sympathie de père à ton endroit, ni approuvé son calcul de te donner la préférence. Les faveurs qu'il t'accordait me faisaient honte, telles une insulte à notre rang et une injure à ma personne. Mais aujourd'hui, tout s'achève ! Me voilà guéri de toi, ainsi qu'on dit d'un chancre ou d'une vermine ! Je te hais, Wilhem Van Deruick ! Allez, ouste ! Hors de ma vue ! »

Eliasar n'avait pas respiré deux fois de toute sa tirade. Il en sortit rouge et essoufflé comme s'il avait disputé, non une joute oratoire mais une lutte à mains nues. L'aîné n'était guère en meilleure posture, que les aveux brutaux du fils Bereysten avaient presque assommé.

« Je veux rencontrer Paulus..., murmura-t-il en consumant ses dernières forces.

— Fiche le camp ! hurla Eliasar, dont la botte chassait la boue sur son visiteur. Sur ma foi, si toi et ta ribaude n'avez pas vidé les lieux au tour du sablier, je fais donner les chiens ! »

La porte claqua si fort qu'elle descella une brique du mur. Wilhem s'appuya au même, donnant d'un poing mou contre le bois. Ce fut Petra qui l'enleva doucement à cette manie et, tendre maintenant, attira son frère vers le cheval :

« Allons, venez... Vous voyez bien qu'il n'y a plus rien à faire ! »

Sur le chemin de la maison, les enfants Deruick reçurent la preuve amère des dires d'Eliasar — lesquels pouvaient n'être, après tout, qu'une vile fabulation.

Leur itinéraire d'une demi-lieue reliait des tavernes à tulipiers, tels *La Maison rouge*, *Le Roi de France* et *Le Collier doré*. Il longeait de même plusieurs jardins, certains si étroits que leur propriétaire les enjambait, d'autres si étendus qu'un cheval pouvait y galoper — mais tous, cernés de palissades protégeant les cultures des intrusions malveillantes. C'étaient pour Wilhem des haltes familières. Il connaissait l'enseigne de chaque auberge, son jargon, sa clientèle, jusqu'aux spécialités qu'on y servait. Il n'en poussait plus la porte en étranger mais en fils de la maison. Aussi éprouva-t-il pis que de l'effroi, une vraie terreur à l'aspect des désordres causés par l'édit des régents — indice que la nouvelle, déjà, s'était propagée dans la ville.

Partout sur le seuil des tavernes éclataient des disputes à propos de tulipes adjugées la veille, aussi bien qu'à la dernière saison. Les acheteurs dénonçaient le marché, les vendeurs exigeaient leur dû — cas le plus simple, mais bien des complications naissaient d'oignons acquis à tempérament par des tulipiers en association, ou d'autres passés si souvent de main en main que l'origine s'en était perdue.

Les querelles débordaient les auberges, envahissaient la rue, s'étendaient contagieusement aux cochers empêchés d'avancer et aux voisins dérangés par le bruit. On s'accusait d'abord, puis l'on s'invectivait, alors une dague pouvait jaillir qui percerait un bras ou grifferait une joue sans que la milice, aux abois, pût toujours s'interposer. Cela au milieu des injures et des cris, des vols de chaises et des bris de carreaux. À *La Maison rouge*, Petra vit un bourgeois marteler le crâne d'un plus jeune avec son soulier ferré tandis qu'un artisan, comme endiablé, crevait des tonneaux à coups de hachoir.

« Ma parole ! Ils ont perdu l'esprit ! » s'effraya la jeune femme.

Un spectacle inouï attendait les enfants Deruick devant *La Vigne d'or* — l'auberge où Wilhem, quelques heures auparavant, avait remporté l'enchère de la *Semper Augustus*. C'étaient cent oignons répandus au sol, roulant sous les bottes des marchands comme de vulgaires patates : une jonchée blanche et humide qu'ils piétinaient en rage, n'ayant de cesse, aurait-on dit, que le dernier crevât sur les pavés boueux. Eux qui naguère comblaient de soins les semences de tulipes, les faisaient peindre et peser, taillaient à leur mesure des étuis de soie — maintenant les foulaient, maudite récolte, dans les éclaboussures d'un jus fade à odeur de navet.

« J'ai vu la peste à Haarlem et la guerre à Breda..., commenta l'aîné. Mais rien, pour moi, n'égale en horreur cette profanation ! »

Sa sœur l'encouragea d'une bise.

« Quelle fin espériez-vous ? On bâtit fortune sur l'or ou le diamant, les épices ou la pierre, tout ce qui dure et s'entrepose. Mais une fleur périssable, dont les couleurs vivent une saison ? »

Engourdi, Wilhem laissa dire. Il enfouit la main dans sa poche, à travers un crevé de son manteau, pour y tâter le bulbe de *Semper Augustus* et son fidèle caïeu. La tentation lui vint de broyer l'oignon dans son poing comme les autres marchands faisaient des leurs. On ne sait quelle pudeur freina son geste.

« Je le planterai plutôt, si je trouve une terre pour l'abriter.

— Vous faites bien, mon frère. »

Comme leur cheval remontait la Koningstraat, une feuille volante s'accrocha à la selle. Wilhem la déplia et la lut. C'était un libelle imprimé de biais sur du papier sale, portant le titre : *Le Grabat de Flore.* L'auteur, qui ne signait pas, comparait les tulipes aux putains romaines de jadis, passant de main en main. Au bord du texte, une méchante gravure représentait la déesse Flore, « première d'icelles, dont la coutume était de se vendre au plus offrant, en sorte qu'aucun homme ne la pouvait garder assez ». Flore était assise sur un chariot de plage, serrant une corne d'abondance d'où s'échappaient des tulipes et brandissant trois spécimens des plus coûteux, une *General Bol,* une *Admiral Van Horn* et une *Semper Augustus.* À ses côtés, deux compagnons de voyage, baptisés *Amassez tout* et *Vain espoir,* coiffés de bonnets de fou à panache de fleurs, chantaient en s'enivrant de vin.

L'aîné Deruick froissa le pamphlet avec dégoût.

« Rentrons vite au logis, ma sœur... J'ai mon content de peines pour cette journée ! »

Hélas ! Une surprise d'un autre genre les accueillit au seuil de la maison. En leur absence, mais en présence de Jasper et d'Harriet qui n'avaient rien entendu, une main étrangère avait cloué un avis de justice sur le bois de la porte. Ce placard leur enjoignait, à eux et à tous les occupants de la propriété « sise au coin de la Kruisstraat et du Groenmarkt », de vider les lieux avec leurs « meubles, vivres et fournitures », « avant la nuit de la Saint-Marcellin » — soit, calculèrent-ils, à quatre jours d'ici. D'autres documents étaient percés du même clou, qui dressaient la liste des peines et châtiments appliqués aux contrevenants. Toute cette littérature, alourdie d'une grande variété de sceaux et de tampons, convergeait à la même décision de bannir les Deruick de chez eux — ou plutôt, selon la plaisante formule du rédacteur judiciaire, des « terres et résidences du seigneur Paulus Van Bereysten, avoué, lieutenant de la Garde civile de Saint-Adrien, recteur de l'École latine de Haarlem, pensionnaire suppléant de ladite cité ».

La nouvelle ne frappa qu'Harriet et Jasper, encore ignorants des termes du marché conclu par leur frère à *La Vigne d'or.* Petra parut accablée. Quant à Wilhem, il se montra un chef avisé en décidant, non d'implorer les Bereysten qu'il savait ne pouvoir attendrir mais de prendre conseil chez les gens de justice :

« Apaisez-vous, mon frère, mes sœurs, notre sort n'est pas joué ! Nous habitons un pays où règnent des lois, et où les méchants ne peuvent impunément servir leur intérêt ! Comment ? Il suffirait d'enivrer un pauvre garçon au fond d'une taverne, de recueillir sa signature sur une déchirure de papier pour extorquer tous ses biens ? Les bons échevins de Haarlem, j'en suis sûr, ne laisseront pas faire. Si un décret a cours sur les tulipes, nous l'invoquerons pour annuler la vente et conserver nos biens... »

Wilhem voulait sans tarder mettre ses idées en actes. Un notaire les avait reçus naguère pour faire lecture du testament de Cornelis. Il se rendit à son office et, sur le nom qu'il annonça, obtint une entrevue rapide pour exposer son cas. Le tabellion écouta patiemment, questionna une ou deux fois, enfin rendit son arrêt, à la façon claire et concise du chef qui arbitre :

« Il n'y a aucun espoir. Bien sûr, la manœuvre des Bereysten est honteuse et mériterait sanction, mais ils sont trop puissants pour qu'on puisse rien tenter contre eux. Vous perdriez votre temps à les affronter ! Soumettez-vous plutôt et, si le père vous veut encore du bien, mendiez réparation auprès de lui... La vérité est que vous avez fort mal joué cette partie, jeune Deruick ! »

Wilhem approuva humblement, bien qu'il sentît son cœur ruer dans sa poitrine.

« Enfin sachez qu'avec le décret des régents, les affaires tulipières encombrent les places de justice. Rien qu'au jour d'hier, mon office a enregistré trente-deux plaintes, soit de vendeurs que l'annulation d'un marché lésait d'un bénéfice, soit d'acheteurs qu'on sommait indûment de payer. Vingt-six au moins étaient recevables, et leur nombre croît sans cesse. Pardi ! C'est qu'il s'en trafiquait beaucoup, des tulipes ! Combien de braves gens n'ont pas crevé leurs poches pour acheter la vingtième part d'un bulbe de valeur ? Combien s'en repentent aujourd'hui ? Bah, ils sont dignes de leur sort, et les satiristes font bien de les moquer ! Voulez-vous mon avis ? Toute cette affaire est un châtiment de Dieu contre les Hollandais ! »

Tant s'échauffait le notaire, ses besicles sans monture se couvraient de buée. Il prit le temps de les éclaircir avant d'assener :

« Voilà mon conseil, monsieur... C'est d'abandonner ! Il y a fort à gager que les échevins rendront leur jugement contre vous, n'ayant ni le temps ni l'audace d'ouvrir une enquête. »

Une pensée vint au fils Deruick, qu'il hésita d'abord à confier au tabellion. Il s'y détermina en voyant maître Mostaert s'emparer d'un dossier sur la pile pour signifier le terme de leur conversation.

« Encore un mot, maître... Si l'on ne peut plaider l'escroquerie contre les Bereysten, peut-on les attaquer au registre des mœurs ? »

Cette demande insolite fit danser les sourcils frisés du notaire.

« Qu'entendez-vous par là ?

— Eh bien, j'ai acquis pour certain que Paulus Van Bereysten a commerce avec des hommes, bien qu'époux légitime de Catarina Both van der Eem.

— Ce sont de graves accusations ! l'avertit l'officier. Êtes-vous sûr de les vouloir porter ? Dans la juridiction de Haarlem, le délit sodomite est puni de mort ! Et d'abord, quelle preuve avancez-vous de ces ébats contre nature ? »

Peu rodé au train de la justice, Wilhem n'avait pas songé qu'il lui faudrait nourrir ses allégations. Un instant, le garçon fut tenté de se dédire, mettant ses propos au crédit de la rumeur et du vent. Mais la pensée qu'il jouait sa dernière carte lui rendit courage. Il se confessa hardiment :

« J'en tiens une preuve très certaine, maître. Car j'ai été plusieurs saisons l'amant du seigneur Bereysten. »

L'aveu de Wilhem transforma l'indulgent tabellion, qui souriait à la jeunesse derrière ses besicles usées, en un huissier féroce, la face congestionnée, les yeux à fleur de tête, dont le poing s'abattit d'un coup sur le bureau, dispersant tout un vol de papiers.

« Dehors, monsieur ! s'écria-t-il en chassant son client vers la porte. Je ne veux pas d'ennui avec le bailli ! Et de grâce, ne me serrez pas la main, j'aurais trop peur d'avoir votre amitié ! »

Ce fut un rude congé, mais une leçon utile pour le fils Deruick. Il se garda bien, visitant ensuite d'autres avoués, de livrer ce détail de l'affaire. À quoi bon, d'ailleurs, puisqu'il n'offrait aucune issue juridique ?

Après deux jours de consultations et douze florins laissés dans la main des gens de loi, Wilhem rapporta cette triste nouvelle à la famille réunie : non moins que les autres, la voie des tribunaux semblait impraticable. Attendu le prestige de leurs adversaires et le pullulement des procès tulipiers, la cause des Deruick était perdue d'avance.

« Mais alors, qu'allons-nous faire ? s'agita Petra.

— Simplement, nos bagages ! C'est demain que l'avis de justice prendra effet. Nous avons assez de huit sabliers pour tout mettre en caisses et déposer chez nos voisins le gros du mobilier. Voilà du moins un avantage d'être pauvres, qu'il n'y a guère à remuer !

— Comment ? s'insurgea le cadet. Nous partirions ainsi, sans tenir tête ?

— La mienne a reçu de fameux coups et n'en veut plus souffrir... Il est un temps pour mener bataille et charger l'ennemi, un autre pour coudre les blessures. Préservons ce qui nous reste, à savoir nos vies ! »

Jasper refusa d'adhérer à l'opinion de son frère, qu'il qualifia de « lâche » et de « servile ». Il parla d'assiéger la maison du recteur, de soudoyer sa femme, de prendre son fils en otage, enfin débita tant de niaiseries qu'à la fin ses sœurs agacées lui intimèrent silence.

« Ton sang est chaud et la cervelle cuit dedans ! se moqua Wilhem. Si tu veux nous faire justice, va, prends cette épée et donne l'assaut ! Il est peut-être bon que tu reçoives quelques gifles ! »

Après cette leçon, le cadet se renfrogna et n'eut plus qu'une part distraite à la conversation.

« Nous déménageons chez l'oncle Gerrit, à Middelburg ! annonça Wilhem. C'est un long voyage, mais nulle part dans les Provinces nous n'avons de parent si accueillant. Sa maison est assez vaste pour nous loger tous ; sa table, assez garnie pour ajouter quatre couverts. »

Petra réagit à ce chiffre étroit :

« Quatre ? Et que devient Frida ? »

À la mine de l'aîné, chacun comprit qu'il ne comptait pas la servante dans ses spéculations. Il allait s'en expliquer, ou peut-être s'en défendre, quand survint une visite. C'était un oiseleur du quartier, Petrus Vandevoghel, porteur d'un rouleau de papier qu'il avait trouvé ficelé à la patte d'une de ses prises, une jeune tourterelle au plumage crayeux. Dessus figuraient le nom et l'adresse de Wilhem.

« Donne ! » fit l'aîné, curieux d'apprendre qui choisissait des pigeons pour porter ses messages, mais inquiet aussi des nouvelles passagères du ciel, en ce jour où toutes étaient mauvaises.

L'oiseleur reçut cinq stuivers pour prix de sa peine et se retira. Alors Wilhem, qui ne faisait plus mystère de rien, déroula soigneusement le billet pour en instruire toute la famille :

Depuis son logis de la Wijngaederstraat,
À la Saint Jean de Dieu, le 5 d'avril 1637,

Cher Wilhem Van Deruick,

Je trace ces lignes en cachette des miens, à l'insu d'Eliasar qui m'a défendu de t'écrire et de plus a commis à la porte de ma chambre, comme au guichet d'un criminel, son valet chargé de m'épier. Si ce billet te parvient, c'est que j'ai pu tromper sa vigilance en enroulant le message à la patte d'un moineau ou au collier d'un chien.

Je sais toute l'affaire et j'en connais le dénouement. Je serais lâche de le déplorer, moi qui ai tant travaillé à l'accomplir. Eliasar t'a dit la vérité : depuis le jour où, écartant le rideau d'un carrosse, tu m'as montré votre maison, je n'ai eu de cesse qu'elle ne m'appartienne et j'y ai œuvré résolument.

Les puissants, sache-le, ont la rage d'assouvir leurs caprices, comme vous avez celle de seulement subsister. C'est qu'il faut un enjeu à toute vie, sans quoi elle sombre dans l'ennui et doute bientôt d'elle-même. Imagine-toi qu'à la faveur d'un splendide héritage, tu sois délivré du souci de manger et de boire, donc de la peine de travailler — comment occuperais-tu tes jours ? Sans doute à la façon dont nous remplissons les nôtres : en laissant jouer nos désirs à leur fantaisie. Les désirs, vrais maîtres des puissants ! Ils nous asservissent de même que vous, les besoins.

Tel de mes amis, s'arrêtant un jour d'hiver devant une cabane de Drente, en a chassé le bûcheron qui l'habitait pour le seul agrément d'y bouter le feu. Tel autre, à ce qu'on dit, appointe des pêcheurs d'écrevisses pour qu'ils jettent à l'eau des nasses percées et des patineurs afin qu'ils se hasardent, sans perche ni corde, sur la traîtresse glace de printemps.

Tu jugeras ces hommes cruels et, sans doute, m'assimileras à eux. Il est vrai que j'ai dépouillé les tiens d'une maison qui constituait tout votre bien et n'accroît le mien que d'une courte virgule. Hors de moi, l'idée de réduire ma part dans ce forfait ! Pourtant, il est des circonstances de la vie où l'on fait le mal contre son cœur, parfois contre son gré, en buvant demi-part du poison servi à l'ennemi. J'ai souffert de te mentir, de te tromper, de te voler enfin — tous vices nécessaires à l'éclosion du dessein que je m'étais fixé. Sache quand même que mes sentiments pour toi n'étaient pas feints, ni imitée la volupté...

À ce point de la lettre, l'aîné Deruick interrompit sa lecture à haute voix pour la continuer en silence, le doigt sur le papier. Il reprit un peu plus loin, enjambant cinq ou six lignes :

Tu interroges peut-être le sens des événements qui nous ont réunis. Peine perdue : ils n'en ont point. Nous sommes pris, toi et moi, dans un ordre auquel cette aventure, comme mille autres semblables, participe secrètement. Il établit qu'une certaine espèce d'hommes dispose de l'autre, comme le vent dispose de l'eau qu'il agite à son gré. Les premiers sont les seigneurs, les seconds sont les esclaves. Quel hasard t'a rangé ici, et moi là ? Je l'ignore, mais tiens pour assuré que les places une fois acquises ne peuvent être cédées, et qu'enfin les patriciens de l'Antiquité sont les gentilshommes d'aujourd'hui, qui seront les nobles de demain, par la chaîne jamais rompue des successions, des privilèges, des protections de tous alois dont jouissent les grands au dam des petits.

Je t'écris cela, cher Wilhem, pour te dissuader d'entreprendre rien qui changerait ton état. Les prophètes annoncent un monde de justice, prédisant on ne sait quelle réparation céleste des forfaits d'ici-bas : la fortune aux pauvres, l'embonpoint aux maigres! Moi dont les pieds pèsent sur terre et dont la tête ne s'élève pas plus haut qu'un buisson d'églantier, je sais qu'ils ont tort. Nous sommes la meule, vous êtes le grain à moudre, le grain tendre et savoureux qui lève chaque été sur nos champs et lèvera éternellement au seul profit du moissonneur.

La perte de ta maison, de ton échoppe, la pauvreté où retournent les tiens sont, je le répète, dans l'ordre mystérieux des choses. Il est vain de le combattre, mais sage de l'apprivoiser.

Je t'adresse mes amitiés, cher Wilhem, et toute ma gratitude pour nos tendres apartés. J'en veux un autre témoignage que les mots et ferai déposer tantôt chez maître Baeckelandt, un avoué de mes amis, deux mille florins bien comptés, non en quelconque réparation de mes torts mais pour aider le voyage de ta famille vers les colonies américaines, où votre père vous fournira un utile appui. L'air n'est pas bon pour vous à Haarlem, et la sagesse vous dicte de fuir la cité au plus tôt. Prends ce dernier conseil, et veille à bientôt l'observer!

Je demeure ton très fidèle...

Paulus Van Bereysten

Un post-scriptum d'une écriture à la romaine, tassée et minuscule, suivait la lettre. Wilhem le déchiffra malaisément :

« *Si l'idée absurde te venait d'utiliser ce billet en action de justice, sache que je tiens au fourreau une épée bien tranchante : la reconnaissance de dette émargée par ton père. Je serais peiné d'en faire usage, aussi ne m'y contrains pas !* »

Dès cette lecture achevée, Wilhem chargea Jasper de la course chez maître Baeckelandt. Les deux mille florins l'y attendaient, dont l'avoué retrancha le vingtième pour ses frais et déposa le solde entre les mains du cadet, non entièrement en monnaie mais, pour la meilleure part, sous forme de titres de voyage — au nombre de quatre, datés du surlendemain, qui permettraient à leurs porteurs de couvrir la distance d'Amsterdam à Pernambuco sur un trois-mâts de six cent cinquante tonneaux, le *Rayonnant*.

« Est-ce une plaisanterie ? » demanda de bonne foi le cadet.

Maître Baeckelandt lui fit entendre qu'en matière d'argent, ses clients ordinaires n'avaient guère d'humour, mais que le seigneur Bereysten en était notoirement dépourvu. Les timides protestations de Jasper, ou plus tard les récriminations de Wilhem n'y purent rien : le présent du recteur consistait dans une traversée maritime, en aller simple, vers une colonie lointaine et presque inhabitée.

Tout en clouant les caisses du déménagement,

les enfants Deruick délibérèrent de leur destination : choisiraient-ils de visiter leur père Cornelis au Brésil ou leur oncle Gerrit à Middelburg ? Les garçons tenaient plutôt pour le voyage maritime, les filles pour le voyage terrestre. Quant à Frida, elle ne se prononça point, jugeant qu'en sa position, prendre parti pour les uns — donc contre les autres — comportait de grands risques.

La nuit eût peut-être fini sans trancher ce débat si une nouvelle lettre n'était arrivée, peu de temps après celle de Paulus, qui portait les initiales de Cornelis. Le père Deruick y communiquait, en termes brefs, sa décision de rentrer en Hollande pour des « raisons intimes » qu'il ne souhaitait pas développer sur papier, mais leur exposer « à [s]on retour et de vive voix ».

Curieusement, l'effet de ce second message ne fut pas de garder les enfants au pays pour y accueillir leur père mais de les envoyer au loin et comme à sa rencontre. Ils décidèrent, cette fois à l'unisson, d'adresser le gros de leurs effets à Middelburg tandis qu'ils partiraient pour Pernambuco, chargés de simples malles.

« C'est hasardeux ! objecta le cadet. Qui sait si Cornelis n'a pas déjà pris la mer ? Si même la lettre n'a pas voyagé avec lui ? Tandis que nous causons, peut-être a-t-il la main au loquet et va-t-il entrer ? »

Cinq regards émus rencontrèrent la grille de propriété, qui luisait à la clarté d'une lanterne publique. L'idée de voir surgir leur père, plaisante il y a peu, les gênait maintenant. Que dirait Cornelis à l'aspect des meubles démontés, du linge bourrant les malles, des caisses garnies de paille ?

« Cornelis est encore au Brésil ! postula l'aîné. Pourquoi nous aurait-il écrit, s'il avait pris le même bateau que son courrier ? Je crois plutôt qu'il a posté sa lettre en avance, pour nous laisser le temps de préparer sa venue et s'en ménager, lui-même, afin d'ordonner son départ. Il n'empêche que le *Rayonnant* lève l'ancre après-demain. Nous ne devons pas manquer l'embarquement ! Alors, au travail ! »

Stimulés par cette échéance, non moins pressante que l'avis d'expulsion, les enfants Deruick s'acquittèrent à temps des longs préparatifs de leur déménagement. La dernière malle fut juchée sur le chariot à l'instant précis où l'huissier de justice, un affreux crapoussin à perruque fanée, passait la grille de la maison. L'aîné de la fratrie lui remit les cinq clefs en bronze que leur grand-oncle, premier de leur sang, avait tournées jadis dans les serrures neuves.

« Voilà pour ouvrir... » : telles furent les paroles banales dont Wilhem couvrit son émotion.

L'huissier prit le trousseau en reniflant et mania chaque clef dans son logement, crainte que la famille, pour lui faire une niche, n'eût échangé les passes. L'essai fut concluant. Alors, recueillant une dernière signature de l'aîné sur un acte, il indiqua à son escorte d'ouvrir un passage. Le chariot des meubles s'ébranla, suivi, à courte distance, de l'imposante guimbarde où Wilhem, Jasper, Harriet et Petra avaient entassé pêle-mêle leurs bagages et s'étaient allongés. La bâche déroulée laissait voir l'intérieur, à la grande satisfaction du voisinage posté aux fenêtres, courant de l'une à l'autre pour ne rien perdre de ce qu'ils éliraient, à n'en pas douter, l'attraction de l'année.

« Repaissez vos yeux, vilaines gens ! grinça l'aîné. La maison de l'un brûle, l'autre se chauffe les mains ! Il y a soixante-cinq ans d'ici, les pères de vos pères regardaient les nôtres en même posture, dans un cortège tout pareil, qui fuyaient les massacres commis en France contre leur religion ! Voyez l'accueil qu'ils ont reçus ! »

Jasper alluma une pipe qu'il tendit à l'aîné. Ils en partagèrent la fumée un moment puis, contre tout usage, invitèrent leurs sœurs à les rejoindre. Petra et Harriet goûtèrent à leur tour, toussèrent beaucoup et s'amusèrent autant. Leur chagrin en fut quelque peu dissipé.

« Au moins, nous sommes ensemble..., remarqua le cadet qui reçut l'approbation de tous.

— Où est Frida ?

— La pauvre fille, nous l'avons oubliée !

— Bah... Elle a senti que c'en était fini des Deruick et qu'il n'y aurait plus chez nous d'argent à glaner. Je lui souhaite bon vent ! »

Un moment après, le convoi franchit les remparts de Haarlem. Ils longèrent de grands feux allumés sous les murailles, dont la clarté déclina à mesure qu'ils s'éloignèrent. La nuit sans lune les enveloppa. Seule la pipe de Jasper brillait encore, perçant l'obscurité.

« À Dieu ne plaise qu'elle s'éteigne ! » soupira Wilhem Van Deruick.

Épilogue

Janvier 1638, le 8e du mois.

« C'est ici ! » indiqua le passager d'une voix rogue.

Le carrosse s'immobilisa. Guère après, le cocher descendu de son banc maniait la portière, dépliait le marchepied d'acajou. Un soulier pansu et craquant, terminaison d'une jambe hideusement enflée, s'appuya dessus, suivi d'un autre de même allure. La pointe d'une béquille les rejoignit.

« Allons, aide-moi à descendre... Je risquerais de me rompre le cou. »

Le conducteur de chevaux, un très jeune homme, ôta son bonnet d'où s'échappèrent des flots de boucles jaunes, tels des copeaux de bois frais. Sa tête s'inclina. Paulus Van Bereysten s'en servit comme d'une pomme d'escalier, pesant lourdement dessus pour garder l'équilibre.

« Aïe ! » s'écria le régent en touchant terre.

Une grimace de souffrance étira son visage.

« Êtes-vous bien, messire ?

— N'aie crainte, tu auras pour boire ! » repartit cyniquement le bourgeois.

Il fut quelque temps à tâter ses fourrures, enfin

trouva la clef qu'il utilisa. La grille secouée se plaignit atrocement. De la rouille et du fer s'écoulèrent par les gonds. Une araignée aussi fut délogée, que le recteur écrasa dans sa fuite.

« Voilà un beau domaine ! commenta Paulus en s'essuyant le pouce. Je l'aime d'autant mieux que n'y vient personne. »

Au-delà des barreaux s'étendait un frais dépôt de neige, plus épais et plus blanc que ceux des toits alentour. La neige recouvrait tout le parc, émoussait la grille, feutrait l'intérieur des arbres. On n'y lisait aucune empreinte, ni trace d'oiseau ni moule de feuille tombée. C'était, au meilleur emplacement de cette rue fréquentée de Haarlem, un clos vierge et pur — une brèche de civilisation.

« J'y ferai pousser des tulipes ! » décida le recteur.

Il marcha quelques pas vers un banc enneigé qu'il frotta pour s'asseoir, en étirant sa jambe douloureuse. Son regard s'éleva vers la maison qui perçait du sol glacé telle une dent, livide et creuse. Elle était fidèle à son souvenir — mais son souvenir ancien, formé presque trois ans plus tôt de leur rencontre. Le lent travail du temps, celui hargneux des bêtes et des intempéries l'avaient rendue à son état premier. De nouveau, les gouttières bavaient, le balcon branlait ainsi qu'une mâchoire démise ; le vent bourrait de feuilles les carreaux borgnes et sifflait un air triste sur l'arête du toit. Paulus étudia, souriant, l'énorme coiffe de branchages que les cigognes avaient désertée.

À l'heure convenue, un homme guère plus âgé que le cocher, mais dont la figure sèche portait le hâle des grands soleils et celui plus foncé d'une barbe commençante se présenta au recteur. Paulus le fit asseoir à ses côtés.

« Messire, comment se porte votre jambe ? s'enquit poliment l'inconnu.

— Telle une souche que sillonnent les vers ! Me voici podagre, impotent, traîneur de béquille ! »

Voyant poindre la tristesse sur la figure du visiteur, le régent s'affermit :

« Bah, ce sont les infirmités de l'âge et de la paresse... Comme dit le proverbe, les jeunes peuvent mourir mais les vieux le doivent ! Allons, conte-moi plutôt ton aventure. M'as-tu bien servi ?

— J'ai agi selon vos ordres, Heer Bereysten.

— Tu as donc fait le voyage de Pernambuco ?

— Ainsi qu'il était convenu, sur le même navire que les enfants Deruick. »

Paulus sentit un tel allègement qu'un pet lui échappa ; il lui fraya chemin en soulevant une fesse. Une aumônière pendait à sa ceinture, qu'il décrocha et vida entière dans les mains du jeune homme, sans même faire le compte de ce qu'il donnait. Une eau tiède noyait ses yeux, dont on ne pouvait savoir si la causait le froid ou la reconnaissance.

« Dieu vous bénisse, messire ! remercia le garçon en glanant les dernières pièces tombées dans la neige.

— À présent, parle !

— La traversée s'est déroulée au mieux. Nous avons joui de bons vents, constants et souples, et d'une mer câline qui berçait le navire. La compagnie aussi était agréable : des marchands pour la plupart, hollandais, français, quelques italiens, jaloux de leurs ballots au point de faire dessus leur couche, mais goûtant pareillement le vin et les cartes...

— T'es-tu lié aux enfants Deruick ?

— Ceux-là, hélas ! se tenaient à l'écart. Ils se mêlaient si peu à l'équipage qu'on eût dit des spectres hantant le bord. Trois semaines n'ont pas été de trop pour gagner leur confiance, c'est-à-dire pénétrer la cabine où ils se retranchaient ensemble, mangeant à la même écuelle, dormant tête-bêche, si intimes les uns avec les autres que le capitaine les soupçonnait d'*incestum*. »

Sur ce mot obscène malgré sa parure latine, le conteur se signa pudiquement, imité bientôt par Bereysten. Il eut besoin de s'éclaircir la gorge et, dans ce dessein, prit et mâcha une grosse bouchée de neige.

« Ensuite ? l'encouragea Paulus.

— Après bien des efforts, j'ai conquis l'amitie d'un d'entre eux, Wilhem, qui semblait d'humeur à deviser. Il m'a conté toute son histoire tandis que j'inventais la mienne pour lui complaire. Apprenant que j'étais fils de savetier, banni des Provinces au motif que, torturé de faim, j'avais volé un œuf à l'étalage... » — sur ces mots, l'étranger bien vêtu s'esclaffa, de concert avec le recteur — « ...il s'est pris d'affection pour moi, s'est déclaré mon frère et mon pareil. Nous étions si liés qu'au jour de toucher terre, j'ai débarqué avec sa famille, traînant d'un côté la malle qu'il soulevait de l'autre. Or... »

C'était Paulus qui l'avait interrompu, pressant fortement son index sur la bouche du garçon. De l'autre main, il ramassa un cône de pin qu'il lança vers la grille, dans la direction précise du cocher somnolant la tête contre les barreaux. Ce dernier sursauta, fit retraite vers la voiture. D'un claquement de doigts, signe convenu entre eux, le recteur l'envoya en course loin d'ici. Obéissant, le cocher prit les guides et s'en fut.

« Voilà un garçon bien diligent! observa l'étranger.

— Il est hélas! pourvu d'oreilles, et d'une langue qu'il agite au profit d'Eliasar. Que n'ai-je à mon service l'aveugle et le sourd! Mais continue...

— Le hasard a fait qu'à certaine distance de la maison du gouverneur, où Wilhem et les siens comptaient se présenter, nous avons rencontré Cornelis, leur père, qui s'acheminait lui vers le port. Il déplaçait une malle non moins grosse que les nôtres, et semblait évidemment sur le départ. Il était si changé de figure et de mise après deux années au Brésil que ses enfants, d'abord, ne l'ont pas reconnu. Lui-même se frottait les yeux, n'arrivant pas à croire que sa famille laissée dans les Provinces l'eût visité sur ce lointain rivage. Assurés enfin, les uns et les autres, qu'ils n'étaient pas les jouets d'une illusion, ils se sont étreints et embrassés, autant que peuvent le faire des parents demeurés si longtemps aux deux extrémités du monde. C'était un tableau fort émouvant et qu'il aurait fallu peindre, si quelqu'un d'entre nous avait eu le talent de dame Leyster. »

Gagné de froid, le conteur rabattit sur ses oreilles son col à bordure fourrée et réfugia ses mains haut dans ses manches. Paulus, lui, ne frissonnait pas, mais transpirait au contraire sous l'enveloppement abondant des pelisses.

« Ce père Deruick, de quoi avait-il l'air? demanda le recteur comme s'il n'en connaissait rien.

— D'un homme en bonne santé, à la joue fraîche et à l'œil vif... On n'aurait pu dire autant de son costume, de vieilles hardes usées d'une très pauvre allure; ni non plus de son bagage, dont la paille fuyait aux coins et les serrures battaient breloque! Au premier coup d'œil, on devinait que ce barbon avait longtemps dîné de croûtes. Mais aussi ses enfants lui ressemblaient : ils étaient hâves et mal vêtus, sans parler de leurs mèches rognées au couteau pendant les jours de mer, ni des rides buissonnant à l'entour de leurs yeux. Si j'ai compris, Cornelis n'était pas mieux préparé à l'aspect de sa progéniture qu'elle ne l'était au sien. Dans les lettres qu'ils avaient échangées, il n'était question que d'affaires souriantes et d'heureux bénéfices! Les enfants Deruick avaient caché leur détresse au chef de famille qui, de son côté, n'avait rien confié de ses épreuves. Ils s'en sont fait l'aveu avec beaucoup de larmes et, quoiqu'il fût douloureux au père d'apprendre que les siens étaient sans logis, comme à eux de s'instruire d'où dormait Cornelis — un grossier abri de palmes —, ces confidences les allégèrent. Je crois qu'à ce moment, il ne comptait pour eux que d'être ensemble, et qu'ils se souciaient peu d'avoir réalisé ou non leurs espoirs de fortune.

— Comment? gloussa Paulus. Ils t'ont semblé contents d'un sort si malheureux?

— Positivement. »

La neige, qui commençait doucement de tomber, s'accrochait aux joues velues de Paulus et à ses sourcils qu'elle épaississait sans bruit. Ce masque froid réuni pièce à pièce nuançait l'expression de sa figure, qui parut s'assombrir.

« Tout cela est fort bien, mais tu ne me dis pas comment le père Deruick a reçu la nouvelle de ma trahison, s'il m'a maudit en diable d'avoir causé la perte de sa famille et volé sa maison ! »

À cette question sournoise, les lèvres du jeune homme rentrèrent en dedans. Son nez qui s'enrhumait forma une goutte tremblotante qu'il aspira.

« Seigneur, je regrette, mais personne des enfants ni du père n'a prononcé votre nom.

— Jamais ?

— Pas une fois !

— Peut-être en ont-ils parlé quand tu n'étais plus là ?

— C'est possible. Toutefois, je les ai suivis longtemps dans cette journée, recevant l'invitation du père après celle du fils, et partageant le pauvre festin de manioc et de poissons de roche qu'il a voulu donner à ses enfants. Quoique misérable, ce souper m'a semblé très gai... Les indigènes de ce pays tirent de la canne une ardente liqueur, le *tafia*, qui remédie à toute mélancolie. Enfin, rien ne s'est dit de sérieux pendant le repas, sauf que le père, à moitié pris de boisson, a déclaré qu'il valait mieux pour eux demeurer au Brésil, où la vie était simple et le climat plaisant. Lorsqu'on manque d'un toit pour s'abriter, a-t-il ajouté, mieux vaut un pays chaud que les Provinces ! Les fils en ont convenu, et ont souscrit sans peine à la décision du vieux Deruick. J'ai pris congé ensuite, croyant que mon office était rempli. Dès le lendemain, j'ai embarqué sur le *Rayonnant* qui faisait voile vers Amsterdam. Voici mon récit achevé, seigneur.

— Je te remercie », fit le recteur en balayant des flocons attardés dans les plis de son manteau.

Il resta un moment sans rien dire, mais soufflant bruyamment, le regard perdu dans la ramure du gros tilleul qui coiffait la maison.

« Encore une chose, lança-t-il comme son visiteur passait les gants. J'ai une course à te confier. Voici une lettre. Remets-la sans l'ouvrir à maître Baeckelandt qui a soin de nos affaires. La lettre prévoit une récompense de vingt florins ; elle te sera versée si tu t'acquittes exactement de ta mission. As-tu compris ?

— C'est simple, messire.

— Alors, va ! »

Le recteur gifla l'épaule du garçon qui se leva en ressort. Content d'avoir de l'exercice, il trotta jusqu'à la grille en battant des mains. La neige avalait ses chevilles. Cependant, à l'instant de quitter le jardin, il se retourna pour saluer le seigneur Bereysten.

« Voulez-vous que je mande votre carrosse ? Il n'a pas reparu.

— Ne te soucie point de cela. Va, te dis-je ! »

Le jeune homme coiffa son chapeau et traversa la rue.

Resté seul, Paulus attendit que la neige eût rempli le creux laissé par son visiteur sur le banc, puis qu'elle eût comblé ses traces. Alors, il se mit péniblement debout, sa béquille tremblant tel un bâton d'aveugle, et traversa le jardin vers un puits envahi de ronces, ainsi logé qu'on ne pouvait le voir depuis la rue mais seulement depuis les fenêtres hautes de la maison. Ce fut un cruel exercice de franchir l'entrelacs épineux. La margelle était nappée de glace comme d'un vernis très pur, lequel avait piégé dans son épaisseur des brindilles, des feuilles d'orme et de noisetier, et même la charogne aplatie d'une grenouille.

Paulus Van Bereysten abandonna sa béquille contre les grosses pierres et mit ses dernières forces à enjamber le bord. Il chut dans le puits. L'instant d'après, un bruit de glace rompue se fit entendre, une éclaboussure verdâtre jaillit au-dehors. La neige ne cessa pas avant d'avoir couvert toute la saleté répandue.

Maître Baeckelandt reçut la lettre des mains du coursier haletant et, comme le prévoyait l'incipit, tira vingt florins à son crédit sur le compte des Bereysten.

Les premières phrases lui commandaient d'éloigner la clientèle, de congédier les clercs, de fermer la porte, enfin de ne consulter personne sur les instructions qu'on allait donner, mais de s'y conformer religieusement — le mot était souligné. Le notaire vérifia la signature et le sceau avant d'obéir : ils étaient authentiques. Un paragraphe serré suivait. C'était un testament de vingt lignes qui cédait l'intégralité des biens de Paulus Van Bereysten, sa fortune de quinze mille florins, son office d'avoué, toutes ses charges monnayables, ses jardins à tulipes, ses huit maisons plus celle qu'il venait d'acquérir dans la Kruisstraat... à la famille Van Deruick dont le tuteur légal, Cornelis de même nom, était réputé avoir résidence en la capitainerie de Pernambuco, au Brésil, sinon serait cherché partout pour l'exécution dudit acte. Ces dispositions devaient être appliquées sur-le-champ, attendu que le testateur aurait rendu l'âme quand sa volonté serait connue. Le dernier article donnait le texte à publier pour sa mort, dont aucun terme ne serait soustrait ou changé sans offenser gravement le disparu :

Il a plu à l'éternelle et inaltérable Sagesse du Dieu Tout-Puissant d'accueillir, au sortir de ce monde de tristesse, dans la joie bénie de son éternel Royaume, le huit de ce mois à onze heures du matin, mon cher père, le sieur Paulus Van Bereysten, après que Sa Noblesse eut été retenue dix jours au lit par une complication de goutte.

Maître Baeckelandt jugea prudent, malgré tout, de s'assurer que le seigneur Bereysten était bien dans l'état qu'il indiquait. Il dépêcha un clerc auprès de la maison du bourgeois, où la nouvelle de sa mort venait de parvenir, portée par un cocher à son service. Le clerc reparut à l'office pour informer son maître.

« A-t-il rendu le souffle ? s'enquit le tabellion.

— Chez lui, les miroirs sont retournés. »

Rien ne faisant plus obstacle à l'enregistrement

du testament, Maître Baeckelandt chauffa un pain de cire à la flamme d'une bougie et, sur la goutte étalée près des signatures, imprima son sceau — un grand sceau en bordure duquel, un an auparavant, il avait fait graver par fantaisie une tulipe à huit pétales de la variété *Viceroy*.

« Il m'en faudra changer bientôt ! confia l'officier à son clerc. Les tulipes ne sont plus guère en faveur, aujourd'hui. »

Tous ces fols ne rêvent que bulbes de tulipes.
Têtes et cœurs ne conçoivent qu'un vœu.
Mais qu'ils y goûtent et nous rirons des dupes.
Car le plat est amer, ils en feront l'aveu !

Petrus Hondius
(1578-1621)

REMERCIEMENTS

L'auteur tient à remercier pour leur utile contribution à cet ouvrage :

Mme Anne-Claire Frank de la Maison Descartes (Institut français des Pays-Bas) à Amsterdam ;

M. Julien Leroy, responsable de l'agence d'éco-tourisme *Terra Nordeste* à Saõ Luis, Brésil ; Yannick et Paula, ses correspondants à Recife ;

Mlle Céline Julien et M. Laurent Gaudart, géographes amateurs.

DU MÊME AUTEUR

Aux Éditions Gallimard

PASTEL, *roman*, 2000. Grand Prix littéraire Georges Rinck 2000 ; prix François Mauriac de l'Académie française 2001 (Folio nº 3607)

LE FANTÔME DE LA TOUR EIFFEL, *roman*, 2002. Prix du Roman historique de Blois 2002 (Folio nº 3985)

L'ENFANCE DE CROIRE, *récit*, coll. Haute Enfance, 2004

SEMPER AUGUSTUS, *roman*, 2007 (Folio nº 4795)

LE COLONEL DÉSACCORDÉ, *roman*, 2009

Chez d'autres éditeurs

L'ÎLE, *conte*, Éditions Jacques Grancher, 1993

LE PRINCE DE LA FOURCHETTE, *roman*, Éditions Arléa, 1995

MADAGASCAR (PREMIERS PAS AU PAYS D'ARGILE), *récit de voyage*, Éditions Fer de Chances, 1999

L'ÉPÎTRE À LOTI, Éditions L'Escampette, 2003

À L'HEURE !, *essai*, Virgile Éditions, 2005

LE JARDINIER D'ASSISE, *fiction historique*, Desclée de Brouwer, 2005

JULES VERNE, *biographie*, Nouveau monde Éditions, 2005

COLLECTION FOLIO

Dernières parutions

4796. Éric Fottorino	*Baisers de cinéma.*
4797. Jens Christian Grøndahl	*Piazza Bucarest.*
4798. Orhan Pamuk	*Istanbul.*
4799. J.-B. Pontalis	*Elles.*
4800. Jean Rolin	*L'explosion de la durite.*
4801. Willy Ronis	*Ce jour-là.*
4802. Ludovic Roubaudi	*Les chiens écrasés.*
4803. Gilbert Sinoué	*Le colonel et l'enfant-roi.*
4804. Philippe Sollers	*L'évangile de Nietzsche.*
4805. François Sureau	*L'obéissance.*
4806. Montesquieu	*Considérations sur les causes de la grandeur des Romains et de leur décadence.*
4807. Collectif	*Des nouvelles de McSweeney's.*
4808. J. G. Ballard	*Que notre règne arrive.*
4809. Erri De Luca	*Sur la trace de Nives.*
4810. René Frégni	*Maudit le jour.*
4811. François Gantheret	*Les corps perdus.*
4812. Nikos Kavvadias	*Le quart.*
4813. Claudio Magris	*À l'aveugle.*
4814. Ludmila Oulitskaïa	*Mensonges de femmes.*
4815. Arto Paasilinna	*Le bestial serviteur du pasteur Huuskonen.*
4816. Alix de Saint-André	*Il n'y a pas de grandes personnes*
4817. Dai Sijie	*Par une nuit où la lune ne s'est pas levée.*
4818. Antonio Tabucchi	*Piazza d'Italia.*
4819. Collectif	*Les guerres puniques*
4820. Patrick Declerck	*Garanti sans moraline*
4821. Isabelle Jarry	*Millefeuille de onze ans.*
4822. Joseph Kessel	*Ami, entends-tu...*
4823 Clara Sánchez	*Un million de lumières.*
4824. Denis Tillinac	*Je nous revois...*
4825. George Sand	*Elle et Lui.*

4826. Nina Bouraoui	*Avant les hommes.*
4827. John Cheever	*Les lumières de Bullet Park.*
4828. Didier Daeninckx	*La mort en dédicace.*
4829. Philippe Forest	*Le nouvel amour.*
4830. André Gorz	*Lettre à D.*
4831. Shirley Hazzard	*Le passage de Vénus.*
4832. Vénus Khoury-Ghata	*Sept pierres pour la femme adultère.*
4833. Danielle Mitterrand	*Le livre de ma mémoire.*
4834. Patrick Modiano	*Dans le café de la jeunesse perdue.*
4835. Marisha Pessl	*La physique des catastrophes.*
4837. Joy Sorman	*Du bruit.*
4838. Brina Svit	*Coco Dias ou La Porte Dorée.*
4839. Julian Barnes	*À jamais* et autres nouvelles.
4840. John Cheever	*Une Américaine instruite* suivi de *Adieu, mon frère.*
4841. Collectif	*«Que je vous aime, que je t'aime !»*
4842. André Gide	*Souvenirs de la cour d'assises.*
4843. Jean Giono	*Notes sur l'affaire Dominici.*
4844. Jean de La Fontaine	*Comment l'esprit vient aux filles.*
4845. Yukio Mishima	*Papillon* suivi de *La lionne.*
4846. John Steinbeck	*Le meurtre* et autres nouvelles.
4847. Anton Tchékhov	*Un royaume de femmes* suivi de *De l'amour.*
4848. Voltaire	*L'Affaire du chevalier de La Barre* précédé de *L'Affaire Lally.*
4849. Victor Hugo	*Notre-Dame de Paris.*
4850. Françoise Chandernagor	*La première épouse.*
4851. Collectif	*L'œil de La NRF.*
4852. Marie Darrieussecq	*Tom est mort.*
4853. Vincent Delecroix	*La chaussure sur le toit.*
4854. Ananda Devi	*Indian Tango.*
4855. Hans Fallada	*Quoi de neuf, petit homme ?*
4856. Éric Fottorino	*Un territoire fragile.*
4857. Yannick Haenel	*Cercle.*
4858. Pierre Péju	*Cœur de pierre.*
4859. Knud Romer	*Cochon d'Allemand.*

4860. Philip Roth	*Un homme.*
4861. François Taillandier	*Il n'y a personne dans les tombes.*
4862. Kazuo Ishiguro	*Un artiste du monde flottant.*
4863. Christian Bobin	*La dame blanche.*
4864. Sous la direction d'Alain Finkielkraut	*La querelle de l'école.*
4865. Chahdortt Djavann	*Autoportrait de l'autre.*
4866. Laura Esquivel	*Chocolat amer.*
4867. Gilles Leroy	*Alabama Song.*
4868. Gilles Leroy	*Les jardins publics.*
4869. Michèle Lesbre	*Le canapé rouge.*
4870. Carole Martinez	*Le cœur cousu.*
4871. Sergio Pitol	*La vie conjugale.*
4872. Juan Rulfo	*Pedro Páramo.*
4873. Zadie Smith	*De la beauté.*
4874. Philippe Sollers	*Un vrai roman. Mémoires.*
4875. Marie d'Agoult	*Premières années.*
4876. Madame de Lafayette	*Histoire de la princesse de Montpensier* et autres nouvelles.
4877. Madame Riccoboni	*Histoire de M. le marquis de Cressy.*
4878. Madame de Sévigné	*« Je vous écris tous les jours... »*
4879. Madame de Staël	*Trois nouvelles.*
4880. Sophie Chauveau	*L'obsession Vinci.*
4881. Harriet Scott Chessman	*Lydia Cassatt lisant le journal du matin.*
4882. Raphaël Confiant	*Case à Chine.*
4883. Benedetta Craveri	*Reines et favorites.*
4884. Erri De Luca	*Au nom de la mère.*
4885. Pierre Dubois	*Les contes de crimes.*
4886. Paula Fox	*Côte ouest.*
4887. Amir Gutfreund	*Les gens indispensables ne meurent jamais.*
4888. Pierre Guyotat	*Formation.*
4889. Marie-Dominique Lelièvre	*Sagan à toute allure.*
4890. Olivia Rosenthal	*On n'est pas là pour disparaître.*
4891. Laurence Schifano	*Visconti.*
4892. Daniel Pennac	*Chagrin d'école.*

Composition CMB Graphic.
Impression CPI Bussière
à Saint-Amand (Cher), le 5 août 2009.
Dépôt légal : août 2009.
1er dépôt légal dans la collection : octobre 2008.
Numéro d'imprimeur : 092201/1.
ISBN 978-2-07-035858-8./Imprimé en France.

170912